Die dramatische Geschichte einer Papierfabrikantendynastie – erzählt von einem, der wie magisch angezogen immer wieder zum Wasser zurückkehrt. Vor unseren Augen lässt dieser Mann die Porträts seiner Ahnengalerie auferstehen. Er erinnert sich an die sommerlichen Szenen seiner Kindheit und stellt sich vor, wie es gewesen sein könnte: Damals, als im letzten Jahrhundert der Ururgroßvater auf seinem Landgut zwischen den Flüssen Orpe und Diemel entdeckte, wie sich Wasser in Papier und Papier in Geld verwandeln lässt; damals, als der Sohn des barocken Firmengründers die Fabrik mit seinem nüchternen Zahlenverstand durch den ersten Krieg rechnete und rettete; damals, als die traditionsreiche Geschichte der erstgeborenen Fabrikherren mit dem nächsten Krieg und einem den Musen zugewandten Direktor zu Ende zu gehen drohte. Damals, als eine Frau die vorläufige Rettung brachte.

John von Düffel wurde 1966 in Göttingen geboren, er arbeitet als Dramaturg am Deutschen Theater Berlin und ist Professor für Szenisches Schreiben an der Berliner Universität der Künste. Seit 1998 veröffentlicht er Romane, Erzählungsbände sowie essayistische Texte bei DuMont, u. a. ›Houwelandt‹ (2004), ›Wassererzählungen‹ (2014), ›Klassenbuch‹ (2017), ›Der brennende See‹ (2020), ›Wasser und andere Welten‹ (Neuausgabe 2021), ›Die Wütenden und die Schuldigen‹ (2021) sowie ›Das Wenige und das Wesentliche. Ein Stundenbuch‹ (2022). Seine Werke wurden mit zahlreichen Preisen ausgezeichnet, u. a. mit dem aspekte-Literaturpreis und dem Nicolas-Born-Preis.

John von Düffel

Vom Wasser

Roman

DUMONT

Von John von Düffel sind bei DuMont außerdem erschienen:

Zeit des Verschwindens
Ego
Houwelandt
Hotel Angst
Beste Jahre
Wovon ich schreibe
Goethe ruft an
Wassererzählungen
KL – Gespräch über die Unsterblichkeit
Klassenbuch
Der brennende See
Wasser und andere Welten
Die Wütenden und die Schuldigen
Das Wenige und das Wesentliche. Ein Stundenbuch

Dieses Buch wurde klimaneutral produziert.

ClimatePartner.com/17531-2110-1001

Januar 2023
DuMont Buchverlag, Köln
Alle Rechte vorbehalten
© 1998 DuMont Literatur und Kunst Verlag, Köln
Umschlaggestaltung: Lübbeke Naumann Thoben, Köln
Nach einem Entwurf von Groothuis+Malsy, Bremen
Gesetzt aus der Bembo
Druck und Verarbeitung: CPI books GmbH, Leck
Gedruckt auf säurefreiem und chlorfrei gebleichtem Papier
Printed in Germany
ISBN 978-3-8321-6668-7

www.dumont-buchverlag.de

»Wir kehren immer zum Wasser zurück.«

Sie hatten sich schon Lebwohl gesagt, als sie ihn fragte, und wo willst du jetzt hin? Ans Wasser. Ans Wasser? Wir kehren immer zum Wasser zurück, habe er gesagt. Und das erzählte sie mir wie eine Anekdote, in einem Ton der Belustigung, vielleicht noch reichlich böse über Vorgefallenes zwischen ihr und ihm, von dem ich nichts wußte und nichts weiß. Und ich erinnere mich noch genau, wie ich versuchte, darüber den Kopf zu schütteln und belustigt zu tun um ihretwillen. Aber ich hörte diesen Satz aus ihrem Mund und wußte im selben Augenblick, daß er mich nicht mehr loslassen wird.

Ich bin kein besonders gläubiger Mensch. Für große Welterklärungen konnte ich mich nie begeistern. Leute, die mich mit Inbrunst von etwas überzeugen wollen, waren mir immer fremd. Ich habe mir nicht einmal die Mühe gemacht, ein anständiger Atheist zu sein. Im Gegenteil. Ich bin allen Diskussionen aus dem Weg gegangen, weil ich immer der Meinung war und es auch heute noch bin, daß man sich die sogenannte sichtbare Welt erst einmal genauer anschauen sollte, bevor man über Metaphysik argumentiert. Und in einem gewissen Sinne war es genau das, was dieser Satz sagte. Er sprach nicht von der Macht eines Gottes oder dem Wirken unsichtbarer Gewalten. Er sprach von der Macht des Wassers. Und diese Macht ist eine sehr wahrnehmbare, wirkliche Macht, wie ich heute weiß.

Dieses Buch ist ein Versuch, das zu verstehen. Es ist das Buch von einem, der immer zum Wasser zurückkehrt, und der Versuch, das zu verstehen. Ich werde im Laufe dieses Buches, beim Schreiben dieses Buches viele Tage und Nächte an Flüssen verbringen und auf das Wasser schauen. Ich werde mich vieler Tage und Nächte erinnern, die ich am

Wasser verbracht habe. Und vielleicht werde ich am Ende dieses Buches an einem Fluß sitzen, auf das Wasser schauen und es verstehen.

Der Geruch des Wassers

Man kann es riechen. Im allgemeinen gilt Wasser als geruchlos. Aber man kann es riechen. Ich kann mich an den Geruch verschiedener Flüsse und Meere erinnern. Und auch wenn es nicht das Wasser selbst ist, das so riecht, sondern nur die Verbindung von Wasser mit etwas anderem, so ist doch das Schöne an diesen Gerüchen, an die ich mich erinnere, daß es Gerüche des Wassers sind. Ich erinnere mich, wie es nach fließendem, strömendem, lebendigem Wasser riecht. Genauso wie es umgekehrt totes Wasser ist, das stinkt.

Es gibt eine besondere Verbindung von Wasser und Geruch. Wenn nach einer langen Zeit der Trockenheit zum ersten Mal wieder Regen fällt und wir hinaus auf die Straße treten, dann wirkt die Luft nicht nur frischer und wie gereinigt. Sie ist voll von Gerüchen. Der auf dem Asphalt verdampfende Regen, die getränkte Erde, das Gras, das Laub, alles fängt nach diesem Wasserguß wieder an zu riechen. Und ein großer Teil der Klarheit und der Frische, die wir nach einem solchen Guß empfinden, rührt daher, daß uns das Wasser die Dimension des Geruchs zurückgegeben hat. Wir nehmen alles stärker, kräftiger wahr, nicht nur weil die Farben satter, die Kontraste schärfer sind, sondern auch, weil wir die Dinge wieder riechen. Das Wasser hat uns von unserer Geruchsblindheit befreit. Und wir nehmen die Welt wieder mit allen fünf Sinnen wahr.

Und ich rieche das Wasser selbst: grünes, wildes Wasser, das in einem breiten Strom wirbelnd dahinfließt. Noch bevor ich mich setze und schaue, noch bevor ich das Wasser gesehen habe, rieche ich seine kühle Frische, diesen Atem des Wassers in der frühlingshaften Luft, rieche, wie das Aufschwappen der Wellen an den Rändern des Flußbettes die Steine dazu bringt, ihren gewölbe-ähnlichen Geruch auszuströmen, benetzt von Wasser, beschienen von einer blassen Frühjahrssonne. Und dann sehe ich, wie das Wasser mit leichtem Wellenschlag den Steinen in alle Poren kriecht und ihnen ihre volle Färbung wiedergibt und ihren eigenen Geruch, den Atem des Wassers und der Steine. Und ich setze mich ans Ufer und schaue aufs Wasser, das frühjahrsgrün dahinfließt, mit unzähligen knospenartigen kleinen Strudeln, die ineinander spielen, aufquellen und sich trollen, im März, kurz vor Basel, am Rhein.

Und ich muß daran denken, was sie mir erzählte von dem Mann – einem Maler –, den sie verlassen hatte, meinetwegen, wie sie sagte, damals, in einer ganz anderen Stadt, an völlig anderen Flüssen. Er war mir mit diesem Satz – von dem ich nur hörte, daß er ihn gesagt haben soll – nähergerückt, näher, als sie es jemals sein sollte. Ich wußte, ich würde eines Tages ans Wasser zurückkehren. Und ich wußte, durch die Art, wie sie es mir erzählte, belustigt und ein wenig boshaft, daß sie nicht dabeisein würde.

Der Geruch des Wassers. Die Häuser meiner Kindheit waren erfüllt von dem Geruch des Wassers, von ganz unterschiedlichen Wassern, Flüssen, Seen, Meeren. Ich erinnere mich an die beinahe nebelhafte Kühle und den Moosgeruch der Orpe, dieses Flusses, der unmittelbar an unsern Garten grenzte und der uns Kinder bereits anatmete, wenn wir noch halb verschlafen im Sommer auf der Frühstücksterrasse saßen. Er hauchte uns so etwas wie süße Grabesluft zu, und so sehr uns auch die Mütter und Großmütter warnten, wir wußten, daß dieser Tag wieder dem Fluß gehören würde. Der schwarzen

Orpe, die seltsam lichtlos und dunkel zwischen moosigen Steinen dahinfloß.

Zwischen zwei Flüssen, zwischen Orpe und Diemel, hatte ein geschäftstüchtiger Ururgroßvater von mir ein Landgut erworben, das sich »Die Mißgunst« nannte. Er störte sich damals an diesem Namen nicht. Er sah nur die Kraft und den Nutzen des Wassers, des vielen Wassers, das dieses Land umfloß. Dieses Wasser, sah er, war Geld. Und er errichtete auf der Mißgunst eine Papierfabrik, betrieben, gespeist und gereinigt vom Wasser. Es war das schwarze Wasser der Orpe, das in diese Fabrik hineinfloß und dort seinen unterirdischen Lauf nahm, hier und da aufschäumte in Kesseln, in Wehren gestaut und gestürzt wurde und dann in Tunnelsystemen wieder verschwand, als Wasserdampf aufschrie und schließlich still, schwarz und unergründlich unter einer verwitterten Brücke davonfloß, mit einem leicht süßlichen Geruch, der in meiner Erinnerung ein Grabesgeruch ist, aber sicherlich herrührte von der Stärke und dem Leim, mit dem in der Fabrik Papier gefertigt wurde.

Für uns Kinder, oder vielleicht auch nur für mich, war unbegreiflich, wie aus diesem schwarzen Wasser weißes Papier werden konnte. Papier, das überall in unserm Haushalt vorkam. Papier, auf dem Einkaufszettel geschrieben wurden, leuchtend weißes Papier, auf dem wir malten, und wenn wir ein Buch aufschlugen, um es vorgelesen zu bekommen, dann war es dasselbe weiße Papier, das uns anschaute, weiß und vielleicht sogar weißer denn je, um die schwarzen Buchstaben darauf so deutlich wie möglich zum Erscheinen zu bringen. Und dieses weiße Papier war aus schwarzem Wasser gemacht. Ich verstand es nicht. Aber mein Ururgroßvater hatte es verstanden. Und er hatte die Ströme des schwarzen Wassers in Papier und das Papier in Geld verwandelt.

Die großen Sandsteinquader der Terrasse waren selbst im Sommer nicht warm. Es war ein finsterer Sandstein, ohne die sonst so charakteristische Helligkeit. Die Grundfarbe dieses Sandsteins muß ein lehmiges, glanzloses Grau gewesen sein. Aber unter dem Einfluß der Witterung färbte der Stein sich schwarz wie Rauch oder Ruß und nahm keine Wärme mehr an. Er verschloß sich. Er verschloß seine Poren und hütete sein kühles Herz, während seine Außenhaut immer finsterer wurde und sich graugrüne Moosflechten auf ihr ausbreiteten. Er stellte sich tot. Und diese Todeskühle spürten wir unter unsern nackten Kinderfüßen auf der Frühstücksterrasse im Sommer, mit Blick auf den Garten, den Brunnen, den Fluß. Und unsere Füße vollführten kleine unruhige Choreographien unter dem Tisch, denn allzu lange konnte man den Fuß nicht aufsetzen auf diesem eisigen Stein, dessen Kälte wir mit unsern unruhigen kleinen Füßen einfach wegtanzten, um dann vom Tisch aufzuspringen und hinunter zum Garten zu laufen, zum Brunnen und weiter zum Fluß.

Auf der anderen Seite der Mißgunst floß die Diemel. Sie floß verborgen hinter Papierschnitzelballen und Arbeiterbaracken und einem vielleicht meterhohen Deich. Aber die Diemel war dennoch da. Sie war der geräuschvollere Fluß. Während die schwarze Orpe still und lautlos die hohlwegartigen Ufer entlangglitt, war die Diemel durch ihre Geräusche da. Sie war ein ständiges Plätschern, Sprudeln und Rauschen, von der heiteren Unruhe eines Wasserspiels. Silbrig und hell floß sie, in Terrassen gestuft, wie auf Treppen herab. Alle zwanzig, dreißig Meter waren kleine Steinwälle aufgehäuft, Hürden, die das Wasser plätschernd nahm und die den Fluß in eine Reihe von Becken unterteilten. Es war ein freigelegtes, offenes, sehr geordnetes Fließen, beinahe ein Schrebergarten aus Wasser, aus dem jedoch die Lebendigkeit des Wassers tönte und sich mit dem Rauschen der hohen Pappeln verband, die am Ufer standen. Und ich erinnere mich an den Geruch der Diemel, der herüberwehte an Tagen, an denen der Wind seine Richtung wechselte und wir nicht im Garten, wie erlaubt, sondern verbotenermaßen in den Papierballen spielten oder auf den Uferweiden am Diemeldeich. Dieser Geruch war silbriges Wasser und Pappellaub, ein kühler und doch seltsam tauber Geruch, der einen Nachgeschmack hinterließ auf der Zunge, einen stumpfen Nachgeschmack, der im Widerspruch stand zur Frische von Wind und Wasser.

Die Diemel war, mit einem Wort, geheuer. Ein gezähmter, domestizierter Flußlauf. Und die einzelnen Diemelbecken waren wie kleine Seen, hatten Anfang und Ende, boten eine gewisse Sicherheit, waren nicht dieses beunruhigende Fließen und Fluten, Treiben und Immer-weiter-Treiben, der Sog und die Unwiderruflichkeit eines wild dahinströmenden Flusses, in dem, wer hineinfiel, verloren war. Wir Kinder spielten an der Diemel, in der Diemel, im Sommer, wenn sich das aufgestaute Wasser in der Sonne erwärmte und immer wieder durchmischt wurde von dem kühlenden Fluß, der die Wasserschichten verwirrte, warmes, stehendes Wasser an die Oberfläche quellen ließ und kühles, frisches Wasser untermischte. Es war ein Fluß ohne Untiefen und Gefahr, der immer wieder Halt bot, ein Fluß, dessen Grund man immer sehen konnte und der so silbergrau vor sich hinrauschte und raschelte wie die Pappelreihen an seinem Ufer.

Es ist wahr, daß die Farbe des Himmels, die Helligkeit und der Schein des Lichts dem Wasser sein Gesicht geben, genauso wie sich durch den Zug einer Wolke das Gesicht des Wassers völlig verändern kann, helles, freundliches Wasser plötzlich ergraut, versteinert oder umgekehrt dunkles, drohendes Wasser durch die Berührung eines Sonnenstrahls unvermittelt auflacht, glitzert und glänzt. Und dennoch flossen Orpe und

Diemel unter ein und demselben Himmel dahin, zwei Flüsse mit entgegengesetzten Gesichtern, zwei Flüsse mit entgegengesetzten Gerüchen, keine dreihundert Meter voneinander entfernt und zwischen ihnen die Mißgunst und die Sommer unserer Kindheit.

Unmöglich zu sagen, wie oft ich an diese Flüsse gedacht, wie oft ich von ihnen geträumt habe, wie viele Nächte es mich hingezogen hat zu ihnen, wenn ich durch schlafende Städte zog, trockene, flußlose Städte, auf der Suche nach dem Wasser, auf der Suche nach der Bewegung des Wassers, und oft bis in die Morgenstunden an irgendeinem Teich saß oder einem veralgten Stadtgraben, dessen Wasser nicht floß, sondern nur die eine Richtung kannte, die des Sterbens, des Versickerns und Versiegens, Wasser, das sich in der Erde selbst begrub. Und es ist mir leicht, dies zu sagen, jetzt, wo der breite Strom des Rheins das Land vor mir teilt und öffnet und eine glatte Bahn in die Ferne zieht.

In der Diemel, dem gezähmten, terrassenartigen Flußlauf am einen Ende der Mißgunst, hatten wir schwimmen gelernt. Dort hatten wir zum ersten Mal beide Arme geradeaus von uns gestreckt und dann geteilt und unsere nackte Brust dem Wasser dargeboten, im Vertrauen, es würde nicht mit kalter Hand nach unsern Kinderherzen fassen, sondern uns hell und freundlich umspielen, uns tragen und nicht in die Tiefe reißen. Unter der silbergrauen Oberfläche schimmerte unsere Haut vor uns weiß im klaren Wasser. Kleine Wellen und Strudel begleiteten unsere Arme, wenn wir sie teilten und wieder zusammenführten. Sie waren Spielgefährten, die uns glucksend und plätschernd aufmunterten, weiterzumachen, nicht aufzuhören, noch weiter hinauszuschwimmen. Sie, diese kleinen Quirle und Wellenzüge, verhießen uns die Beherrschbarkeit des Wassers, zeigten uns und unsern rudernden

Armen, wie leicht es war, dem Wasser die Gestalt unseres Willens zu geben. Es brauchte nur eine Armbewegung, um eine spiegelglatte Oberfläche zu kräuseln und mit auseinanderdriftenden Wasserringen zu überziehen, es brauchte nur ein paar kräftige Züge, und wir schoben kleine Bugwellen vor uns her, die sich hinter uns schlossen wie Umhänge aus Wasser, wie ein uns einhüllender Stoff. Es war eine übermütige Ahnung unserer Macht über das Wasser, doch es war eine Ahnung, die das Wasser selbst uns gewährte, es war eine Gunst des Wassers, seine Großzügigkeit, daß es unsern kleinen Körpern gestattete, Könige zu sein, die spritzend, platschend und prustend über das Wasser herrschten, während unter unsern strampelnden und paddelnden kleinen Füßen der sanfte Strom des Wassers gleichmütig und unaufhaltsam seiner eigenen Richtung folgte.

Und es war die Diemel, dieser glasklare, pappelduftende Fluß, der unsern Füßen immer Halt bot auf dem steinigen, deutlichen Untergrund, wenn sie ermüdeten oder unsicher wurden oder wenn uns plötzlich eine leise Unruhe befiel, die Angst und Ahnung, daß das Wasser seinen eigenen unergründlichen Willen hatte. Manchmal verschluckten wir uns und spürten für einen Augenblick die Möglichkeit des Ertrinkens in der Lunge, die Härte und Erbarmungslosigkeit des Wassers, wenn es sich auf den Atem legt und auf einmal nach Blut schmeckt, metallisch und gar nicht wie die stumpfe Süße der Pappeln. Manchmal trat der Beinschlag eines anderen Schwimmers, der uns zu nahe gekommen war, einen Wirbel los, der wie ein ungesehenes und unfaßbares Lebewesen über unsere Haut glitt, uns anstieß wie ein Fisch und sich wedelnd wieder ins Nichts auflöste. Dann packte uns ein kurzer Schrecken über das Unsichtbare selbst in dem klarsten Wasser, über die wimmelnden, schattenhaften Geheimnisse, die jedes Wasser unter seiner Oberfläche verbarg. Ein Begriff von

Tiefe tat sich auf, bodenlos wie ein Fjord, der ganze Erdspalten füllt und nach ein, zwei Metern knietiefem Uferwasser siebenhundert oder neunhundert Meter in die Endlosigkeit reicht. Aber die Diemel war da und hielt ihren steinigen Grund für uns bereit, den wir nach einigen kurzen, ängstlichen Stramplern stets zu fassen kriegten, Grund, Land, Festigkeit, wo sich die Zehen einkrallen konnten zwischen den glattgeschliffenen Steinen und wir zum Stehen kamen, das Wasser bis zur Brust, ohne ums Überleben rudern und strampeln zu müssen. Und die dunkle, plötzliche Todesangst unter dem Wasser verschwand so schnell und flüchtig, wie sie gekommen war.

Seltsam ist nur, daß meine Angst vor dem Wasser wuchs, je besser ich schwimmen konnte. Je mehr unterschiedliche Schwimmstile ich erlernte, je sicherer und vielleicht sogar eleganter ich sie beherrschte, desto größer wurde meine Angst. Ich bin in zahllosen Staffeln geschwommen, habe viele Jahre hart die verschiedensten Disziplinen trainiert, mich schließlich auf Marathonstrecken im Freistil spezialisiert und regelmäßig halbe Tage im Wasser verbracht, so lange, bis der klatschende Rhythmus des Schlagarms, das Einholen und Hinausstöhnen der Luft über und unter Wasser und der Viervierteltakt des Beinschlags zu einer unaufhörlichen monotonen Begleitmusik meines Lebens wurden, auch an Land, wo mir dieser Rhythmus in den Ohren pulste wie ein zweiter übergeordneter Herzschlag, der Herzschlag eines umfassenderen Organismus aus Wasser und Körper und Kraft.

Aber die Angst wurde größer, von Mal zu Mal. Die Angst während der letzten Schritte zum Beckenrand, die Angst beim ersten Blick aufs Wasser, in dem sich die Tribüne spiegelte mit den Zuschauerreihen, die einen Wettkampf der Schwimmer sehen wollten, wo wir doch wußten, die wir neben den Startblöcken noch einmal Wasser schöpften und es uns ins Gesicht rieben, daß es ein Wettkampf, ein Überlebenskampf ganz allein gegen das Wasser werden würde, für jeden einzelnen von uns. Wir wußten, daß das erste Eintauchen ins Wasser der Sprung in eine große Einsamkeit sein würde, daß es nichts und niemanden gab, der uns auf den bevorstehenden Kilometern beistehen konnte. Die ersten vierhundert, fünfhundert Meter vielleicht schweifte der Blick auf die benachbarte Bahn und den das Wasser dreschenden Konkurrenten, doch dann schwammen wir blind, Kopf unter Wasser. Es gab nur noch das Einschlagen der Arme, das Rattern des Beinschlags und nichts als Wasser, Entfernung und Atem. Wir wurden Teil jenes übergeordneten Organismus, dessen genaue Pulsfrequenz man erreichen mußte. Nur wer den regelmäßigen Pulsschlag dieses Elements exakt traf, hielt und darin aufging, den nahm das Wasser auf wie einen Teil seiner selbst. Wer aber zu langsam war oder zu schnell, wer durch einen falschen Schlag oder überhastetes Atmen jenseits des Pulses geriet, den ließ das Wasser nicht durch, gegen den verhärtete es sich, sperrte es sich, wurde wie eine Wand aus Wasser, gegen die man vergeblich ankraulte, mal zu schnell, mal zu langsam, wütend, verzweifelt, verloren in der Ungnade des Wassers, das einen auf der Stelle kraulen ließ, das einen bannte in Undurchdringlichkeit.

Mein Alptraum vom Wasser war der, daß es mich nicht aufnimmt in seine Gnade, daß es hart und erbarmungslos gegen mich sein könne, daß es mich zu einem Fremden machen würde in diesem Element. Und jedesmal, während wir die letzten Meter zum Beckenrand zurücklegten und uns das Herz bis zum Hals schlug, jedesmal von neuem lag das Wasser vor uns, glatt und unbewegt, ohne ein Zeichen seiner Gunst oder Ungnade, als hätten wir nicht schon unzählige Stunden in diesem Wasser zugebracht, als seien wir nicht vor weniger als einem Tag noch eins gewesen mit ihm, getragen wie auf einer Hand aus Wasser und beflügelt von seinem rhythmischen Rauschen, seiner schnellen Geschmeidigkeit. Aber nein, jedesmal von neuem war diese Kluft zu überwinden zwischen den Elementen, zwischen der Festigkeit und Verläßlichkeit des Fliesenbodens, auf den unsere nackten Füße klatschten, der Festigkeit und Verläßlichkeit des Betons oder Stahls der Startblöcke und der Unwägbarkeit des Wassers, das zu weich oder zu hart gegen uns sein könnte, jedesmal von neuem.

Vielleicht wächst diese Angst von Tag zu Tag, weil mich das Wasser noch nie fallen gelassen hat, weil ich bisher immer ein Günstling des Wassers gewesen bin, das mich aufnahm und auf seinem gewaltigen Rücken trug. Es wächst die Angst, daß es mir diese Gunst heute verwehren könnte, gerade heute, bei diesem Wettkampf, bei dieser Entfernung, mitten in der jetzt vor mir liegenden Wüste aus Wasser.

Ich bin noch nie in die Ungnade des Wassers geraten. Aber es ist der Charakter des Wassers, mich die Möglichkeit dieser Ungnade immer spüren zu lassen. Und gelegentlich läßt es Andeutungen seiner Willkür Wirklichkeit werden. Gelegentlich verändert es seine Beschaffenheit, und wie in einem plötzlichen Wechsel von Salzwasser zu Süßwasser zieht es für einen Augenblick die Hand weg, auf der es dich getragen hat, läßt dich die Schwere deines Körpers spüren und zieht wie mit Bleigewichten an allen deinen Gliedern. Alles droht zu sinken, sogar dein Kopf, vor dem die Arme noch wütend das Wasser schlagen, sogar er droht zu sinken, das Wenden und Luftholen zu vergessen und einfach auf die Brust zu nicken, schwer von Schlaf und Tod. Und dann bleibt es doch nur bei dieser Möglichkeit. Und der dunkle Sog in die Tiefe läßt wieder nach und gibt den schon von Todesträumen umnebelten, schon niedergesunkenen Kopf wieder frei, der ruckartig zur Seite geworfen wird und nach Luft schreit, einen Geburtsschrei nach Luft, und die Bleigewichte fallen ab von den Gliedern. Wie von einem warmen Strom Salzwasser, wie von einer warmen gütigen Hand getragen, werden die nächsten Meter unendlich leicht. Geschmeidig zieht das Wasser in Strudeln und Wirbeln vorbei, und es ist seinem Günstling freundlich und gut.

Und während unsere gebückten Körper wie gefiederlose Krähen auf den Startblöcken hocken, geduckt in der Spannung vor dem Pfiff oder Startschuß, während unsere Augen auf die Bahnen vor uns gerichtet sind und die Anzahl der Schläge abmessen bis zu Anschlag und Wende, während dieser kurze, abrupte Moment der Ruhe einkehrt und die Zeit stockt und stillsteht, währenddessen zieht ein Rausch der Angst durch die Köpfe, eine Illusion von Flucht, die Illusion des Aufgebens, des Abbrechens und der Erlösung von dieser Spannung, des Aufstehens und Heruntersteigens vom Startblock: das Handtuch über die Schultern legen und einfach hinausgehen, vor den Augen der verdutzten Zuschauer und der spöttischen, weil neidischen Schwimmer, die nur zu gern dasselbe getan hätten in genau demselben Augenblick, aber nicht den Mut aufbrachten zur Feigheit.

Aber sie ist eine Illusion, diese Flucht. Denn der Sog des Wassers, seine unnachgiebige Anziehungskraft, bannt uns auf die Plätze. Es gibt kein Zurück mehr. Es gibt nur die Flucht nach vorn, die Flucht vor der Angst in die Angst, der Sprung, die Überwindung und das Eintauchen in das andere Element und die Hoffnung, es möge uns gut sein und eins werden mit unseren Bewegungen und uns nicht abweisen, fremd und unverwandt, die Hoffnung, es möge uns aufnehmen, nicht verstoßen.

Und dann das Eintauchen, der möglichst flache, langge-
streckte Kopfsprung und das Eintauchen ins Naß, die ersten
Meter unter einer dünnen Schicht von Wasser, das sich noch
gar nicht anfühlt wie Wasser, sondern trocken wirkt im Moment des Aufpralls und wie ein Nesselbrand über die Haut
gleitet. Jetzt die nach vorne gestreckten Arme durchziehen,
die erste wirkliche Bewegung im Fluß des Wassers, das die
Arme mit aller Macht an sich heranzuholen versuchen wie
ein rettendes Stück Land, wie bei einem Klimmzug den Körper nachziehend, während die Beine mit spannabwärts gestreckten Zehen den Auftakt schlagen, einen anschwellenden
Trommelwirbel, einen Tusch, und die Arme schieben mit
schaufelnden Händen ganze Wasserbrocken beiseite und
stoßen sich wieder davon ab, um nach neuen Wasserbrocken
zu greifen, und sie räumen die Bahn frei, während Brust und
Becken ihre Balance im Wasser suchen und sich eine letzte
Hoffnung in der Wut und Angriffslust der Schläge entlädt,
die Hoffnung, das Wasser möge nicht mit kalter Hand nach
unsern Herzen fassen, vor die sich jetzt keine schützenden
Arme mehr breiten, unsere Herzen, die das Wasser jetzt so
todesnah umspült, unsere preisgegebenen Herzen – möge das
Wasser sie sanft einhüllen und wiegen auf unserer Bahn.

Damals, beim Bad in der Diemel, wußte ich noch nichts von
dieser Angst. Prustend, platschend und lachend, tauchten wir
aus dem Wasser auf und kletterten auf die Findlinge an der
Uferböschung, wo wir uns in der Sonne trocknen ließen.
Flossengroße Wasserflecken auf den sonnenbleichen Steinen
führten zu unsern Lieblingsplätzen, wo wir die Beine von uns
streckten und mit aufgestützten Ellbogen in die Sonne blin-
zelten. Und die Steine, von unsern Wasserspuren naß, fingen
an, ihren Geruch auszuströmen, diesen leicht brackigen Geruch von trocknendem Wasser in den Poren alter Steine, auf
denen wechselnde Wasserspiegel Ränder von graugeworde-

nen Algen hinterlassen hatten. Und vielleicht waren es diese ausgetrockneten, beinahe steingewordenen Algen, die so rochen nach brackigem Wasser und salzig-süßer See und die krümelnd und körnig wie Mohn an unserer Haut hafteten, wenn wir uns in der Sonne wendeten. Noch in der Nacht roch unsere sonnengetrocknete Haut nach Wasser und Steinalgen, noch Stunden später, wenn wir uns die Lippen leckten beim Abendbrot, schmeckten wir den pappelstumpfen, süßlich-salzigen Wassergeschmack auf der Haut. Und unsere kurzärmeligen Hemden, die wir am nächsten Morgen wieder überstreiften, waren noch voll von diesem Geruch, so wie der neue, anbrechende Tag es sein würde.

Wassereinwohner

In den Geschichten der Mütter und Großmütter, in ihren Warnungen war das Wasser bewohnt. Und während wir auf der Frühstücksterrasse saßen im Sommer und die schwarze Orpe lautlos vor uns dahinglitt und unsere noch traumverwirrten Gedanken mit sich zog, und während unsere Wünsche zum Wasser hin immer stärker wurden, erzählten die Mütter und Großmütter ihre warnenden Geschichten über die Einwohner des Wassers, und wir schauten ihren Worten nach, hinunter zum Garten, zum Brunnen, zum Fluß.

In der Orpe wohnte der Harkemann. Er verbarg sich in der Schwärze des Wassers. An den baumbestandenen, laubverhangenen Stellen schlief er in der Tiefe. Sein langer Bart reichte bis auf den Grund, seine Arme erstreckten sich über den Flußlauf, und noch weiter reichte seine Harke, mit der er, wenn jemand seine Ruhe störte, den Störenfried vom Ufer weg ins Wasser riß und zu sich in die Tiefe zog. Moos, Algen und Tang bedeckten den Harkemann am ganzen Körper, und schlammige schwarze Wasserpflanzen verfingen sich in seinem Bart. Und sein bemooster, grauschwarzer Rücken warf lange Schatten auf den Grund des Flusses. Weil der Harkemann dort hauste, war die Orpe so schwarz.

Keine der Mütter und Großmütter hatte den Harkemann wirklich gesehen, denn wer ihn sah, den tötete der Harkemann auf der Stelle, tötete ihn vielleicht sogar mit seinem Blick und holte ihn dann mit der Harke heim. Meinen Ururgroßvater, den Firmengründer, den Mann, der das Wasser zu Papier und das Papier zu Geld zu machen wußte, den hatte

der Harkemann geholt. Er, der den Strom der Orpe für seine
Kessel und Maschinen abgezweigt hatte und mit dem schwarzen Orpewasser Papierbrei kochte, er, dessen Räder und Walzen das Wasser aus Papier und Pappe preßten, er, der mit seinem Werk die Ruhe des Harkemanns gestört hatte, er wurde
dessen berühmtestes Opfer.

Hin und wieder saß ich in dem holzgetäfelten Büro meines
Großvaters, einem gewaltigen, bulligen Mann mit ganz und
gar kahlem Schädel, und schaute auf das Ölporträt des Firmengründers, meines Ururgroßvaters, dessen lockiger weißer
Bart ihm vor die Brust hing, dessen Wangen von kleinen ro-
ten Äderchen durchzogen waren und dessen Augen hell und
lustig dreinschauten, die Augen eines Mannes, der das Leben
liebte und sein Werk und das Geld.

Aber mein Ururgroßvater hatte die Ruhe des Harkemanns
gestört, und das belegte sein Leben mit einem Fluch. Er hatte
auf der Mißgunst sein Werk errichtet und war mit Wehren
und Pumpen und Wasserrädern in die Kreise des Harkemanns
eingedrungen. Und er hatte Erfolg. Den Zweifeln der Alten
und dem Neid der Jungen zum Trotz hatte er Erfolg mit seiner kleinen Fabrik auf der Mißgunst, die zunächst aus nicht
mehr als einigen Schuppen und Maschinen bestanden hatte,
die aber wuchs und sich ausweitete, die bald nicht mehr nur
für den Tag gebaut war, sondern für ganze Generationen
seiner Familie, die nun auf der Mißgunst herrschte und das
halbe angrenzende Dorf für sich arbeiten ließ.

Und irgendwann, als der Erfolg so gefestigt war, daß er wie
für die Ewigkeit gemacht schien, irgendwann hatte mein Ururgroßvater einen Künstler kommen lassen, einen Porträtma-
ler, und hatte sich aufgepflanzt auf eine Bank und mitten in
seinem erfolgreichen Leben stillgehalten, während ihm das

Blut durch die Wangen pulste und sich die Locken seines Bartes kräuselten auf seiner Brust. Er hatte stillgehalten und dem Maler Modell gesessen für die Generationen, die da kommen sollten, er, der Ahn, der erste in der Galerie, der Begründer und Anfang von allem.

Ich versuche mir vorzustellen, wie es war, als der Harkemann ihn zu sich holte, diesen lebenslustigen Mann mit den leuchtenden Augen. Es war eine Herrennacht, erzählten die Mütter und Großmütter, eine schwarze, verhangene Nacht, sagten sie. Mein Ururgroßvater hatte ein Geschäftsessen außerhalb, bei einem benachbarten Fabrikanten, es war spät geworden, und wenn ich in die Augen meines Ururgroßvaters schaue, in diese hellen, lustigen Augen, dann hatte wohl die eine oder andere Flasche guten Weines nicht gefehlt. Und schließlich hatte man sich doch noch losgerissen, mit Rücksicht auf den nächsten Tag und den klammen Kutscher, der draußen vor der Tür wartete, vom Schlaf gebeugt auf seinem Bock, denn schon vor Stunden hatte man anspannen lassen und dann doch noch eine Geschichte zum besten geben müssen und darauf noch ein Gläschen getrunken. Es war eine ausufernde Herrennacht, eine Nacht der Nimmerwiederkehr, und das Lachen der beiden stattlichen Männer drang durch die hell erleuchteten Fenster bis auf den Hof hinaus zu dem windschiefen Kutscher auf seinem Bock, der sich in Schlaf und Kälte krümmte. Und schließlich stand der laute, lachende Mann, der mein Ururgroßvater war, doch noch im Schein des Portals auf dem Hof, verabschiedete sich herzlich und rief dem Kutscher etwas zu, wie man dem Kutscher eben etwas zuruft, obwohl sie beide wußten, wohin es geht, doch wie um zu zeigen, wer hier befiehlt und daß es gar keinen Zweifel gibt, wer das Wort hat.

Und, so erzählten die Mütter und Großmütter, sie hatten schon bis auf fünfhundert Meter die Mißgunst erreicht, mein lustiger Ururgroßvater in der Kutsche und sein übermüdeter Kutscher auf dem Bock, als er ihm befahl, wie man einem Kutscher eben so befiehlt, Halt zu machen, denn er wolle noch einmal aussteigen, mitten in der Nacht, fünfhundert Meter vor der Mißgunst, an der Gabelung der Orpe, dort, wo sie einen kleinen Bach abzweigt und der breite Flußlauf sich verengt und schneller fließt, die Windungen des hohlweg-artigen Ufers entlang, durch die Gläserne Brücke hinunter bis zu den Wehren und Walzen der Fabrik.

Und etwas verschämt deuteten sie an, die Mütter und Groß-mütter, daß er wohl sein Bedürfnis zu verrichten gehabt habe und hinabgestiegen sei vom Trittbrett der Kutsche, hinunter zum Ufer der Orpe, die schwarz, schnell und schweigsam vor sich hinglitt in dieser Nacht. Und ich stelle mir vor, wie er da-steht am schwarzen Wasser und in der Nacht nach dem Mond Ausschau hält, nichtsahnend, und vielleicht ein Liedchen pfeift zum Plätschern des Wassers vor seinen Füßen, berauscht und siegessicher vom Feiern und vom Erfolg, und daß er nicht merkt, wie der Harkemann vor ihm auftaucht, der eigentliche Herr der Orpe, der, tangschwarz und fließend, diese letzte Demütigung durch meinen Ururgroßvater noch einen Augenblick grimmig mitanschaut, nur einen kurzen Augenblick, um sich das Bild des Mannes einzuprägen, der ihn versklavt hatte, ihn und den Strom und die Gewalt seines Wassers, und der sich jetzt, mitten in der Ruhe der Nacht, noch einen übermütigen Scherz erlaubt und wie zum Hohn sein Wasser mit dem schwarzen Wasser des Harkemanns mischt, ohne zu wissen, daß es der Harkemann ist, der trium-phiert in diesem Augenblick und ihn mit seinen schwimmen-den schwarzen Augen ansieht, im Vorgefühl und im Rausch seiner Rache.

Und der Harkemann wartet. Er wartet noch, bis mein Ururgroßvater sein Wasser vollständig abgeschlagen hat, bis die
Lautlosigkeit und das schwarze Schweigen in das dahingleitende Wasser der Orpe zurückgekehrt ist. Und mein Ururgroßvater, um einen weiteren Triumph lustiger, wendet
sich zum Gehen, ein Liedchen der Lustigkeit auf den Lippen,
und er kehrt dem Harkemann, den er nicht gesehen und nicht
gehört hat und der nun tangschwarz und riesig aus dem Wasser ragt, den Rücken, und gerade als er den ersten Schritt die
Uferböschung hinauf tun will, gerade als er sein Gewicht auf
ein Bein verlagert und mit dem anderen ausschreitet, um zu
seiner Kutsche und der Welt seiner Erfolge zurückzukehren,
gerade in diesem so prekären wie alltäglichen Akt der Balance, in diesem winzigen Moment der Schwäche faßt ihn der
Harkemann und reißt ihn mit sich in die Tiefe, schneller als
die Chance eines Schreis, schneller als Schall, und lautlos
strömt das schwarze Wasser über ihn.

Auf seinem Bock ist der übermüdete Kutscher über geflüster-
ten Flüchen eingenickt, und er schreckt wieder auf aus diesem kurzen Schlaf, der so plötzlich und dumpf über ihn gekommen ist wie ein Schlag in den Nacken. Er schreckt auf
und wundert sich kurz, wo er ist und wie lange er wohl ...
und wo denn der Herr ... aber er wird schon noch kommen ... und überhaupt, wer weiß denn schon, was dem alles
einfällt, mitten in der Nacht ... Und so wartet der Kutscher,
diesmal wachsamer und zunehmend unruhig, er wartet noch
zehn Minuten, eine Viertelstunde vielleicht, bevor er sich getraut zu rufen, den Namen seines Herrn in die Nacht zu rufen, den zu rufen, der sonst immer nach ihm rief, zunächst
noch ehrfurchtsvoll leise in der Hoffnung, niemand möge ihn
hören, dann zusehends lauter, bis er, erschreckt von der Stille
um ihn herum, wieder verstummt und lauscht.

Aber da ist nichts. Kein Laut der Erwiderung, keine Bewegung in dieser dunklen, verhangenen Nacht. Und so bleibt dem Kutscher nichts anderes übrig, als nochmals zu rufen, lauthals jetzt, beinahe rauh, und seine Rufe und das Horchen nach Antwort wechseln sich immer schneller ab, immer hastiger, und dazwischen drängen sich leise Flüche, während ihm die Katastrophe schwant, ihm ausgerechnet, dem man auf irgendeine perfide Weise die Schuld geben würde, der immer schuld war, wenn irgend etwas passierte ... warum immer er, warum immer ihm, warum gerade heute in dieser unseligen Nacht ...

Und als er wieder ruft und noch nichts hört, und als seine Rufe schon Schreie sind und nichts zurücktönt, nur der dumpfe Widerhall der Nacht, der weniger Klang ist als das Verschwinden von Klang, und als die Angst in ihm aufsteigt, denn die Katastrophe ist da und er mittendrin, schwingt er die Peitsche und schlägt auf zum Galopp, und er sagt sich, er muß Hilfe holen, er muß hinunter zur Mißgunst, um Hilfe zu holen, aber in Wirklichkeit will er nur weg, weg aus dieser Unheimlichkeit, weg aus der Stille, die ihn umschließt, dieser Grabesstille, Totenstille, diesem Abgrund aus Stille, alles, nur nicht mehr allein sein mit dieser Stille und Schuld. Und er erreicht die Mißgunst, die nur fünfhundert Meter entfernt liegt, und schlägt Alarm, die Feuerglocke läutend, bis Licht aufscheint in der vielfenstrigen Fabrikantenvilla, Licht in den hohen, herrschaftlichen Fenstern, hier und da und überall, und keuchend, von rauhen Kehlen, werden die alarmierenden Worte hin und her gerufen, einzelne Satzbrocken, keine Zeit für Erklärungen, und schon wenig später stehen die Dienstboten in hastig übergeworfenen Mänteln bereit, mit langen Stangen und Laternen bewehrt, und sie springen auf die Kutsche, und dieses Knäuel aus Stimmen, Bewegung und Hast verläßt ratternd und rasend den Hof, flußaufwärts, und zurück bleiben die Frauen, die nur wenige Worte haben, zu schnell ging das alles, und eines der wenigen Worte ist vielleicht: der Harkemann.

Noch bevor die Gabelung erreicht ist, springen die Männer ab, schaukelnde Schatten mit ihren Laternen, und sie eilen die Uferböschung hinab zum schwarzen Wasser der Orpe, das still und strömend, schweigsam und schnell vor sich hin gleitet, als wäre nichts gewesen, als wäre nie etwas geschehen, der glatte Spiegelfilm wie unberührt, der jetzt von den Stangen durchstakt wird, Stangen, die das schwarze Wasser durchstechen bis auf den knirschenden Grund, während die Laternen riesenhafte Geisterschatten ins Uferlaub werfen und über den Strom.

Aber so tief sich die Stangen auch in den Grund bohren, so wütend sie auch hineinstoßen in das schwarze Reich des Harkemanns, er läßt es geschehen und zeigt sich nicht. Er hat sich mit seiner Beute zurückgezogen, hat sich in schnellen Wirbeln und Wendungen getrollt mit seiner Beute, die er nicht wieder hergibt, die ihm niemand wieder entreißt. Und so bleibt der Harkemann verschwunden in dieser Nacht, schwarz und unsichtbar wie ein auf ewig abwesender Gott des Wassers.

Und dennoch geben die Männer nicht auf. Unermüdlich tauchen die Stangen in die Tiefe, langsamer zwar, aber gezielt, in einer Reihe das Ufer entlang flußabwärts, Schritt für Schritt, die fünfhundert Meter bis hinunter zur Mißgunst, zu den Wehren und Walzen der Fabrik. Und es gibt keine Untiefe, keine Schlammbank im Flußbett, woran die Stangen nicht gerührt hätten. Längst ist der Schein der Laternen und der Schattenwurf auf dem Laub und dem Wasser verblaßt in der vernebelten Morgensonne. Längst sind die Schemen der

Männer zu scharf umrissenen Figuren geworden, dieser mit ernstem Gesicht und zusammengebissenen Zähnen, jener unrasiert, mit müdem Blick und wirrem Haar, die Ärmel triefend von schwarzem Wasser, das die Stangen herabrinnt, wenn sie aus den Eingeweiden des Flusses herausgezogen werden, um an anderer Stelle wieder zuzustechen. Männer in schmutzigen Mänteln und Hosen, wie Faune zerzaust vom unwegsamen Ufer mit seinem Gestrüpp, den Brombeersträuchern, den Farnen und dem Huflattich, der zum Wasser wächst. Und rote, lehmige Erde klebt an den Schuhen und Stiefeln wie Blut.

Von der Fabrik her kommen die Arbeiter, um die Domestiken abzulösen. Wortlos übernehmen sie die Stangen, schweigend setzen sie die Suche fort. Schnell hat es sich herumgesprochen. Das ganze Dorf weiß Bescheid. Es gibt nichts mehr zu sagen, nur etwas zu tun, nur diese Pflicht gegenüber ihrem Dienstherrn zu erfüllen, eine Pflicht, die immer mehr einer letzten Ehre gleicht, einem Begräbnisritual, einem Trauerzug aus hinauf- und hinabgleitenden Stangen in schwieligen Händen, einem Trauerzug aus rinnendem, triefendem Holz, der sich jetzt wieder flußaufwärts bewegt und die Totenstille des Wassers durchstößt, das für heute sogar die Fabrik zum Schweigen gebracht hat, zum völligen Stillstand, zu einer Ruhe, wie es sie nicht mehr gegeben hatte, seitdem mein Ururgroßvater auf der Mißgunst die ersten Schuppen zusammenhämmern ließ, sie Papierfabrik nannte und ihr seinen Namen gab. Jetzt hatte der Fluß sein Schweigen darüber verhängt.

Einen Tag, zwei Tage schon dauerte diese stumme Trauer. Man hatte die Suche am Abend des ersten Tages eingestellt. Es gab keine Untiefe, keine Schlammbank, die man nicht dreimal, viermal durchstochert hätte. Mein Ururgroßvater blieb unauffindbar in den Fängen des Harkemanns, so unauffindbar wie der Herr des Flusses selbst, der sich in Algen, Schlamm und schwarzes Wasser aufgelöst zu haben schien, jetzt, da er seinen Todfeind, den Firmengründer, geholt hatte. So unauffindbar war der Harkemann, daß die Arbeiter am Ende ihrer Suche die müden Füße im Wasser badeten. Die Abwesenheit des Harkemanns hatte ihnen die Angst genommen vor dem schwarzen, schnellen Wasser. Entzaubert von seiner Gefährlichkeit floß es dahin, und sie ließen die Beine im gleitenden Strom der Orpe baumeln, obwohl sie wußten, daß die Beine ihres Dienstherrn vielleicht ebenfalls in der Orpe vor sich hin baumelten, in der Tiefe der Orpe, bleich und leblos, bis auf das schwimmend schaukelnde Spiel, das das Wasser mit ihnen trieb. Sie wußten es, aber sie glaubten es nicht, sondern saßen da, stumm und versunken, die Schultern ein wenig schief und so vergeblich, als hätten sie versucht, das Ufer vom Wasser abzustoßen und das Land den Fluß hinaufzurudern. Sie saßen da und schauten aufs Wasser.

Zwei Tage stumme Trauer. Die Fabrik lag still und verlassen da, die Arbeiter kamen zu den gewohnten Zeiten, aber sie schlichen um die Schuppen und Maschinen herum und setzten sich ans Wasser, und ihre gedämpften Stimmen murmelten leise mit dem Fluß und der Strömung. Niemand wagte es, das Kommando zu ergreifen und das Memento mori, diese vom tödlichen Schweigen des Wassers verhängte Zeit des Gedenkens zu stören und den Lärm der Arbeit wieder in Gang zu setzen, um das Wasser erneut der Betriebsamkeit der Papierfabrik zu unterwerfen. Niemand wagte es, auch der Sohn meines Ururgroßvaters nicht. Er wagte es nicht, seine Nachfolge anzutreten.

Mein Ururgroßvater war im schwarzen Wasser verschwunden, und weil man ihn nicht gefunden hatte, war er nicht tot.

Er lähmte alles Leben um ihn her, all das Leben, das er, der Firmengründer, auf der Mißgunst versammelt hatte, aber er war nicht tot, solange er nicht tot gefunden war. Schon mehrten sich Gerüchte, er sei vielleicht gar nicht ertrunken, er sei werweißwo, versteckt, verreist, geflüchtet. Vielleicht wußte er etwas, das niemand anderes wissen durfte, vielleicht wußte er von Schwierigkeiten, Schulden, Bankrott und Ruin, und er hatte sich rechtzeitig aus dem Staub gemacht.

Dabei war der Glaube an die Allmacht meines Ururgroßvaters ungebrochen, an seine Firmengründergewalt und sein Geschick. Und ein wenig glaubte jeder, daß er es sogar fertiggebracht haben könnte, den Harkemann zu seinem Kompagnon zu machen. Vielleicht hatten die beiden alten Herren ihre Feindschaft miteinander besprochen, eine Flasche Wein zusammen geleert und festgestellt, daß sie einander sympathisch waren, mein Ururgroßvater mit seinem kräuselnden weißen Bart auf der Brust und den hellen lustigen Augen und der tangverhangene Harkemann mit seinem wasserschwarzen Blick und einem noch längeren, noch imposanteren Bart, gewoben aus Algen und Schlamm. Vielleicht hatten sie sich angeschaut, die beiden barocken Herren, der Dienstherr und der Herr des Flusses, und ihre Finger verlegen in ihren Bärten gedreht und dann herzlich gelacht, der eine über den andern und beide über sich selbst. Und vielleicht war dann ein Schweigen der Versöhnung zwischen ihnen eingekehrt, besiegelt von einem freundschaftlichen feuchten Handschlag und einem Spritzer Schlamm. Ja, zuzutrauen wär's ihm, daß er den Harkemann selbst zu seinem Kompagnon macht und das schwarze Wasser für sich arbeiten läßt, während er mit dem Harkemann in seinem holzgetäfelten Büro sitzt, unter dem ölgemalten Porträt seiner selbst, bei einer guten Zigarre, und blumigen Cognac schwenkt.

Aber dann kam der dritte Tag. Ein dritter Tag des Schweigens und der Trauer, an dem die Arbeiter sich morgens zur gewohnten Zeit an den Fluß begaben wie auf ihre Posten und auf das schwarz dahingleitende Wasser starrten, als wäre das ihre Arbeit, als hätte sie mein Ururgroßvater nie für etwas anderes als diese Tätigkeit bestimmt. Und in dem holzgetäfelten Büro geht unruhig sein Sohn auf und ab, einen gelegentlichen Blick auf das Bild seines Vaters werfend, dieses mächtigen, nicht auszutreibenden Vaters, der mit hellem Triumph in den Augen den Blick des Sohnes niederstarrt. Und er wandert die Wege der Unruhe in dem Büro, das nicht seins ist, das nicht seins werden will, beschämt von dem Gefühl, daß er den Platz neben seinem Vater, den leeren Platz in der angefangenen Ahnengalerie, niemals einnehmen wird.

Dabei konnte er rechnen wie kein zweiter. Dabei hatte er ein Gespür für Zahlen, das es ihm möglich machte, Zahlen und Rechenvorgänge selbst dort zu sehen, wo alle andern sich von dem äußeren Schein der Dinge blenden ließen. Er hatte die Fähigkeit, in allem die Zahl zu erkennen und diese Zahlen miteinander zu verbinden, in Gleichungen zu bringen, auf- und gegenzurechnen, bis alles in einer einzigen großen Zahl unter dem Strich zusammengefaßt war. Seine Rechenkünste hatten die Hauslehrer verblüfft, die Buchhalter fingen an zu schwitzen, wenn er die Kolonnen ihrer Bücher überflog, immer fand er den Fehler. Unter allen, die mit Zahlen zu tun hatten, war er gefürchtet, bewundert, respektiert. Nur einen beeindruckte das nicht, seinen Vater, dem oftmals in einer simplen Addition Fehler unterliefen, und der dann lustlos zu seinem Sohn sagte, rechne du das. Und es war kein Kompliment, es war eine Beleidigung. Er behandelte ihn wie einen Domestiken, wie einen Laufburschen, der in das Reich der Zahlen ausgeschickt wurde, um gefälligst das richtige Ergebnis zu holen. Und jedesmal überkam ihn diese Wut, diese kalte, unmathematische Wut, daß da jenseits der Zahlen etwas sein könnte, ein Geheimnis, eine nicht zu errechnende Kunst, die es seinem Vater ermöglichte zu tun, was er tat, und die ihm, dem Sohn, auf ewig verborgen blieb.

Es war am dritten Tag der Trauer über den Unauffindbaren, daß er zu dem Porträt seines Vaters aufschaute. Und diesmal ließ er sich nicht niederstarren von den hellen lustigen Augen, die den Triumph so gewöhnt waren, sondern hielt ihnen stand in offener Rebellion, in kalter, unmathematischer Feindseligkeit. Was auch immer geschehen war, was auch immer geschehen mochte, er war entschlossen, die Nachfolge seines Vaters anzutreten, ihn endgültig für tot zu erklären, auch wenn er ihn damit vor der Zeit umbrachte. Er war entschlossen, ihn um jeden Preis von seinem Platz zu verdrängen. Lange genug hatte er gewartet. Lange genug hatte er für ihn gerechnet, in Verachtung gerechnet, so als wäre die Mathematik, diese erhabene, klare Wissenschaft, eine Sache der Domestiken und Handlanger. Doch damit war Schluß. Er würde die Nachfolge antreten und endlich die Zahl in ihr Recht setzen. Die Zahl, die strenge und gerechte Zahl sollte regieren auf der Mißgunst, ohne Ansehen der Person, ohne Liebe und Verachtung, ohne Günstlinge und Sündenböcke, denn vor der Zahl waren sie alle gleich, alle, auch sein Vater, dessen Rechnung jetzt und für alle Zeit abgeschlossen war, zu Ende addiert, ein nicht mehr zu aktivierender Posten.

Es war am dritten Tag, er hatte sich gerade an den Schreibtisch gesetzt in dem Büro, das nun seins werden sollte, komme, was da wolle, er betrachtete zum ersten Mal in seinem Leben dieses Büro von der andern Seite des Schreibtisches aus und nahm es mit seinen Blicken in Besitz, da ertönte vom Fluß her lautes Rufen und Geschrei. Es verbreitete sich wie ein Lauffeuer über die Mißgunst, drang bis in das holzgetäfelte Büro und ließ ihn aufschrecken, aufspringen von seinem, seines Vaters Stuhl wie ertappt. Es zwang ihn, ans Fenster zu treten, an das Fenster zum Fluß, Haltung anzunehmen und hinauszusehen, die zitternden Hände auf dem Rücken ineinander verhakelt, verhakt. Und auf einmal wußte er, daß er zurückgekehrt war, sein lauter, überbordender, ewig triumphierender Vater, den die Leute liebten oder fürchteten oder beides, er war wieder da, um seinen Sohn zurückzusetzen an den Katzentisch der Mathematik, seinen zur Nachfolge unfähigen Sohn, ihn, den Rechendomestiken.

Es war am dritten Tag, die Arbeiter saßen tatenlos am Wasser und sprachen mit gedämpften Stimmen, wie sie es für ihre Pflicht hielten, und vielleicht fiel hier und da einmal der Name Harkemann, als ganz allmählich in der Nähe des Wehres mit der unendlichen Geduld der Leichen ein Rücken auftrieb, ein Rücken wie von einem großen Fisch oder Wal, und die Oberfläche des schwarzen Wassers beugte. Zwei schlaffe Arme schwappten nach, die Ärmel beinahe wie hochgekrempelt und dennoch zwei vollkommen untätige Arme, und die Arbeiter, die nur noch starrten und schwiegen und ihren Augen nicht trauten, umstanden das Wehr und das sich aufstauende schwarze Wasser und sahen dem auftreibenden Leichnam zu, dessen Kopf noch in die Tiefe nickte wie zu einem stillen Gruß, zu einem Gruß an den Harkemann, der seine Beute freigegeben hatte am dritten Tag, nachdem er sie mit schwarzem Wasser erstickt und über die Schlammbänke und Untiefen des Grundes zu Tode geschleift hatte.

Noch immer wagte keiner der Arbeiter, seine Stimme zu erheben, und niemand wagte es, eine Stange oder einen Stab zu ergreifen und das Wasser anzutasten, denn der Harkemann war wieder da, er war mit seinem Opfer zurückgekehrt, und was er ihnen zeigte, war als Warnung gemeint, eine Warnung an alle Umstehenden, die Ruhe des Harkemanns nicht zu stören, weshalb er dem aufgetriebenen Leichnam jetzt einen letzten spielerischen Stoß versetzte, ihn in einen leisen Strudel zog und im ansonsten trägen Wasser einmal sich selbst umkreisen ließ, das Gesicht nach wie vor zum Flußgrund gewandt. Und die Arbeiter beugen sich unfreiwillig näher, mit der Neugier des Schreckens, und schauen, begierig vor Angst, ob sie nicht doch einen Blick vom Harkemann erhaschen, der so nah ist, daß man seinen Bart im Wasser rauschen hören kann, und sie starren in das schwarze Wasser, das träge den gedunsenen Leichnam umschwappt, als plötzlich, ganz plötzlich und nah, direkt neben der Leiche Blasen aufsteigen wie fauler Atem, Blubbern, zum Zerplatzen voll mit gräßlichem Gestank, der faule Atem des Harkemanns, der sie mit einer solchen Wucht anhaucht, daß der eine oder andere beinahe niedergesunken wäre, ins Wasser gezogen von diesem Jauche-Atem der Tiefe, den der Harkemann ihnen geschickt hatte, bevor er wieder in den von Schatten wimmelnden Gründen des Flusses verschwand.

Dieser Hauch von Fäulnis gab ihrer Angst das Stichwort. Und die Arbeiter schrien und riefen nun wie von Sinnen, obwohl es natürlich eine logische Erklärung gab für die Blasen und Blubbern voller Verwesungsgeruch, der den Bauch meines Ururgroßvaters füllte und ihn wie einen Ballon aus der Tiefe hatte aufsteigen lassen. Doch jetzt, da die ersten Entsetzensschreie das Schweigen über dem Fluß und der Mißgunst gebrochen hatten, jetzt gab es kein Halten mehr, und wie von einem Bann der Stille erlöst, riefen und redeten sie alle drauflos. Die ehrfurchtsvolle Zurückhaltung der vergangenen Tage ergoß sich in Geschwätzigkeit, lautes Rufen und das vielstimmige Geschrei, das den Sohn aus seiner Rechenruhe gerissen hatte. Und es umschwirrte ihn auch jetzt noch, als er hinunter zum Wasser schritt, dahin, wo sich sein Vater aus der

Vergessenheit des schwarzen Stromes losgerissen hatte und aufgetaucht war wie ein Ungetüm aus einer anderen Zeit, um noch einmal all seine Leute um sich zu scharen.

Die Menge teilte sich, als er ans Ufer trat und seinen Vater sah, der wahrhaftig unter Wasser gewachsen war, größer und gewaltiger wirkte als je zuvor mit seinem wuchtigen Rücken und den bleichen, gedunsenen Armen, die weitläufig im Wasser verliefen, so als würden sie mit schaukelnden Handflächen und kräuselnd gekrümmten Fingern die Strudel und Ströme befehligen. Da schwamm dieser enorme, unausrechenbare Mann, der sogar im Tod noch über ihn triumphierte und nach Tagen der Trauer und der Untätigkeit zurückgekehrt war, um die Mathematik seines Sohnes, die Klarheit und Schönheit der Zahl mit seinem Anblick zum Verblassen zu bringen auf lange Zeit.

Es war ein Todesgruß der Verachtung, ein letztes Zeichen seines Hohns auf die reine Mathematik, die für ihn nur Mittel zum Zweck war und Sache der Buchhalter, die ihre Ärmel an Schreibtischen aufscheuerten, anstatt dem Geld und den Zahlen Leben einzuhauchen und den eigenen unbedingten Willen über den Walzen und Rädern walten zu lassen. Und es war still geworden um meinen Urgroßvater bei dieser letzten Unterredung mit seinem Vater, der ihm mit aller Gelassenheit den Rücken zugekehrt hatte und doch zu ihm sprach. Er zeigte ihm seine ganze Verachtung, eine ruhige unerschütterliche Gleichgültigkeit, während sein Sohn sich um Haltung bemühte und seine zitternden Hände hinter seinem Rücken verhakte. Und die Arbeiter blieben unbeweglich zunächst und gehorchten nur langsam dem stummen Befehl, den der Sohn gab, nachdem er eine Weile der Verachtung seines Vaters standgehalten hatte. Es war sein erster Befehl, nicht mehr als ein Wink, eine ruckartige Drehung des Kopfes und doch eine Ungeheuerlichkeit, weil er damit nicht nur über die Arbeiter, sondern auch über seinen Vater befahl, über den gigantischen Vaterleichnam im Wasser, und kurz und knapp und ohne Trauer soviel sagte wie: Holt ihn da raus.

Als die ersten Stangen nach dem Leichnam im Wasser faßten und ihn wendeten, war es wie eine letzte Antwort, die sein Vater ihm gab, eine letzte, Schrecken und Ehrfurcht gebietende Antwort: Das Gesicht meines lustigen, listigen Ururgroßvaters mit den hellen, höhnischen Augen war weg. Wasserratten hatten ihm die Nase und das Fleisch von den Wangenknochen gerissen, während er sich schwer und trunken von Wasser und Wein in den Wehren seiner eigenen Fabrik verfangen hatte. Der Harkemann hatte den Leib seines Todfeindes, meines Ururgroßvaters, zurückgegeben, aber sein Gesicht hatte er behalten. Solcher Art war die Rache des Harkemanns, wenn man seine Ruhe störte, erzählten die Mütter und Großmütter und warnten uns vor dem Wasser, während unsere kleinen Füße unruhig auf den kalten Steinen der Frühstücksterrasse tanzten.

Wasser und Zahl

Die Angst vor dem Harkemann war eine wirkliche Angst. Doch gerade durch diese Angst zog uns das Wasser der Orpe magisch an, dieses Wasser, das nicht nur den Harkemann, sondern auch den Tod meines Ururgroßvaters beherbergte. Und diese Nachbarschaft von Wasser und Tod und unserem weitläufig grünen Garten wurde für uns zu einer Unwiderstehlichkeit.

Es war am Tag des Frühjahrsputzes, des ›Großreinemachens‹, wie die Mütter und Großmütter es nannten. Schon auf der Frühstücksterrasse roch es nach Bohnerwachs, und das Anziehen, das Frühstück und die Warnungen, die uns Kindern mitgegeben wurden, alles war eine Spur flüchtiger, flatterhafter und nervöser als an anderen Tagen. Die großen Fenster und Balkontüren standen sperrangelweit offen, das unüberschaubar riesige Haus tat sich auf. Bald hingen endlose Läufer und großflächige Teppiche im Garten und verwandelten die Landschaft in ein Haus jenseits des Hauses, während das Dröhnen der Staubsauger und Bohnerwachsmaschinen und die Gerüche von Scheuermitteln und Terpentin die Geräusche und Gerüche des Gartens überlagerten.

Aus Haus und Garten verbannt, beschlossen wir, die Mütter und Großmütter zu täuschen, uns ihren Warnungen und Verboten zu widersetzen und nur scheinbar den Weg zum zahmen Wasser der Diemel einzuschlagen. Tatsächlich duckten wir uns in einen Abzugsgraben und schlichen in die entgegengesetzte Richtung, bis wir an eine riesige Abflußröhre kamen, deren anderes Ende kurz hinter der Fabrik in die Orpe mündete. Bräunliche Algen wedelten in den Rinnsalen, die vom Graben in die Abflußröhre und dann tröpfelnd in die Orpe flossen. Die Röhre selbst, aus rauhem Beton gegossen, war gerade so hoch, daß wir gebückt darin stehen konnten. Sie machte in ihrem Verlauf einen unterirdischen Bogen, so daß wir das andere Ende, die Öffnung hin zum Wasser und Tageslicht, nicht sehen konnten. Also kletterten wir hinein und gingen rückwärts, den Blick auf den runden Ausschnitt des Tages am Eingang des Tunnels gerichtet, auf diesen blaß-grauen Lichtkreis, der mit jedem Schritt, den wir rückwärts gingen, immer kleiner wurde, bis wir zu der unterirdischen Biegung kamen, die uns völlig vom Tageslicht abschnitt. Unsere verschwörerische Laune, unser unerlaubtes Lachen über diesen Streich war uns längst vergangen. An keinem Ende des Tunnels, weder vor noch hinter uns, war Licht. Wir tasteten uns langsam durch das Dunkel, in dem es kein Ziel, keine Richtung mehr gab, nur den Gestank von totem Wasser und das schwache Tröpfeln der Rinnsale, unterbrochen vom platschenden Schritt unserer unsichtbaren Füße und dem Stöhnen unseres beklommenen Atems.

Kaum zu glauben, daß wenige Meter über uns die Welt weiter so war, wie wir sie kannten, daß da draußen, wenige Meter über uns, das Leben unbekümmert weiterging, voller Licht und Luft und Auslauf, während wir hier unten in klammer Dunkelheit feststeckten und sich die Enge der Tunnelröhre um uns schloß. Die Feuchtigkeit faßte uns an, triefende, stinkende Feuchtigkeit. Unsere Hände glitten haltlos über den nassen Beton, dessen rauhe, körnige Beschaffenheit vom Schleim und Kelleratem dieser Feuchtigkeit unkenntlich gemacht wurde. Schwer legte sie sich auf unsere Lungen, die nach Luft stöhnten. Und es war wie ein Tod durch Ertrinken, denn alle Luft schien in Feuchtigkeit aufgelöst, in Spinnwebenschleier aus feinsten Tropfen, ungelüftete Wasserweben, die schal und abgestanden schmeckten, uns über Gesicht und

Nacken liefen und sich mit flüssigem Hauch in unsere Münder drängten.

Wir hielten den Atem an. Es war kaum möglich, einen Schritt vor- oder zurückzugehen. Eine erstickende Stille befiel uns, die sich wie ein Ring aus Geräuschlosigkeit um uns zusammenzog. Selbst das Tröpfeln der Rinnsale schien unendlich fern. Wir zwängten uns noch ein, zwei Schritte weiter, als plötzlich überall um uns herum ein gellendes Geschrei und Gekreisch anhob, ein schrilles Fiepsen wie von einem auffliegenden Vogelschwarm, der die gesamte Tunnelröhre auszufüllen schien. Wir waren gelähmt vor Angst und standen einfach still, während es schrill und kreischend um uns und über unsere Füße huschte und krabbelte: keine Vögel, Ratten, Scharen von Ratten, ganze Rattennester.

Und in das Geschrei der Ratten mischte sich jetzt unsere Angst, die ausbrach aus ihrer eigenen Regungslosigkeit. Das Kratzen und Kitzeln der Ratten um unsere Beine, das huschende, schattenhafte Fell auf der Haut, das schrille Gefiepse hatte uns das Gefühl zurückgegeben. Und sobald wir unsere Körper wieder spürten, rannten wir drauflos, rutschten, fielen und rappelten uns wieder hoch, schubsten und schoben wir uns durch die Tunnelröhre, das Geschrei der Ratten in unsern Ohren und den eigenen Schrei im Hals, unhörbar eins mit dem Gekreisch der Ratten um uns herum. Wir rannten mit den Ratten um unser Leben, blind vor Finsternis und taub vor soviel Schall in dieser Enge, die übervoll war mit Geräusch, das sich erst allmählich teilte, auseinanderzog und Raum gab zu hören. Und auf einmal konnte ich unterscheiden, was das Gekreisch der Ratten und was das Geschrei meiner Kameraden war, und da merkte ich, daß ich allein war, daß ich als einziger in die andere Richtung gerannt war, mit den Ratten in Richtung Wasser, hin zur Orpe.

Und weil ich allein war, wurde ich stiller, verstummte. Ich überließ es den Ratten, Geräusche zu machen, und hörte auf ihr Fiepsen, das sich jetzt in der Enge der Röhre verteilte und wie Frage und Antwort klang, während die huschenden Schatten mich noch vereinzelt streiften, kaum wahrnehmbar, wie Flügelschläge von Krähen in der Dunkelheit. Ich tastete und fuchtelte mit den Armen voraus in die Finsternis, ihre faßbare Feuchtigkeit, stemmte meine Füße in den glitschigen Grund und stieß mich wieder ab, während Hinterkopf und Rücken die Tunneldecke entlangschrammten. Und dann meinte ich es zu hören, von weither, wie die Ratten ins Wasser hineinplumpsten und davonglitten mit langgestreckten Hälsen und ihren halbgeöffneten zahnigen Schnauzen über dem schwarzen Film der Wasseroberfläche. Endlich sah ich ganz in der Ferne einen Streifen von Licht, der ins Röhreninnere einfiel. Ich näherte mich dem Tunnelausschnitt des Tages am Ende der Enge, einem kreisrunden Flecken von Helligkeit, der immer größer, immer unterscheidbarer wurde in Wasser und Ufer und Tag, und ich rannte wieder schneller, jetzt, mit diesem Ende in Sicht, ich schlitterte und rannte weiter auf das schwarz glänzende Wasser der Orpe zu, das glitzernd den Tag spiegelte und das Licht und die Luft, ich rannte, beflügelt vor Freude und Erleichterung, obwohl ich wußte, daß ich irgendwann anhalten mußte, bevor ich das rettende Wasser erreichte, das alles andere als rettend sein würde, wenn ich hineinfiele, das mich ersticken würde wie diese Tunnelröhre mit schwarzem, undurchdringlichem Naß, das mich in die Tiefe ziehen würde mit den von Ratten wimmelnden Armen des Harkemanns, der meinem Ururgroßvater das Gesicht vom Schädel gerissen hatte. Aber der Drang war so stark, der Drang hin zu dem in Licht und Luft dahinströmenden Wasser, daß ich unmöglich stehenbleiben konnte, jetzt, da das Wasser und die Weite des Wassers so nah waren, und ich sah nur noch dieses Wasser vor mir, seine schwarz

glänzende Oberfläche, und das nächste, was ich hörte, war –
Gelächter.

Die kräftigen Arme eines Arbeiters, eines Jugoslawen aus den
Gastarbeiterbaracken am Diemeldeich, hatten mich gepackt.
Und seine Brust, an die er mich drückte, bebte vor Gelächter
wie die seines Kollegen, eines hageren, sehnigen Mannes, der
sich vor Lachen bog. Die beiden mußten unser Geschrei in
der Abflußröhre gehört und sich an ihrem Ende postiert haben wie Jäger am Ausgang eines Fuchsbaus, um uns abzufan-
gen, mich und die zahlreichen Ratten, von denen der hagere,
sehnige Mann zwei in seinen breiten Händen hielt, den
langgestreckten Rattenhals fest umringt von Daumen und
Zeigefinger, während die dicken Rattenbäuche in der Luft
baumelten mit im Todeskampf davongestreckten Füßchen
und abgespreizten Zehen und steifen Rattenschwänzen. Ich
dachte, er würde sie streicheln, ihr graubraunes Fell, das seine
Schattenhaftigkeit ganz abgestreift hatte im hellen Tageslicht
und sogar leicht glänzte wie das Fell eines Hamsters, ich
dachte, er würde mit seinem breiten Daumen zärtlich über
ihre vor Angst und Atem zuckenden und pochenden Hälse
streicheln, damit das Entsetzen aus ihren schwarzen Äuglein
verschwand und sich die Schnauzen um die vorstehenden
Zähne schlossen. Aber er lachte nur über das ganze Gesicht
und machte dann eine schnelle, pirouetten-ähnliche Handbewegung in der Luft, die ganz plötzlich mit einem Ruck
zum Stillstand kam, während die fetten Rattenbäuche dem
Schwung der Bewegung folgten und schwungvoll nach hinten ausschlugen, bis es einen leisen Knacks gab und die davongestreckten Füßchen mit den abgespreizten Zehen jäh
erschlafften. Er hatte ihnen das Genick gebrochen mit ihrem
eigenen Gewicht und zeigte mir stolz die beiden leblosen
kleinen Körper, die er mit bloßen Händen erlegt hatte, bevor
er sie zu den andern warf, zu einem ganzen Haufen toter

Ratten. Sein Kollege, der mich festhielt und an seine bebende Brust drückte, lachte von neuem auf. Und sie hatten gut lachen, denn mein Großvater zahlte zu dieser Zeit Kopfgeld für jede erlegte Ratte, für jene Ratten, die den Papierleim und die Stärkevorräte der Fabrik anknabberten, die sich im Wasser und unter den Walzen tummelten und die meinem Ururgroßvater das Gesicht vom Schädel gefressen hatten. Ich hatte ihnen, ohne es zu wissen, die Ratten in die Arme getrieben, während sie geduldig warteten, bereit zu einem schnellen Griff in das graubraune Gewimmel, und sie hatten mich mit ihren kräftigen Armen aufgefangen, bevor ich ins schwarze Wasser der Orpe, in die von Ratten wimmelnden Arme des Harkemanns fiel.

Holt ihn da raus, hatte mein Urgroßvater mit einem Wink befohlen und damit das Kommando über die Fabrik und über den Leichnam seines Vaters ergriffen. Er war entschlossen, dem dumpfen Schweigen und der tatenlosen Trauer auf der Mißgunst ein Ende zu bereiten und das Zahlenwerk der Produktion wieder in Gang zu setzen. Und noch während er überwachte, wie die Arbeiter mit ihren Stangen im Wasser nach der Leiche seines Vaters fischten und sie an Land hievten, rechnete er aus, was die Tage des Begräbnisses und der Trauerfeiern in den Büchern bedeuten würden.

Er war nicht gefühllos, mein Urgroßvater mit dem Zahlengespür, doch das Gewicht seines Auftrags ließ alles andere für ihn nebensächlich werden. Hinter dem Erbe, das ihm sein Vater hinterlassen hatte, hinter der Pflicht, die Firma zu führen, trat der Tod seines Vaters zurück. Der Tod seines Vaters war dieser Auftrag, und so empfand mein Urgroßvater keine Trauer, sondern ein Gefühl der Verpflichtung, eine Verpflichtung zu tätigem Ernst, die Verantwortung dafür, die mannigfaltigen Zahlen in den Büchern in Bewegung zu bringen, sie anwachsen zu lassen, zu vermehren, während sich außerhalb des holzgetäfelten Büros schwarzes Wasser unaufhörlich in Pappe und Papier verwandelte, so als wäre dieses Wunder eine alltägliche Begleiterscheinung der Rechenvorgänge in den Büchern, so als wären die Zahlen und der Zahlenwuchs die eigentliche Magie.

Aber die Leute verstanden ihn nicht. Sie sahen nicht den Auftrag, sondern nur die Leere, die mein lustiger, listiger Ururgroßvater hinterlassen hatte, eine Leere nicht nur in den Herzen derer, die ihn geliebt, sondern auch derer, die ihn gehaßt hatten, die ihm nicht verzeihen konnten, weil er sie übervorteilt oder betrogen hatte. Ihnen reichte die Rache des Harkemanns nicht aus, und sie standen jetzt seinem Sohn gegenüber, der wenig Worte machte und die Dinge mit seinem Zahlenverstand sah, als wäre die Leere der Liebe und des Hasses mit Zahlen zu füllen.

Es wurde still auf der Mißgunst nach dem Tod meines Ururgroßvaters. Die Leute waren träge vor Trauer. Und schwer wälzte sich diese Trägheit auf jeden, der sie vertreiben wollte. Über den Büchern mit den verfallenden Zahlen brütete mein Urgroßvater bis spät in die Nacht. Seine kleinen, scheuen Augen wandten sich von dem bröckelnden Zahlenwerk kaum mehr ab. Seine Sehkraft ließ rapide nach. Und ohne seinen Nasenzwicker ging er nicht mehr vor die Tür. Er wußte genau, was zu tun war, vielleicht sogar genauer noch und klarer als sein Vater, der die Firma geführt hatte, wie er lustig und listig war, aber anders als sein Vater konnte er es den Leuten nicht mitteilen. Es war keineswegs so, daß sie ihm nicht gehorchten, sie verstanden ihn nicht. Und sie sahen auch nicht in seinen Augen, was er meinte, in diesen Augen hinter dem Nasenzwicker, deren Kraft unaufhaltsam nachließ.

Ich stelle mir vor, wie mein Urgroßvater auf die Sommerterrasse hinaustritt, die Hände auf dem Rücken, und hinunter-
schaut in den Garten und weiter zum Brunnen, zum Fluß.
Ich stelle mir seine Bitterkeit vor, seine Verbitterung darüber,
daß die Leute den Sinn seiner Zahlen nicht sahen und daß er
ihnen mehr als die Zahlen nicht sagen konnte. Und seine zu
Bitterkeit gewordene Angst, seine Angst, den Auftrag nicht
erfüllen zu können, den ihm sein Vater hinterlassen hatte.
Vielleicht war dieser Auftrag zu früh für ihn gekommen, vielleicht kam er zu spät. Er kam unangekündigt, durch die
Willkür des Wassers, das seinen Vater so mächtig gemacht
hatte. Er kam durch die Rache des Harkemanns, der auch an
ihm, seinem Sohn, seinen Kindern und Kindeskindern Rache üben wollte, an den Generationen der Mißgunst, wie ein
eifersüchtiger Gott des Wassers, bis ins dritte und vierte
Glied.

Ich stelle mir vor, wie sehr er jetzt bereit ist, den Haß des
Wassers auf ihn und die Seinen zu erwidern, wie er dasteht
auf der Sommerterrasse, die Hände auf dem Rücken, und ihn
hervorgräbt, seinen Haß auf das Wasser, das seinen Vater so
mächtig gemacht hatte und das jetzt so träge und nutzlos ver-
floß wie die Zeit auf der Mißgunst. Sie alle waren nicht mehr
als ein Rest seines Vaters, sterbliche Überreste, die nur noch
nicht gestorben waren, die aber ohne ihn nicht wirklich sein
konnten. Und wie der unauslöschliche Schatten seines Vaters
glitt die Orpe schwarz und gleichgültig dahin, ein langer, bis
an den Horizont reichender Wasserschatten, bruchlos und
unzählbar. Und seine Scheu vor dem Wasser, diese tiefe, fast
kindliche Scheu, die ihn stets davon abgehalten hatte, sich
dem Wasser zu überlassen, dem Wasser Leib und Leben anzu-
vertrauen und in diesem unfaßbaren, unausrechenbaren Element zu schwimmen, ganz und gar, ohne Boden unter den
Füßen, diese Wasserscheu machte sich bereit für ihre Ver-

wandlung in Haß, in den Haß des Mannes, dessen Element die Zahl war. Und das Wasser war das Gegenteil der Zahl.

Und ich stelle mir vor, wie mein Urgroßvater die Treppen der Sommerterrasse hinabsteigt und hinuntergeht in den Garten, vorbei an dem Brunnen, bis zum Ufer der Orpe, auf den neugelegten Spuren seines Hasses. Und wie er in das schwarze Wasser schaut mit seinen betrübten, trüben Augen, in das schwarze, unzählbare Wasser, das so träge geworden war wie die Menschen auf der Mißgunst. Ich stelle mir vor, wie er es verwünscht, wie für einen Moment lang eine tiefe, kalte Wut den Zahlenverstand meines Urgroßvaters berauscht, und wie er das Wasser verwünscht, das seinen Vater so mächtig gemacht hat. Und im Rausch der Wut gibt er dem Wasser die Schuld, und ihm wird leichter, viel leichter ums Herz. Und er fängt an, sich zu vergessen und seine Scheu vor dem Wasser, so leicht wird ihm ums Herz, so leicht wird er sich selbst, daß er sich vollständig vergißt und die Nüchternheit und Klarheit der Zahl, daß er den Harkemann ruft wie ein zorniges Kind, komm her, Harkemann, komm doch, und daß er ihm Feindschaft schwört, ewige Feindschaft, Harkemann, hörst du mich, Harkemann, ewig, daß er seine Rache herausfordert in wildem Trotz, Rache, Harkemann, Rache für Rache, und er ruft ihn und haßt ihn, vielleicht in dem Wunsch, dem geheimsten seiner Wünsche, er möge ihn holen, jetzt auf der Stelle, mit seinen von Ratten wimmelnden Armen, er möge ihn in die Tiefe ziehen wie seinen Vater und ihm das Gesicht vom Schädel reißen.

Und er ist bereit, die Nachfolge seines Vaters anzutreten, auf die vielleicht einzig mögliche Art und Weise. Er ist bereit, für einen kurzen Moment, seinem Vater nachzufolgen in das schwarze Wasser der Orpe, wie es sein geheimster Wunsch war, als über den Hof der Fabrik wieder Geschrei kommt, wie damals in dem holzgetäfelten Büro seines Vaters, als er dem verächtlichen Blick des Vaterbildes standhielt und seine Nachfolge forderte, Gejohle und Rufe, so als seien die Arbeiter plötzlich aus Trägheit und Trauer erwacht. Und mein Urgroßvater verhakt und verhakelt erneut die Hände hinter dem Rücken, die Hände, die er dem Harkemann schon reichen wollte, er tritt einen Schritt vom Ufer zurück und nimmt wieder Haltung an, wie damals, als er seinen ersten Befehl gab, dessen Kälte und Nüchternheit schon damals niemand verstand, und er schaut mit seinen trüb betrübten Augen auf den Zug der Arbeiter, die in hellem Aufruhr zur Fabrikantenvilla ziehen, in ungekannter Begeisterung, so als wäre sein Vater zurückgekehrt, so als wollten sie den Sohn und seine Herrschaft stürzen in begeisterter Rebellion und seinen unbesiegbaren Vater wiedereinsetzen. Aber sie rufen nicht Vater, sie rufen Vaterland, und Jubelrufe auf den Kaiser stimmen mit ein, Jubelrufe auf den Kaiser, auf den Krieg, Krieg, hurra, es ist Krieg. Der Kaiser hat den Krieg erklärt. Der Kaiser hatte getan, was mein Urgroßvater nicht vermochte, er hatte die Trägheit und Trauer der Mißgunst mit einem gewaltigen Satz beendet.

Und plötzlich arbeitete der Zahlenverstand meines Urgroßvaters wieder und rechnete. Mit all seinem Zahlenspürsinn rechnete er Krieg, Krieg, eine Rechnung mit zahlreichen Unbekannten, eine Rechnung für jemanden, dessen Element die Zahl war, eine Rechenaufgabe, die seinen Vater verwirrt hätte, der nur mit glasigen Augen dagesessen und gemurmelt hätte, rechne du das, aber diesmal eben nicht abfällig. Er hätte es in einem zerknirschten Ton gesagt, weil diese Rechenaufgabe über Leben und Tod entschied und er sie nicht lösen konnte, in seinem lustigen Kopf, weil die schöne und klare Mathematik, deren logische Eleganz er so belächelte, auf einmal tödlich geworden war und jeder Fehler im Kalkül das

Ende bedeutete. Und wessen Zahlenhorizont es überstieg, den Krieg zu rechnen, dem konnte man nur eines raten: abzudanken und Platz zu machen für die Herren der Mathematik, von denen nun alles abhing. Und man konnte von Glück reden, wenn sie vergaßen, daß man sie einstmals wie Rechendomestiken behandelt hatte.

Die aufgeregte Schar der Arbeiter hatte das Portal der Fabrikantenvilla erreicht. An den Fenstern der Vorderfront drängelten sich die Dienstboten, die Frauen und Kinder, verschreckt von dem Lärm, der gewaltsamen Begeisterung, dem zu lauten Jubel. Kalt und wortkarg trat mein Urgroßvater ihnen entgegen. Und es war zu spüren, wie fremd und unverständlich ihnen, die sie begeistert unter Begeisterten standen, die Kälte und Nüchternheit meines Urgroßvaters war. Aber sie spürten auch, zum ersten Mal, daß diese Kälte einen Schneid hatte, der jetzt am Platz war.

Mein Urgroßvater hatte bereits überschlagen, was es bedeuten würde, wenn seine besten Arbeiter an die Front gingen und nur die Alten und Kriegsuntauglichen zurückblieben. Er wußte, daß dieser lauten Begeisterung das völlige Verstummen auf der Mißgunst folgen würde, daß dieser so plötzlich aus Trägheit und Trübsinn erwachte Tatendrang, diese letzte Illusion von Aktivität die vollständige Lähmung des Zahlenwerks herbeiführen würde, wenn er jetzt nicht redete. Er mußte reden, da er das endgültige Zuschlagen der Bücher schon vor sich sah, aber er blieb ganz ruhig angesichts dieser drohenden Endgültigkeit.

Mein Urgroßvater sagte auch jetzt nicht viel. Er nickte all denjenigen zu, die sich vor lauter Begeisterung über Kaiser und Krieg freiwillig melden wollten, und bat jeden einzelnen dieser Hurra-rufenden Freiwilligen mit einer knappen Drehung des Kopfes zu sich in das holzgetäfelte Büro, das mit jedem Mann, den er hineinbat, immer mehr seins wurde und immer weniger das Büro seines Vaters. Er setzte sich mit ihnen an den Schreibtisch in einer Ruhe und Besonnenheit, die sie nicht verstanden, jetzt, da der Kaiser den Krieg erklärt hatte, und dann rechnete er, im stillen für sich und laut und deutlich für sie. Auf großen Bögen von Papier, auf Wellen von schwarzem Wasser, das die Fabrik in Bögen von weißem Papier verwandelt hatte, rechnete er ihnen die Zahlen vor, die auf sie zukamen, mannigfaltige Zahlen, die er mit wenigen Worten erklärte. Er rechnete Lohn gegen Sold, er rechnete die Entfernungen zu ihren Familien, er rechnete die Renditen möglicher Versicherungen und Renten, er rechnete rund um den Tod, mit dem die Soldaten rechnen mußten. Und er rechnete mit großer Geduld für all jene, denen die Zahlen nicht so geläufig waren, die sich vom äußeren Anschein der Dinge blenden ließen und nicht die Zahl in ihnen sahen, die eine Scheu hatten vor dem rigiden, unbestechlichen Element der Zahl und sich lieber auf ihre wandelbaren Gefühle verließen, auf Begeisterung und Kummer, Angriffslust und Angst. Er rechnete in aller Ruhe gegen ihren Stolz an, er rechnete an gegen ihre Sehnsucht nach Heldentum und Größe, er rechnete jeden Mann auf seine Familie zurück, er rechnete sie fast alle klein.

An diesem Tag, zu dieser hohen patriotischen Stunde in der Ruhe seines holzgetäfelten Büros gelang es meinem Urgroßvater, unter den Augen seines Vaterbildes, den Arbeitern seinen Sinn für die Zahl einzuimpfen. Und diese Arbeiter, die zuvor Arbeiter seines Vaters waren, die nun Soldaten des Kaisers werden wollten, die den Zahlenverstand meines Urgroßvaters nie verstanden hatten, sie fingen auf einmal an, die Notwendigkeit dieser Zahlen für sich einzusehen. Sie fingen auf einmal an, seine Arbeiter zu werden, und sie verstummten vor der Macht der Zahl und kehrten schweigsam zu ihren Familien zurück und kamen am nächsten Tag wieder und arbeiteten ohne viel Aufhebens im wortlosen Dienst der Zahl.

Kaum einer der Arbeiter auf der Mißgunst hatte sich freiwillig zum Kriegsdienst gemeldet. Auf den bejubelten, donnernden Zügen, die beladen mit jungen Männern an die Front rollten, geschmückt wie für ein Fest mit blumenbekränzten Waffen und Helmen und angefeuert durch Applaus und markige Parolen, auf diesen lärmenden, überbordenden Zügen befand sich kaum einer, der mit meinem Urgroßvater in seinem holzgetäfelten Büro gerechnet hatte.

Der örtlichen Musterungskommission entging dies keineswegs. Die Aushebung der Rekruten erwies sich als überraschend mühselig in den Dörfern und Gehöften um die Mißgunst, anders als fast überall, wo es kaum genügend Waffen und Uniformen gab, um den Andrang der Freiwilligen in militärisch geordnete Bahnen zu lenken, wo sogar gelegentlich zivile Sonntagsanzüge und Straßenhüte auftauchten in den Reihen der frisch Rekrutierten, wo ganze Studentenverbindungen mit ihren eigenen farbig bebänderten Kappen und Corps-Uniformen aufmarschierten wie eine kleine akademische Phantasie-Armee, wo das eine oder andere Jagdgewehr um tannengrüne Jägerröcke hing und Hirschhornmesser statt Bajonetten probat waren unter den Waffen und wo die Waggons, befeuert von Hörnerklang und Halali, Richtung Front rollten wie zu einem Jagdausflug.

Die örtliche Musterungskommission fürchtete Schlimmstes. Sie verdächtigte meinen Urgroßvater der Sabotage und Verschwörung, ohne daß jemand es auszusprechen wagte. Sie argwöhnte eine kommunistische oder gar frankophile Infiltration des ganzen Landstrichs. Sie mißtraute den Industriellen, die mehr Macht über die Menschen besaßen als Kaiser und Staat. Aber die Musterungskommission fürchtete die Fabrikanten aus eben diesem Grunde auch und hoffte, unter den Arbeitern den einen oder andern geeigneten Sündenbock zu fassen, der sich der pazifistischen Verhetzung und politischen Agitation schuldig gemacht hatte, so daß die Sache glimpflich abginge. Und sie entsandte nach langem Stillhalten und Rätseln den ranghöchsten Offizier, über den sie verfügen konnte, um in dem Betrieb meines Urgroßvaters nach dem Rechten zu sehen.

Der Offizier, der in den bewegten Tagen der Mobilmachung soeben erst zum Offizier ernannt worden war, sah in dieser Mission eine nachdrückliche Bestätigung seiner neu erlangten Wichtigkeit. Es erfüllte ihn mit Stolz und mit Bedeutung, dort vorzufahren und empfangen zu werden, wo sein Schwager und sein Schwiegervater für Lohn und Brot schwitzten. Sollten ihn diese Zivilisten doch sehen, ihren Schwager und Schwiegersohn, der inzwischen Offiziersrang genoß und mit gespornten Stiefeln, blitzblanken Uniformknöpfen und wippenden Epauletten an der Seite des Mannes ging, dem die Mißgunst gehörte. Ja, die ausgiebige Besichtigung der Fabrikanlagen schien ihm ein wesentlicher Punkt. Er nahm sich vor, mit strengem, kritischem Blick in die entlegenen Winkel der Fabrikation zu leuchten, um der gesamten Belegschaft ein Beispiel zu geben von der Würde und Wichtigkeit des Militärs. Und andererseits das Gespräch. Er hatte noch nie mit einem Fabrikanten persönlich gesprochen. Aber den Firmengründer und Vater des jetzigen Fabrikanten hatte er einmal reden hören. Und seine Worte hatten ihre Wirkung nicht verfehlt, sie hatten Schmiß, sie hatten Schneid, sie hatten höchste Autorität, auch wenn sie damals nur um die vergleichsweise unwichtige Einweihung der Betriebsfeuerwehr kreisten.

Der Offizier las dieser Tage ungewöhnlich viel, studierte die Zeitungen ausgiebig und machte sich mit ungelenker Hand Notizen. Es galt, dieses Gespräch so sorgfältig vorzubereiten wie eine erste Feindberührung, und er war stolz, daß er den mächtigsten Mann der Gegend zum Feind hatte. Und weil dieser Feind so bedeutend war, zollte er ihm Respekt, indem er überaus gründlich an die Sache heranging. Er sortierte die Worte wie Munition oder die entsprechenden Geschütze in leicht, mittel und schwer. Er legte sich Formulierungen zurecht, mit denen er auf etwaige Gegenangriffe reagieren wollte. Er übte den Dialog in allen möglichen Varianten wie unterschiedliche Fechtgänge vor dem Spiegel. Und als Tag und Stunde des Gesprächs schließlich gekommen waren, brummte sein Schädel vor lauter zurechtgestanzter Rede.

Er bestieg die von der Musterungskommission zur Verfügung gestellte Kutsche wie ein weltlicher Würdenträger, gemessen und ein wenig gedrückt von großer Sorge. In seinem Schädel summten die hundertfach vorgesagten Sätze. Ob ihm, dem Herrn Fabrikanten, etwas zu Ohren gekommen sei von sozialistischen oder spartakistischen Umtrieben unter seiner Belegschaft. Ob der Herr Fabrikant zur Kenntnis genommen habe, daß selbst die sozialdemokratische Partei die Kriegserklärung des Kaisers begrüßt hat und die Arbeiter zum Kampf für Volk und Vaterland aufrief, und das, obwohl man doch ohnehin nicht sozialdemokratisch wähle. Ob der Herr Fabrikant noch die so treffenden Worte unseres Kaisers erinnere, daß es von nun an keine Parteien mehr gab, nur noch Deutsche, und als Deutscher würde er sich doch wohl fühlen, der Herr Fabrikant? – O ja, stellte der Offizier zufrieden fest, er war bestens vorbereitet, und ein Anflug von Siegesgewißheit ließ ihn mit seinen weißen Handschuhen den Takt eines Marsches trommeln, der die Worte und Wendungen in seinem Kopf wie ein herannahender Spielmannszug allmählich übertönte.

Es war alles, wie er es sich vorgestellt hatte. Er fuhr mit lautem Pferdegetrappel auf dem Hof der Mißgunst vor. Ein Knecht öffnete ihm den Wagenschlag, während die Arbeiter, die in der Nähe waren, verstohlen schauten ob dieses hohen Besuchs, ob dieser imposanten Erscheinung. Zackig nahm er die Portaltreppe der Fabrikantenvilla, sein Federbusch wippte bei jedem Schritt. Bevor er in der großzügigen Eingangstür verschwand, wandte er sich noch einmal um und hielt, scheinbar desinteressiert, kurz Ausschau, ob nicht sein Schwager oder Schwiegervater unter den gaffenden Arbeitern war, dann verschwand er in der Tür und trat in den langgezogenen, mit Läufern ausgelegten Flur, während ihn der Knecht zum Büro meines Urgroßvaters führte, wo er anklopfte und ihm die Tür öffnete, ohne daß ein Wort gesagt worden wäre.

Unter dem Bild des großartigen Redners vom Einweihungsfest der Betriebsfeuerwehr saß ein stiller, in seine Bücher vertiefter Mann von nicht gerade einladender Haltung. Er blinzelte scheu und kurzsichtig in Richtung Tür, steckte seinen Nasenzwicker auf und nickte dem Besuch zu mit einer Kopfbewegung, die sowohl eine Begrüßung als auch die Anweisung war, auf dem Stuhl gegenüber, auf der anderen Seite des Schreibtisches Platz zu nehmen. Der Offizier sah sich kurz um. Sein Blick wanderte die schmucklosen, holzgetäfelten Wände ab wie auf der Suche nach einem Zeichen. Dann schloß der Knecht die Tür hinter ihm und ließ ihm keine andere Wahl, als vor dem Schreibtisch des Fabrikanten Platz zu nehmen.

Der Fabrikant wartete offenbar darauf, daß er redete, und sah ihn geduldig durch die dicken Gläser seines Nasenzwickers an. Der Offizier starrte verständnislos zurück und vergaß sich fast vor lauter Verwunderung. Warum war es hier so still? Warum sagte niemand etwas? Was schaute der Herr Fabrikant so eindringlich und müde? Bis dem Offizier einfiel, daß es wohl an ihm sei, das Schweigen zu brechen, dieses immer peinlicher werdende Schweigen, dessen monströse Ausdehnung er selbst womöglich verschuldet hatte, während es in seinem Schädel keineswegs ruhig und besonnen zuging, sondern im Gegenteil der Spielmannszug seinen Marsch trommelte und trompetete, und dieser Marsch ausgerechnet jetzt seinem ohrenbetäubenden Höhepunkt entgegentobte, jetzt ausgerechnet, da er sich in aller Ruhe auf die richtigen Worte hätte besinnen müssen.

Er salutierte vor lauter Verlegenheit im Sitzen und schlug die über den Parkettboden scharrenden Hacken zusammen. Dann folgte eine viel zu lange Pause, bis der Marsch in seinem Schädel halbwegs verklungen war und ihm von irgendwoher das Wort Defätismus einfiel. Defätismus, sagte er und suchte verzweifelt nach einer sinnigen Fortsetzung, die zu so etwas wie einem Satz führen könnte, Defätismus, hörte er sich sagen und vernahm dann aus seinem Munde, ist nicht Unternehmersache. Er staunte über seine eigenen Worte und schaute sich dann selber zu, wie er sich die weißen Handschuhe von den Fingern zupfte. Ein Marsch – o Gott, hatte er etwa ›Marsch‹ gesagt und das Gedröhn in seinem Schädel verraten? – im Marsch, korrigierte er sich, ohne zu wissen, wohin das führen könnte, im Marsch für Kaiser, Volk und Vaterland, Pause, muß der Unternehmer mitmarschieren. Ein Marsch für alle, schloß er vorerst, wenn Sie wissen, was ich meine, sagte er. Und er wußte es selbst nicht.

Aber das mußte nicht unbedingt ein Nachteil sein, dachte er dann. Und er schaute sich dabei zu, wie er den Fabrikanten anschaute, voller Erwartung, so als hätte er jetzt seinen Teil gesagt und als wäre es damit Sache des Fabrikanten, das Gespräch fortzuführen. Aber mein Urgroßvater sagte nichts. Er machte noch nicht einmal eine seiner sonst so beredten Kopfbewegungen. Er wartete einfach ab. Und je länger er wartete, desto unruhiger wurde der Offizier, der sich selbst dabei zuschaute, wie sein erwartungsvoller Blick sich senkte, beschämt, und dann wieder die holzgetäfelten Wände abwanderte auf der Suche nach einem Zeichen, während der donnernde Takt des Marsches sein Gehirn malträtierte und er mit seinen aufgezupften weißen Handschuhen vage vor sich hin dirigierte.

Der langen Rede kurzer Sinn, weckte er sich mit den eigenen Worten aus seiner marschbetörten Versunkenheit, die Musterungskommission ist sehr erstaunt über den Mangel an Bereitschaft zur Freiwilligkeit. Der Kaiser hat das Volk zu den Waffen gerufen – wie eine dichterische Eingebung überkam ihn dieser Satz, den er kürzlich im Reichsanzeiger gelesen hatte –, der Kaiser hat das Volk zu den Waffen gerufen, und das Volk folgt, sinngemäß. Haben Sie eine Erklärung dafür? – Er versuchte, jetzt ein Gesicht zu machen, das keinen Zweifel an dem Sinn und Gewicht dieser Frage ließ. Entschieden schaute er den Fabrikanten an und dachte dabei an Säbelmensuren ohne Zurückziehen, während der Marsch ihn mit donnernden Paukenschlägen bis ins Zwerchfell erschütterte.

Doch mein Urgroßvater hatte sich längst dem Zahlenspiel auf dem Blatt Papier vor seiner Nase gewidmet. Mit einer nicht nachzuvollziehenden Geschwindigkeit entstanden und verschwanden Zahlen unter seiner Feder. Wie bei einer Tusche-Zeichnung aus geübter Hand entwarf er in wenigen Augenblicken ein Zahlenbild der Wirklichkeit. Und er reichte es dem verdutzten Offizier, der trotz Mut und Festigkeit bei der Säbelmensur seinerzeit nun doch vor diesen Zahlen zurückzuckte wie vor einem unsichtbaren Hieb.

Und endlich sagte mein Urgroßvater etwas. Der Papierverbrauch der Armee bei Friedensstärke. Umgerechnet auf den Pro-Kopf-Verbrauch pro Soldat. Der Truppenbestand nach der Mobilmachung. Dreisatz. Ergibt sich folgender Mehrverbrauch. Bei gleichbleibendem prozentualen Lieferanteil steigt das Produktionssoll. Das Produktionssoll umgelegt auf Arbeits- und Maschinenstunden. Im Verhältnis zur derzeitigen Produktionskapazität. Überstunden. Extraschichten. Bei gleichbleibender Beschäftigtenzahl summa summarum vierzehn bis sechzehn Arbeitsstunden pro Tag.

Der Offizier starrte auf das vor seinen Augen verschwimmende Zahlenwerk und nickte. Er spürte ein Gefühl der Hilflosigkeit, eine weinerliche Anwandlung, schließlich konnte man ihm keinen Vorwurf machen, daß er nichts von Mathematik verstand, er war Soldat geworden, einfacher Soldat, ein guter Schütze, ein As im Schießstand, ausdauernd, zäh und mutig, wenn es sein mußte. Was hatte er hier zu suchen. Warum hatte man gerade ihn vorgeschickt. Der Marsch in seinem Schädel löste sich auf, zerfiel mißtönend und kraftlos in wirre Trommelschläge und schrilles Pfeifen. Ihm wurde übel. Er schwitzte kalt. Nur Zahlen, schwindelerregende Zahlen. Ein wirbelndes Zahlenkarussell. Er reichte dem Fabrikanten das Papier zurück. Viel zu tun, stöhnte er und meinte damit mehr sich selbst und seinen desolaten Zustand. Aber er erhielt dafür ein aufmunterndes Nicken der Bestätigung. Der Fabrikant belohnte ihn sogar mit einem ganzen Satz: Wir werden eine dritte Schicht einführen müssen – für Kaiser, Volk und Vaterland, wie Sie sagen. Und dem gepreßten Offizier wurde ein wenig leichter, als er diese vertrauten Worte hörte.

Aber damit war das Gespräch auch schon beendet. Es gab ganz offensichtlich nichts mehr zu sagen. Der Fabrikant breitete sein Schweigen wieder aus, der Offizier mogelte sich aus seinem Sitz. Das Verhör hatte nicht stattgefunden, die Nachforschungen waren in einer unfreiwilligen Mathematikstunde geendet, und schwankend folgte der Offizier nach einem knappen militärischen Gruß dem Knecht, der ihn aus dem Büro und durch den mit Läufern ausgelegten Flur führte, zurück zum Portal. Die Betriebsbesichtigung, fiel dem Offizier noch ein, als er sich, vor die Tür tretend, Helm und Federbusch wieder aufpflanzte. Er hatte die Betriebsbesichtigung ganz vergessen, und er winkte den Lakaien näher zu sich heran und fragte ihn nach einem Waschraum, nach, naja, Sie wissen schon, und nicht in der Villa, nein, nur keine Umstände, sondern irgendwo hier in der Fabrik.

Der Knecht zuckte mit den Achseln und führte den Offizier in den angrenzenden Pferdestall. Der staubige Geruch von Stroh und frischem Pferdemist, ammoniak-duftendem Pferdeurin und sattem Hafer wirkte wie eine Wohltat auf den Offizier. Das war seine Welt. Der süß-säuerliche Geruch von Schweiß auf den straffen Flanken und der bis zum Niesreiz beißende Fäkalgeruch in den Abflußrinnen, das tat gut. Und er erleichterte sich mit viehischem Wohlgefühl über einem staubgrauen Ausguß und brummte den unvermeidlichen Marsch dazu. Zufrieden trat er aus den Ställen auf den Hof zurück, bestieg die Kutsche und fuhr ab, um niemals wiederzukommen. Schließlich schien auf der Mißgunst zu guter Letzt doch alles sehr in Ordnung.

Die frische Luft blies ihm um die Backen. Das Pferdegetrappel schunkelte seine Seele im Takt. Er würde so bald als möglich seinen Bericht für die Musterungskommission verfassen und damit gut. Merkwürdige Menschen, diese Fabrikanten. Nicht leicht zu nehmen, das muß man schon sagen. Aber Umstürzler und Vaterlandsverräter, nein. Davon würde er in seinem Bericht nichts schreiben, sondern vielmehr – und so langsam kamen die Worte zu ihm zurück – Betriebsinspektion zur vollsten Zufriedenheit verlaufen, Fabrikant konnte mit glaubhaften Zahlen Kriegswichtigkeit von Papier- und Pappenfabrikation belegen, Arbeiter von politisch fragwürdiger Orientierung durch Sonderschichten gebunden, Papierfabrik insgesamt gesundes und tätiges Glied im Organismus des Reichsganzen, unverzichtbarer Rückhalt in der Etappe. Ja, auf einmal waren die Worte wieder da, und er lobte sich insgeheim noch einmal für die tägliche Lektüre des Reichsanzeigers, dem er so viele treffliche Wendungen verdankte.

Ich weiß nicht, ob mein Urgroßvater den von patriotischem Wortgepränge überschäumenden Bericht des Offiziers gerahmt und in seinem holzgetäfelten Büro aufgehängt hätte, wenn er ihm auf verschlungenen Wegen zugespielt worden wäre. Ich bin mir nicht einmal sicher, ob es wirklich seine legendäre, dem Vater ebenbürtige List war, wie man munkelte, oder ob er nicht doch mit voller Überzeugung an seine Rechnung glaubte. Tatsache war, daß der Krieg, dieser sehr deutsche Krieg nicht nur Unmengen von Material und Menschen, sondern auch Unmengen von Papier verschlang. Und daß die Fabrik auf der Mißgunst unermüdlich schwarzes Wasser in Papier und Pappe verwandelte, während zahlreiche Konkurrenten ihre Produktion mangels geeigneter Kräfte drosseln mußten, zeitweilig sogar so stark, daß die Mißgunst eine gewisse Monopolstellung genoß. Die Rechnung meines Urgroßvaters, die nur gedacht schien, einen lärmenden Offizier in die Flucht zu schlagen, ging auf. Und gerade diese naivste und primitivste Kriegskalkulation, eine Milchmädchenrechnung auf Weltkriegsniveau, brachte meinem Urgroßvater die Erfüllung seines Auftrags und den Platz an der Seite seines Vaters in der Ahnengalerie, wo seither sein Bild hing, das Bild eines unmalbaren Menschen, der abweisend und reichlich genant posierte, unbehaust in seinem kugeligen Körper, und dessen wasserscheue Augen hinter dem glasgewölbten Nasenzwicker trüb und betrüblich blickten, ohne die Kraft und den Willen, bis zum Betrachter des Bildes durchzudringen.

Es dauerte nicht lange, und die ersten Berichte von der Front dämpften die martialische Begeisterung. Die im Eilverfahren ausgehobenen Rekruten, die schlecht ausgebildeten Freiwilligen überlebten die kürzeste Zeit. Endlose Grabenkriege, triumphlose, trostlose und tödliche Tage in den Stellungen brachten den Schwung der Kriegsbegeisterung zum Erliegen. Die Arbeiter, die geblieben waren, trotz ihrer Sehnsucht nach Größe und Heldentum, trotz ihres Drangs zum Höchsten der Gefühle, sie sahen in dem Zahlenverstand meines Urgroßvaters mehr als nur rechnerisches Geschick, ob zu Recht oder Unrecht, weiß ich nicht.

Aber der Erfolg, die florierende Verwandlung von schwarzem Wasser in Pappe und Papier, hatte ihn nicht versöhnt mit diesem Element. Das Zahlenwerk wuchs und gedieh, das Wasser floß, staute sich, wendete Räder, Walzen und Turbinen mit zählbarem Ergebnis, aber es selbst blieb ihm in seiner strömenden Unzählbarkeit suspekt. Ich stelle mir vor, wie mein Urgroßvater nochmals die Sommerterrasse hinabsteigt, nach dem Erfolg, nach dem Krieg, nachdem er Notwendigkeit geworden war für all die Menschen um ihn herum. Er geht hinunter zum Garten, zum Brunnen, zum Fluß, er geht zu jener Stelle, an der er sich beinahe, im Rausch seiner Wut und Verzweiflung, auf den verfließenden Spuren seines Vaters ins Wasser gestürzt hätte, wie es vielleicht sein geheimster Wunsch war. Er schaut auf den schwarz dahingleitenden Strom, der sich schnell fließend selber verschlingt und wieder hervorbringt in immer neuen Wendungen und Windungen.

Und für einen Moment verdüstert sich abermals sein Zahlenverstand, wie von schwarzem Wasser umspült, und der lichtlose Sog des Flusses fängt den trüben Glanz seiner Augen und
zieht ihn zu sich hin, tiefer und tiefer, auf den unergründlichen Grund fließender Finsternis. Und für einen Moment
tut sich wieder die Möglichkeit auf wie ein Tor in die Tiefe,
die Möglichkeit, dem Vater ganz und gar zu folgen, nicht nur
auf dem Pfad des Erfolgs, sondern auch hinunter in den Abgrund seines Endes, hinein in diesen Vaterabgrund aus Trun-
kenheit und tödlichem Taumel, aus Wasser, Ertrinken und
Tod.

Die alte, kindliche Scheu vor dem Wasser schüttelt ihn leicht,
und wie ein Schaudern wandert der Gedanke ans Wasser über
seine Haut. Und er, dieser Fremde in der Umarmung des
Wassers, dieser so unbehauste Herr der Mißgunst zwischen
den Strömen von Orpe und Diemel, er beschließt für
sich, dem Wasser eine Geometrie zu geben, diesem ungera-
den, unteilbaren, unzählbaren Element eine mathematische
Ordnung aufzuzwingen. Er beschließt die Grabenziehung
zwischen Orpe und Diemel, die Begradigung und Tras-
senstufung des Flußlaufes, die Wehrregulation des Wassers,
und er wirft einen letzten Blick auf die sich verschlingende
Oberfläche der Orpe und ihr ageometrisches Dahingleiten in
stillen Wasserkreisen und Stromflächen, die ohne deutliche
Grenzen, schwarz und unterschiedslos, ineinander überge-
hen.

Und so ist es auch am Rhein, kurz vor Basel, im März, wenn
die Nacht aufgezogen ist und die Kühle des Flußlaufes
aufsteigt. Es ist eine frühjahrsmilde Nacht, eine der ersten,
windstill und admiralblau über dem Wasser, das schwarz und
schimmernd in tausenderlei Stromfäden dahinfließt. Und es
ist ein stummes Quellen und Gleiten von Linien und Knäu-

len, die sich auf dem schwarzen, glänzenden Spiegelfilm ab-
zeichnen, die wie wandernde Grenzen dahinziehen und sich
im Gleichmaß des breiten Stromes wieder glätten. Und das
Auge, das diesen flüchtigen Wasserzeichnungen folgt, verliert
sich unweigerlich im zeitlosen Zwischenreich von Schauen
und Fließen, in der Versunkenheit von Strom und Traum.

Und ich merke, wie es einem den Zahlenverstand verwirrt,
dieses ununterscheidbare Wenden und Wringen unzählbarer
Finger und Hände im Wasser, die sich auflösen in der Strömung und dann an anderer Stelle wieder ihre vielfingrigen
Spuren in den Silberfilm der Wasseroberfläche schreiben.
Und ich fange an, sie zu verstehen, die gebieterische Haltung
meines Urgroßvaters, seinen durchgestreckten Rücken und
die hinter dem Rücken verhakten und verhakelten Hände.
Denn er war für das Feste, für den Halt, für die Abzählbarkeit
seiner zehn Finger, und seine Scheu vor dem Wasser war auch
dies: die Phantasie dieser verschwimmenden Hände, dieser
verfließenden Finger ohne Halt und Widerstand, die nicht
mehr als entgleitende Wirbel waren im Wasser, eine Bewegung in einer größeren Bewegung, in der sie aufgingen wie
altes Garn und verschwanden.

Und ich fange an, seinen Haß zu verstehen, seine zu Haß
gewordene Scheu vor dem Wasser, das auf breiter Bahn da-
hingleitet, sich unaufhaltsam und mächtig durch die in Schlaf
versunkene Landschaft schiebt, nicht wie irgendein Ding mit
Abmessungen und festen Grenzen, sondern in unüberschau-
barer Vermischung von Wasser mit Wasser. Und auf seiner
Oberfläche im Wandel der Stromschollen und Strudelkreise,
im Zuge dieser unablässigen Verwandlung des Wassers spielt
eine flüchtige und fortwährende Formenphantasie, die dazu
angetan scheint, den Zahlenverstand und den geometrischen
Blick zu locken und zu foppen, ihm Konturen und Körper

vorzuspiegeln, eine Welt der Festigkeit und Verläßlichkeit, um sie im nächsten Augenblick wieder aufzulösen in der immer gleichen und ungleichen Bewegung des Wassers.

Und während ich flußabwärts gehe, rheinabwärts, in dieser Nacht im März, kurz vor Basel, und dem Weg des Wassers folge, bis zu den Rheinbrücken der Stadt, versuche ich, Schritt zu halten mit den kräuselnden Wasserfäden und den sich entgrenzenden Stromschollen. Und ich muß an meinen Urgroßvater denken, daran, wie er dem Wasser zu Leibe gerückt ist, wie er es begrenzen und begradigen ließ, um seinem Zahlenverstand Genüge zu tun.

Fünfhundert Meter vor der Mißgunst, wenige Meter vor der Stelle, an der sein Vater ertrunken war, setzte mein Urgroßvater ein Wehr, eine Wasserweiche, von wo aus er einen Abzugsgraben ziehen ließ, der das schwarze Wasser der Orpe mit dem pappelumstandenen Silberwasser der Diemel verband. Wurden die Schleusen des Abzugsgrabens geöffnet und die Wehre der Orpe heruntergelassen, so floß das Orpewasser ab, ergoß sich in die Diemel, und die Gründe des Harkemanns lagen bloß. Kniehohes Wasser stand in dem verschlungenen Flußbett mit seinen hohlwegartigen Ufern. Baumwurzeln, denen der Fluß das Erdreich entrissen hatte, ragten in die dunkle, ausgehöhlte und naßschwarze Wassergasse. Der Grund war steinig und schroff, verwaschener Sandstein, Findlinge, gemahlenes Geröll, dazu Löß und Lehm, ein fester, unnachgiebiger Flußgrund. Nur an wenigen Stellen wölbten sich Aufspülungen von Schlamm wie die breiten Rücken von rötlich braunen Tieren, in denen man versank, wenn man ihnen zu nahe kam. Treibholz, das vom Wasser glatt und rund gewaschen war, gar nicht wie Holz, sondern wie Stein, und allerlei abgebrochenes Astwerk hatte sich unter den Wendungen und Windungen des Wassers zu kunstvollen Dämmen verflochten, zu kleinen Hürden, die sich das Wasser aus rauschender Langeweile, aus aufsprudelndem Übermut selbst in den Weg gestellt hatte, wo es sich jetzt zu Pfützen staute. Und der Atem der Orpe, dieser süßliche, kühle Grabesgeruch, stockte und stand still in den Ufergassen, schlammig und schwer, wenn das Wasser nicht seinen Weg ging, sondern dem Willen meines Urgroßvaters folgte und in die Diemel floß.

Abdeichen war das Wort, das mein Urgroßvater dafür geprägt hatte. Abdeichen hieß es, wenn dem Harkemann sein Element genommen wurde, wenn das Wasser in den hohlwegartigen Ufern der Orpe verebbte und der Grund, den der schwarze, schnell fließende Strom in seiner gefährlichen Fülle verbarg, freilag vor aller Augen. Die Fabrik ruhte an diesen Tagen. Das Pfeifen des abgelassenen Wasserdampfs in den Ventilen der Kessel, das Stampfen und Stanzen der Maschinen, die gesamte rhythmische Begleitung des Lebens auf der Mißgunst, die so vertraut monoton war, daß man sie kaum noch wahrnahm, war plötzlich wie auf Knopfdruck abgestellt und ließ die Leute aufhorchen vor lauter Stille. Das Wasser hatte sich aus der Fabrik zurückgezogen. Die unterirdischen Wasserläufe und ausgetüftelten Tunnelsysteme lagen brach, ohne die Kraft des Wassers, ohne Leben. Es waren die leblosen Eingeweide der Fabrik, finstere, tropfnasse Höhlen, die vor Stille gähnten.

An den Tagen des Abdeichens standen die Hallen und Maschinenräume leer. Kein Mensch war zu sehen auf dem Hof, bei den Papierballen, auf dem Fuhrpark. Die Arbeiter waren ausgerückt mit schweren Gummistiefeln und befestigten das Ufer der Orpe von der Gläsernen Brücke bis hin zu den Wehren der Fabrik mit Holzpalisaden. Sie schlugen schwere Holzpflöcke in den Ufergrund und vernagelten sie mit halbierten Bohlen. Denn gerade hier griff der Fluß gierig nach dem Land, an dem er sich vorbeischlängelte, höhlte die Uferböschungen aus und spülte das rote Erdreich fort, als wolle er es mit aller Macht den Wehren und Walzen der Fabrik entgegenschleudern.

Die Holzpalisaden der Uferbefestigung waren der erste Einschnitt von Zimmermannsgeometrie in den grenzenverschlingenden Fluß der Orpe, der sich gegen diese planvollen Übergriffe viel weniger zu wehren wußte als gegen das Diktat meines Ururgroßvaters, der einfach glaubte, durch die Wucht seiner Willkür über das Wasser herrschen zu können, bis ihn die Rache des Harkemanns überwältigte. Anders sein Sohn, der unkenntlich blieb hinter seinen Berechnungen und Kalkulationen. Sein Wille drückte sich in Zahlen aus und wurde allgemein. Und der Zwang, den er auf das Wasser ausübte, war nicht wie die Wucht seiner Willkür, sondern die logische Folge, das zwangsläufige Ergebnis verschiedener Zahlen in Kombination. So trat mein Urgroßvater hinter der Zahl zurück, so regierte und regulierte er mit ihrer eisernen Notwendigkeit das Wasser, unfaßbar für seinen Feind, den Harkemann, und außer Reichweite seiner Rache.

Dem Gesetz der Zahl folgend, zimmerten die Arbeiter in geometrischer Ordnung die Palisaden und Einzäunungen entlang dem Ufer der Orpe. Sie ersetzten das moosig und morsch gewordene Holz alter Uferbefestigungen durch neue, kerzengerade Bohlen, die dem Druck des Wassers standhielten, sich nicht bogen und nicht brachen. Und sie schaufelten den Schlamm, das schlammgewordene Erdreich, das der Fluß den Uferböschungen entrissen hatte, zurück aufs Land. Sie nahmen dem Wasser, was es sich gierig gegriffen hatte, und gaben es dem Land zurück. Sie machten den Willen des Was-

sers rückgängig. Und das Wasser, das schwarze, schnell fließende Wasser in der Fülle seiner Gefährlichkeit vermochte
nichts dagegen, denn es war aus dem Flußbett gebannt und
vermischte sich mit dem pappelstumpfen Wasser der Diemel,
in dem gezähmten, terrassengestuften Flußlauf, in den es vertrieben war.

Die Uferbefestigungen begrenzten den Weg des Wassers bis
hin zur Gläsernen Brücke circa dreihundert Meter flußaufwärts. Nach dem Plan meines Urgroßvaters war sie das
Bollwerk seiner geometrischen Ordnung. Ihren Namen verdankte sie alten Zeiten, in denen sie zerbrechlich war wie
Glas und unter dem wilden Ansturm der Orpe einstürzte, um
immer wiederaufgebaut zu werden. Märchen umgaben ihre Zerbrechlichkeit, Geschichten von Liebenden, die diese
Brücke vereinte. Und es hieß, sie hätten diese Brücke nach
jedem Hochwasser wieder geflickt, bis es sie eines Tages mit
sich in den Tod riß. Doch mein Urgroßvater gab nichts auf
Märchen, und er sorgte für eine solide Konstruktion aus
schwarzem, verwittertem Sandstein, finster und graugrün be-
moost wie die immer kalten Steine unserer Sommerterrasse.
Die Gläserne Brücke war nicht nur über das Wasser, sondern
mit ihren finsteren, schwarzen Quadern in den Fluß hinein-
gebaut. Und sie war so massiv, daß sie die Wildheiten des
Wassers, das auf sie zustürzte, unverrückbar und gelassen ab-
wehrte. Sie stand fest wie ein Burgtor, das Wildnis und Ordnung voneinander schied.

Beim Abdeichen waren die Grundquader der Gläsernen
Brücke nur mit einer dünnen Schicht von Wasser bedeckt.
Der Stein fühlte sich wellig an, beinahe verschrumpelt, wie
zu lange gebadete Haut. In den tiefen Fugen zwischen den
Quadern hatten Wasserpflanzen und kleine Moosweiden
Halt gefunden, die man aber mit einem Stiefelschritt lostreten

konnte, so wenig ließen die gequollenen schwarzen Steine sie ein. Unter dem massiven Brückenbogen hallte das Plätschern der Schritte, das Abtropfen und Eintauchen der Stiefel merkwürdig dumpf. Doch es war nur ein schmaler, schattenhafter Grat auf dem Weg in die wildgängige Orpe, deren Ufer sich wie Kelche über dem knietiefen Wasser wölbten.

Jenseits der Gläsernen Brücke wurde nicht gezimmert und geschaufelt, es war still. Und die Männer, die mit oberschenkelhohen Anglerstiefeln durch das Wasser wateten, versuchten, so wenig wie möglich an diese Stille zu rühren. Sie hielten Netze und Kescher bereit und suchten das seichte Wasser nach länglichen, schwarzen Schatten ab, die blitzartig vorüberhuschten, wenn man sie aufstörte. Es waren Fische, meist Bachforellen, die in ihren Revieren ausgeharrt hatten, während der Wasserspiegel rapide sank. Von der Tiefe preisgegeben, mußten sie nun in dem seichten Wasser einen ungleichen Kampf um ihr Leben kämpfen.

Im wild gegrabenen Flußbett der Orpe war das Wasser unterschiedlich flach. Kleinere Kolke, die sich wie stille Seen ausbreiteten und die doch nur flutende Pfützen waren, wechselten mit Rinnsalen, die über Stock und Stein plätscherten. Schlammbrauner Sandstein und Geäst ragten aus dem Wasser und überschatteten die Oberfläche. Die schweren Stiefel schoben gleitende Wellenkämme vor sich her. Die Stulpen über den Oberschenkeln rieben schlurfend aneinander bei jedem Schritt, ein monotones, erbarmungslos wiederkehrendes Geräusch, das durch die Hohlwege des Ufers wanderte. Es war nicht wie das Schaufeln und Hämmern der Arbeiter auf der anderen Seite, es war ein Teil der Stille über dem abgedeichten Fluß jenseits der Gläsernen Brücke. Es war die Stille der Jagd.

Wenige Zentimeter über dem Wasser schwebten die Netze und Kescher, jederzeit bereit, in das von Licht und Schatten verspiegelte Naß einzutauchen und seine glatte, gewölbte Oberfläche zu zerreißen. Die Männer schauten mit zusammengekniffenen Augen auf das Wasser. Sie ließen sich durch das Spiel der Schatten und des Lichts auf der Wasseroberfläche nicht beirren, sondern hielten unbeeindruckt Ausschau nach den länglichen, schieferfarbenen Fischrücken, die sich auf dem schemenhaften Grund wie Wasserpflanzen dahinzogen, scheinbar so leblos wie irgendein Ding, bis auf den unmerklich fächelnden Schwung ihrer Flossen.

Und dann der Augenblick, in dem diese keilförmigen, bräunlichen Wasserschatten aufschossen, in dem die Forellen, die sich lange unentdeckt wähnten wie unter mehreren Metern von Wasser, die Gefahr in ihrer ganzen Todesnähe spürten und davonschnellten in wahnwitzigen Zickzackkursen. Die Kescher stießen tief und unausweichlich breit ins Wasser. Durch eine wischende Bewegung dehnten sich die Netze in die Länge wie wassergefüllte Schläuche. Scheinbar endlose Schweife von Maschen, in denen sich die Fische verloren, zogen sich zusammen, ließen ihnen keinen Ausweg. Und dann hoben die schweren Keschergriffe die zappelnden Forellen aus dem Wasser, deren Schwanzflossen wild um sich schlugen und sich noch tiefer in die Maschen der Netze verstrickten.

Aber zuweilen verpaßte der erste Kescherschwung den aufgestörten Fisch. Dann faßten die Kescher nach, durchstießen die aufgewühlte Wasseroberfläche ein zweites, drittes oder viertes Mal auf den Pfaden der hin und her huschenden Forelle, die oft keinen Ausweg in das tiefere Wasser fand und in die klickernden, kleckernden Rinnsale aufstieg, hoch in das seichte, hauchdünne Wasser, das über Stock und Stein tröpfelte. Und Stock und Stein versuchte sie mit den bogenförmigen Schlägen ihrer Schwanzflosse beiseite zu räumen, während die Kiesel und Äste an ihrer Schuppenhaut rissen. Und zuweilen vergrub sich ein Fisch regelrecht in dem verebbten Flußbett, über das er sonst in tiefem Wasser wedelnd dahingeglitten war, verfing und verbohrte sich in dem steinig und schroff hervorgetretenen Grund der Orpe, bis ihn harte, trockene Hände griffen und erschlugen.

Es gab nur ganz wenige Fische, verschlagene alte Forellen oder sehr draufgängerische junge, die es immer wieder schafften, den Keschern zu entkommen, und nach wildesten Kämpfen im tieferen Wasser Zuflucht fanden oder an seichteren Stellen Vorsprünge und Wasserschatten kannten, an die kein Kescher rührte. Sie überlebten die Stunden der Jagd, in denen das Schlurfen der Stiefelschritte durch die Hohlwege des Ufers tönte. Und sie trieben am Abend, nachdem die gespannte Stille der Jagd einer müden Ruhe gewichen war, mit ihren weißen Bäuchen tot an der Oberfläche. Denn das wenige Wasser, das ihnen geblieben war, das überschattete knietiefe Wasser, in das sie ihr Leben gerettet hatten, stand still. Es verlor stündlich an Sauerstoff. Und es war am Abend schließlich so tödlich und lähmend wie Luft. Vergeblich fächerten sie ihre Kiemen auf und sogen das sonst so frische Wasser ein. Langsam, immer langsamer klappten die Kiemenflügel auf und zu. Die geschmeidige Kraft der Flossenschläge ließ nach und brachte ihre wedelnde Balance im Wasser durcheinander, bis die Luft in den Schwimmblasen sie unaufhaltsam an die Wasseroberfläche trieb, wo sie sich noch eine Weile in weißbauchigen Kurven wanden und dann verendeten. Der Wille der Zahl hatte dem Wasser seinen lebendigen Fluß, die Bewegung des Fließens genommen und die Orpe und alles Leben darin seiner Logik unterworfen.

Wasser malen

Am nächsten Tag ist der Rhein meergrün. Es ist ein windiger Tag, der Wolken und Sonne ineinandertreibt. Leichte Böen rauhen die schnellfließende Wasseroberfläche auf und treiben kleine Wellenrauten gegen den Strom flußaufwärts. Ein kühler Hauch zieht über das glatte, stille Wasser an den Rändern und macht es frösteln wie Haut. Lichtgarben und Wolkenschatten mengen sich in den Strom, der in seiner Meeresgrüne schäumend aufblitzt. Strahlengitter durchleuchten seine Tiefe, die sich dann wieder unter Schatten verschließt.

Es fällt schwer, nicht immer weitergehen zu wollen, den Fluß hinauf, und an nichts zu denken als an die wechselhafte Schönheit des lebendigen Stroms. Aber da ist auch der Fluß der Erinnerung. Und da sind die Einwohner dieses Flusses. Da ist das Bild meines unmalbaren Urgroßvaters, von dessen nie enden wollendem Tod sich die Dienstboten mit tuschelnden Stimmen das Schlimmste erzählten. Da sind die Fotografien seiner Söhne, des Erstgeborenen und Zweitgeborenen, kräftige, breitschultrige Burschen, die über das ganze Gesicht lachten, Arm in Arm, mit Blumensträußen in der Hand, die sie sich in die Uniformgürtel steckten, um dann loszumarschieren an die Ostfront. Und da ist die Erinnerung an meinen leibhaftigen Großvater, diesen gewaltigen Mann mit seinem ganz und gar kahlen Schädel und seinem steifen Bein, dessen Knie er sich beim Schlittschuhlaufen zerschlagen hatte, so daß er seinen gewaltigen Körper fortan auf einen Stock stützen mußte.

Ich stelle mir vor, ich zwinge mich, mir vorzustellen, wie es für meinen Urgroßvater gewesen sein muß, als fünfundzwanzig Jahre nach seinem Zahlentriumph über den Krieg und der Erfüllung seines Auftrags ein neuer Krieg drohte. Ich zwinge mich, mir seine Hilflosigkeit vorzustellen, seine Verzweiflung darüber, daß er, der damals den Krieg für die Arbeiter kleingerechnet hatte, seine eigenen Söhne nicht zu überzeugen vermochte. Doch seine Söhne glaubten mehr dem Wort, den Phrasen und Parolen, anstatt den Zahlen ihres Vaters zu gehorchen. Wenige Tage nach Ausbruch des zweiten Weltkriegs meldeten sich die wehrfähigen Söhne meines Urgroßvaters, der Erstgeborene und der Zweitgeborene, freiwillig zum Dienst in der Wehrmacht, die sie mit Worten, Uniformen und Blumen schmückte, während mein Urgroßvater mit seinen Zahlen allein blieb.

Er blieb allein mit seinem dritten Sohn, dem Krüppel, der sich bei einem Kinderspiel auf dem Eis das Knie zerschlagen hatte und seitdem kein Kind mehr sein konnte, weil er seinen immer gewaltiger werdenden Körper fortan auf einen Stock stützen mußte. Er blieb allein mit dem Sohn, dem er bislang kaum Beachtung geschenkt hatte, weil dieser Sohn nicht vorkam in seinem Auftrag, das Werk seines Vaters auf der Mißgunst fortzuführen und es nunmehr seine Söhne fortführen zu lassen. Seine Söhne, das waren für ihn immer der Erstgeborene und der Zweitgeborene gewesen, dies Brüderpaar, das unzertrennlich schien und unbesiegbar. Sie waren die Erben seines Auftrags und nicht der Krüppel, der durch die merklich stiller gewordenen Gänge und Zimmer der Fabrikantenvilla auf der Mißgunst hinkte.

Der Erstgeborene und der Zweitgeborene waren nicht nur die Lieblinge meines Urgroßvaters. Sie waren die erklärten Lieblinge der Mißgunst. Die Arbeiter mochten diese Burschen, die ihnen verständlicher und näher waren als ihr Vater. Und sogar die Angestellten, die Buchhalter und Prokuristen, die sich sonst sehr viel einbildeten auf ihren Unterschied zu den Arbeitern, mochten die beiden Brüder, weil sie sich interessierten für die Zahlen, weil diese beiden hellen, gutaufgelegten Burschen ernstnahmen, was in den Akten und Aktennotizen der Buchhalter und Prokuristen stand, ohne allzu schwer daran zu tragen. Es war alles so klar und einfach. Die Frage der Nachfolge schien glücklich geregelt. Niemand nahm Anstoß daran, daß die Zeit der beiden Brüder schon vor dem Tode ihres Vaters begann. Der alte Herr mit dem kalten, nüchternen und nach wie vor befremdlichen Zahlenverstand zog sich immer mehr in seine Rechnereien zurück, während die beiden Brüder seinen in Zahlen verschlüsselten Willen übersetzten, mühelos und beinahe spielerisch.

Und die meisten Arbeiter und Angestellten jubelten ihnen zu, als sich die beiden Brüder entschlossen, für Führer, Volk und Vaterland ins Feld zu ziehen. Niemand zweifelte daran, daß diese beiden den Feind im Sturm nehmen und besiegen würden. Die Mißgunst sah ihre Sehnsucht nach Größe und Heldentum in diesem Brüderpaar aufgehen, das sich nicht zu fein war für den Krieg, sondern, wie man es von seinen Lieblingen erwarten durfte, dem Feind entgegentrat und sich die Hände schmutzig machte an seinem Blut. Alle waren sie stolz, auch die alten Arbeiter, die damals den Zahlen meines Urgroßvaters mehr geglaubt hatten als den lautstarken Worten der Begeisterung und die sich für ihre Familien kleinrechnen ließen, anstatt ihrer Sehnsucht nach Größe und Heldentum nachzugehen. Nur mein Urgroßvater, der sich nicht blenden ließ von dem äußeren Schein der Dinge, sah den Verlust. Er rechnete diesen Krieg, der für ihn schon eine Niederlage war, noch bevor er begonnen hatte. Er bedeutete den Verlust seiner beiden Söhne, für Monate, Jahre, vielleicht auch für immer. Und in seinen Kalkulationen, die so viele Unbekannte hatten, daß sein alternder Zahlenverstand sie kaum noch fassen konnte, erschien schon der Verlust, noch bevor er Wirklichkeit geworden war.

Er bat seine beiden Söhne in das holzgetäfelte Büro, in dem es noch ruhiger geworden war, seitdem sie einen Großteil der Gespräche und Entscheidungen hinausgetragen hatten in die Hallen der Fabrik und die Büros der Buchhalter und Prokuristen. Er bat sie ein letztes Mal zu sich, nachdem er Platz genommen hatte unter den Ölgemälden seines Vaters und seiner selbst, und er versuchte wie damals, als er den ersten Teil seines Auftrags erfüllte, den Krieg kleinzurechnen für seine Söhne, denen er nunmehr seinen Auftrag übergeben wollte, um ihn damit ganz zu erfüllen.

Die Plätze in der Ahnengalerie schienen den beiden vorgezeichnet. Sie saßen da und sahen sich bereits als Fortsetzung ihrer Väter in Öl und Ewigkeit gemalt. Sie hörten geduldig zu, während ihr Vater leise vor sich hin rechnete, und hatten doch längst das Ergebnis überschlagen. Sie hatten den Zahlen immer gehorcht und wollten auch diesmal nicht gegen ihre Logik verstoßen. Aber sie sahen nicht die Unbekannten in der Rechnung ihres Vaters. Sie, die das Siegen gewöhnt waren, setzten sie als bekannt voraus. Sie wollten sich nicht für die Zahl und gegen den Krieg entscheiden. Sie wollten die Zahl und den Krieg. Sie wollten das eine und das andere und rechneten fest damit, daß es ihnen gelingen würde.

Als mein Urgroßvater den Schlußstrich zog und mit seinen trüb betrübten Augen zu seinen beiden Söhnen aufschaute, als er die Zahlen in ihren Köpfen zu erkennen versuchte, erschreckte er vor der Härte und Entschlossenheit in ihrem Blick. Er sah, daß sie anders rechneten als er. Er sah, daß sie knapper kalkulierten, daß sie die Risiken und Eventualitäten gestrichen hatten und nicht gewillt waren, sich hinter den Büchern zu verstecken. Und zum ersten Mal hoffte er zu Gott, daß er sich mit seinem ganzen Zahlenverstand geirrt hatte. Er hoffte zu Gott, daß seine verschlungene Rechnung wackeln und einstürzen möge in einem gewaltigen Irrtum. Und er hoffte wider den eigenen Verstand, die Rechnung seiner beiden Söhne möge aufgehen. Denn der Krieg war das einzige, was für sie Größe hatte und Gewicht. Dieser Krieg war der Auftrag, an dem sie sich messen wollten, genauso wie ihr Vater sich am Auftrag seines Vaters maß, so sehr, daß er die Trauer und den Tod seines Vaters vergaß. Und so vergaßen auch sie den Tod, dem sie so nahe waren wie noch nie.

Mein Urgroßvater blieb allein mit dem Krüppel, um den sich bisher niemand gekümmert hatte, weil er der Drittgeborene war, weil er das Leben eines Sonderlings führte, nicht erst, seitdem er sich das Knie zerschlagen und ein steifes Bein bekommen hatte, sondern immer schon, seitdem die beiden großen Brüder sich als so überaus fähig erwiesen, gemeinsam bei allen Kinderspielen gewannen, sich zusammen durch die Schule boxten, seitdem sie die Mißgunst eroberten mit ihren hellen, gutgelaunten Gesichtern und ihrem wachsamen, schneidigen Ernst. Und vielleicht hatte er sich das Knie auch nur deshalb zerschlagen, vielleicht war er auch nur deshalb gefallen, damals auf dem Eis, weil er beim Schlittschuhlaufen, beim Hockey, bei allen erdenklichen Wettkämpfen ohnehin unterlag, weil er von den Erfolgen seiner Brüder ausgeschlossen war von vornherein und dafür einen Grund suchte und ihn fand in der Zertrümmerung seines Knies, in dem steifen Bein, das er fortan mit sich schleppte, auf einen Stock gestützt.

Und als hätte er es so gewollt, fing er an, Dinge zu tun, die nur einem Krüppel erlaubt waren. Mit seinem steifen Bein schuf er sich eine Krüppelfreiheit, in der man ihn gewähren ließ. Er fing an, Dinge zu tun, die auf der Mißgunst bislang ohne Beispiel waren. Oft hinkte er stundenlang im Garten, am Ufer oder auf den nahegelegenen Hügeln umher und wartete, wie er sagte, auf das rechte Licht, um sich dann auf einen Jägersitz zu setzen und fiebernd, mit fliegenden Pinseln und Stiften, die Fabrik oder Landschaft zu malen, die sie alle doch Tag für Tag sahen. Sie sahen den Krüppel dasitzen, das steife Bein weit von sich gestreckt, mit farbverschmierten Händen, Pinseln, Stiften und seinem fiebernden, wilden Blick, mit dem er durch sie hindurchstarrte, und sie schüttelten den Kopf, zuckten mit den Achseln und lachten ihn aus. Aber sie ließen ihn in Frieden. Und genau das hatte er erreichen wollen, damals, als er sich das Knie zertrümmerte und fortan, seinen gewaltigen Körper auf einen Stock gestützt, über die Mißgunst hinkte.

Doch seine Krüppelfreiheit hatte auch Grenzen. Als er eines Tages zu seinem Vater kam und ihm sagte, er würde gerne Kunst studieren, Malerei, an der Universität, der Sorbonne in Paris, da schaute ihn sein Vater mit seinem Blick für die Zahl nur völlig verständnislos an. Es gab kein Gespräch zwischen den beiden, nur Schweigen, eine Zeitlang. Und am Ende dieses Schweigens bekam der Krüppel die Erlaubnis, eine Kunstausstellung im nicht allzu fernen Marburg zu besuchen und dort ein Seminar zu belegen, unter der Voraussetzung, daß er weiter auf der Mißgunst wohnen blieb. Schließlich konnte man ihn nicht einfach so in die Welt lassen, den Krüppel, den Sonderling, die Schande der Familie. Man konnte ihn nicht einfach so fortlassen, den auf einen Stock Gestützten, denn die Welt sollte nicht denken, seine Familie würde sich nicht um ihn kümmern. Und so hielten sie ihn in der Nähe ihrer

Gleichgültigkeit, im Kreise der von ihm abgewandten Familie, die ihn gewähren ließ. Jenseits dieser Familie, die ihre mangelnde Liebe und ihre leise Verachtung für sich behalten wollte, hörte seine Krüppelfreiheit auf

Und auf einmal war er der einzige Sohn. Seine Brüder, deretwegen er sich das Knie zerschlagen und ein steifes Bein bekommen hatte, um anders als sie zu sein, sie waren einfach fort. Auf einmal war er allein mit seinem Vater, der sich unter der Last seines Auftrags zum Grabe hin krümmte. Und etwas veränderte sich auf der Mißgunst. Er spürte nicht mehr ihre über alles hinwegsehende Gleichgültigkeit, er spürte die Nähe einer anderen Art, das Näherrücken einer plötzlichen Aufmerksamkeit. Und ihm wurde bang um seine Krüppelfreiheit.

Aber bei dieser ungewohnten Aufmerksamkeit blieb es zunächst. Man ließ ihn wie eh und je umherhinken im Garten, am Fluß, auf den nahegelegenen Hügeln, stundenlang, und das, wie er sagte, rechte Licht suchen. Man ließ ihn dasitzen auf seinem Jägersitz, das steife Bein weit von sich gestreckt und gebeugt über seinen Skizzenblock, den er mit fliegenden Pinseln und Stiften bearbeitete, von dem er fiebernd aufschaute und hindurchsah durch alle, die ihm nahe kamen. Aber es war ein anderer Blick, mit dem die Leute ihn betrachteten, jetzt, da er der einzige Sohn auf der Mißgunst war, ein länger innehaltender Blick. Und ihn überzog ein kurzer Schauder von Aufmerksamkeit, bis die Leute kopfschüttelnd und achselzuckend weitergingen wie in den besten Tagen seiner Krüppelfreiheit.

Und sein Vater nahm noch einmal all seinen mürbe gewordenen Zahlenverstand zusammen und rechnete Krieg, mit allen Risiken und Eventualitäten, und zum ersten Mal überhaupt rechnete er auch mit dem Krüppel. Es war die Last seines Auftrags, die ihn zwang, mit seinem ganzen Zahlenverstand und wider seinen Willen eine letzte große Rechnung anzustellen, in der es neben den beiden Brüdern und ihrer schneidigen Kalkulation des Krieges zwei weitere Posten gab, den Krüppel und seinen eigenen Tod.

Zum ersten Mal in seinem Leben verzweifelte mein Urgroßvater an seinem alles erwägenden Zahlenverstand. Er fing an, die Zahlen zu hassen, die keinen Unterschied machten zwischen den beiden Brüdern und den übrigen Soldaten, deren Tod so wahrscheinlich war. Er haßte sie dafür, daß sie den Krüppel ebenso behandelten wie die beiden Brüder, ohne daß die Zahlen, die für ihn standen, hinkten oder humpelten, von geringerem Wert waren oder weniger rechentauglich. Er haßte sie, weil die Brüder und der Krüppel gleich waren vor ihnen, er haßte ihre ignorante Gerechtigkeit, er haßte sie mit seinem ganzen, dem Zahlenverstand widerstrebenden Herzen. Und er wünschte sich nichts sehnlicher, als einen Strich zu machen unter die Rechnung, die kein Ende zu nehmen schien. Er wünschte sich nichts so sehr, wie die Unbekannten schlechterdings als bekannt zu setzen und die Rechnung des Krieges abzuschließen, bevor das Zahlenwerk seines Lebens zu Ende gerechnet war.

Er hatte sich mit seinem Zahlenverstand entzweit. Unaufhörlich rang sein widerstrebendes Herz mit den Zahlen, die ihm nicht mehr aus dem Kopf gingen. Es raubte ihm die letzte Kraft. Er träumte diese Zahlen, wälzte sich und wand sich wie im Fieber. Er sah diese Zahlen, wenn er in die Zeitung schaute. Er sah sie, wenn er seine Bücher aufschlug. Die Zahlen der Gefallenen, der Verwundeten, Vermißten und Gefangenen, die Überzahl der Feinde, die Zahl der stattfindenden Schlachten und der ausfallenden Schichten, der fehlenden

Maschinenstunden, der Unterproduktion, die Zahl seiner verrinnenden Tage und die immer unausweichlicher werdende Konsequenz, daß alle Zahlen und Zeiten für den Krüppel arbeiteten und gegen die beiden Brüder und ihn.

Immer wieder rechnete er sich vor, daß es an der Zeit sei, hinzugehen zu dem Krüppel und ihm das Erbe seines Vaters zu übergeben, den Auftrag, von dem sein Herz ihm sagte, daß der Krüppel ihn lächerlich machen würde. Er zögerte, denn diesem Auftrag hatte er sein ganzes Leben geweiht. Er war sein letzter Gedanke gewesen in der Nacht und der erste am Morgen, in seinen Träumen hatte immer nur die Angst um den Auftrag gespukt, und jetzt sollte er ihn diesem Unwürdigen übergeben, dieser Karikatur von einem Sohn, diesem hinkenden und humpelnden Sonderling, der auf den Wiesen, den Hängen, den Uferböschungen umherirrte und, wie er sagte, das rechte Licht suchte. Was für ein Hohn auf all seine Arbeit! Was für ein schlechter Scherz auf Kosten seines ganzen Lebens! Nein. Sein Herz sagte, nein, nie und nimmer.

Der Krüppel saß am Ufer der Orpe auf seinem Jägersitz, das steife Bein weit von sich gestreckt, einen Skizzenblock in der Hand, und blinzelte in die Sonne, die zwischen den Baumwipfeln niedersank und in wenigen Minuten das, wie er sagte, rechte Licht werfen würde, ein mildes, apfelsinenrotes Licht, das den Abenddunst über dem schwarzen Wasser färbte. Und wenn er Glück hatte an diesem Abend, dann würde sogar das schwarze Wasser der Orpe diese Milde und gütige Müdigkeit des Lichtes annehmen, das mit dem Tag seinen Frieden gemacht hatte, das Licht einer Sonne, die sich gleißend verströmt hatte über dem lärmenden Treiben des Tages und die jetzt nur noch ein Kern von Glut war, der in seinem eigenen, inneren Feuer versank. Und in dem lachsroten Widerschein des Lichts über dem dahingleitenden schwarzen Wasser würden die Forellen aufsteigen und nach den tagtrunkenen Fliegen schnappen, die sich mit müden Flügeln auf dem Silberfilm der Oberfläche niedergelassen hatten. Und der Schlag ihrer Schwanzflossen würde über den schweigenden Strom des Wassers klatschen wie die Schläge einer Peitsche in schwüler Luft, um dann in den Wasserringen ihres Aufstiegs den glutvollen Glanz des Lichtes zu spiegeln, bis sie sich im ebenmäßigen Dahingleiten des Stromes verloren. Und darauf wartete er, mit Pinseln und Stiften in der Hand, über seinen Skizzenblock gebeugt, er wartete auf das rechte Licht.

Doch es war sein Vater, der kam. Er hatte ihn nicht kommen hören. Er hatte ihn auch nicht gesehen. Er spürte zunächst nur das Brennen einer ungewohnten Aufmerksamkeit in seinem Nacken, und es dauerte einige Zeit, bis er seinen Blick von den Bildern zu lösen vermochte, die er erwartete, die er voller Erwartung entstehen sah in dem Licht, dem rechten Licht, das ihm vorschwebte und von dem er sich nicht ablenken lassen wollte. Doch das Brennen im Nacken nahm zu, anstatt nachzulassen und vorüberzugehen, und so konnte er nicht länger hinwegsehen über diese fremdartige Aufmerksamkeit, die seine Krüppelfreiheit störte.

Er sah seinen Vater und wußte, daß er nicht aus freien Stücken kam, der Tod hatte ihn geschickt. Der Tod beugte ihm den Nacken, er umklammerte seine Brust und machte den Atem flach, er hatte sich auf seinen ganzen Leib geworfen und war sein einziger Gedanke, dieser Tod, der sich zwischen ihn und seinen Auftrag drängen wollte. Und hinter dem glasgewölbten Nasenzwicker schaute aus den erloschenen, trüb betrübten Augen nur der dunkle Glanz des Todes zurück auf ihn, den dritten, verkrüppelten Sohn, der neben den beiden Brüdern in Vergessenheit geraten war und daraus seine hinkende, auf einen Stock gestützte Freiheit gemacht hatte.

Mit unweigerlich abschweifendem Blick sah er, wie sich das Licht um seinen Vater ideal färbte, ein orangeglühender Sonnenhauch, der sich in einem Schleier aus feinen Tropfen fing und über das abendlich schweigende Wasser dahinzog. Aber die Pinsel und Stifte in seinen Händen ruhten, denn da war sein Vater in der Mitte des Bildes. Er hörte ihn eine Reihe von Zahlen vor sich hin murmeln wie eine Beschwörungsformel, Zahlen, ohne erkennbaren Zusammenhang, hervorgestöhnt aus seiner vom Tod umklammerten Brust, die sich in schnellem Wechsel hob und senkte wie die Brust eines Säuglings, dessen Lunge zu klein ist für die Luft, die er braucht zum Atmen und Schreien. Und dann kamen Worte, kaum hörbare Worte, die von einem Auftrag handelten und vom Tod, wenn er von sich selbst sprach. Und noch einmal schweifte der Blick unweigerlich ab und sog an dem süßen Sonnendunst des Abends und der Glut, die auf den Wasserringen schwamm und unwiederbringlich im glatten Strom versank. Es war, wie er sagen würde, wahrhaftig das rechte Licht, aber er würde es nicht mit den Stiften und Pinseln in seinen Händen festhalten können, denn die Worte seines Vaters, aus dem der Tod sprach, hatten ihm soeben all seine Krüppelfreiheit genommen. Sie hatten ihm den Auftrag übergeben.

Er hätte jetzt sterben können, endlich, mein Urgroßvater mit dem Zahlenverstand und dem widerstrebenden Herzen, das seine letzten Kräfte aufzehrte. Aber der Tod, der ihn bisher immer getrieben hatte, ließ sich nun Zeit. Es war ein saumseliger Tod, der meinem Urgroßvater im Nacken saß, jetzt, da er sich nicht mehr unter der Last seines Auftrags zum Grabe hin krümmte. Er hatte sie dem Krüppel übertragen und sich damit ganz in die Hände des Todes begeben, doch der Tod packte nicht zu, er spielte mit ihm, er faßte nach ihm und ließ ihn wieder fallen, er kam ihm nah bis zur Atemlosigkeit und entzog sich wieder wie ein unbegreiflicher Gott, und er ließ ihn die ganze Leere seines dem Tode übergebenen Lebens spüren.

Und mein Urgroßvater, der bereits auf seinem Sterbebett lag, stand wieder auf und heftete sich an die Fersen des Krüppels, der auf seinen Stock gestützt durch das holzgetäfelte Büro hinkte, auf und ab, so als hätte man ihn in einen Käfig gesperrt. Dabei war er es, der sich einsperrte und niemanden zu sich ließ, seitdem ihn sein Vater heimgesucht hatte im Schein und Schimmer des rechten Lichts. Der Auftrag hatte ihn zurückgeholt in die Welt seiner beiden Brüder. Dieses Erbe, das für sie bestimmt war, holte ihn zurück in den Vergleich, aus dem er sich hatte fortstehlen wollen, als er sich das Knie zertrümmerte. Und jetzt stand er an ihrer Stelle. Jetzt saß er in ihrem Stuhl. Jetzt sollte er ihre Befehle geben und hinkte doch, zog das Bein nach und schlurfte wie ein Greis. Und ihm sollten die Leute gehorchen, die in ihm nur den Unterschied sahen zu den beiden fähigen Brüdern, diesen zerrbildartigen Unterschied und eine karikaturhafte Ähnlichkeit, die all seine Makel und Häßlichkeiten hämisch übertrieb. Und damit sie ihn nicht sahen, im Lichte seiner beiden Brüder, hatte er sich eingeschlossen im Büro, allein, im Käfig seines Auftrags.

Er verfluchte die Hoffnung und das Vertrauen, das sein Vater in ihn gesetzt hatte, während er die immer gleichen Wege auf und ab hinkte, die sich sein Stock in das Parkett des Büros gegraben hatte. Der Auftrag war das Ende seines ganzen bisherigen Lebens. Er setzte ihn der Aufmerksamkeit der Leute aus, einer brennenden, bösartigen Aufmerksamkeit voller Hohn und Spott, Neid und Eifersucht, die ihm die Nähe der andern zur Hölle machte. Und wo die Leute früher keinen Gedanken verschwendet und geschwiegen hatten, wo sie früher seinen Anblick mit einem Kopfschütteln quittiert und sich abgewandt hatten, da gafften und starrten sie jetzt, da tuschelten und tratschten jetzt die Leute über ihn, wo er früher allein sein konnte mitten unter ihnen, da war er jetzt überall, in ihren Blicken, Gesprächen, Gedanken.

Und zum ersten Mal seit der Inbesitznahme der Mißgunst durch meinen lustig listigen Ururgroßvater erfüllte sich ihre ungnädige Bestimmung. Die Mißgunst war von Mißgunst erfüllt, von einer mißbilligenden, böswilligen Aufmerksamkeit. Der Krüppel war an die Stelle der beiden Brüder getreten, ob er wollte oder nicht, und im Lichte seiner Brüder war er in Ungnade, in die Mißgunst aller gefallen. Und das wußte er. Und nicht, um es zu vergessen, sondern nur um mit diesem Wissen allein zu sein, hatte er sich eingesperrt.

Doch sein Vater, der wiederauferstanden war von seinem Sterbebett, besaß noch einen Schlüssel zu dem holzgetäfelten Büro. Und mit diesem Schlüssel, der wie ein kleiner Ausweg aus der Leere seines saumseligen Todes war, verschaffte er sich Zutritt und heftete sich dem Krüppel an die Fersen. Es dauerte nicht lange, da tuschelten und tratschten die Leute bereits und übertrafen sich in hämischen Spekulationen darüber, was in dem holzgetäfelten Büro wohl vor sich ginge zwischen dem Krüppel und dem wiederauferstandenen Toten. Und die gesamte Aufmerksamkeit der Mißgunst richtete sich auf das Büro, auf den Krüppel und den wiederauferstandenen Toten, die auf der Mißgunst regieren wollten und doch nicht einmal dieses Hohngelächter über sie zum Schweigen bringen konnten. Vielleicht würde der Wiederauferstandene dem Krüppel seinen Auftrag wieder wegnehmen und ihn entlassen aus dieser untragbaren Verantwortung, damit er weiterhin über die Wiesen, Hügel und Uferböschungen streifen konnte auf der Suche nach dem, wie er sagte, rechten Licht. Oder vielleicht würde der Krüppel auch angekrochen kommen zu Füßen des Wiederauferstandenen und ihn anflehen mit seinem schiefen Blick, er möge ihm seine Krüppelfreiheit zurückgeben, damit er sich wegstehlen könne, fort aus dem Licht seiner fähigen Brüder und zurück in seine einsame Belanglosigkeit. Und je länger es dauerte in dem holzgetäfelten Büro und je weniger die Leute wußten, desto böser wurden die Zungen, desto hämischer wurde das Gelächter der Leute auf der Mißgunst.

Aber auch wenn der Krüppel vielleicht für die Dauer eines Augenblicks davon träumte, zurückzukehren in die Gleichgültigkeit, selbst wenn sein Blick für einen Moment abschweifte und aus dem Fenster in den Garten schaute, um nach dem rechten Licht hinter dem Glas zu suchen, der Wiederauferstandene dachte an nichts dergleichen. Er setzte sich an den Schreibtisch, der nun nicht mehr sein Schreibtisch war, er setzte sich unter das Ölgemälde seines Vaters und seiner selbst und schlug die Bücher auf, seelenruhig, und begutachtete mit seinen trüb betrübten Augen hinter dem Nasenzwicker das Zahlenwerk. Und er rechnete leise, aber nicht für sich, sondern für seinen Sohn, den Drittgeborenen, anfangs noch die eine oder andere kurze Erklärung hinzufügend, doch alsbald in wortlosem Einverständnis, und gemeinsam brachten sie das gesamte Zahlenwerk der Mißgunst, das so lange in Erwartung der beiden fähigen, würdigen Söhne stillgestanden hatte, wieder in Bewegung.

Der Wiederauferstandene und der Krüppel wurden in dieser Rechnung erstmals zu Vater und Sohn. Es herrschte ein arbeitsames, tätiges Schweigen, das sie nicht trennte, sondern immer mehr verband. Es war eine schweigende, dem Gang der Zahlen folgende Versöhnung. Zum ersten Mal war der Drittgeborene, der Krüppel, nicht ausgeschlossen von der Rechnung seines Vaters, er war auch nicht nur deren Gegen-

stand, er war ihr Kopf. Und nichts anderes wollte der Wieder-
auferstandene. Er wollte ihm helfen, dieser Kopf zu sein, der
Kopf, von dem das Zahlenwerk der Mißgunst ausging und in
dem es wieder zusammenlief. Er half ihm mit seinem ganzen
Zahlenverstand, dieser Kopf zu werden und damit an seine
Stelle zu treten und ihm nachzufolgen als sein Sohn.

Der Drittgeborene, der Krüppel, spürte zum ersten Mal etwas, das anders war als das Glück der Gleichgültigkeit und
anders auch als die brennende, bloßstellende Aufmerksamkeit, die ihn nun überallhin verfolgte. Er spürte, was es bedeutete, einen Vater zu haben, und er spürte zugleich den
schmerzlichen Verlust der Vaterlosigkeit, die sein ganzes bisheriges Leben war. Er spürte, wie der Blick seines Vaters auf
ihn überging, wie er anfing, die Dinge mit den Augen seines
Vaters zu sehen, mit dem Blick für die Zahl in allen Dingen.
Und er spürte die trübe Betrüblichkeit dieses Blicks, der sich
nicht blenden ließ von dem Glanz und der Schönheit der
Dinge, sondern hineinsah in das Zahlenherz der Wirklichkeit. Und er spürte es wie einen Abschied auf Nimmerwiedersehen, wie ein Lebewohl, das ausgesprochen wurde über
sein ganzes bisheriges Leben, wenn er noch einmal, ein letztes
Mal, aufsah von den Büchern und den Blick zum Fenster
schweifen ließ, zum Fenster in den Garten und hinunter zum
Fluß, über den sich der Abenddunst legte und ihn zu einem
Schleier von warmem, blutigem Orange färbte, durchglüht
von der sinkenden Sonne zwischen den Baumwipfeln und
erfüllt von dem in Frieden ausatmenden Tag. Und er konnte
nicht umhin zu hören, wie die tagtrunkenen Fliegen nieder-
schwirrten auf den dahingleitenden Silberfilm des schwarzen
Stromes und mit ihren müden Flügelschlägen winzige Wellen
der Unruhe aufquirlten, bis aus der Tiefe des Wassers die Forellen aufstiegen und mit dem Peitschenschlag ihrer Flossen
in die Höhe schossen, er hörte, ohne umhin zu können, ihre

schnalzenden, klatschenden Flossenschläge über dem Wasser, in das sie wieder eintauchten, spurlos, bis auf die Wasserringe, die sie um ihren Sprung verbreitet hatten und auf denen die schimmernde Glut der untergehenden Sonne schwamm.

Und er spürte die Unwiederbringlichkeit des Scheins und Schimmers dieses, wie er vor langer Zeit einmal gesagt hatte, rechten Lichts. Er spürte, daß er es nie wieder so sehen, mit seinen Augen würde sehen können, die nunmehr den trüb betrüblichen Glanz seines Vaters annahmen und seinen nüchternen Blick für die Zahl in allen Dingen. Und während der Abend an Licht verlor, während die Dunkelheit aus den Wäldern und dem schwarzen Wasser hervorkroch und er sich ein letztes Mal hineinträumte in diese verschwindende Welt des Lichts und der Farben, spürte er den stechenden Schmerz, den es bereitete, die Schönheit des Schauens und die Freude der flüchtigen Farben zu verleugnen und auszutreiben aus seinem Blick, und es war wie der Schmerz einer Blendung.

Und er spürte den Blick seines Vaters, wenn er zu lange aufschaute von den Büchern, zu lange, um wirklich zu überlegen, und zu kurz, um wirklich zu träumen von der verschwindenden Welt der Farben und des Lichts, der er sich nie wieder so ganz und gar würde überlassen können. Und er überwand sich und unterdrückte die Sehnsucht des Schauens und zwang sich, die Dinge mit dem registrierenden Zahlenblick seines Vaters zu sehen, den er nicht enttäuschen wollte, jetzt, da dieser sich zum ersten Mal mühte, sein Vater zu sein.

Und er rieb sich die Augen. Er drückte mit Zeige- und Mittelfinger fest auf die Augäpfel, so als könne er eine andere Optik in sie hineinpressen, die Optik des Zahlenverstands. Und selbst auf den geschlossenen Lidern, unter dem Druck der Fingerkuppen, malte sich noch der Farbschein und

Lichtglanz des Schauens, der die Dinge mit Schönheit überzog, einer Schönheit, die der Vergangenheit angehören sollte für immer und ewig, der er entsagen mußte von nun an, um nüchtern und für alle Reize unempfänglich in das Zahlenherz der Wirklichkeit zu sehen. Er drückte zu, bis ihm schwarz wurde vor Augen und keine Spur von Farbe oder Helligkeit mehr erkennbar war, die ihn verführen könnte zum Schauen und zur Sehnsucht nach dem, wie er vor einer Ewigkeit einmal gesagt hatte, rechten Licht. Und es war der Schmerz einer Blendung, die er sich mit dem Druck seiner Fingerkuppen auf die Augäpfel selbst zufügte. Und er drückte zu, bis er wußte, er würde die Schönheit des Lichts nie wieder so sehen können wie damals am Fluß, als die Sonne hinter den Baumwipfeln in ihrer eigenen inneren Glut versank.

Der Wiederauferstandene und der Krüppel rechneten lange, weit über den ersten Anflug von Gemeinsamkeit und Versöhnung hinaus. Sie rechneten ganze Tage lang und halbe Nächte, und aus dem seltsam stillen Einverständnis in dem holzgetäfelten Büro wurde langsam eine Selbstverständlichkeit. Und sie rechneten länger, als sich die Häme und das Gelächter der Leute auf der Mißgunst halten konnten. Die Mißgunst verstummte und lauerte schweigend auf eine Gelegenheit, loszuschlagen mit geißelndem Hohn und Spott. Doch niemand wurde hereingelassen in das holzgetäfelte Büro. Niemand kam zu den Leuten heraus. Es blieb ihnen nichts anderes übrig, als zu warten, womit alle sich abfanden, alle, bis auf einen, der unbedingt darauf drängte, vorgelassen zu werden, der sich gewaltsam Zutritt in das holzgetäfelte Büro verschaffte und der rechnenden Eintracht von Vater und Sohn ein Ende machte: der Tod.

Der Tod, der sich von meinem Urgroßvater zurückgezogen hatte wie ein unbegreiflicher Gott, meldete sich jetzt mit Ungeduld zurück, umklammerte seine schwach atmende Brust und warf ihn mit eisernem Griff zurück auf das Sterbebett, von dem er wie durch ein Wunder wiederauferstanden war. Es war ein wütender Tod, der zurückkam, um meinem Urgroßvater zu zeigen, wer über das Ende seines Lebens bestimmte. Ein eifersüchtiger Tod, der nicht länger zuließ, daß er seinen Auftrag und seinen Sohn zurückgewann. Tage und Nächte lang wütete dieser Tod über dem Sterbebett meines Urgroßvaters, um seinen Zahlenverstand endgültig zu verwirren, um seinen flach atmenden Leib gänzlich zu entkräften und ihn zu völliger Untätigkeit zu verurteilen, zu einer todesähnlichen Untätigkeit für den Rest seines Lebens.

Es war ein launenhafter Tod, der ihm keine Ruhe ließ, und nicht nur ihm. Das ganze Haus, alle in der vielfenstrigen Villa auf der Mißgunst mußten sich kümmern um diesen Tod. Er riß das gesamte Leben der Mißgunst an sich und fesselte die Kräfte des Lebens an den sterbenden Leib, in dem er wütete. Es war ein Tod, der keinen Schlaf kannte, ein dem Schlaf ganz und gar unähnlicher Tod, der ständiges, unermüdliches Wachen verlangte, der die Aufmerksamkeit aller forderte zu jeder Zeit, ein eifersüchtiger Tod, ein Tod voller Mißgunst.

Der Sohn, sein nunmehr einziger Sohn, konnte nicht helfen, wenn der Tod nach frischen Umschlägen, Salben, Laken, Luft verlangte. Hinkend und mit seinem gewaltigen Körper auf einen Stock gestützt, hätte er die Betriebsamkeit des Todes um das Sterbebett herum nur gestört. Aber er saß jede Stunde dieses Todeskampfes am Bett seines Vaters in einem gewaltigen Lehnstuhl, sein steifes Bein weit von sich gestreckt und auf eine erhöhte Fußbank gebettet, so als würde er nicht mehr von der Stelle weichen, und er wachte in stillem Einverständnis mit seinem Vater, genauso wie er mit ihm gesessen und gerechnet hatte über den Büchern in dem holzgetäfelten Büro.

Doch der Tod in seiner Eifersucht duldete auch dies nicht. Er schüttelte den entkräfteten Körper auf dem Sterbebett mit heftigem Fieber, verwirrte und verdrehte den mürbe gewordenen Zahlenverstand, verwischte und verwandelte die Erinnerung an die vergangenen, dem Tode abgetrotzten Tage und redete dem widerstrebenden Herzen das Wort. Und als wären jene Tage nie gewesen, in denen er den Krüppel zu seinem Sohn gemacht hatte, rief der Sterbende im Fieber nach seinen beiden Söhnen im Feld, wand und wälzte er sich vor Sehnsucht nach seinen beiden würdigen Nachfolgern, denen er seinen Auftrag hatte übergeben wollen, und er schrie vor Verzweiflung ihre Namen in die Leere ihrer Abwesenheit, während der Krüppel geduldig an seinem Sterbebett saß und nicht von der Stelle wich. Er blieb und wachte, obwohl das stille Einverständnis zwischen seinem Vater und ihm vom Fieber vertrieben wurde, obwohl es die Tage und Nächte über den Büchern in dem holzgetäfelten Büro nie gegeben hatte im Herzen des Sterbenden, und obwohl hinter der fiebernden Stirn kein Gedanke mehr an ihn war, an den Krüppel, den Unwürdigen, sondern nur an die beiden fähigen Söhne, die im Feld lagen, irgendwo in der Ferne der Ostfront.

Es war ein mißgünstiger Tod, der aus den Augen des Sterbenden schaute in einer der wenigen Morgenstunden, in der das Fieber seinen entkräfteten Leib nicht schüttelte wie sonst. Und es war dieser mißgünstige Tod, der nach den Tagen und Nächten des Rechnens und Wachens mit befremdlich fester Stimme sprach: Wer ist der Krüppel da, der sich in meinem Lehnstuhl eingenistet hat?

Die morgendliche Betriebsamkeit um das Sterbebett stand einen Augenblick still. Die Dienstboten, die diese Worte des mißgünstigen Todes gehört hatten, wagten kaum aufzuschauen und nach dem Krüppel zu sehen, der unbewegt in dem Lehnstuhl saß, sein steifes Bein weit von sich gestreckt. Doch sie prägten sich alles genau ein, um es weitererzählen zu können mit ihren bösen, von Mißgunst bewegten Zungen. Und ihre Neugier auf die unerhörte Nachricht, die sie wie ein Lauffeuer verbreiten würden, wuchs ins Unermeßliche, so daß sie es nicht länger ertrugen, den Blick demütig gesenkt zu halten. Und so schauten sie auf, scheinbar scheu, aber doch in einem Anflug von Rebellion gegen den Krüppel, dem sie die Herrschaft auf die Mißgunst mißgönnten. Sie schauten ihm mit unverhohlener Neugier ins Gesicht, um sehen und berichten zu können, was der Krüppel auf die Worte des Sterbenden erwidern würde. Aber der Krüppel sagte nichts. Er wandte lediglich den Kopf zur Seite. Und die eifrigsten unter den Dienstboten wollten gesehen haben, daß er in seine eigene schiefe Schulter hinein leise weinte.

Es war der mißgünstige Tod, der mit der Stimme des Sterbenden gesprochen hatte. Und gerade darum waren es auch unverstellte, wahre Worte. In der Vergessenheit des Fiebers, das die Erinnerung und das Gedächtnis des Sterbenden in eine Flucht wirrer Träume auflöste, galt nur die Gegenwart. Und in dieser Gegenwart war der Krüppel nichts als ein Krüppel, unabhängig davon, was er für seinen Vater getan hatte, was er sich selbst angetan hatte, um die Welt mit den Augen seines Vaters zu sehen, von dessen Seite er nicht wich, auch als er ihn längst wieder zugunsten seiner beiden Brüder verleugnete. Diese Gegenwart würde immer stärker sein als alles, was er getan hatte und noch tun würde. Er würde in der Gegenwärtigkeit des unverwandten Blicks, des bloßen Augenscheins immer nur ein Krüppel sein und bleiben. Und nichts, was er in der Vergangenheit getan hatte und was er in Zukunft tun würde, konnte daran etwas ändern.

Die Dienstboten versuchten, dem Krüppel ins Gesicht zu sehen, das er abgewendet hatte und in seiner schiefen Schulter verbarg. Neugierig wanderten ihre Blicke über den gewaltigen Körper des Krüppels. Und mit all ihrer boshaften, verächtlichen Aufmerksamkeit brannten sie darauf, ein Zucken des Schmerzes auszumachen, ein Krümmen der Verletzung oder ein schluchzendes Beben dieses gewaltigen Körpers, der sich nur auf einen Stock gestützt bewegen konnte. Sie wollten ihn leiden sehen, den Krüppel, dem sie die Herrschaft auf der Mißgunst mißgönnten. Sie wollten ein Bild des Schmerzes und der Schwäche von ihm, um es weitererzählen zu können und es zu bewahren für alle Zeit, die der Krüppel zu Unrecht auf der Mißgunst herrschen würde über sie.

Aber die Zeit blieb ihnen nicht, dieses Bild des Schmerzes und der Schwäche ganz in sich aufzunehmen und für immer einzuschließen in die Mißgunst ihrer Herzen. Denn dem so saumseligen wie mißgünstigen Tod fiel es ein, gerade jetzt den Sterbenden auf seinem Lager wieder zu schütteln mit heftigem Fieber, mit Fieberattacken, die wie Schauer durch den entkräfteten greisen Leib gingen. Und der Todeskampf des Vaters forderte erneut die Aufmerksamkeit der Dienstboten, die ihre verächtlichen Blicke gerne an dem Schmerz und der Schwäche des Krüppels geweidet hätten, der seinem Vater bis zur Unkenntlichkeit fremd war. Aber nun mußten sie mit kalten Umschlägen den von Fieberschauern geschüttelten Leib beruhigen, mußten den krampfenden, zusammenzuckenden Händen einen Halt geben und den kalten Schweiß von der fiebernden Stirn tupfen. Und sie sahen, wie sich die Augen des Sterbenden öffneten, wie sie weit aufgerissen wurden vom Todeskampf, der über den ganzen Leib hinweg wütete, und wie sich ihr trüb betrübter Blick veränderte, der sie jahrzehntelang hinter glasgewölbten Nasenzwickern kalt und nüchtern beobachtet hatte, wie er sich plötzlich aufhellte mit einer Leuchtkraft, die unmöglich aus diesem ermatteten Körper kommen konnte, die durchdrungen schien von einem übermenschlichen Schrecken der Erkenntnis, von Wahrheit und Wahn. Und sie sahen, wie dieser entsetzte, entsetzliche Blick abdrehte, wie sich die Pupillen des Sterbenden nach innen wandten, als gäbe es etwas zu schauen hinter der fiebernden Stirn, während das Weiße des Auges zwischen den aufgerissenen Lidern hervortrat und Blindheit herrschte für einen Moment, bis der pupillenstarre Blick wieder einen Ausweg fand aus Kopf und Körper und wild hervorstarrte, wie um ein letztes Stückchen Welt mit diesen Augen auszureißen und es mit sich zu nehmen in die Dunkelheit. Es waren Augen, denen einfiel, daß sie noch nicht genug gesehen hatten und die verzweifelt nach mehr Welt schnappten, während die Kraft der Verzweiflung sie schon wieder verließ und die Augäpfel Weiß zeigten wie die im abgedeichten Wasser der Orpe verendenden Forellen, die mit ihren vergeblich sich auffächernden Kiemen das sauerstofflose Wasser einsogen, mit immer langsamer auf- und zuklappenden Kiemenflügeln, während der Erstickungstod bereits die wedelnde Balance ihrer Flossen verwirrte und die Luft ihrer Schwimmblasen sie an die Wasseroberfläche trieb, wo sie sich noch eine nicht enden wollende Weile in weißbauchigen Kurven wanden, bis ihre weißen Bäuche mit angelegten Flossen leblos an der schwarzen Wasseroberfläche schwammen. Und die Dienstboten sahen die Agonie dieser Augen, und sie sahen das immer wiederkehrende Weiß der Augäpfel, die verzweifelt einen Ausweg aus Kopf und Körper suchten und ihn immer weniger fanden, die in immer länger werdenden Abschnitten Weiß zeigten, bis sie schließlich leblos und unbewegt schwammen in Feuchtigkeit, Tränen und Schweiß. Und sie wußten, daß damit auch das endlose Sterben des Wiederauferstandenen ein Ende hatte.

Sie wollten es dem Krüppel überlassen, die Weiß zeigenden, weit aufgerissenen Augen des Vaters zuzudrücken. Sie hofften, der Krüppel würde ihnen eine Szene liefern, ein weiteres Bild des Schmerzes und der Schwäche, wenn er aufstand aus dem Lehnstuhl und seinen gewaltigen Körper an das Sterbebett schleppte, auf dem sein Vater lag, der ihn verleugnet hatte in der Stunde seines Todes. Aber als sie sich umsahen, war der Lehnstuhl leer und ebenso die erhöhte Fußbank, auf der das steife Bein des Krüppels während der Totenwache gebettet war. Der Krüppel hatte den Greis, der Sohn hatte den Vater in der Stunde seines Todes vor der Zeit verlassen.

Der Aufruhr des Sterbens, der die Leute auf der Mißgunst in Atem gehalten hatte, war ausgestanden. Der saumselige, eifersüchtige und launenhafte Tod hatte den Wiederauferstandenen ein für alle Mal heimgeholt. Doch nicht diese Nachricht war es, was die wiedererwachten bösen Zungen auf der Mißgunst bewegte, denn diese Neuigkeit war überfällig und verbrauchte sich schnell. Nein, der Tod war ein bloßer Begleitumstand eines ganz anderen Gerüchts, daß nämlich der Vater den Sohn im letzten Augenblick verstoßen habe, daß er ihm den Anspruch auf die Mißgunst entzogen habe und daß der Krüppel, gekrümmt und geschüttelt von Wut und Schmerz, aus dem Zimmer gehinkt sei, in dem sein Vater sterbend lag. Und unaufhaltsam verbreiteten sich die letzten Worte, die der sterbende Vater zu seinem ungeratenen Sohn gesagt haben soll in der Stunde seines Todes, in der er ihn nicht mehr erkannte und ihm das Recht absprach, auf der Mißgunst zu herrschen.

»Wer ist der Krüppel da, der sich in meinem Lehnstuhl eingenistet hat?« – Dieser Satz wurde in unzähligen Varianten, auf
tausenderlei Art und Weise, laut und leise, ernst und heiter,
bitter und bedächtig, von hellen und von dunklen Stimmen
überall auf der Mißgunst wiederholt. Und er wurde zur
Losung, zum Erkennungszeichen einer Hoffnung, daß nun
doch nicht die Herrschaft des Krüppels anbrechen würde,
sondern ganz etwas anderes oder gar nichts oder die Katastrophe vielleicht, die alle immer noch lieber sehen würden als
die Herrschaft des Krüppels auf der Mißgunst. Und die Leute
verliebten sich in den Gedanken der Katastrophe, sie sehnten
die Katastrophe herbei, die reinigende Katastrophe, das rest-
lose Scheitern des Krüppels und den Einschnitt, der vielleicht
die beiden fähigen Brüder zurückrufen würde von den Fel-
dern der Ehre.

Und die Leute witterten die Katastrophe und wünschten sie
um so heftiger herbei, als sich der Krüppel nach dem Begräb-
nis seines Vaters nicht zeigte. Und die Arbeiter, Angestellten
und Dienstboten stachelten sich in ihrer Ratlosigkeit unter-
einander auf wie zu einer richtigen Rebellion, zu einem Aufstand gegen den Krüppel, von dem man sich nur eines erhoffte, daß er endlich die ersehnte Katastrophe brächte, damit
das Leben auf der Mißgunst von Grund auf neu beginnen
konnte.

Endlich ging das Gerücht um, daß er sie zusammenrufen ließ,
um zu ihnen zu sprechen. Die Leute versammelten sich vor
der vielfenstrigen Fabrikantenvilla und standen dichtgedrängt
im Hof bis hinein in die Rhododendronbüsche des angrenzenden Gartens, als der Krüppel hinkend und auf einen Stock
gestützt hervortrat an die Brüstung des Portals. Er lehnte seinen gewaltigen Körper mit durchgestreckten Armen über das
Mauerwerk und wartete so lange, bis die Menge sich beruhigt

hatte und Schweigen eingekehrt war unter den Leuten. Nur noch das Rauschen des Wassers in dem terrassengestuften Flußlauf der Diemel war zu hören, der Wind in den Silberblättern der Pappeln und das Grabesschweigen der Orpe.

Dann sprach er, und er sagte, obwohl sich die Leute hinterher nicht ganz einig waren, daß er für eine Zeit des Übergangs die Führung der Papier- und Pappenfabrik übernehmen würde, wie es der Wille seines Vaters war. Er sagte, aber auch hierin waren sich die Zuhörenden nicht ganz einig, daß er keinen dauerhaften Anspruch auf diese Führung erheben würde, weder für sich noch für seine – und hier soll ein Raunen durch die Menge gegangen sein – Kinder. Er soll gesagt haben, daß der Auftrag, die Papier- und Pappenfabrik von Generation zu Generation zum Erfolg zu führen, laut Erbrecht und Tradition auf den Erstgeborenen überginge, und daran, sagte er, wolle auch er nicht das Geringste ändern. Aber der Krieg sei eine Ausnahmesituation, gewissermaßen ein Notstand, und er sähe sich gezwungen, für seine beiden Brüder in die Bresche zu springen und die Fabrik nach bestem Wissen und Gewissen so lange zu führen, bis ihre Rückkehr die Fortsetzung – und an dieser Stelle soll er unterbrochen worden sein durch einen Zwischenruf, der den Krieg eine Notwendigkeit und keinen Notstand nannte und daß es nur Feiglingen einfallen könne, aus der Tapferkeit der andern heimtückisch und hinterrücks Kapital zu schlagen, und eine Vielzahl von Stimmen mischte sich in diesen Zwischenruf, schimpfende, empörte, protestierende, heisere, dröhnende, höhnische Stimmen.

Der Krüppel, der seinen gewaltigen Körper mit durchgestreckten Armen auf die Brüstung des Portals stützte, schwieg. Er wartete darauf, daß sich der Tumult der Stimmen wieder beruhigte, und sah mit unbewegtem Auge in die Menge, die auf ihn zuzustürzen schien mit Wogen von Wut und ihrer ungehaltenen, schamlosen, brennenden Aufmerksamkeit, die ihn zu ihrem Mittelpunkt gewählt hatte. Und er sah die empörten Gesichter der Arbeiter und Angestellten, die der Krieg verschont oder verschmäht hatte, all die Familienväter und Großväter, die mit seinem Vater zusammengesessen hatten in dem holzgetäfelten Büro vor fünfundzwanzig Jahren und sich den Krieg kleinrechnen ließen von ihm. Es waren dieselben Gesichter, die damals die Notwendigkeit der Zahl für sich eingesehen hatten und nicht ihrer Sehnsucht nach Größe und Heldentum in den Krieg gefolgt waren. Es waren dieselben Gesichter, nur um eine Generation gealtert, die jetzt die Notwendigkeit des Kriegs ausriefen und brüllten vor Begeisterung, in freudiger Erwartung der Katastrophe, die sie aus ihrem kleingerechneten und immer weniger werdenden Leben erlösen sollte. Es waren dieselben Gesichter, von Mißgunst und Haß entstellt.

Und er wartete und schwieg, weil er auf einmal wußte, warum sie ihn so haßten. Sie haßten ihn nicht, weil er seinen beiden Brüdern unähnlich war, weniger fähig, weniger tapfer, weniger heldenhaft, sie haßten ihn, weil er ihnen, den Leuten, zu ähnlich war. Sie haßten ihn, weil er sie daran erinnerte, daß sie genau wie er daheim geblieben waren und diesen Krieg nicht kämpften, weil sie zu schwach, zu alt, zu feige, weil sie in gewisser Weise ebenso verkrüppelt waren wie er selbst. Und deswegen weigerten sie sich, seine Führung anzunehmen, weil sie fürchten mußten, unter der Führung eines Krüppels würde offenbar werden, daß sie ihm ähnlicher waren, als sie es sich eingestehen konnten, und weil sie fürchten mußten, daß in dieser Ähnlichkeit ihr ganzer Haß auf sich selbst, ihre ganze Verachtung füreinander zum Vorschein kommen würde.

Er hatte so lange gewartet und geschwiegen, bis die Menge sein feindseliges Schweigen erwiderte und nur noch das Rauschen des Pappelwassers im Flußlauf der Diemel zu hören war, der Wind in den silbrigen Blättern und das tiefschwarze Schweigen der Orpe. Und er sprach noch einmal mit unveränderter Stimme vom Krieg als einem Notstand, das erzählten sie übereinstimmend alle, er sprach vom Notstand und der Ausnahmeregelung, die seine vorübergehende Führung bedeute, und daß in dieser außergewöhnlichen Zeit auch außergewöhnliche Maßnahmen erforderlich seien. Sein seliger Vater und er hätten lange gezögert, aber aufgrund der Notwendigkeit der Zahlen und der wiederholten Ansinnen seitens der zuständigen Gauleitung wären sie nunmehr zu diesen außergewöhnlichen Maßnahmen bereit.

Er machte eine kurze Pause, die durch keinen Zwischenruf mehr unterbrochen wurde. Dann fuhr er fort, in einem schärferen Ton, wie viele später erzählten, und sagte, sein seliger Vater und er seien mit der Gauleitung und den Bevollmächtigten der Wehrmacht übereingekommen, ein Lager für französische Kriegsgefangene auf der Mißgunst zu errichten mit Baracken und Absperrungen bis hinunter zum Diemeldeich. Er sagte, daß selbstverständlich die Überwachung der Gefangenen von Wehrmacht und Waffen-SS garantiert würde, daß es aber vor allem Aufgabe der erfahrenen Kräfte der Papier- und Pappenfabrikation sei, die Gefangenen in die einfacheren Produktionsvorgänge einzuweisen und insbesondere die körperlich schweren Arbeiten von ihnen verrichten zu lassen.

Er schwieg noch einmal, um zu hören, wie die Menge die Entscheidung aufnahm. Er hätte erklären können, daß die gesunkenen Produktionszahlen aufgrund des Schichtausfalls einem gestiegenen Bedarf an Papier gegenüberstanden, den der Krieg selbst erzeugte, obwohl er ihm die Arbeiter nahm, um diesen Bedarf zu befriedigen. Doch er wartete ab, weil er nicht wollte, daß diese Argumente – dieselben, die sein Vater vor fünfundzwanzig Jahren gebraucht hatte, als er dem Offizier die Kriegswichtigkeit der Papierindustrie vorrechnete – wie eine Verteidigung der genannten Maßnahmen klangen. Sie waren keine Verteidigung, sie waren Ausdruck der List, der die Papierfabrikation auf der Mißgunst ihren Bestand verdankte. Nur daß diese List jetzt einen Schönheitsfehler hatte, weil es seinem Vater nicht gelungen war, auch diesen zweiten Krieg kleinzurechnen, und zu viele junge Arbeiter dem Beispiel seiner beiden Söhne gefolgt waren. Jetzt mußten die Gefangenen an die Stelle der jungen Soldaten treten. Und ein und dieselbe List, die vor fünfundzwanzig Jahren dafür gesorgt hatte, daß die Papier- und Pappenfabrikation auf der Mißgunst mitsamt ihren Beschäftigten unbeschadet und gestärkt aus dem ersten Krieg hervorging, eben diese List verstrickte sie nun in den zweiten Krieg, verband sie mit dem Schicksal seiner Opfer und der Schuld der Täter.

Er schwieg lange, und je länger er schwieg, desto brüchiger wurde die Wand des Schweigens zwischen ihm und der Menge, die sich zunächst in ihrem Erstaunen nicht einig war, ob das, was der Krüppel verkündet hatte, schon die ersehnte Katastrophe in ihrem ganzen Ausmaß war oder erst deren Anfang. Zwangsarbeit auf der Mißgunst. Immer waren sie Arbeiter gewesen, jetzt sollten sie Aufseher sein? Immer hatten sie mit ihresgleichen zusammengearbeitet, jetzt sollten sie über Fremde, Gefangene, über Franzosen befehlen? Immer hatten sie die Verwandlung von schwarzem Wasser in weißes Papier als eine Kunst, ein besonderes Handwerk begriffen, jetzt sollte es eine Sträflingsarbeit sein?

Unter den Arbeitern regte sich der Unmut zuerst, und ihr Erstaunen schlug um in Empörung, während die Angestellten noch gar nicht zu überschauen vermochten, was dies für ihre Bücher und Akten bedeuten würde, wenn jetzt auf einmal Gefangene als Arbeitskräfte auf der Mißgunst zum Einsatz kämen und welchen Unterschied es für die Zahlen machen würde, ob diese Arbeitskräfte sich freiwillig oder zwangsweise betätigten, ob es nun Fremde oder Einheimische waren und ob sie ihre Arbeit als ein Handwerk oder als eine Strafe betrachteten. Und obwohl die Angestellten das Gefühl beschlich, daß zwischen einem deutschen Arbeiter und einem französischen Zwangsarbeiter kein Unterschied sein würde vor dem Gesetz der Zahl und den Rechenvorgängen der Bücher, ließen sie sich mitreißen vom Unmut der Arbeiter. Als diese ihre Finger zwischen die Lippen steckten und gellende Pfiffe ausstießen, wollten auch sie, die Angestellten, nicht hintanstehen, schließlich waren auch sie gekommen, um die ersehnte Katastrophe zu erleben.

Und so waren es ausgerechnet einige in vorderster Reihe stehende Angestellte, die unter dem Druck der aufgewühlten Menge die Portaltreppe hinaufgedrängt wurden, nachdem bereits die Rhododendronbüsche des angrenzenden Gartens unter dem Ansturm der Empörung zertrampelt worden waren. Und da diese Angestellten schwerlich den entgegengesetzten Weg einschlagen und sich gegen den Strom der Menge stellen konnten, ergriffen sie die Gelegenheit und machten sich, ohne wirklich zu wissen, warum, zu Fürsprechern dieser tumultartigen Bewegung, die kein Halten mehr kannte und dem Krüppel wütend entgegendrängte. Und sie gaben Parolen aus, von denen sie glaubten, daß sie der Meinung der Menge entsprachen, antikapitalistische und antifranzösische Parolen, Parolen gegen die Amoral des Kapitals und gegen die Durchmischung mit den Welschen. Und sie vereinten den Haß auf die Reichen mit dem Haß auf den Erbfeind und wendeten diesen vereinigten Haß gegen den

Krüppel, den sie vor allem deshalb haßten, weil sie sich selber haßten und er sie daran erinnerte.

Der Krüppel sah, daß es keinen Zweck hatte, mit irgendwelchen Erklärungen fortzufahren. Er wußte, daß das Argument der Zahl verloren war gegen das Ausmaß von Haß, das ihm entgegenschlug. Schweigend und grußlos ergriff er seinen Stock, stieß sich vom Mauerwerk der Brüstung ab und schickte sich an, in die Villa zurückzuhinken. Doch gerade dieses Hinken brachte die Menge noch mehr gegen ihn auf, weil es sie daran erinnerte, daß auch sie nicht fähig, tapfer und heldenhaft waren und nun auch noch die Gefangenen kommandieren sollten, die sie nicht gemacht hatten und die allemal größere Helden waren als sie selbst. Und die Angestellten, die ihre Parolen bereits aus Leibeskräften brüllten, um in dem Tumult überhaupt noch gehört zu werden, und desto lauter schrien, je unsicherer sie waren, sie wurden von der nachdrängenden Menge immer weiter die Portaltreppe hinaufgeschoben. Und auf einmal standen sie da, brüllend, wie um sich lauthals selbst zu überzeugen, vor dem Portal, Auge in Auge mit dem Krüppel, der auf der Mißgunst herrschen sollte und vor dem sie jetzt nicht mehr ein Teil der Menge waren, sondern dieser und jener Angestellte, der es gewagt hatte, sich auf eine Ebene mit dem neuen Herrn der Mißgunst zu stellen. Und auf einmal war es, als hätte sich die Menge von ihnen zurückgezogen, als wäre es still geworden in ihrem Rücken, als stünden sie hier oben mit dem neuen Herrn der Mißgunst ganz allein.

Und es war still. Die drei Angestellten und der Krüppel standen sich wie auf einer Bühne gegenüber, während die Menge schwieg und zuschaute. Die Angestellten waren ebenfalls verstummt. Der Zorn, von dem sie selber nicht genau wußten, wo er herrührte, hatte sie verlassen. Sie spürten lediglich die brennende, boshafte Aufmerksamkeit der Menge im Nacken, die den Krüppel umgab, seit er seine Krüppelfreiheit dem Auftrag seines Vaters geopfert hatte. Diese vieläugige Aufmerksamkeit war wie das Rampenlicht der Bühne, auf der sie standen. Sie vergrößerte alles, was sie taten und sagten, sie hob jedes ihrer Worte, jede ihrer Bewegungen hervor. Sie gab ihnen eine Bedeutung wie für alle Zeit. Und diese Bedeutung, die ihren Worten auf einmal zukam, die Bedeutsamkeit, die ihre Handlungen auf einmal hatten, war wie die lampenfiebrige Verführung zu einem großen Auftritt, zu einer grandiosen Geste.

Die Angestellten packte der Theatermut. Und wie angestachelt von den Blicken der Menge verstellten sie dem Krüppel den Weg, der entschlossen war, sich nicht aufhalten zu lassen und seinen Weg, wenn nötig, mit Gewalt zu bahnen. Er setzte seinen gewaltigen, vor Wut bebenden Körper in Bewegung, stützte ihn auf seinen Stock, zog sein steifes Bein nach und ging direkt auf den unmittelbar vor der Eingangstür stehenden Angestellten zu, der unwillkürlich einen Schritt zurückwich, einen kleinen, winzigen Schritt des Erschreckens. Doch sogar dieser winzige Schritt sah in dem Rampenlicht der Aufmerksamkeit wie eine große Feigheit aus. Und das konnte nicht sein. Es konnte nicht sein, daß er klein beigab, dieser Angestellte, dessen Worte und Taten zum ersten Mal in seinem Leben Größe und Bedeutung hatten. Er gab sich einen Ruck und trat dem Krüppel entgegen. Er baute sich breitbeinig auf in der Bahn dieses gewaltigen, vor Wut bebenden Körpers.

Und auf einmal waren es nicht mehr die drei Angestellten und der Krüppel, die sich im Rampenlicht der Bühne eine Szene lieferten. Auf einmal waren es nur noch der Krüppel und er, der Angestellte unmittelbar vor der Tür, den sein

Theatermut aufrichtete und ihm Entschlossenheit gab, wo er sich seiner Sache längst nicht mehr sicher war. Der Krüppel hielt inne auf seinem Weg zurück in die Villa, und für einen kurzen Moment fühlte er sich müde, fast traurig. Und leise, als wäre es nicht für die Ohren des Publikums bestimmt, fragte er den Angestellten: Was willst du?

Was willst du? Für einen Moment war der Angestellte verwirrt. Ja, was wollte er eigentlich, was machte er hier überhaupt, was riskierte er nicht alles, indem er sich dem neuen Herrn der Mißgunst in den Weg stellte? Und was sollte er entgegnen auf diese entlarvende, leise, fast vertrauliche Frage? Was konnte er überhaupt entgegnen, jetzt und hier, nachdem er sich so weit vorgewagt hatte, daß jeder Schritt zurück ihn ebenso unmöglich machen würde wie der Schritt nach vorn in die offene Rebellion, den Aufstand, die Geste des Protests? Aber das wollte er ja alles gar nicht, daran konnte ihm doch nicht im geringsten gelegen sein, schließlich war er Angestellter, kein Aufständischer, wie hatte er sich nur in diese kompromittierende Situation gebracht, was in drei Teufels Namen hatte ihn nur getrieben, sich zum Wortführer dieser Rebellion aufzuschwingen, die ihn nichts anging, wie kam er überhaupt dazu, diese Bühne hier zu betreten, sich aufzuspielen vor aller Augen und jetzt dazustehen vor der Frage, was er wollte, ohne daß er darauf eine Antwort wußte.

Abbrechen, an dieser Stelle abbrechen, sich entschuldigen, nach Hause gehen – wenn er irgend etwas wollte, dann das. Aber das ging nicht, das war ja nicht möglich, dafür hätte niemand Verständnis. Nein, es ging überhaupt nicht um das, was er wollte. Im Grunde war diese Frage eine Unverschämtheit. Schließlich ging es nicht um ihn, um seine Person, und um seinen persönlichen Willen ging es schon gar nicht. Er mußte vielmehr, er mußte, ob er wollte oder nicht, er mußte etwas tun für die Sache!

Und er spürte, wie die Wut in ihm aufwallte, wie sein Theatermut ihn wieder aufrichtete und wie kräftigend er doch wirkte, der Gedanke, daß er soeben beleidigt, in seiner und der anderen Ehre gekränkt worden war. Ja, der Krüppel hatte ihn gar nicht gefragt, er hatte auch gar nicht geklungen, als wollte er ihn etwas fragen, er wollte ihn nur in Verlegenheit bringen, ihn lächerlich machen mit seiner perfiden Vertraulichkeit. Und das würde er ihm heimzahlen, dieses »Was willst du?«, um der Sache willen. Er würde es ihm schon noch sagen, was er wollte, vor allem, nämlich, wollte er keinerlei Vertraulichkeiten, er wollte es öffentlich und vor aller Ohren aussprechen, daß der Krüppel, bitteschön, bevor er Gefangene, Fremde, Franzosen für sich arbeiten ließ, doch lieber selbst mit Hand anlegen solle. Und wenn er etwas wollte, dann das: Er wollte nur zu gerne sehen, wie der Krüppel eigenhändig jene sogenannten schweren körperlichen Arbeiten verrichtete, denn auch wenn es sich bei den Gefangenen um Franzosen handelte, es waren immerhin Soldaten, die mit Leib und Leben für ihr Vaterland gekämpft hatten, und das könne er, der Krüppel, von sich kaum behaupten, und, bitteschön, wenn überhaupt, dann sei das sein ausdrücklicher Wille, ihn, den Krüppel, einmal, ein einziges Mal wirklich arbeiten zu sehen.

Und er hörte diesen Worten geneigt und staunend zu, als seien es nicht seine eigenen, als würde es sich um irgendeine Rede handeln, die jemand anders erdacht hatte, und er staunte um so mehr, als er diese Rede aus seinem Munde tönen hörte, wo sie ihm doch so fremd war wie etwas Auswendiggelerntes, wie ein ohne Gefühl und Gedanke aufgesagtes Gedicht. Und er staunte über die Sicherheit und Festigkeit des

Vortrags angesichts der Tatsache, daß er im Grunde nur dastand und über sich selbst staunte. Es war wahrhaftig so, als würde jemand anders aus ihm sprechen, als hätte ein Fremder das Wort und seine Stimme ergriffen, so daß ihm selbst nichts anderes übrig blieb, als geneigt und staunend seiner eigenen Rede zuzuhören.

Und so stand er noch ganz verwundert und bezaubert von seinen eigenen Worten da. Er lauschte hinein in die plötzliche Stille, ob sich nicht eine Art von Applaus oder ein anderweitiger Ausdruck der Begeisterung rege über diesen Vortrag, in dem er wahrhaftig über sich selbst hinausgewachsen war. Und dabei lächelte er breit und strahlend vor Glück, weil es ihm so wunderbar gelungen schien, er konnte gar nicht anders als lächeln, das Glück des Gelingens war stärker als er. Und er lächelte noch, als er in das Gesicht des Krüppels sah, das merkwürdig grau und versteinert vor ihm auftauchte, und er wunderte sich tatsächlich, ob sein Vortrag dem Krüppel denn nicht gefallen habe.

Und voller Verwunderung sah er mit an, wie der Krüppel sein steingraues und unbewegliches Gesicht zu einer Grimasse verzog. Er sah, wie die aschfahlen, papierenen Lippen sich einen Spaltbreit öffneten und mit keuchendem Atem Worte hervorstießen, Worte wie »aus dem Weg«, dünne, brüchige, verzitternde Worte, und er konnte nicht umhin, einen gewissen Stolz zu empfinden darüber, daß er weitaus gesetzter und besser gesprochen hatte als der Krüppel, der immerhin der neue Herr der Mißgunst war. Und wieder überkam ihn dieses unerhörte Glücksgefühl des Gelingens, das ihn lächeln machte und strahlen über das ganze Gesicht, eine Regung, die sich offensichtlich nicht auf den Krüppel übertrug, der mit schmerzverzerrter Miene noch näherkam, zwei, drei Schritte auf ihn zuging, an denen sehr bemerkenswert war, daß er sie

gleichsam freihändig zurücklegte, ohne dabei seinen gewaltigen Körper auf den Stock zu stützen und ohne zu hinken, jedenfalls ohne mehr zu hinken als sonst. Ja, es handelte sich
wahrhaftig um einen bewundernswürdigen Akt der Balance,
bei dem der Krüppel seinen Stabelstock in die Höhe riß wie
ein Seiltänzer seine Stange, und höher noch, so daß er über
ihren Köpfen schwebte, und man hätte meinen können, daß
sich der Ausdruck des Schmerzes in seinem Gesicht jetzt
lösen und in Freude verwandeln würde, aber wie in einem
Krampf zog sich sein Gesicht noch weiter zusammen, wurden
die aschfahlen, papierenen Lippen aufeinandergepreßt, während der Stabelstock durch die Luft zischte und niedersauste
auf die Schulter des staunenden Angestellten, der wie benommen war vor lauter Bewunderung, denn auch dieser
Schlag schien den Krüppel nicht aus dem Gleichgewicht
zu bringen, obwohl er die ganze Wucht seines gewaltigen
Körpers hineingelegt zu haben schien. Und er staunte nicht
schlecht, als der Krüppel das Kunststück wiederholte und seinen Stock in großem Bogen wieder in die Höhe riß, ohne
auch nur im mindesten zu schwanken, dann seine vormalige
Schlagrichtung kreuzte und ihn auf die andere Schulter nie-
derdrosch, mit einer nicht für möglich gehaltenen Kraft, die
etwas zum Bersten brachte, die ein gewaltiges Krachen und
Splittern produzierte, so daß der Angestellte unwillkürlich,
aber überaus interessiert zur Seite schaute, um festzustellen,
daß es keineswegs seine Schulter war, die brach, sondern der
robuste Stabelstock, während das Bersten des Holzes durch
seinen ganzen Körper ging. Und er wunderte sich noch, wie
denn der Krüppel seinen Weg fortsetzen wolle, jetzt, da sein
Stock irreparabel in zwei Teile zerbrochen war und nun sicher
zu kurz sein würde, um diesen gewaltigen Körper zu stützen,
als ihn plötzlich der Reststock mit seinem geborstenen Ende
am Kopf traf und einen glühendheißen Striemen quer über
den Scheitel zog, dem wie Regen auf Gewitter sogleich Blut

nachfolgte, ein warmer, wohliger Strom von Blut, der fließend und ohne Unterlaß aus dem Schlitz quer über seinem Scheitel rann. Und er verstand sofort, warum der Krüppel den dritten Schlag gegen seinen Kopf geführt hatte, denn es war klar, daß der um die Hälfte verkürzte Stabelstock mit seinem geborstenen Ende schwerlich noch einmal entzweibrechen würde und daß der Effekt des vorigen Schlages somit allenfalls durch den wie Regen an Fensterscheiben herabrinnenden Schwall von Blut zu übertreffen sein konnte, der ihm längst merkwürdig kühl über Brust und Bauch lief und sein Oberhemd tiefrot färbte, so als hätte man ihm den Brustkorb aufgebrochen. Und während er zuschaute, wie sich die Hemdbrust vollsog und aufging wie eine rote Blüte auf weißblättrigem Grund, registrierte er, daß seine Beine nachgaben, daß er in die Knie ging und sein Oberkörper nach vorne klappte, einer Mechanik aus Muskeln und Sehnen folgend, ohne daß er etwas dafür tun mußte, so daß sich das Rund seines Rückens jetzt dem vor ihm stehenden Krüppel darbot, der es wider Erwarten tatsächlich schaffte, selbst den verkürzten Stabelstock in noch kleinere Teile zu zerdreschen, soviel Kraft steckte in diesem gewaltigen Körper, dem er eine dermaßen schwere körperliche Arbeit nie, niemals zugetraut hätte. Aber das mußte man ihm lassen, er machte keine halben Sachen und wütete prügelnd, in schier unerschöpflichem Zorn, über dem Rückenrund, bis er nicht viel mehr als den bloßen Griff seines Stocks in der Hand hielt. Und taub an Leib und Gliedern krümmte sich der Angestellte über dem großen, anerkennenden Staunen, das sich wie Übelkeit in seiner Magengrube angesammelt hatte, und sank mit seiner glühendheißen Wange auf den kühlenden, verwitterten Stein des Treppenabsatzes, auf den das Blut strömte und sich in schwarzroten Seen ergoß, die sich ausdehnten wie kriechende Schatten und dann über die Stufen abwärts flossen. Und vollends verblüfft sah er, wie der Krüppel seine unförmigen Füße in die Blutseen setzte, über ihn hinüberstieg und ganz ohne Stock und ohne zu hinken, jedenfalls ohne mehr zu hinken als sonst, treppab seinen Weg durch die Menge bahnte, über den Hof verschwand und das Weite suchte, wohin keiner ihm folgte, wie damals, als er über die Wiesen, Hügel und Uferböschungen streifte, auf der Suche nach dem rechten Licht.

Es war ein schöner Tag. Es war ein von Wolken zu Sonne wechselnder Tag, ein Tag der plötzlichen Farben, des Erstrahlens und Verblassens. Der Fluß schwieg schwarz im wechselnden Licht. Wolkenschatten trieben über die grün und braun begrasten Hänge, die sich vollsogen mit Sonne und einen hitzigen Heuduft ausdünsteten, wenn das Licht durch klaffendes Blau mit sommerlicher Wucht in die Gräser stach. In Ufernähe schossen Sonnenpfeile bis auf den seichten, sandigen Grund, den sich die Orpe hier gegraben hatte, weit weg von der Mißgunst, flußaufwärts, vor der Gläsernen Brücke und den hohlwegartigen, von Bäumen und Sträuchern umrankten Ufergassen, noch vor dem Wehr, das einen Arm in die parallel verlaufende, tieferliegende Diemel abzweigte und dem Flußlauf der Orpe beim Abdeichen das Wasser entzog.

Der Krüppel war so weit gelaufen. Er hatte fast anderthalb Kilometer zurückgelegt, eine unwegsame Strecke am Ufer der Orpe entlang, über unebene Grasnarben, Ackerfurchen, Huckel und Senken, über von Baumwurzeln aufgewölbten Grund und Meere von Farnen und Huflattich. Er war gerannt, ohne zu wissen wie, sein steifes Bein mit sich ziehend, als sei dies die selbstverständlichste Art der Fortbewegung. Er war über Lattenzäune geklettert, hatte seinen gewaltigen Körper über die Brüstung des Wehres gehievt und war weiter über den mit moosigen Steinen gepflasterten Wehrschacht gelaufen, doch immer noch spürte er weder Müdigkeit noch die Steifheit seines Beins, auf das er, ohne Stock, die Last seines gewaltigen Körpers gestützt hatte, das er gestaucht und vorwärtsgeschleudert hatte, mit dem er aufgetreten war und sich abgestoßen hatte, als hätte er völlig vergessen, zum ersten Mal, seit er denken konnte, daß er ein Krüppel war.

Und jetzt stand er da, keuchend, aber erfrischt von der Luft in seinen pumpenden Lungen, erfüllt von einem ganz unwirklichen Gefühl des Entronnen-Seins. Jetzt breiteten die sanften Hügel den schwarzen, schweigenden Flußlauf der Orpe vor ihm aus, der sich kühl und geschmeidig durch die heuduftenden Weiden wand. Die Findlinge am Wasserrand glitzerten im Licht, das sich in den Graphitkristallen zu funkelnden Farben brach. Ein leichter Wind ging glättend über die Gräser am Ufer und riffelte die schwarze Haut des Wassers, ein flüchtiges und angenehmes Frösteln an einem sonnengewaltigen Tag.

Der Krüppel stand und schaute wie in eine Vergangenheit. Er sah die Zeit noch einmal vor sich, da es einzig und allein darauf ankam, den Moment abzuwarten, in dem der blaue Aufriß des Himmels sein Licht über das Land schüttete und die Farben sich von den Dingen, die sie bedeuteten, abhoben, zu Farbflächen von unterschiedlicher Tönung wurden, zu einem zweidimensionalen farbrauschenden Abhub der wirklichen Welt. Und wenn das Licht gut war und stark genug, dann lösten sich die Farben aus der Tiefe des Raumes und gerannen vor seinen Augen zu einem Bild, das die mit Händen zu greifende Wirklichkeit hinter sich ließ und ewig Augenblick blieb, ein Augenblick, der die begehbare, zu bearbeitende, begreifliche Welt in Schattierungen von Hell und Dunkel aufgelöst hatte.

Aber es war nicht wie früher, es war nicht das Schauen, das ihn früher ganz und gar ausgefüllt hatte, es war nur eine Erinnerung an den Vergangenheit bleibenden Blick. Er war kein Maler mehr. Er hatte eine Erinnerung daran, Maler gewesen zu sein, das Auge eines Malers gehabt zu haben, auch wenn er es vielleicht nie zu einem Werk gebracht hätte, zu einem vollendeten Bild. Doch er hatte die Welt wie ein Maler gesehen. Und jetzt sah er nur noch die Erinnerung daran, die Erinnerung an diesen Blick, der sich vor ihm auftat wie in großer, unüberbrückbarer Ferne.

Aber er war auch nicht wie sein Vater geworden. Er hatte seine Krüppelfreiheit geopfert, sein Malerauge geblendet, aber er war nicht so wie sein Vater oder wie seine beiden fähigen Brüder sein würden, er war nicht der Herr der Mißgunst, er war nichts, gar nichts, und er war von nichts umgeben, das ihm noch etwas bedeutete. Er war wie über den Rand der Welt hinaus.

Er wußte, wie durch eine unendlich ferne Erinnerung, daß er irgendwann würde zurückkehren müssen. Er wußte, daß dort, wohin er zurückkehren mußte, eine große Schuld auf ihn wartete. Und er genoß die Entfernung von allem. Er genoß es, weder Maler noch Fabrikdirektor zu sein, genoß das Vergangen-Sein von Krüppelfreiheit und Sohneseifer, und er fühlte sich nichtiger und freier als je zuvor, nichtiger und freier noch als damals, als der Arzt, der sein zertrümmertes Knie behandelte, ihm sagte, daß er wohl nie wieder würde laufen können wie seine Brüder.

Es war der Zorn, der ihn so außer sich geraten ließ, der ihn in diesem Zustand jenseits seiner selbst zurückgelassen hatte, ein blinder, unbildlicher Zorn, für den es nur noch eines gab: die Gegenständlichkeit der Dinge, den Widerstand, den sie ihm entgegenstellten. Nur um diesen Widerstand ging es ihm, diesen Widerstand wollte er brechen, zerschlagen, zertrümmern. Und so schlug er ein auf die ihm entgegenstehende Welt und wurde ein Teil von ihr in seiner blinden, farbenblinden Zerstörungswut.

Er hatte eine so zerstörerische Wut noch nie empfunden, am ehesten noch gegen sich selbst, damals, als er beim Eislaufen stürzte und die Hände nicht ausstreckte, um sich zu schützen, sondern zusah, wie sein Knie unter dem Gewicht seines Körpers zerbrach. Aber das war anders, absehbarer als diese Wut gegen den Widerstand der Welt. Damals hatte er es kommen sehen, vorausgeahnt, und sich mit bitterem Einverständnis gefügt in diesen Sturz und den knirschenden Schmerz, der ihm folgte. Diese Wut hingegen kam völlig unverhofft wie eine Gelegenheit, auf die man lange gewartet hatte, ohne es zu wissen. Sie kam gewaltsam über ihn wie etwas Fremdes, wie ein ihm auferlegter Rausch.

Und der Zerstörungswille, der ihn gegen den Sinn des Malerauges verstrickte in die begehbare, bearbeitbare, begreifliche Welt, diese Wut, die noch immer in ihm rauschte wie Meer in einer Muschel, wurde ihm zur Erinnerung. Sie rückte von ihm ab, und er erinnerte sich ihrer, wie er sich seiner Blicke als Maler erinnerte. Und in der Erinnerung wurde sie faßbarer. Und an der Genugtuung, mit der er sich erinnerte, an dieser ungekannten Befriedigung, die sein Gewissen überlagerte, erkannte er den Gedanken der Rache.

Er hatte bisher nichts gewußt von einem Wunsch nach Rache, der mehr war als nur ein Wunsch, der ein leibhaftiges Trachten nach Rache war. Er hatte nicht erkannt, wie es in ihm wartete und jenseits von Vernunft und Vergebung auf seine zerstörerische Gelegenheit lauerte, vernarrt in das Unrecht, das man ihm angetan hatte, und vernarrt in den Gedanken, sich dafür zu rächen. Er war in den Vergleich mit seinen beiden fähigen Brüdern hineingeboren worden, und er hatte versucht, sich ihm zu entziehen, indem er sich zum Krüppel machte und sich mit dem Glück der Gleichgültigen beschied. Doch nicht einmal diese Krüppelfreiheit gönnte man ihm und holte ihn in den Vergleich zurück, um ihn dafür zu hassen, daß er seinen Brüdern nicht ähnlich war und die Leute auf der Mißgunst daran erinnerte, daß auch sie seinen Brüdern nicht glichen, sondern ihm, dem Krüppel, der sich selbst verleugnet hatte.

Und niemand hatte ihn gefragt, ob er den Leuten ähnlich sein wollte. Niemand von denen, die ihn haßten und verachteten dafür, daß er nicht wie seine Brüder war, fragte, was er, der Krüppel, für die Leute empfand, für deren Gleichgültigkeit er alles gegeben hätte, sich sein gesundes Knie oder seinen rechten Arm zertrümmern würde, wenn es ihm nur die Gleichgültigkeit der Leute wiederbrächte. Sie fragten nicht nach der Demütigung, die es in seinen Augen bedeutete, ihnen ähnlich zu sein, all jenen, die auch nicht waren wie seine beiden Brüder, fähig, tapfer, heldenhaft, die aber dennoch die Dreistigkeit und Anmaßung besaßen, sich mit diesem Vergleich zu schmücken, einem Vergleich, für den er sich lieber die Knie zerschlug, als ihn sich anzumaßen.

Er hatte alles getan, um dem zu entgehen, und man hatte ihn dennoch zurückgeholt. Er hatte alles verleugnen müssen, was er für sich gefunden hatte jenseits des Vergleichs, die Sehnsucht nach dem rechten Licht, den Blick für den rauschenden Abhub der Farben, das Verschwinden der begehbaren, bearbeitbaren, begreiflichen Welt hinter der zu einem Bild gerinnenden Farblichkeit. Er hatte sein Malerauge blenden und das Glück des Schauens aus seinem Herzen reißen müssen. Er hatte unterdrücken und abtöten müssen, was ihn hinaustrieb auf die Wiesen, Hügel und Uferböschungen an den von Licht belebten Tagen. Er hatte dieses Opfer bringen müssen, das ihn tatsächlich denen ähnlich machte, die ihn verachteten und haßten, weil sie sich lieber in dem Vergleich mit seinen Brüdern sonnten und vergaßen, wer sie selber waren. Er hatte sich um sich selbst gebracht und war nun denen ähnlich, die ihn für diese Ähnlichkeit verachteten und ihn haßten wie er sie.

Und dieses Unrecht verlangte nach Rache, nach einer zerstörerischen, blinden Rache, die sich nicht darum scherte, ob sie die Schuldigen an diesem Unrecht traf, sondern die einzig und allein dem Haß vertraute und der Verachtung für alle, die sich ihm entgegenstellten. Und so wenig sie sich um die Schuld ihrer Opfer scherte, so wenig scherte sie sich um die Schuld, die sie mit ihrer Zerstörungswut auf sich lud. Es ging ihr nicht um Wiedergutmachung, nichts konnte dieses Unrecht wiedergutmachen, es ging ihr um Vergeltung. Es ging ihr darum, die Beschädigungen und Verletzungen, die dem Krüppel angetan wurden, nunmehr andern anzutun. Es ging ihr einzig um Vergeltung von Gleichem mit Gleichem, Auge um Auge, Zahn um Zahn, unabhängig von der persönlichen Schuld seiner Gegner und der Schuld, die durch diesen Akt der Rache entstand. Und unabhängig von dieser Schuld war auch die Genugtuung über das Werk der Zerstörung, das diese Rache schuf.

Er genoß das Gefühl, zum ersten Mal in seinem Leben die Wut und Gewalt seines Hasses nicht gegen sich selbst gewendet zu haben, sondern gegen die ihm entgegenstehende, ihm Haß und Verachtung zufügende Welt. Und dieses Gefühl der Befriedigung schwebte süß und selig über der Erinnerung an den verwunderten Blick des Angestellten, auf dessen Schulter, dicht neben seinem Ohr, der Stabelstock mit der Wucht und Gewalt des Hasses krachend und splitternd zerbrach, an das mit Bewunderung durchmischte Entsetzen, als er den zerbrochenen Stock mit seinem geborstenen Ende noch einmal in die Höhe riß und den Kopf des Angestellten quer über dem Scheitel traf, an die Nachgiebigkeit und Weichheit des Körpers, der vor ihm in die Knie sank und ihm geduldig das Rund seines Rückens darbot, um die Reste seines Stabelstocks kleinzuschlagen, bis er kaum mehr als den Griff in der Hand hielt. Und der Anblick dieses geschundenen und ihm in nichts mehr entgegenstehenden Rückens vermischte sich in der Erinnerung mit den sanften Hügeln, die sein Malerauge vormals sah, verschmolz mit den sich in der Sonne duckenden Gräsern, die der Wind glattstrich und ins Wasser neigte, wo sich der schwarze Strom der Orpe ausbreitete wie dunkles Blut auf den verwitterten Steinen und Stufen des Portals. Und es verbanden sich der Friede der vom Schweigen des Stromes geteilten Landschaft und die Befriedigung seiner bis zur Seligkeit erschöpften Wut. Und alles war fern in Erinnerung, in Erinnerung unendlich fern.

Wasserschatten

Ich erinnere mich an die Aquarelle des Malers, die ich verbrennen sah, nachdem sie sich, mir zuliebe, von ihm getrennt hatte und er gesagt haben soll: »Wir kehren immer zum Wasser zurück.« Ich erinnere mich an den seltsamen Zauber dieser Bilder, die sie, gemessen an ihrem Zorn, erstaunlich vorsichtig von den Wänden nahm, wobei sie darauf achtete, die Blätter gänzlich unbeschadet der Länge nach ins Feuer zu schieben, ohne Knicke und Falten, so als wolle sie die Aquarelle nicht zerstören, sondern nur dem Feuer zeigen. Ich erinnere mich an das Luxuriöse dieser Bilder, an die Muße des Blicks, der sich in ihnen zeigte, und ich weiß noch, daß es mir schwerfiel, ihnen gegenüber gleichgültig zu tun.

An seinen Bildern, die sie erst mir und dann dem Feuer zeigte, konnte ich sehen, daß er viel über das Wasser wußte, über das Schweigen und Plappern des Wassers, über seine verweilende Zielstrebigkeit, über die Art, wie es sich bewegt und bleibt. Und es war wie das Opfern eines Blicks, eines bildgewordenen Wissens, wenn das Feuer die Spuren verschlang, die das andere, feindliche Element in diesen Farben und Formen gemalt hatte. Und ich stand daneben, fügte mich in diese Blendung und schwieg.

Ich wollte es damals nicht wahrhaben, doch sie verletzte damit die Integrität des Wassers, die man nicht leichtfertig verletzen sollte, denn zu mächtig ist dieses Element, und zu abhängig sind wir von ihm. Und ich war mir nicht sicher, ob sie es wußte, ob es Ausdruck der Größe und Grausamkeit ihres Zornes war, oder ob sie meinte, nur ihn, ihren Mann oder

Liebhaber, zu treffen. Doch sie verletzte die Integrität des Wassers, und ich merkte, wie ich unwillkürlich die Seiten wechselte, wie ich, der ich aus Liebe für sie parteiisch gewesen war, nunmehr seine Partei ergriff und damit ein Stück weit zum Wasser zurückkehrte.

Doch ich wollte es nicht wahrhaben. Vor ihr und vor mir verleugnete ich die Anziehung des Wassers, meine unwillkürliche Parteinahme für das Wasser und den Maler, der diesem Element näher zu sein schien als sonst irgend jemand, den ich kannte, vielleicht gerade weil ich kaum etwas über ihn wußte. Und ich verleugnete auch die erschreckende Vertrautheit in allem, was ich über ihn erfuhr, so daß ich es nicht wagte, nach ihm zu fragen oder nach ihrer Geschichte mit ihm. Ich fürchtete bereits, obwohl ich es damals nicht wahrhaben wollte, daß seine Geschichte und meine vielleicht enger, unauflöslicher miteinander verbunden waren als ihre Geschichte und ich.

Es war bei einem jener Spaziergänge, die man nicht so sehr aus Lust als vielmehr aus dem Bedürfnis heraus unternimmt, den Tag abzulaufen und den Körper so müde zu gehen, wie es die Gedanken und Gestimmtheiten schon sind. Ich ging einen schmalen, erdigen Pfad an einem ziemlich unansehnlichen Gewässer entlang, das sich zwar Fluß nannte, aber von einer moorähnlichen, schlammbraunen Dickflüssigkeit war. Immerhin, es unterstand den Gezeiten und folgte dem Mond ins nicht allzuferne Meer, so daß die Schlammränder des Flußbettes bereits aus dem abebbenden Wasser heraussickerten, während allerlei Blütenstaub und flugmüder Pollen auf der wulstigen Wasseroberfläche dahindriftete. Ich hatte mir diesen Fluß nicht ausgesucht, aber es war das einzige Wasser in der Nähe der Wohnung, in der ich damals mit ihr wohnte, und da es mir ohnehin nur darauf ankam, einen gewissen Erschöpfungszustand zu erlaufen, machte ich mir nicht die Mühe, erhebendere Ziele anzusteuern.

Es war ein milder, bei nachlassendem Wind fast schwüler Abend. Am Horizont breitete sich eine träge Dämmerung aus. Wolken drängten sich am Rand des in tiefem Blau versinkenden Himmels, von dem sich die blaßgelbe Sonne immer mehr zurückzog und schließlich nur noch durch einen fahlen Widerschein vorhanden war. Es würde nicht mehr lange dauern bis zum vollständigen Einbruch der Nacht. Ich ging, scheinbar in Gedanken versunken, aber letztlich mehr mit dem Gehen selbst als mit sonst etwas beschäftigt. Ich hatte ihn nicht kommen hören, ich hatte ihn nicht kommen sehen, ich hatte das Gefühl, vollkommen allein zu sein. Plötzlich kollidierte ich mit seinem Körper. Es war, als hätte mein eigener Schatten vor mir Gestalt angenommen, als wäre er körperlich geworden, um sich mir mit seiner ganzen schattenhaften Masse in den Weg zu stellen. Und ich war blindlings in ihn hineingerannt.

Natürlich hätte es irgend jemand sein können, den ich schlechterdings nicht bemerkt hatte, doch ich zweifelte keinen Augenblick: Er war es, mein Vor- und Vorausgänger auf dem Weg zum Wasser, dieser Unbekannte, der mir so seltsam vertraut war, daß ich ihn nicht als einen Fremden wahrgenommen hatte.

Zu spät drehte ich mich um. Zu spät versuchte ich, ihn zu erkennen, seine Umrisse, seinen Gang, sein Gesicht. Er war bereits hinter der Biegung des Flusses verschwunden, umhüllt von der Dunkelheit, die das ausfällende Blau des sonnenlosen Himmels über die Wiesen und Uferweiden brachte. Er war nicht mehr als ein Schatten in der hereinbrechenden Nacht, ein Teil der Dunkelheit selbst, die sich in ihm materialisiert hatte und durch mich hindurchgegangen war wie ein tiefer, unhörbar dunkler Ton.

Der Krüppel kehrte aus seiner Erinnerung auf die Mißgunst zurück wie aus einer großen, unmeßbaren Entfernung. Etwas hatte sich verändert. Er schmeckte und roch eine Veränderung. Die Luft war voll von einer scharfen Frische, die den dumpfen, lastend süßen Grabesgeruch der Orpe vertrieben zu haben schien. Der Hof war menschenleer. In den Fabrikhallen herrschte hörbar Betrieb, und der Wasserdampf der Kessel verwehte über den Schornsteinen, verflüchtigte sich wolkig und weiß und löste sich im Wind bis zur Unsichtbarkeit auf.

Der Krüppel ging weiter bis zu den niedergetretenen Rhododendronbüschen vor dem Portal, wo die erste Rebellion der Mißgunst stattgefunden oder auch nicht stattgefunden hatte. Auch hier diese scharfe Frische, die schmeckte, als hätte man eine blanke Messerklinge abgeleckt und den Geschmack des Messers selbst auf der Zunge behalten, gerade und klar wie ein Schnitt in der Haut.

Er bückte sich und befingerte die abgebrochenen Blüten und Knospen. Der Blütensaft fühlte sich mehlig an zwischen seinen Fingerkuppen. Das zertrampelte Grün des Blattwerks zeigte bereits schlaffe, naßdunkle Stellen oder lag eingerissen und zerbrochen da wie zerschmissenes Geschirr. Alles war, wie es nach seiner Erinnerung hätte sein müssen, und doch hatte sich etwas verändert. Zunächst glaubte er, es sei nur der Abstand zu allem, in den er geraten war. Er war weder Maler noch Fabrikdirektor. Er war nicht der Sohn seines Vaters, nicht der Bruder seiner Brüder, und auch der Liebling der Gleichgültigkeit war er nicht mehr. Er hatte seinen Stock von sich geworfen und war über die Wiesen und Uferböschungen gerannt, durch Meere von Farnen und Huflattich. Er hatte alles von sich geworfen, das, was er war und was er werden sollte, und er war weitergerannt, über den Rand der Welt hinaus.

Und jetzt diese scharfe Frische. Der Geschmack von Blut, das seine aufgesprungenen Lungen in seinen Atem mischten. Die Klarheit und Kühle des Messerschnitts auf seiner Zunge. Und dieser Abstand zu den Dingen, der sich auftat, wohin er auch schaute, der ihn mit einer unerklärlichen Heiterkeit erfüllte und ihn aufatmen ließ vor lauter Entfernung zu allem, was noch vor wenigen Stunden so ausweglos schien.

Doch das war es nicht allein. Er spürte es in seinem Nacken. Etwas fehlte. Es fehlte das Brennen der Aufmerksamkeit, das ihm sonst in den Nacken stach bei jedem Schritt, den er auf der Mißgunst machte. Nicht, daß ihn die Gnade der Gleichgültigkeit wieder einhüllte wie damals, bevor ihn sein Vater in den Vergleich mit seinen beiden fähigen Brüdern zurückgeholt hatte. Nein, er war der Liebling der Gleichgültigkeit nicht mehr. Aber die Aufmerksamkeit der Leute, die ihn von den Fenstern der Büros und den Fluchten der Fabrikhallen aus beobachteten, hatte auf einmal eine andere Qualität. Sie hatte etwas von dem Erstaunen, von der mit Entsetzen gemischten Bewunderung angenommen, die ihn aus den Augen des Angestellten anstarrte, als er auf dessen Schultern seinen Stabelstock zerschlug. Es war, als hätte er den bösen Willen der Aufmerksamkeit gebrochen, als würden die Leute ihn von jetzt an nicht mehr im Vergleich mit seinen beiden fähigen Brüdern sehen, sondern im Lichte seines gewaltigen Zorns, im Lichte seiner ersten eigenen Tat, die doch nicht mehr war als ein Außersichsein.

Es war eine Art Respekt, was er spürte. Voller Unglauben und immer noch mit einem klaffenden Abstand zu allem, mußte er feststellen, daß es Respekt war, ein Respekt, der ihn noch frisch vor Angst und Überraschung aus den Augen des Angestellten angestarrt hatte, der aber nunmehr überzeugt war von der Größe und Gewalt seines Zornes, den die Leute ihm nicht zugetraut hatten und von dessen grausamer Unerbittlichkeit sie beeindruckt waren wie von dem Wirken einer Naturgewalt. Es war ein Zorn, der ihnen größer schien als sie selbst und den sie darum anerkannten, weil er sie nicht an ihr eigenes Leben erinnerte, ihnen nicht den Krüppel zum Gleichnis gab, sondern diesem gewaltigen, auf einen Stock gestützten Körper Kräfte verlieh, die man nicht reizen durfte wie einen eifersüchtigen Gott oder den allesverschlingenden Harkemann.

Und dieser Respekt bewirkte, daß sie die Augen niederschlugen, wenn er sie ansah. Er bewirkte, daß sie seinem Blick nicht mehr standhielten aus Angst vor seinem Zorn. Und es machte ihm Spaß, über die niedergetrampelten Rhododendronbüsche hinweg in die Fenster der Büros und die Fluchten der Fabrikhallen zu schauen und die Aufmerksamkeit der Mißgunst mit seinem Blick niederzustarren.

Er wußte, daß dieser Respekt nicht seiner Person galt oder seinen Verdiensten, sondern einzig und allein seinem grausamen, gewaltigen Zorn. Er nahm den Blicken der Leute ihre unverschämte, gierige Nähe, ihre unverhohlene Schaulust, und flößte ihnen eine Scheu ein, die es dem Krüppel möglich machte, die Aufmerksamkeit der Mißgunst niederzustarren, sie niederzuhinken. Ja, dieses uralte Hinken, das ihn begleitet hatte, seit er denken konnte, brachte die Leute auf einmal dazu, die Augen niederzuschlagen und betreten zu Boden zu sehen. Sie wagten es nicht, ihn daran zu erinnern, daß er hinkte, sie wagten es nicht, ihn als Krüppel anzusehen. So groß, grausam und gewaltig erschien ihnen sein Zorn, daß es nicht wahr sein durfte, daß er hinkte. Und sie fürchteten, ihn zu beleidigen, zu reizen, wenn sie gegen ihre Überzeugung dennoch sahen, daß er sich mit seinem steifen Bein abstieß und es dann nach sich zog, schief und schlurfend wie ein Greis.

Es machte ihm Spaß, seine Verkrüppelung zu übertreiben. Er hatte seinen Stock von sich geworfen und war über Wiesen und Äcker gestürmt, durch Meere von Farnen und Huflattich, das Ufer der Orpe entlang, er war gelaufen wie über den Rand der Welt hinaus, doch jetzt bewegte er sich schwerfällig, mühsam und gequält. Er erfand Schmerzen in seinem steifen Bein, die er schon lange nicht mehr gespürt hatte, er erweckte sein zertrümmertes, fühllos gewordenes Knie zu Qualen, die nicht einmal der Sturz auf dem Eis ihm beigebracht hatte. Wie unter übermenschlichen Schmerzen stieß er sich ab, krümmte sich und zog das Bein nach, schleifte und verdrehte es, schwang und schwenkte, scheuerte und schlurfte damit über den Asphalt, die Schultern schiefer, schräger, schlagseitiger geneigt, als sein Gleichgewichtssinn es guthieß. Er hinkte nicht nur, er verhöhnte den aufrechten Gang. Und dreist sah er den Leuten ins Gesicht, sah, wie sie die Augen niederschlugen, um dieses Hinken, das nicht sein durfte, vor ihm zu verbergen, während der Krüppel sein steifes Bein in erfundenen Schmerzen tanzen ließ.

Und es war wie eine im Tanz entfesselte Rache an all jenen, auf die er zuhinkte mit den grotesken, konvulsivischen Übertreibungen seiner Verkrüppelung, Rache dafür, daß sie ihn verachtet hatten, nur weil er ihnen ein Gleichnis war, und Rache dafür, daß sie ihn jetzt bewunderten für etwas, das er lieber nicht getan hätte, für einen Zorn, in den er lieber nicht geraten wäre, für eine Gewalt, die er lieber nicht mißbraucht hätte. Sie bewunderten ihn für das Verächtlichste, was er je an sich selbst entdeckt hatte, und dafür verachtete er sie um so mehr und trieb und übertrieb seinen höhnischen Spaß mit ihnen, während der klaffende Abstand zwischen ihm und der Welt, der ihn so seltsam erheiterte, sich immer weiter auftat. Er mußte lachen, abgrundtief lachen. Er konnte gar nicht mehr aufhören zu lachen. Er lachte weiter und weiter, bis er darüber lachte, daß er nicht aufhören konnte zu lachen und ganz allein war auf der Welt mit diesem Gelächter, während die Mißgunst ernst und betreten schwieg und ihm, dem Verachteten, Respekt zollte für einen Zorn, der das Verächtlichste überhaupt an ihm war.

Das Lager war in wenigen Tagen fertiggebaut. Eine Kolonne von Lastwagen brachte das Material auf die Mißgunst, das in den wilden Obstgärten am Ufer der Orpe abgeladen wurde, zweihundert bis dreihundert Meter hinter der Fabrik, wo im bleichen, blühenden Gras vereinzelt knorrige Apfelbäume, Krüppelkirschen und kleinwüchsige Zwetschenbäumchen standen, deren schwere, fruchtbeladene Zweige ins schwarze Wasser der Orpe hingen und den glatten Film der Oberfläche kämmten. Die mit Stacheldrahtrollen überzogenen, betongepflockten Zäune waren schnell befestigt und markierten ein verhältnismäßig kleinflächiges Rechteck, ein Areal mit nichts als zerstampftem Gras und einigen Fuhren Bauholz. Dann kamen die ersten Gefangenen, die unter der Aufsicht von Wachsoldaten ihr eigenes Lager zimmerten: spärliche Holzbaracken mit einer Sickergrube dahinter, über die ein Balken gelegt war.

Es war ein trostloser und bis auf die massive Umzäunung jämmerlicher Anblick, der sehr an die landläufigen, regengrauen Bretterhütten auf den Weidehügeln erinnerte, in denen allerlei Gerätschaften und gelegentlich ein Stück Vieh untergebracht waren. Und doch sollte es das erste sichtbare Zeichen des Krieges sein, zwischen den Strömen der Orpe und Diemel, wo zuvor nur die gespenstische Abwesenheit junger Männer und die eine oder andere bestaunte Uniform darauf hindeutete, daß das Land sich im Krieg mit der übrigen Welt befand.

Auch die Gefangenen waren eine Enttäuschung. Anfangs wurden sie von den Dorfbewohnern noch mit großen Augen begafft, die abgerissenen und ausgehungerten Gestalten, die den Feind darstellen sollten und doch weniger verwegen oder gar bedrohlich aussahen als vielmehr bemitleidenswert: junge, verängstigte Burschen oder auch der eine oder andere ältere Soldat, der mit stoischer Ausdruckslosigkeit nicht mehr und nicht weniger tat als befohlen. Sie blieben merkwürdig unauffällig. Sie bemühten sich regelrecht um Unauffälligkeit. Und die Dorfbewohner hatten fast den Eindruck, man habe ihnen die unscheinbarsten Gefangenen überhaupt untergeschoben. Keiner von ihnen unternahm einen Fluchtversuch oder machte auch nur ansatzweise Anstalten zu fliehen, alle marschierten und arbeiteten sie stumpf und gehorsam vor sich hin. Sie schienen zu wissen, daß sie als Gefangene in dem Lager zwischen den Obstbäumchen am Fluß sicherer waren als vogelfrei unter Deutschen. Und so fügten sie sich in die Umstände.

Nachdem die Bretterbaracken des Lagers fertiggezimmert waren und den landläufigen Kuhställen und Unterständen auf den Weidehügeln Konkurrenz machten, nachdem die ersten Nächte von den zusammengepferchten Gefangenen durchstöhnt und durchwälzt worden waren, nachdem die Mädchen des Dorfes kreischend und quiekend die Männerhintern auf der Stange über der Sickergrube beguckt hatten, kehrte Normalität ein auf der Mißgunst. Die Tage begannen wieder den Tagen und die Nächte den Nächten zu ähneln. Und trotz der Vielzahl der Fremden, der völlig verschiedenen Geschichten und Schicksale, die sich auf der Mißgunst zusammendrängten, war allen die Bereitschaft gemeinsam, so zu tun, als sei es schon immer so und nicht anders gewesen, als käme es vor allem darauf an, heute zu wiederholen, was gestern war, und die Tage dazu zu bringen, einander zu gleichen, einförmig und ereignislos. Es war ihnen allen darum zu tun, diese neue, teils unerträgliche, teils aberwitzige Wirklichkeit einzuüben, ihre Regeln und Gesetze möglichst schnell zu begreifen und sie jeden Tag aufs neue fraglos wiederherzustellen.

Trotz der unterschiedlichen Sprachen auf der Mißgunst gab es keine Schwierigkeiten mit der Verständigung. Man verstand sich, weil jeder den vergangenen Tag zugrunde legte, um den bevorstehenden Tag zu bewältigen, an dem man nicht zu sterben hoffte, weil man schließlich auch gestern nicht gestorben war. Man verstand sich, weil das Überleben davon abhing, Routine zu erwerben, weil nur der zurechtkam, der sich seine eigene kleine Normalität baute inmitten der Ungeheuerlichkeit. Die Gefangenen machten nach, was ihnen die Arbeiter vorgemacht hatten, und luden die Papierballen auf Förderbänder, die in die gigantischen Kessel und Mörser führten. Sie stapelten die fertigen Pappen auf Paletten und schoben sie auf Rollwagen zur Verladerampe. Sie machten die Arbeiter nach und imitierten dann sich selbst, einer den andern, so gut es ging, während die Arbeiter ihre Anweisungen auf das Nötigste beschränkten und ihrerseits die Soldaten nachahmten, die bequem standen, Hände in den Hosentaschen, die plauderten oder auf vorbeihuschende Ratten zielten, aber immer die Gefangenen im Auge behielten, stets auf den Schritt außer der Reihe gefaßt, ohne daß je etwas passierte.

Kaum mehr als anderthalb Wochen waren vergangen und es war Alltag. Jeden Morgen wurden zwei Gefangenenkolonnen aus dem Lager zwischen den Obstbäumchen am Fluß in die Fabrik geführt, die einen zu den Altpapierballen, die sie zum Verkochen auf die Förderbänder der Kessel und Mörser luden, die andern zu den Pappen und Papierrollen, die gestapelt, gewogen und verladen werden mußten. Um zwölf Uhr ertönte die Werkssirene, und es gab einen mit wechselnden Zutaten gestreckten Eintopf, während die Arbeiter und Soldaten ihr Eßgeschirr und ihre filzumhüllten Feldflaschen auspackten und schlürfend und kauend den Gefangenen beim Schlürfen und Kauen zuschauten. Um halb eins ließ die Werkssirene wieder von sich hören, und die Arbeit wurde fortgesetzt. Um vier wechselten die Schichten, wurden die Wachen abgelöst, die bei Einbruch der Dunkelheit die Gefangenenkolonnen in das von Obstbäumen umstandene Lager an der Orpe zurückführten, wo sie zur Nacht mit Küchenabfällen aus der Fabrikantenvilla verköstigt wurden, heute wie gestern wie morgen.

Es war Alltag, überall, auch in den Büros der Angestellten, die zwar am lautesten geschrien hatten, als die Rebellion auf der Mißgunst stattfand und nicht stattfand, die aber von vornherein ahnten, daß es für die Zahlen in den Büchern und vor dem Gesetz der Zahl keinen Unterschied machen würde, ob es nun deutsche Lohnarbeiter oder französische Zwangsarbeiter waren, die diese Zahlen erwirtschafteten, und ob sie ihre Arbeit als Handwerk oder als Strafe betrachteten. Es machte keinen Unterschied, nur daß französische Zwangsarbeiter reichlicher und kostengünstiger zu haben waren und das Zahlenwerk der Bücher wieder in Bewegung kam, sich belebte, wuchs und gedieh mit einer solchen Stetigkeit, daß die Angestellten schon anfingen, sich zu langweilen.

Für sie hatte sich überhaupt nichts geändert. Sie hatten die französischen Zwangsarbeiter hier und da aus dem Bürofenster gesehen, sie fuhren oder gingen jeden Morgen und jeden Abend an dem Lager zwischen den Obstbäumchen vorbei, das mit den landläufigen Geräteschuppen um den Preis der Trostlosigkeit konkurrierte, aber es hatte sich nichts verändert. Sie hatten keinen französischen Zwangsarbeiter im Büro, sie konnten sich nicht in ihren Stühlen zurücklehnen und die Gefangenen für sich rechnen lassen, während sie plauderten oder mit zerknülltem Papier auf Papierkörbe zielten. Sie saßen vor ihren Büchern und Zahlen wie eh und je. Sie hatten die Katastrophe herbeigesehnt, doch für sie blieb alles wie bisher, und die Gefangenen, diese unscheinbaren, um Unauffälligkeit bemühten Vogelscheuchen, taten ihnen noch nicht einmal den Gefallen, auszubrechen oder wenigstens Anstalten zur Flucht zu machen, im Gegenteil, es war ihnen noch mehr um Alltag, Üblichkeit und die Abwesenheit jeglicher Zwischenfälle zu tun als ihren deutschen Kollegen.

Die Angestellten waren enttäuscht, bitter enttäuscht. Die Ausläufer des Krieges, die sie bisher erreicht hatten, befriedigten ihre Sehnsucht nach der Katastrophe nicht, sorgten so wenig für die erwünschte Abwechslung, daß sie dem Krieg insgeheim den Vorwurf machten, er würde sich mehr noch an den Alltag klammern als das zivile Leben. Und so konnten sie sich nicht mehr richtig begeistern für die Nachrichten von der siegreichen deutschen Wehrmacht, die stetig auf dem Vormarsch war, so stetig wie die Zahlen in den Büchern wuchsen und gediehen, ohne daß wirklich etwas passierte, ohne daß die erhoffte Veränderung eintrat und Größe über sie brachte.

Mehr als für die immergleichen Nachrichten vom Krieg begannen sich die Angestellten für das zu interessieren, was sie am ehesten betraf, die Nachrichten vom Zorn. Die angeblichen Launen, Reizbarkeiten, Zornesausbrüche des Krüppels, der nun kein Krüppel mehr sein durfte, rangierten auf einer Ebene mit den Meldungen vom siegreichen Vorrücken der deutschen Wehrmacht, weshalb die Angestellten an besonders eintönigen Tagen schon einmal der Phantasie freien Lauf ließen und Geschichten vom Zorn erfanden, um wenigstens in die Nähe einer Aufregung, eines unvorhergesehenen Ereignisses zu gelangen. Sie redeten sich ein, die stippvisitenhaften Auftritte des Krüppels, über dessen Hinken sie geflissentlich hinwegsahen, seien Vorboten neuer Zornesaufwallungen. Sie glaubten in seinen knappen, kurzangebundenen Fragen eine atemlose Wut zu hören. Und wenn er nicht zu ihnen kam, wenn er sich manchmal den ganzen Tag über nicht in ihren Büros sehen ließ, deuteten sie sein Ausbleiben, obwohl es sie enttäuschte, als Ruhe vor dem Sturm. Der Zorn, der Glaube an diesen gewaltigen schlummernden Zorn gab den Dingen einen Sinn und den Geschehnissen einen Mittelpunkt. Und er nährte weiterhin die Sehnsucht nach der Katastrophe in einem Alltag, der reibungsloser funktionierte als je zu Friedenszeiten.

Der Krüppel saß im holzgetäfelten Büro seiner Väter, deren Bilder auf ihn herabsahen, und versuchte den Abstand zum Verschwinden zu bringen, der sich klaffend aufgetan hatte am Tag der Rebellion und Nichtrebellion auf der Mißgunst. Er wußte nichts davon, daß die Angestellten in den Büros sich unablässig mit dem Zustand seines Zorns beschäftigten, Prophezeiungen wagten, sich in Spekulationen verstiegen und ihn über den Krieg erhoben, der nur noch mehr Alltag über die Mißgunst gebracht hatte mit der Stetigkeit seiner Siege und dem Lager zwischen den Obstbäumchen, das mit eiserner Disziplin und Regelmäßigkeit das Zahlenwerk in den Büchern speiste und vorwärts bewegte von Profit zu Profit.

Er wußte nicht, daß sie nur auf ein Zeichen seines Zorns warteten, das seine Allgegenwart bezeugte, seine Nähe und Bedrohlichkeit, die sie mit Größe und Gefahr umgab, sich ihrer Belanglosigkeiten annahm und über sie wachte mit liebevoller Furchtbarkeit, allzeit bereit, sie zu strafen und seine Nähe in Vernichtung zu verwandeln, falls sie seinen Willen mißachteten. Er wußte nichts von ihrer Sehnsucht nach der Katastrophe und davon, daß sie sich nährte von dem Glauben an seinen Zorn. Er registrierte lediglich den Abstand, diesen unüberbrückbaren, unüberwindlichen Abstand, der wie ein Beil zwischen ihm und der Welt eingeschlagen war. Und er wunderte sich aus diesem längst nicht mehr erheiternden, sondern seltsam beklemmenden Abstand heraus über den Gehorsam, den man ihm entgegenbrachte, über die Plötzlichkeit des Alltags, in den sich alles fügte, und über die Reibungslosigkeit des Funktionierens der Menschen und Dinge ganz ohne jeden Widerstand.

Der Auftrag seiner Väter erfüllte sich nun auf der Mißgunst ganz wie von selbst. Das Zahlenwerk kumulierte mit einer Selbstverständlichkeit, die selbst der von seinem Totenbett Wiederauferstandene nicht für möglich gehalten hätte während der langen Tage und halben Nächte, in denen er seinen wiedergewonnenen und wiederverstoßenen Sohn lehrte, in das Zahlenherz der Dinge zu sehen. Doch so sehr sich der Krüppel jetzt der Zahl und ihrer Gesetzlichkeit bediente, der Abstand blieb und ließ ihm seine erlernte Zahlenfertigkeit fremd erscheinen. Und je größer der Erfolg, desto mehr fühlte er sich wie ein Hochstapler, den eine ebenso unerklärliche wie vorübergehende Laune des Schicksals in eine Position erhoben hatte, die er vom Glück begünstigt ausübte, ohne sie wirklich auszufüllen.

Er war sich nicht bewußt, irgend etwas richtig zu machen. Er saß da in dem holzgetäfelten Büro seiner Väter und rechnete, wie es ihm gezeigt worden war, doch ohne jedes Gefühl für die Richtigkeit oder Fehlerhaftigkeit seiner Rechnung. Er führte Gespräche mit Abnehmern der Wehrmacht, der verarbeitenden Industrie, des Großhandels. Er redete mit ihnen, er verhandelte, bot an, lehnte ab, einigte sich, so wie er sich vorstellte, daß ein Fabrikdirektor mit seinen Abnehmern redet und verhandelt. Aber er war kein Fabrikdirektor, er stellte ihn nur vor und lief jeden Augenblick Gefahr, daß seine Verstellung aufflog und man ihn als Hochstapler entlarvte. Seine Rechnungen würden sich als Makulatur erweisen, als dilettantische Schmierereien, die von ihm ausgehandelten Verträge würden mit einem Schlag null und nichtig, und all jene, die ihm jetzt gehorchten und ehrfürchtig die Augen niederschlugen, wenn er kam, sie alle würden aufstehen von ihren Schreibtischen, heraustreten aus den Fabrikhallen und lachen, sich ausschütten vor Lachen über ihn und diese Farce beenden, dieses lächerliche Intermezzo eines Hochstaplers, der nicht einmal ein richtiger Hochstapler war.

Aber niemand kam und entdeckte ihn. Niemand stand auf, fing an zu lachen, fegte seine Rechnungen und Verträge vom Tisch und stellte ihn als Betrüger bloß. Mit traumwandlerischer Sicherheit ging alles nach Plan und Zahl, ohne daß er ein Gefühl für die Richtigkeit oder Fehlerhaftigkeit seines Vorgehens gehabt hätte, ohne daß er überhaupt etwas empfand, abgesehen von dem ungeheuren Abstand zu seinen eigenen Handlungen und dem Unbehagen, ein Hochstapler zu sein. Und so war die traumwandlerische Sicherheit, mit der er einen Abschluß nach dem andern tätigte, für ihn vor allem eines: Traum, ein ferner, vorbeieilender, unwirklicher Traum auf dem Weg zu einem bösen Erwachen.

Er wußte kaum noch, was für ein Gefühl es war, etwas mit Überzeugung zu sagen oder zu tun. Nur wenn er darauf zu sprechen kam, daß er den Posten des Fabrikdirektors lediglich übergangsweise und in Stellvertretung seiner beiden an der Front befindlichen Brüder versah, nur dann überkam ihn ein Anflug von Überzeugung, und er hatte das Gefühl, wirklich zu meinen, was er sagte. Alles, was er war, war nur vorübergehend. Alles, was er tat, war Provisorium. Die Zeit, die er in dem holzgetäfelten Büro seiner Väter verbrachte, in der er mit den wichtigsten Abnehmern verhandelte, diese Zeit war eine Zwischenzeit, ein Interim mit absehbarem Ende. Und während er dies sagte, hoffte er insgeheim, diese Zeit würde schneller vorbei sein als sein Traum und dem bösen Erwachen zuvorkommen.

Der Gedanke des Übergangs beruhigte ihn. Es war nicht nur der Trost, daß alles bald, schon bald vorbei sein würde, es war auch ein Sinn darin, der seinem Unbehagen entsprach und ihn von dem Wahn befreite, ein Hochstapler zu sein. Es wurde klar, warum die Menschen, Maschinen und Zahlen so bereitwillig für ihn arbeiteten. Schließlich beanspruchte er ihren Gehorsam, ihr Funktionieren, ihre Gesetzlichkeit nur vorübergehend und nicht so sehr für sich als vielmehr stellvertretend für seine beiden Brüder und die Generationen, die sie noch begründen sollten.

Und weil dieser Gedanke des Übergangs seine liebste und einzige Überzeugung war, äußerte er ihn auch bei jeder Gelegenheit und wiederholte ihn so oft, daß seine Zuhörer es fast schon wieder für Koketterie oder für eine besondere Finte des erfolgreichen Geschäftsmanns hielten, der seinen Willen durchsetzte, aber nur vorübergehend, der seine Bedingungen stellte, aber nur vorübergehend, der beneidenswerte Ergebnisse erwirtschaftete, aber nur vorübergehend, wie er immer wieder treuherzig beteuerte. Und seine Zuhörer schmunzelten allmählich und zwinkerten ihm zu, wenn er seine liebste und einzige Überzeugung ein weiteres Mal zum besten gab. Sie fingen an, das einzige, was er mit vollem Ernst dachte und sagte, für einen Scherz zu halten, so wie sie umgekehrt das ernst nahmen, was ihm selbst nur vorgestellt und wie ein Traum erschien. Und ein grandioses Mißverständnis von Ernst und Unernst bahnte sich an zwischen dem Krüppel und denen, die ihn umgaben mit ihren wissend unwissenden Gesichtern, ein Mißverständnis, das den Abstand zwischen ihnen noch weiter aufklaffen ließ, das seine Welt und ihre Welt nicht nur trennte, sondern auch kippte und gegeneinander verkehrte, so daß, was Ernst war in seiner Welt, in ihrer Welt wie Unernst wirkte, und umgekehrt all das, was er uneigentlich tat und sagte, in ihrer Welt als das Eigentliche galt.

Der Gedanke des Übergangs verlor für seine Zuhörer jede Überzeugungskraft. Und je mehr er betonte, wie ernst es ihm damit war, desto ungläubiger hörte man ihm zu. Im Banne dieses Mißverständnisses verkehrte sich alles, was er sagen wollte, in sein Gegenteil. Und in seiner Verzweiflung, die in der Welt seiner Zuhörer ungeheuer komisch wirken mußte, hörte er sich weiterreden über den Gedanken des Übergangs hinaus, und er hörte sich sagen, daß er nach der Heimkehr seiner beiden Brüder umgehend zurücktreten würde, um sich, wie er sich zu seinem eigenen Erstaunen weiterreden hörte, wieder der Malerei zu widmen, der Malerei und nichts als der Malerei, dem Studium der Farben, ihrer Wiedergabe durch das Wasser und der Wissenschaft des rechten Lichts.

Die Zeit danach hatte er sich nie vorgestellt, vielleicht weil er sich fürchtete vor der Unwirklichkeit auch dieser Zeit. Doch jetzt hatte er es ausgesprochen. Und obwohl er wußte, daß er kein Maler war, daß er sein Malerauge geblendet hatte, um dem Blick seines Vaters zu folgen in das Zahlenherz der Dinge, obwohl er mittlerweile glaubte, nie ein Maler gewesen zu sein, spürte er dennoch die Kraft der Überzeugung, daß er es einmal sein würde, daß er zumindest wieder sehen würde wie ein Maler, um einzutauchen in die Welt der Farben und ihrer Wiedergabe durch das Wasser, einzutauchen in jenes Zwischenreich zwischen Schauen und Fließen, in die Versunkenheit von Strom und Traum. Und er spürte bereits, er spürte voraus, daß ihn diese andere, erhoffte Welt in sich aufnehmen würde, abstandslos, daß sie ihn umarmen würde ohne eine Spur von Fremdheit als einen Heimkehrer des Schauens.

Und als er sich dies sagen hörte, wußte er, daß es stimmte, daß es die wahrsten Worte waren, die er seit langem gesprochen hatte. Und er schaute auf, ganz erfüllt von Gewißheit und geduldiger Hoffnung, und sah die lachenden Gesichter seiner Zuhörer, die losprusteten wie auf ein Stichwort, die sich gar nicht mehr einkriegten vor Lachen und immer, wenn sie sich halbwegs beruhigt hatten, wie unter Zwang die Worte von der »Wissenschaft des rechten Lichts« wiederholten, als handle es sich um einen unendlich köstlichen Scherz, der es ihnen für ihr Leben angetan hatte und Lachseufzer heraufbeschwor, die sich zu regelrechten Schluchzern steigerten, zu erschütternden Schluchzern, die einem gemeinschaftlichen Ausbruch von Verzweiflung nicht schlecht zu Gesicht gestanden hätten und sich steigerten zu leidenschaftlichen Ausrufen und Stoßgebeten des Gelächters, um sich zu guter Letzt in einem vielfachen Winseln nach Schonung zu verlieren.

Der Krüppel, der in den Augen seiner Zuhörer kein Krüppel mehr war, sondern ein zu Scherzen aufgelegter Direktor, ein schlußendlich amüsanter Verhandlungspartner und ein gar nicht so grimmiger Gott des Zorns, der schon mal einen Witz auf eigene Kosten machte, was den Witz freilich unendlich witziger, köstlicher machte, weil niemand anders zu witzeln wagte in seiner Gegenwart und schon gar nicht über den Zorngewaltigen selbst, er, der nicht mehr sagen konnte, wer er war, ließ seine Zuhörer zu Ende lachen. Er ließ sie lachen bis zur völligen Erschöpfung und schaute dem nicht enden wollenden Gelächter zu. Sie hatten nicht gelacht über die Zahlen, die er ihnen vorlegte, sie hatten nicht gelacht über die Verhandlungen, die er mit ihnen führte, über die Befehle, Bedingungen, Verträge. Aber über seine Überzeugung lachten sie, über die Gewißheit und Hoffnung, die er empfand wie ein lang entbehrtes, freudig vertrautes Gefühl. Und er schaute dem bebenden Gelächter zu, das über seine Welt hereinbrach, so als würde er auf seltsame Weise Gefallen finden an dieser völlig verkehrten Wirkung. Und ganz am Ende des Gelächters, nachdem alle Lachseufzer heraus waren und sich völlige Erschöpfung breitgemacht hatte, ganz zuletzt erhob sich der Krüppel, baute seinen gewaltigen Körper zu voller Größe auf und bog sich dann und krümmte sich vor Lachen, leise und lautlos zunächst. Es war anfangs kaum mehr als ein stummes, über sich selbst gebeugtes Zittern, das erst allmählich heftiger wurde, wuchs, es war ein Krüppellachen, das nur langsam Stimme bekam, heiser und verzerrt, eine Stimme, die weniger menschlich als mechanisch klang wie ein Geräusch, wie das Quietschen einer uralten, eingerosteten Tür, die plötzlich aufgerissen wird und hin und her schwingt, kreischt und ihr Verschlossensein herausschreit wie einen langgehüteten Schmerz. Ganz am Ende des Gelächters, mitten hinein in die Erschöpfung seiner Zuhörer, lachte der Krüppel sein Krüppellachen, schallend, maßlos und allein, weil er in dem Moment aufgehört hatte, sich selber zu glauben, weil er von nun an niemandem mehr mißtraute als sich selbst, weil er ein Hochstapler war nicht als Fabrikdirektor, sondern in seiner innersten Überzeugung.

Wenn an den ersten Tagen des Frühsommers die ganze Wucht der Sonne auf die taufeuchten Flußufer niederscheint, erhebt sich eine Mannigfaltigkeit von Fliegen, Mücken und Geschmeiß aus der warmen, dunstigen Feuchtigkeit und schwirrt sonnentrunken über den Strom. Träge noch und taumelnd streift die frischgeschlüpfte Brut das glatte, schwarze Wasser und läßt die Forellen aufsteigen, die sich mit den wuchtigen Peitschenschlägen ihrer Schwanzflossen aus der Tiefe katapultieren, über die Morgenstille des Flusses schnalzen und dann wieder eintauchen in das schwarze Schweigen des Wassers. Flußauf, flußab schnellen sie hoch und schlagen ihre Wasserringe, Wellenkreise, die über die Oberfläche wandern, bis der Strom sie fortträgt auf seinem breiten, immergleichen Rücken und sie sich seiner Kraft ergeben und aufgehen in Glätte.

Während der ersten Sonnentage im Frühsommer brütet ein Fieber über dem Fluß, eine leichte, aufreizende Hitze, die das Leben des Wassers an seine Oberfläche lockt, die Forellen aufstachelt zu immer wilderen, wirbelnden Sprüngen, sie zappelnd in die Höhe schnellen läßt, wo sie zwei- oder dreimal mit der Schwanzflosse das Wasser peitschen, sich überschlagen und rücklings wieder aufklatschen auf dem zerspringenden Spiegelfilm des dahingleitenden Stroms. Und über dem Flußlauf verbreitet sich ein fiebernder, verrückter Rhythmus von schnalzenden, peitschenden, klatschenden Schlägen, der es dem Auge unmöglich macht, dem Ohr zu folgen, zu schnell, zu plötzlich schießen die Forellen empor und verschwinden wieder im zersprengten Wasserspiegel des Stroms. Die wenigsten hält es an ein und derselben Stelle, die wenigsten harren aus in ihrem Revier, zu wild pulsiert das Fieber der Jagd, das sie an die schwirrende, sirrende, von Flügelschlägen vibrierende Oberfläche treibt und sie dem Wasser mit waghalsigen Sprüngen entreißt. Und so verwirrend vielfältig, so unüberschaubar schwärmend wie das Geschwirr von Fliegen, Mücken und Geschmeiß erhebt sich die Lebendigkeit des Wassers über den Silberspiegel des Stroms am Morgen eines der ersten Sonnentage des Jahres und schlägt den zuckenden, fiebernden Rhythmus der Jagd.

An diesem Morgen saß der Krüppel in dem holzgetäfelten Büro seiner Väter, früher und fremder denn je nach einer vollständig durchwachten Nacht, und schaute aus dem Fenster auf den vor seinen Augen entstehenden Tag. Die Sonne drang kraftvoll durch den Morgennebel, der wolkig und weiß aus dem Wasser stieg, eine Weile in den Uferböschungen hing und sich dann über die Wiesen und Felder verzog. Er schien eine Spur des Schweigens aus dem lautlos dahingleitenden Wasser weiterzutragen und mit diesem feuchten Atem der Stille die erwachende Welt noch einmal einzuhüllen, bevor das Gras, die Wiesen und Sträucher sich wieder belebten und regten. Doch auch durch die Glasscheiben seines Büros konnte der Krüppel es bereits hören, das Schnalzen der Schwanzflossen über dem Wasser, das Steigen und Anschlagen der Forellen im Fluß, den fiebernden, zuckenden Rhythmus der Jagd, der das Leben aus der Tiefe des Wassers an seine Oberfläche lockte.

Der Krüppel umkreiste seinen Schreibtisch hinkend, machte Anstalten, sich zu setzen und sein steifes Bein langsam unter die Tischplatte zu schieben, als ihn der Widerwille überwältigte, er die Bücher von sich schob und sich in einen Sessel an der Wand gegenüber dem Schreibtisch warf. Er schaute zur Decke, schloß die Augen und hörte dem erwachenden Leben des Wassers zu. Es hatte ihn die ganze Nacht nicht losgelassen, das Mißtrauen in seine Sehnsucht, der Unglaube gegenüber seinen eigenen Wünschen. Maler werden, wieder sehen wie ein Maler, das rechte Licht, die Zeit danach –, er glaubte sich nicht mehr. Nein, er war nicht derselbe geblieben in dieser Zwischenzeit, auch wenn er sie noch so sehr als Übergang begreifen wollte. Er hatte sich verändert durch den Haß, Zorn, Respekt und Erfolg. Und wenn er jemals wieder malen sollte, dann gab es für ihn nur eins: seinen Zorn, das Bildnis seines Zorns, das jedes andere Bild seiner selbst überlagert und ausgelöscht hatte.

Der Krüppel schlug die Augen auf. Er wollte diesen Gedanken nicht denken, der lauter war als das Schnalzen der Forellen über dem morgenbrütenden Wasser. Er schlug die Augen auf und sah den Schreibtisch vor sich, hinter dem er die Nacht verbracht hatte. Er sah sich hinter diesem Schreibtisch sitzen, so wie die Besucher seines Büros ihn hinter dem Schreibtisch sitzen sahen, im Hintergrund die Ölgemälde seiner Väter. Und er sah sein Bild in ihrer Reihe, er sah sich in Öl gemalt neben dem Vater, der ihn verstoßen hatte in der Stunde seines Todes, er sah sein Gesicht, von Zorn entstellt, mit schwellenden Adern auf dem ganz und gar kahlen Schädel, die fleischigen Lippen bebend vor Zorn und die schiefen, gewaltigen Schultern zum Schlag, zum Um-sich-Schlagen bereit. Das war das Bild, das er malen mußte, das war das Bild, das sich vor alles weitere Malen und Schauen schob: das Selbstporträt seines Zorns, der über die Mißgunst herrschte, häßlicher, grausamer, schuldbeladener, als es seine Väter je waren, die ihn verstoßen hatten, weil sie ahnten, daß seine Herrschaft des Zorns die Knechtschaft über alle andern auf der Mißgunst bringen würde. Und jetzt fügte sich sein Bild in ihre Reihe, jetzt sah er sich mit seinem zorngeschwellten Schädel als Fortsetzung seiner Väter. Er sah sich, bar jeder Besonderheit, Krüppelfreiheit, Unvergleichbarkeit, im Lichte seines Zorns als den furchtbarsten und häßlichsten Herrn der Mißgunst, verblendet in dem Wahn, ein Maler und Künstler zu sein, blind für seine Häßlichkeit und Verächtlichkeit. Er sah sich in einer Reihe mit dem lustig listigen Firmengründer und der Wucht seiner Willkür, mit seinem Vater und Nichtvater, der Nüchternheit und Kälte seines Zahlenverstands und der Scheu, dieser unmalbaren Scheu vor dem Fremden, den Menschen, dem Element des Wassers und dem Element des Malens. In dieser Reihe hing das Bild eines Menschen, den er zum ersten Mal sah, das Bild eines wütenden, kahlschädeligen, schiefgebauten, häßlichen und haßerfüllten Mannes, dem wie zum Hohn ein musischer Zug eignete, ein Zug von Sinnlichkeit um die Lippen, eine gerade, fast klassische Nase und eine Abirrung von Traum in seinem Blick, wie zum Hohn! Denn der Zorn, dieser gewaltige, herrische, verächtliche Zorn unterdrückte und verdrängte auch dies, was er hätte sein können, aber nicht werden konnte, weil das Außersichsein des Zorns sich zum Bild seiner selbst erhoben hatte.

Fliegenfischen

Es war ein wechselvoller Tag. Meergrün hatte der Rhein im Aufriß der Sonne geleuchtet, um dann wieder einen verhangenen Himmel zu spiegeln, bleiern und unbewegt, bis ein böiger Wind schnell verschlagende Wellen gegen den Strom aufbrachte und neue, gleißende Sonnengarben auf das Wasser warf. Am Nachmittag hatte sich der Himmel von Wolkenzügen geleert, die Sonne schien ungehindert und lähmte den Gang von Wind und Wasser. Sie goß die Hitze eines ganzen sonnenüberströmten Tages über den blaugrünen Wasserläufen aus und brachte einen frühen, schwülen Abend.

Die sinkende Sonne drückte eine Unzahl von Fliegen, Mücken und Käfern auf das Wasser, das aus seiner Stille und Verschlossenheit erwachte und nach dem wimmelnden Getier auf seiner Oberfläche schlug. Stromaufwärts stiegen schwere, schlagkräftige Forellen. Von jetzt an bis spät in die Nacht gehörte die schummerige Bahn des Flusses ihnen, und was sich auf dem Wasser niederließ, wurde mit kräftigen, kurzen Schlägen in Bausch und Bogen vertilgt. Sie waren von nun an der Rhythmus und Atem des Stroms, dessen aufsteigende Kühle eine Spur von frischem Fischgeruch enthielt, seidig und silbrig und unfaßbar wie ihre regenbogenfarben schillernde Haut.

Ich erinnere mich an die Korkgriffe der Angelruten, die diesen Geruch angenommen hatten, die auch nach Jahren noch einen leichten, seidigen Forellengeruch ausströmten, weil die Hände nach jedem neuen Fang nie so ganz und gar zu waschen waren, daß nicht ein leichter, forellenfrischer Hauch zurückblieb und eingesaugt wurde von dem porigen, griffigen Kork der langen und biegsamen Fliegenruten, die durch die Luft zischten wie junge Weiden im Wind. Ich erinnere mich an das Surren und Zurren der Schnüre, die von den kreisrunden Fliegenrollen gezogen wurden, während die Ruten ihre Peitschenschwünge vollführten in der schwirrenden Luft. Und immer länger wurde die in der Luft schwingende Schnur, immer kunstvoller wurden die offenen Kreisbewegungen und Ovale, die sie beschrieb, bis sich die Rute über das Wasser neigte, innehielt und die schwirrende Schnur mit ihrem ganzen Schwung vorwärts schnellen ließ, die sich lautlos auf die Wasseroberfläche legte und schwamm und das beinahe unsichtbare Vorfach über Wasser hielt, an dessen Ende der fliegenähnlich gefiederte und gefettete Haken befestigt war.

Das Warten. Der gespannte Blick, unbeirrbar auf diesen einen stromabwärts taumelnden Haken gerichtet, dessen buschiges Gefieder seine mit einem Widerhaken versehene Spitze verbirgt. Die schlangenartigen Wendungen und Windungen, die der Schnur von unterschiedlichen Strömungen und Gegenströmungen beigebracht werden und die sich auf das dahinschwimmende Gefieder übertragen wie eine Art Leben, wie eine Art willkürliche Lebendigkeit. Die Strudel und Wirbel, die der Strom in der Nähe des Hakens aufwirft und die wie kleine elektrische Schläge durch Schnur und Rute pulsen, doch ruhig Blut, noch ist es nicht soweit. Und dann der lang erwartete, doch in seiner Plötzlichkeit immer unvorhersehbare Moment, dieser Augenblick der Erwartung und des Schreckens ihrer Erfüllung, wenn der Fisch wie aus dem Nichts aufsteigt, die Fliege nimmt, mit der Schwanzflosse das Wasser peitscht und zurücktauchen will in die Tiefe, aber den Widerstand spürt, den stechenden Schmerz des Anschlags, den die zurückschnellende Rute setzt, um die

Spitze des Hakens tief im Fleisch des Fisches zu verankern, und den unaufhaltsamen Zug der Schnur, der sich der Bahn des Fisches widersetzt.

Und dann der Drill. Das Geben und Einziehen von Schnur, während der Fisch mit seinem durch den Todeskampf vervielfachten Gewicht an Leine und Rute reißt, zappelnd zur Wasseroberfläche aufsteigt, um die Schnur mit ruckartigen Sprüngen und den Peitschenschlägen seiner Flossen zu zerfetzen. Das aufblitzende Weiß des Unterbauchs, wenn der Fisch sich emporwindet und zu seinem nächsten Sprung gegen den unaufhaltsamen Zug der Schnur ansetzt, dieser Wink von Weiß, der wie ein erstes Zeichen dafür ist, daß der Fisch am Ende unterliegen wird, daß er irgendwann müde und abgekämpft dem Zug der Schnur nachgeben und sich einholen lassen wird, während er Weiß zeigt, seinen von der Schwimmblase gefüllten Unterbauch zuoberst treiben läßt und dann nicht mehr als ein mattes Zucken in den Flossen aufbringt, wenn der Kescher nach ihm faßt und die Maschen des Netzes ihn umschließen. Doch noch ist es nicht mehr als ein Wink. Und oft schon hat man den Fisch sich loswinden sehen, oft reißt er sich den im Kiefer oder in den Kiemen angeschlagenen Haken durch eine geschickte Wendung oder einen plötzlichen Sprung aus dem weitaufgesperrten Maul. Oft taucht er überraschend in die Tiefe und verwickelt die Schnur in Äste und Gestrüpp, so daß einem nichts anderes übrigbleibt, als die Leine schließlich zu kappen. Oft ist es die Schnur, die dem hin- und hergehenden Kampf auf die Dauer nicht standhält und am Ende, bis zur Sprödigkeit überspannt, wie die Saite eines Musikinstruments zerspringt. Oft bleibt es bei dem Wink von Weiß, und der Fisch, dessen Größe und Gewicht der Angler nur ahnen, nur weiterträumen kann, entschwindet auf Nimmerwiedersehen in der Tiefe des Wassers.

Es ist dieser silbrige, seidige Fischgeruch, den der Krüppel durch die Nase einzieht, aufspürt wie eine Erinnerung, während er seine seit Jugendtagen nicht mehr benutzte Fliegenrute rüstet, deren Biegsamkeit prüft, die Rolle überreißt und einkurbelt, eine kurze Zerreißprobe macht mit der Schnur, das spröde Ende abbeißt, um dann Vorfach und Fliege mit dem seinen Fingern immer noch geläufigen Anglerknoten zu verknüpfen. Aus einem verstaubten Schrank greift er sich zielsicher die hüfthohen Anglerstiefel seines ältesten Bruders und einen bastgeflochtenen Umhängekorb, der nichts enthält als eben diesen silbrigen, seidigen Forellengeruch, den unzählige Fänge trotz aller Waschungen darin hinterlassen haben. Und dieser Geruch begleitet ihn, als er aus der noch schlafenden, traumverlorenen Fabrikantenvilla hinaustritt in die von seichten Nebeln durchzogene Morgendämmerung, in der sich der schwarze, sonst so schweigsame Fluß bereits regt, seine von Leben wimmelnde Tiefe an die Oberfläche lockt und den fiebernden, zuckenden Rhythmus der Jagd schlägt in der frühen, unerhörten Stille.

Sie ist eine Flucht, diese Jagd, und der Krüppel versucht gar nicht erst, dies zu verbergen, während er hastig und gehetzt mit den schweren, schlurfenden Anglerstiefeln durch die taufeuchten Wiesen watet. Diese Jagd ist eine Flucht, und er humpelt und hinkt auf sein Ziel zu wie ein Flüchtiger durch das nasse, schwere Gras, das er mit seinem steifen Bein pflügt und niederknickt, eine Schleifspur hinterlassend in dem sonst so unberührten taufunkelnden Meer von Gras. Und so sehr ihn das Wasser zum Jäger werden läßt, dieser silbrig seidige Fischgeruch in der Luft, so sehr ist er auch der Gejagte, ein Gejagter der vergangenen Nacht, der endlos durchwachten und zergrübelten Stunden und des bösen Erwachens, das keineswegs seine unbehagliche Zeit als Fabrikdirektor beendet hat, sondern seinen schönsten Traum, den Traum, ein Maler zu sein.

Keuchend und völlig außer Atem erreicht er die Uferböschung. Seine Seiten stechen, seine Lungen pumpen den
Geschmack von Blut hervor, ein Zittern der Erregung oder
des Entronnenseins geht durch seine Hände, die er im nassen
Gras befeuchtet, mit denen er den kühlen, tropfenden Tau
einfängt und sich ins Gesicht reibt, auf die heiße Haut, auf die
pochenden Schläfen, Tau wie der frische, schattenhafte Schlaf
einer Nacht, der ihm abhanden gekommen war. Und er reibt
sich mit tautriefenden Fingerspitzen die müden, geröteten
Augen, reibt so lange, bis das Selbstbildnis seines Zorns aus
ihnen verschwunden scheint und er die Augen aufschlagen
kann, ohne sich in einer Reihe mit seinen Vätern zu sehen als
den häßlichsten und verächtlichsten, den zornentstellten
Herrn der Mißgunst, und er schaut auf den in der Morgenstille dahingleitenden Fluß, hört das Schnalzen der aufsteigenden Forellen hinter Schwaden von sich lichtendem
Dunst, und er spürt, wie das kühle Fieber der Jagd ganz und
gar von ihm Besitz ergreift.

Er gab ihm nicht gleich nach. Er ließ dieses Fieber in Schau-
ern über seine Haut wandern, während er auf das schwarze
Wasser schaute, das die Farben, die von der Morgendämmerung allmählich über die Wiesen gebreitet wurden, schluckte
und schweigend forttrug, tiefschwarz und blind, hinein in die
Gespinste des aufsteigenden Nebels. Wie oft hatte er auf dieses Wasser gestarrt, wie lange gewartet auf den Abhub der Farben, gewartet darauf, daß das schweigende, schwarze Wasser
sein Geheimnis preisgab, die Formel seines Glanzes, dieser
feinen, veränderlichen Spiegelfläche aus Strömung und Licht,
die seine unbeschreibliche, entgleitende Haut war. Und jetzt
war er zurückgekehrt, seines Lichtsinns, seines Malerauges
beraubt, jetzt gab es für ihn kein Verweilen mehr, kein Warten auf den Augenblick des rechten Lichts, jetzt gab es für ihn
nur noch eine einzige Art und Weise, dem Wasser nahezu-

sein, indem er sich anstecken ließ von den Lockungen seiner schwirrenden und sirrenden Oberfläche und dem fiebernden, zuckenden Rhythmus der Jagd.

Und so scherte er sich nicht mehr um den Abhub der Farben, um die wechselvolle Wiedergabe des Lichts durch das Wasser und um die Färbungen des feinen Dunstes, wenn er aufstieg und das Licht fing. Er scherte sich nicht darum, all diese ungemalten Bilder festzuhalten, sondern ließ sie dahintreiben im schwarzen Strom der Orpe. Er ließ sie los, ließ sie fahren dahin und folgte einzig und allein dem gefiederten Haken, seinen schwirrenden Schwüngen durch die Luft, den offenen Kreisbewegungen und Ovalen der Schnur, die immer weitläufiger und kunstvoller in der Luft schwang, bis sie sich lautlos auf das Wasser legte und die Schlangenlinien des Stroms wie eine Art willkürlicher Lebendigkeit auf die künstliche Fliege übertrug, die gespreizt und gefettet am Ende eines unsichtbaren Vorfachs schwamm und dem glatten Silberfilm des Wassers einen Mittelpunkt gab.

Er hatte das Geheimnis des Wassers nicht ergründet, die Formel seiner Malbarkeit nicht gefunden, aber er war zufrieden wie noch nie, zufrieden, durch den Puls der Schnur, den seine Fingerspitzen fühlten, mit dem Wasser verbunden zu sein. Er war zufrieden damit, daß er nicht der Ergründer, sondern ein Teil dieses Geheimnisses war, Teil des fiebernden und zuckenden Rhythmus der Jagd, den das Wasser in der Stille des Morgens, in der Stille seines Herzens schlug.

Er ließ die breitgefiederte Fliege bis in den Dunst des Frühnebels hinabtreiben, holte die tropfende, triefende Schnur dann mit einem Schwung aus dem Wasser, ließ sie in weiten Bögen über seinem Kopf kreisen und warf sie stromaufwärts wieder aus, kaum einen halben Meter vom Rand des gegenüberliegenden Ufers entfernt. Der gefiederte Haken setzte lotrecht auf und breitete seinen gefetteten Fächer auf dem silbrigen Wasser aus. Er taumelte vorbei an verheißungsvoll hinabhängenden Sträuchern, in deren fransigen und flatterhaften Schatten die Forellen gerne standen, vorbei an aufragenden Steinen, aus deren Klüften oftmals die allergrößten Fische aufstiegen, vorbei an ins Wasser geneigten Gräsern und Grasbüscheln, um die sich zuweilen Schwärme von Eintagsfliegen und kleinen Mücken versammelten, die bevorzugte Beute jüngerer und mittelgroßer Bachforellen. Doch nichts geschah. Der oszillierende Silberfilm um den gefiederten, breitgefächerten Haken blieb unberührt. Die Fliege torkelte und trudelte, von den sich schlängelnden Stromschlaufen der schwimmenden Schnur leicht hin und her geneigt, flußabwärts. Ein kleiner Strudel tat sich gurgelnd in ihrer Nähe auf, dort, wo ein unter Wasser dümpelnder Ast auf und nieder wogte und kleine Wirbel an die Oberfläche trieb. Sonst tat sich nichts auf ihrer Bahn bis hinunter in den schwimmenden, schimmernd weißen Morgennebel.

Der Krüppel war der dahintreibenden Fliege mit zusammengekniffenen Augen gefolgt. Jetzt, wo sie in den Dunst geriet und nicht mehr war als ein kleiner, schwarzer Punkt auf der glanzlosen, schummerigen Oberfläche, verlor er sie für einen Moment aus dem Blick. Er setzte zu einem neuen Wurf an, schaute kurz hinter sich, um Bahn und Bogen der zurückschnellenden Schnur abzuschätzen, und wollte die Angel gerade mit vollem Schwung einholen, als es einen heftigen Schlag gab. Die Rute bog sich, der Puls der Schnur zeterte, dann wurde mit einer gewaltigen Kraft und Schnelligkeit Schnur von der aufkreischenden Fliegenrolle gerissen. Schwere, Wasser umwälzende Schläge waren zu hören, aber der Krüppel konnte in dem Nebel nicht erkennen, wo genau sich die Forelle befand, die den stechenden Schmerz des angeschlagenen Hakens spürte und den sich widersetzenden Zug der Schnur auf ihrem Weg zurück in die Tiefe. Er konnte nicht erkennen, ob sie wieder aufsteigen würde, um sich mit wilden Schlägen und Sprüngen den Haken aus dem Maul zu reißen, oder ob sie mit aller Macht in die Tiefe drängte, um dort zwischen ragenden Steinen und Geäst die Schnur aufzureiben, sie zu verwickeln und ihren Puls damit zum Stillstand zu bringen. Er konnte nur hoffen, daß der Haken richtig saß, den er eher zufällig angeschlagen hatte. Er konnte sich nur auf sein Gefühl verlassen und soviel Schnur geben wie gerade nötig, damit das vom Todeskampf vervielfachte Gewicht des Fisches sie nicht zerriß. Und er konnte sich nur leise zwischen zusammengebissenen Zähnen verfluchen für seine Unachtsamkeit. Nie kam der Biß, wenn er damit rechnete. Die gespannte Erwartung lief jedesmal ins Leere, verlor sich in vom Wasser vorgespiegelten Träumen, und immer, wenn das Wasser seine Aufmerksamkeit sanft davongetragen hatte, immer, wenn ihm der Blick für die Fliege entglitt und unmerklich verschwamm, immer dann riß ihn der Schlag des Fisches aus seinem leeren, wassergleich dahingleitenden Traum, und ein Schrecken fuhr durch seinen ganzen Körper, der vor lauter Überraschung nur noch reflexartig reagierte, mit Instinkt beantwortete, was am anderen Ende der Schnur an Instinkt zu spüren war. Und das war der Kampf. Der Schrecken, der jede Überlegung ausgelöscht hatte, machte sie für einen Augenblick einander gleich, brachte Reflex gegen Reflex, Instinkt gegen Instinkt auf. Und es war immer der Fisch, der zunächst führte, der sich entschied, wann er den Köder nahm, und die gefiederte, breitgefächerte Fliege so lange verfolgte, bis der ebenmäßige Spiegel des Wassers das Auge des Anglers mit Schemen aus Licht und Schatten umspielte und seine Aufmerksamkeit allmählich entführte in das Zwischenreich von Schauen und Fließen, in die Versunkenheit von Strom und Traum. Und erst als die torkelnde und taumelnde Fliege jeder Erwartung entglitten war, als sie ihr von schlangenhaften Stromschlaufen bewegtes Eigenleben führte, ganz für sich allein, dann erst stieg er auf, sprang und verbiß sich in den Schmerz des anschlagenden Hakens, während die Schnur straffzog und der aus seinem Wassertraum aufgeschreckte Angler den Instinkt des Überlebens mit dem Instinkt des Tötens beantwortete, reflexartig die Rute hochriß, Schnur einzog oder gab, so wie es die Fingerspitzen und ineinandergreifenden Hände wollten, ohne daß er hätte sagen können, wie.

Doch er währte nie lange, der Vorsprung des Fisches, der schon gewußt hatte, daß er den gefiederten und breitgefächerten Köder nehmen würde, als sich der Krüppel noch unwillkürlich in den spiegelnden Strom hineinträumte. Und allmählich verlor er die Führung im tödlichen Frage-und-Antwort-Spiel zwischen Instinkt und Instinkt. Es waren nun nicht mehr die wuchtigen, schweren Flossenschläge des am Haken zappelnden Fisches, die bestimmten, wann die nervigen Fingerspitzen und die ineinandergreifenden Hände Schnur zu geben und zu nehmen hatten, es war nicht mehr sein vom Todeskampf vervielfachtes Gewicht, das mit seinen Zickzack-Zügen die Richtung angab, der die Rute entgegenzuhalten hatte, es waren, je länger der Drill dauerte, Rute und Schnur, die den Kampf diktierten, die dem Fisch ihre Bedingungen aufzwangen, bis der Krüppel ihn endlich sah, den leuchtenden Wink von Weiß, den im schwarzen Wasser aufblitzenden Unterbauch, das erste Zeichen dafür, daß sich der Fisch am Ende seinem Drill ergab.

Die junge Küchenaushilfe war wie immer die erste in der geräumigen Küche, die sie mit einem Stoß von Holzscheiten im Arm betrat. Sie legte das Feuerholz in einen mit Zeitun-

gen und Reisig gefüllten Korb, der vor dem massiven, guß-
eisernen Ofen stand, nahm den aschgrauen Schürhaken, sto-
cherte in den verkohlten Resten des ausgebrannten Feuers
herum und rüttelte am Ofenrost, bis die Asche vollständig
durch ihn hindurchgerieselt war. Dann schichtete sie die
neuen Scheite auf, schob Papierschnitzel und Reisig darunter,
entzündete den Span und blies die blaßblauen, gelbumrande-
ten Flämmchen an, die über das trockene Holz huschten und
alsbald selber Luft zogen. An einem der beiden Spülsteine,
die an der Fensterseite der Küche angebracht waren, wusch
sie sich die rußigen Hände und schaute hinaus in den nebel-
verhangenen Morgen.

Es machte sie froh, daß jemand daran gedacht hatte, die Spülsteine so anzubringen, daß man beim Abwasch nicht nur auf
die gekachelten Wände sah, sondern einen Blick aus dem
Fenster hatte, eine Aussicht auf den Gemüsegarten und die
wilden, knorrigen Obstbäume dahinter, die über die bleichen, bräunlichen Wiesen verstreut waren, wo sie sich einsam
und merkwürdig verwachsen einer nach dem andern umzudrehen schienen, während sich die vielarmigen Äste ängstlich
um ihre Früchte krümmten. Vom Spülstein links konnte man
sogar bis hinunter zum Fluß sehen, dorthin, wo seit wenigen
Wochen neben Krüppelkirschen und Pflaumenbäumchen die
unansehnlichen Bretterbuden des Lagers standen, in denen
die Gefangenen untergebracht waren, für die sie täglich Eintopf kochte.

Sie hatte sie nie aus der Nähe gesehen, ihre fremdländischen
Kostgänger, aber sie fand, es mußten hungrige Burschen sein.
Jeden Tag gegen halb eins, wenn die Werksirene zum Ende der
Mittagspause aufheulte, brachten die Wächter den riesigen
Kübel zurück, in den sie den Eintopf gerührt hatte, und jedes-
mal war dieser Kübel vollständig leer. Ihr war immer ein biß-

chen unwohl bei dem Gedanken, ihre Esser, die sie nie richtig zu Gesicht bekam, könnten womöglich nicht satt geworden sein und Hunger leiden. Deswegen hatte sie sich angewöhnt, beim morgendlichen Gang durch die angrenzende Speisekammer nach fälligem oder gar überfälligem Gemüse, nach leicht stichigem Quark oder sich verfärbendem Fleisch Ausschau zu halten, um ihrem Eintopf damit mehr Gehalt zu geben.

Sie mochte diese Speisekammer, diesen schmalen, länglichen Raum mit der mehrfach verschlossenen Tür und seinen fliegenvergitterten Fenstern. Sie mochte den Geruch von hängendem Speck, von Würsten und Geflügel und die trockenen Prisen verschiedener Mehlsorten und Gewürze, die beim Gang durch die Regale aufstaubten und Niesreiz verbreitend in der Luft hingen. Und sie mochte die überraschende Frische der neuen Lieferungen, ob es ein Sack Zwiebeln war, der seinen würzigen, ätzend süßlichen Geruch in das Konzert der Düfte mengte, oder das Aroma frischer Tomaten, Erbsen, Bohnen, das plötzlich Oberhand gewann. Immer gab es eine Veränderung, eine neue Nuance zu erspüren, so als würden die lagernden Nahrungsmittel ein geheimes, wechselvolles Eigenleben führen, dem man nur auf die Spur kam, wenn man die Gerüche des Vortags akkurat mit denen von heute verglich. Und manchmal war es nicht mehr als das leichte Überhandnehmen eines Eigengeruchs, seine etwas zu aufdringliche Deutlichkeit, die anzeigte, daß die Vorräte von Fäulnis und ihrer nassen, sickernden Süße bedroht wurden, die sich schal und unerträglich schwülstig über die gesamte Kammer ausbreiten würde, wenn man sie nicht frühzeitig erkannte. Und für diesen Geruch der Überreife und Verderblichkeit war sie besonders empfänglich, jetzt, da sie den Eintopf für die französischen Gefangenen zu kochen hatte, die davon nicht genug zu kriegen schienen und denen sie daher gerne etwas Gutes hineintat, bevor es ganz verkam.

Sie drehte den Wasserhahn ab und wischte sich die Hände mit einem groben Lappen trocken, im Gedanken schon unterwegs auf ihrem Streifzug durch die Speisekammer und deren verfallsträchtige Schätze, als ihr über die Morgenlandschaft schweifender Blick sie stutzen ließ. Es war, als hätte sich eines der knorzigen, verwachsenen Obstbäumchen in Bewegung gesetzt und käme schnurstracks durch den Morgennebel auf sie zu. Immer wieder tauchte zwischen den dahertreibenden, dichten und lichten Schwaden diese seltsam gekrümmte Gestalt auf, die zusehends näher kam, dabei aber undeutlich blieb, vor allem, weil sie merkwürdig schwankte, schaukelnd auf und nieder wogte, so als würde sie nicht eine Wiese, sondern eine unwegsame Hügellandschaft überqueren. Und es dauerte noch eine ganze Weile, bis sie begriff, was sie nicht für möglich gehalten hatte, daß es der Herr der Mißgunst sein mußte mit seinem steifen Bein, der da über die Wiesen auf sie zukam.

Sie hatte von ihm bisher mehr gehört als gesehen. Sie hatte gehört von seinem großen, gewaltigen Zorn, von seiner Reizbarkeit, die ihn unberechenbar machte, von der hünenhaften Kraft, mit der er Stabelstöcke zerschlug, wenn ihn die Wut packte, und sie hatte die ehrfurchtsvolle, ängstliche Stille vernommen, die sich ausbreitete, wenn er kam. Warum hatte ihr niemand gesagt, daß er fischen ging in aller Herrgottsfrühe?

Der Herr der Mißgunst, dieser Mann des Zorns, von dem die Leute mit gedämpfter Stimme sprachen, stapfte unbeholfen über die nebelumschleierten Wiesen, kam immer näher, und fast hatte es den Anschein, als würde er ihr winken – oder war das nur die Angelrute, die im wogenden Takt seiner Schritte auf und nieder wippte, so daß sie aussah wie ein aus seinem Rücken hinauswachsender, weithin winkender dritter Arm.

Sie war sich nicht sicher, ob er sie am Fenster stehen sehen konnte, neben der Spüle, ob er sehen konnte, daß sie ihn sah. Aber sie war sich auch nicht sicher, daß er sie nicht sah, und so wagte sie es nicht, ihm den Rücken zuzukehren und in der Speisekammer zu verschwinden, wo die wechselvolle Welt der Gerüche auf sie wartete. Und obwohl sie mittlerweile deutlich erkennen konnte, daß es sich bei dem dritten, aus seinem Rücken herauswachsenden Arm um eine Angel handelte, wurde sie das Gefühl nicht los, daß die auf und nieder wippende Rute ihr zuwinkte, sie meinte, und dieses Gefühl bannte sie an Ort und Stelle, selbst dann noch, als die kuriose, krumme und schiefe Gestalt bereits unter dem Fenstersims verschwunden war.

Sie beschloß, den Gang in die Speisekammer vorerst aufzuschieben und statt dessen die Tabletts für das Frühstück vorzubereiten, eine Arbeit, bei der sie die Küchentür im Auge behalten konnte. Sie schob die breiten Tabletts auf den braunen, gemaserten Holztisch in der Mitte der Küche, zog eine seiner tiefen, bauchigen Schubladen auf und zählte die blaßsilbernen Bestecke ab, die gut in der Hand lagen. Dabei schaute sie immer wieder auf zur Küchentür. Niemand kam. Auch nicht das Dienstmädchen, das ihr beim Zubereiten des Frühstücks zur Hand gehen sollte.

Inzwischen hatte der Ofen die richtige Hitze, um das Wasser für den Kaffee aufzusetzen, dessen genaue Dosierung nur das Dienstmädchen kannte, das schon länger im Hause war. Es machte gewöhnlich viel Aufhebens darum, bis es endlich die dampfende Kanne hinaustrug und den Herrschaften servierte. Frisch gemahlen mußte er sein, zweifach und fein, dann die richtige Häufung pro Löffel, eine Prise Salz und vor allem erst im allerletzten Moment mit siedendem Wasser aufgießen, denn nur wirklich heißer Kaffee hat das volle Aroma, daher war der richtige Zeitpunkt so wichtig, wie das Dienstmädchen zu sagen pflegte, das heute zu spät kam und den richtigen Zeitpunkt offenbar verschlafen hatte, so daß an ihrer Stelle die Küchenaushilfe den Wasserkessel auf die glühend heiße Herdplatte schob, auf der kleine Wasserperlen verzischten.

Die Küchentür hatte sich lautlos geöffnet. Sie spürte einen Luftzug im Nacken und drehte sich blitzartig um. Es war nicht das kaffeekundige Dienstmädchen, es war der Herr der Mißgunst, der ihr von weither zugewinkt hatte mit seinem dritten, aus dem Rücken herauswachsenden Arm und der nun in Strümpfen vor ihr stand. Er mußte durch den Dienstboteneingang ins Haus gekommen sein und seine Stiefel unten im Keller abgestellt haben, um sich dann leise die Kellertreppe hinaufzuschleichen. Jetzt lappten seine feuchten Socken über den marmorierten Steinboden der Küche und hinterließen glänzende Fußabdrücke. Daß er sich so erkälten würde, wollte die Küchenaushilfe einwenden, aber dann besann sie sich darauf, daß sie es mit dem reizbaren Herrn Fabrikdirektor zu tun hatte, diesem Mann des Zorns, von dem die Leute mit gedämpfter Stimme sprachen, und so schluckte sie ihren Einwand hinunter.

Er neigte seinen ganz und gar kahlen Schädel ein wenig zur Seite und schaute sich verwundert in der Küche um, als hätte er sie noch nie in seinem Leben betreten. Dann lächelte er verschmitzt, und ihr fiel auf, daß sogar sein Lächeln schief war und der abfallenden Linie seiner massigen Schultern folgte. Sie starrte ihn an und versuchte, in seinem schelmenhaft schräggelegten Gesicht zu lesen, was er wolle, vielmehr wünsche, ohne daß sie zu fragen gewagt hätte. Doch er hatte es mit einer Erklärung nicht eilig, im Gegenteil, es schien ihm nachgerade Spaß zu machen, hier in der Küchentür müßig herumzustehen und Fußabdrücke zu verbreiten, dem einzigen Ort auf der Mißgunst, wo er partout nichts zu suchen hatte, und schon gar nicht in feuchten Socken. Also gab sie es auf, in seinem Gesicht weiter nach einer Antwort zu suchen, in diesem Gesicht, das keinen Anflug von Zorn verriet, sondern eher groß, ja, großzügig wirkte und blank wie ein Mond. Sie fand darin nichts von der Sturheit und Enge des Zorns. Sie sah nur seine offene, breite Stirn, den schalkhaften Glanz seiner Augen, das verschmitzte, schiefe Lächeln seiner Lippen, und sie entdeckte zu ihrer Bestürzung, daß sie zurücklächelte, daß sie schon eine ganze Weile unverhohlen zurückgelächelt haben mußte, als wäre er nur zum Scherzen hier, der zorngewaltige Herr der Mißgunst, zu ihrer ganz persönlichen Belustigung.

Sofort schlug sie die Augen nieder und fühlte, wie ihr das warme Blut in den Kopf schoß. Sie nickte einen stummen, blicklosen Gruß mit dem Kinn auf die Brust, wohlwissend, daß jedes Wort, jede Höflichkeit von ihr jetzt zu spät kam. Das Silberbesteck fiel ihr ein, das sie nach wie vor in der Hand hielt, und mit einer hastigen Bewegung legte sie es aufs Tablett, so als wäre es auf einmal glühend heiß geworden. Dann sprach er, und sie hörte, ohne ihn anzuschauen, aufmerksam zu. Seine Stimme klang angesichts der Größe und Gewaltsamkeit seiner Statur erstaunlich dünn, beinahe fistelig. Es war eine sehr junge, ungeübte, gewissermaßen unbenutzte Stimme, die nicht gewohnt war, viel und ausgiebig zu reden. Sie horchte hinein in jede Silbe, die er sagte, aber sie fand keinerlei Zorn darin, kein Zornesbeben, keinen gepreßten Ton, der die Worte scharf machte und schneidend. Was sie hörte, war vielmehr ganz leise und vorsichtig gesagt, mit einer Behutsamkeit oder Furcht, die nichts zerbrechen wollte, so als könnte alles Glas und Kristall im Raum zerspringen, wenn er die Stimme hob. Es war wie eine Zärtlichkeit, was er sagte. Dann hielt er ihr seinen Bastkorb hin, in dem drei stattliche, in Huflattichblätter gewickelte Bachforellen lagen.

Er schwieg jetzt und grinste sie aufmunternd an, während sie sich über den Korb beugte, hinunter in den forellenfrischen Flußgeruch, der ihr entgegenstieg. Die geschmeidige, regenbogenfarbene Schuppenhaut der Bachforellen glänzte silbrig und unberührt. Sie war gesprenkelt mit rotbraunen und schwarzen Punkten. Wie Sommersprossen verteilten sie sich entlang der geschwungenen Stromlinie, die von den Kiemen bis zur Schwanzflosse lief. Ein paillettenhafter rosa Schimmer lag über den üppigen, satten und leblosen Körpern, von denen sie sagen wollte, es sei einer größer als der andere, weil die Fische genau so nebeneinander lagen, als sollte man von ihnen sagen, daß einer größer als der andere sei, aber sie sagte es nicht, sondern schaute langsam auf und erwiderte das schiefe Lächeln, mit dem der Herr der Mißgunst sie angrinste, sie erwiderte es ganz ohne Furcht und antwortete ihm damit.

Sie lächelten sich einen Augenblick an über dem morgendlichen Fang, dann packte sie die Fische, einen nach dem anderen, sicher und geschickt mit einem geübten Griff von Zeige- und Mittelfinger unmittelbar unter den Kiemen, trug sie zum Spülstein links neben dem Fenster und schlitzte ihnen mit einem Küchenmesser den Bauch auf. Die scharfe Klinge stach widerstandslos in den weichen, weißen Unterbauch und zog eine Bahn, fein wie eine Kleidernaht, hinauf zu den Kiemen. Dann legte sie das Messer zur Seite, griff mit der Hand in den aufklaffenden Schlitz und zerrte die zottigen Eingeweide des Fisches heraus, das hautfarbene Gewebe des Darms, den mit Fliegen, Mücken und grünlichem Saft gefüllten Magen und das fingernagelgroße Herz, diesen unglaublich zähen Muskel. Sie löste diese knappe Handvoll Innereien bis hin zur sehnigen Speiseröhre, die sie kurz vor dem Kiemenansatz abriß. Mit dem Messer fuhr sie dann unter das seidige Häutchen der Schwimmblase, unter der das geronnene Blut saß, hob es mit der Klingenfläche an und durchtrennte es mit einem Schnitt. Das schwarze, gallertartige Blut, das in den Kerbungen der Wirbelsäule festsaß, drückte sie mit dem Daumennagel aus der Furche zwischen den feinen, biegsamen Rippen, auf denen das feste, lachsfarbene Fleisch saß, das sie säuberte. Unter einem sprudelnden Strahl klaren Wassers wusch sie die lappenden Seiten des Fisches aus, bis keine Spur der bitterschmeckenden, schwarzen Blutgerinnsel mehr zu sehen war auf dem von federnden, schneeweißen Bauchgräten durchzogenen Fleisch.

Ihre flinken Finger brauchten nicht mehr als eine halbe Minute, um den Fisch vollständig auszuweiden. Doch als sie sich umdrehte, um das Lächeln des Mannes in der Tür wieder aufzunehmen, kam das unausgeschlafene und übellaunige Dienstmädchen herein, nörgelte eine Begrüßung vor sich hin und ruckte den dampfenden Wasserkessel von der Herdplatte. Der strumpffüßige Herr der Mißgunst war so lautlos verschwunden, wie er gekommen war. Die Küchenaushilfe ließ ihr Lächeln fallen, kehrte dem Dienstmädchen den Rücken zu, um ihre Enttäuschung zu verbergen, und nahm sich wortlos die nächste Forelle vor, die naß und glänzend mit angelegten Bauch- und Rückenflossen auf dem weißgrauen Spülstein lag. Am Herd begann das Dienstmädchen nuschelnd mit seinem Kaffeeritual.

Gedankenverloren, beinahe träumerisch, bearbeitete und massierte die Küchenaushilfe mit ihren Fingern das zartrosa Fleisch, bis es rein und makellos war. Sie mußte an zu Hause denken, an die Zeit, bevor sie auf die Mißgunst gekommen war, daran, daß sie früher jeden Freitag gemeinsam mit ihrer

Mutter Fisch zubereitet hatte und wie stolz sie ihn aufgetragen hatte, Forelle blau oder in Butter gebraten. Wohltuend war die Vertrautheit der Griffe und Schnitte, an die sich ihre Finger mühelos erinnerten. Sie hatte nichts verlernt, und sie freute sich, endlich einmal wieder für jemanden zu kochen, für den strumpffüßigen Herrn der Mißgunst mit seinem jungenhaften Lächeln auf den schiefen Lippen, diesem schrägen, schelmischen Lächeln, das sie unwillkürlich nachzuschneiden versuchte, bis sie selbst darüber lächeln mußte, während der Strahl des sprudelnden Wassers auf die bloßen Rippen und das straffe Bauchfleisch der ausgenommenen Fische prasselte und mit feinen, staubartigen Tropfen ihr Gesicht benetzte.

Sie hatte dem Dienstmädchen kaum zugehört, das hinter ihrem Rücken daherredete, ohne daß klar wurde, ob es nun mit sich selbst sprach oder mit ihr oder mit abwesenden Dritten. Doch inzwischen hatte auch das Dienstmädchen die Spur des silbrigen, seidigen Forellengeruchs aufgenommen, und es plauderte aus, was die Geschichte des Fisches in diesem Hause war.

Die Küchenaushilfe horchte auf, das nicht abzuschüttelnde Lächeln noch immer im Gesicht. Sie hoffte inständig, das Dienstmädchen möge die Geschichte des Fisches nicht wie üblich vernuscheln, so daß man sich mehr ärgerte als irgend etwas zu verstehen. Um besser hören zu können, drehte sie vorsichtig den Wasserhahn ab, tat die Fische auf die Seite und wischte langsam und lautlos den Spülstein sauber.

Fisch. Fischreich waren die Flüsse um die Mißgunst. Forellen, Äschen, Aale auch, aber vor allem Forellen. Es wimmelte nur so von Forellen. Die Diemel wanderten sie hinauf, von einer Terrasse zur andern, hinten, am Diemelwehr konnte man sie die Forellenleitern hochsteigen sehen, wie sie von

Becken zu Becken sprangen, gegen den Lauf des hinabsprudelnden Wassers. Ja, die Diemel wanderten sie hinauf, und in der Orpe standen sie. In der Orpe versteckten sie sich, tief unten im schwarzen Wasser. An den schattigen Rändern lauerten sie auf Beute, in den Ausbuchtungen, unter den Böschungen, ließen das schwarze Wasser an sich vorbeiströmen, fächelten gelangweilt mit den Flossen und wußten sich in Deckung. Biester. Überlegen es sich dreimal, ob sie zubeißen sollen. Raffinierte Biester.

Die Küchenaushilfe spülte die zusammengewischten Schleimfäden und Blutplacken in den Ausguß und ließ Wasser nachlaufen. Dann nahm sie die alte, leicht zerdrückte Zitrone, die neben dem Spülstein lag, preßte sie einmal mehr mit der Faust und wusch sich mit dem säuerlichen Saft die Hände unter dem Wasserhahn. Sie roch kurz an ihren rosigen Fingern, bevor sie sie trocken wedelte. Es war noch immer dieser silbrig seidige Forellengeruch daran, der durch ihr Gedächtnis ging wie der Gedanke an zu Hause, an die unzähligen Freitage und an den zitronigen Geschmack des feinen, festen Fleisches.

Das Dienstmädchen ließ jetzt allerlei über Gräten verlauten; im Halse querstehende Gräten, Haargräten, die sich um das Gaumenzäpfchen schlangen und es bis zur Überreizung kitzelten, Bruchgräten, die im Magen stachen, Zwillingsgräten, die wie Gabelzacken die Speiseröhre entlangschabten, eine ganze Grätenmannigfaltigkeit mit den entsprechend vielfältigen Varianten ihres Verschluckens. Und, wohlgemerkt, die Notwendigkeit von Kartoffelbrei oder gaumenweichen Dampfkartoffeln oder äußerstenfalls Kartoffelkroketten, aber Kartoffeln unbedingt, um jeden Preis. Denn Kartoffeln stopfen wie kein zweites Gemüse und sind in ausreichender Menge geeignet, beinahe jede der lebensgefährlichen Grä tenabarten durch ihre breiige Beschaffenheit unschädlich zu machen. Nicht so wohltuend seien entgegen landläufigen Vorurteilen Wein oder Wasser. Weit gefehlt. Es sei ein nicht auszurottender Irrglaube, daß der Fisch im Magen schwimmen müsse. Gerade damit gebe man dem bösartigen Grätensammelsurium, das letztlich in jedem Fische steckt, willkommene Gelegenheit zu pieksen und zu stechen und die Magenwände zu malträtieren. Daher trinkt der wahre Kenner des Fisches und seiner Gräten nichts oder, an heißen Tagen, allenfalls mit Milch aufgerührten Kartoffelbrei. Schließlich sind Gräten beim Fisch nach innen, was die Stacheln des Igels nach außen sind, ein naturgegebener Abwehrmechanismus, der ihn im Grunde ungenießbar macht, weshalb der wahre Fischkenner eigentlich auch keinen Fisch ißt. Nur der allgemein menschlichen Unbelehrbarkeit sei es zu verdanken, daß jährlich Tausende von Fischessern eines grausamen Todes starben, qualvoll an Gräten erstickten, an Grätenstichen innerlich verbluteten, Darmverschlüsse durch ganze Büschel von Haargräten riskierten und dahingerafft wurden. Nicht so in diesem Hause. Gottlob war hier seit dem Ertrinken des Firmengründers die Lust am Fisch nie größer als die Angst vor der Gräte, abgesehen davon, daß es ohnehin gegen die guten Sitten verstoßen hätte, Fische zu verzehren, die womöglich an einem Familienmitglied geknabbert hatten. Aber gottlob, wie gesagt, war er ein besonnener Mensch, der Zweite, ein Mann von großem Verstand und gar nicht mal so lange tot. Schon als Kind hatte er peinlich genau ausgerechnet, daß ein Fisch über mehr Gräten verfügt als ein Mensch über Knochen, weshalb er stets zu sagen pflegte, bevor er einen Fisch anrühre, würde er lieber gleich zu den Kannibalen gehen. Und genauso würde es auch der Dritte halten, gottlob, man kann es nur immer wieder sagen, mit Rücksicht auf das Leben seiner lieben Angehörigen.

Die Küchenaushilfe hörte weg und sah aus dem Fenster, wo die Morgensonne den Frühnebel vertrieben hatte. Ungehindert schien sie nieder auf die tauglänzenden, lichtgebleichten Wiesen und spiegelte sich wie ein goldener Ball im schwarzen Wasser der Orpe. Vielleicht war ihr die Mißgunst deshalb so fremd geblieben, weil es hier, anders als zu Hause, niemals Fisch gab. Vielleicht war sie auch nur enttäuscht, weil ihr Geschick und ihr glückliches Händchen mit Fischen hier völlig fehl am Platz waren. Alles andere, ihr Lächeln, ihre Erinnerung, die Vertrautheit der einzelnen Handgriffe, beruhte auf einem Mißverständnis. Sie spürte, wie sich ein feiner, schwimmender Tränenschleier auf ihren Augen bilden wollte, wandte sich zur Speisekammertür, schloß sie umständlich auf und trat ein in die wechselvolle Welt der Gerüche.

Es war kühl und trocken in dem schmalen, länglichen Raum. Durch die dichten Fliegengitter vor dem gucklochartigen Fenster fiel nur ein spärliches Bündel Licht auf den Gang zwischen den Regalen. Die Küchenaushilfe duckte sich leicht unter einem abhängenden Schinken, der nach Rauch roch, nach salzigem Speck, und der diesen herzhaften Geruch unverändert behalten würde, bis er ganz und gar aufgezehrt war. Vom Schinken hatte sie nichts zu erwarten. Deswegen steuerte sie auf die Körbe und Eimer voller Gemüse zu, die abgedeckt am Boden unter den Regalen standen. Sie hegte einen leisen Verdacht bei den Erbsen, die über Nacht ein wenig geschwitzt hatten, mischte ihre Hände in die frühlingsgrünen Schoten und grub bis zur Armbeuge in dem randvollen Eimer, doch als sie den süßlichen, schwülstigen Geruch der Überreife aufzuspüren versuchte, war es nur wieder der seidige, silbrige, an ihren Fingern haftende Hauch der Forellen, der ihr in die Nase stieg. Wie eine Welle durchzog sie noch einmal die Erinnerung an die Freitage zu Hause, an das feste, zitronige Forellenfleisch, an das von feinem Wasserstaub benetzte Lächeln auf ihren Lippen, das sich ausbreitete, rundlich und voll, über das ganze Gesicht. Und wie eine Welle verrauschte sie auch, die Erinnerung an zu Hause, an das nicht abzuschüttelnde Lächeln, und hinterließ einen salzigen Schleier von Traurigkeit.

Mit einem Ruck stand sie auf, duckte sich durch den schmalen Gang, verließ die Speisekammer und verschloß sie. Dann griff sie sich kurzerhand die Fische vom Rand der Spüle und tat, was bei ihr zu Hause als eine Sünde galt: Sie setzte das Messer unmittelbar hinter den Kiemenklappen an und trennte, um Haaresbreite über die Bauchgräten hinwegschneidend, einen fingerdicken Streifen grätenloses Fleisch ab, der bis hinunter zur Schwanzflosse reichte. Dieser Filetschnitt war ein Luxus, denn er ließ eine ganze Schicht von vergrätetem Fleisch zurück, das verschwenderisch in den Abfall wanderte. Aber was fing der Herr der Mißgunst frühmorgens auch Fische, was kam er damit zu ihr in die Küche und was lächelte er noch dazu, wenn er sie nicht essen wollte. Also, weg damit, weg mit den fleischigen Fischgerippen, und hinein mit den feinen Filetstückchen in den Eintopf, der zur Feier des Tages eine Fischsuppe ergab für ihre unsichtbaren Esser, frische Forellenfiletsuppe, wie sie selbst die Wächter nicht einmal am Sonntag bekamen und wie sie der Herr der Mißgunst aus einer unsinnigen Angst vor Gräten nicht mochte.

Silbriger, seidiger Fischgeruch, Forellenatem und die Kühle des Wassers: Ich erinnere mich an das erste Mal, als mich mein Vater zum Angeln mitnahm. Meine Eltern hatten die Mißgunst nach dem Tod meines Großvaters verlassen und waren für einige Zeit nach Irland übergesiedelt, Land des Wassers, Insel der Bäche, Seen und Flüsse. Wir wohnten in Derry, nicht weit von der Mündung des River Foyle, der süß und salzig in den Atlantik strömte. Der bevorzugte Angelsee meines Vaters lag gut zehn Kilometer außerhalb der Stadt, er trug den kolonialistischen Namen Lake Churchill, seinen ursprünglichen irischen Namen habe ich nie erfahren.

Silbriger, seidiger Fischgeruch, Forellenatem und die Kühle des Wassers wehten vom See herüber, als ich mit der Angelrute meines Vaters, die beinahe doppelt so lang war wie ich selbst, und behängt mit seiner fliegengespickten Angeltasche vor dem Pub stand und auf meinen Vater wartete. Es war eine einsame Schenke mit einem Steg hinaus auf den See, keine anderen Häuser weit und breit, nur ein paar klapprige Schuppen, die sich in den Windschatten des Hauptgebäudes duckten. Sanfte, sattgrüne Hügel erhoben sich an den Ufern des Lake Churchill. Hier und da standen kleinere Föhrenwäldchen zusammen und ragten in den unsteten irischen Himmel.

Ich erinnere mich daran, wie stolz ich war: die kostbare, zu einem leichten Bogen gespannte Rute in der Hand, die mit bunten Fliegen gespickte Angeltasche um den Bauch, der Blick über den Steg und die Boote auf den See. Es war das erste Mal, daß mein Vater mich mitnahm, doch ich fühlte mich zugehörig, eingeweiht und unentbehrlich, auch wenn ich nicht mit in den Pub durfte und draußen Wache hielt, während er das Boot für uns mietete. Die Tür des Pubs öffnete sich, und ein Mann in einer braunen Kutte kam heraus, deren Kapuze ihm ins Gesicht hing. Eine strickartige Kordel um seinen Bauch gab ihm eine seltsam konturlose, glockenförmige Gestalt. Er hatte keine Stiefel an, sondern Sandalen, in denen ich seine schorfigen, von aufplatzender Hornhaut überzogenen Füße sehen konnte, wie sie die Stiegen des Pubs hinunterstapften. Er kam direkt auf mich zu, der ich die Angel und die Tasche meines Vaters fest umklammerte, zu allem entschlossen. Doch er würdigte mich keines Blickes und ging weiter hinunter zum Steg. Aus einem länglichen Schuppen zog er zwei Ruder hervor, dockte sie in die Halterungen und ruderte mit kurzen, leichten Schlägen hinaus auf den See. Er schien die Ruder kaum einzutauchen und machte sich auch nicht die Mühe, richtig durchzuziehen. Er saß einfach nur ruhig und unbewegt da mit angewinkelten Armen und tippte die Ruderblätter kurz ins Wasser. Doch er ließ den Steg mit erstaunlicher Geschwindigkeit hinter sich und verschwand alsbald in den dunstigen Vorläufern der Dämmerung, die von den dunkelnden Hängen zu den Ufern des Lake Churchill hinabstieg. Es gab keine andere Erklärung für sein schnelles Vorwärtskommen, er mußte die Strömungen und Wasserkreisläufe des Sees genau kennen, so daß er sich treiben lassen konnte und mit seinen müßigen Ruderblättern lediglich hier und da den Kurs korrigierte. Aber diese Erklärung hatte ich damals nicht parat. Statt dessen stand ich ein wenig ängstlich und verwundert da und bestaunte diesen Mehrwisser des Wassers wie einen Zauberer.

So verpaßte ich völlig den Moment, in dem mein Vater aus der Tür trat und die Treppe zum Steg hinunterkam, den Moment, in dem er sehen sollte, wie aufmerksam und zuverlässig ich bereitstand. Ich hatte nicht aufgepaßt und die Angel schräg gehalten, so daß Korkgriff und Rolle den Boden schrammten. Mein Vater schnappte sie mir weg und ging voraus. Ich versuchte, mit ihm Schritt zu halten. Die fliegengespickte Angeltasche baumelte lose vor meinen Knien.

Wir stiegen ins Boot und ich setzte mich etwas beschämt auf die schmalere Bank am Bug. Mein Vater ruderte mit dem Rücken zu mir, beugte sich mit ausgestreckten Armen vor, zog schwungvoll durch, bis er sich mit angezogenen Ellbogen weit auf seiner Bank zurücklehnte. Die Ruderblätter, mit de-

nen er in vollem Umfang ausholte, setzten spritzend und gurgelnd dicht neben mir ins Wasser und zogen spiralförmige
Strudel von weißen Luftblasen mit sich, dann tauchten sie
triefend und tropfend am Heck des Bootes wieder auf. Die
einzelnen Schläge teilten, unterteilten das Wasser und bildeten so etwas wie verschwimmende, sich in der Unterschiedslosigkeit des Wassers auflösende Wegmarkierungen. Doch
trotz der Kraft und Ausdauer, die mein Vater aufwandte,
schienen wir uns nicht annähernd so schnell vom Steg zu ent-
fernen, wie der Zauberer auf dem Wasser es mit seinen leichten, stochernden Schlägen vermocht hatte.

Mein Vater ruderte auf den Schilfrand einer kleinen, entlege-
neren Bucht des Lake Churchill zu, zog dann leise die Ruder
ein, zehn bis fünfzehn Meter vor dem aus dem Wasser ragenden Schilfrohr, dessen sich abschälende Blätterlagen im sanften Wind raschelten. Er stand auf und schwang die sich
durchbiegende Rute einhändig vor und zurück, während die
Schnur über unseren Köpfen durch die Luft zischte, dann
warf er aus. Die Fliege setzte dicht vor einer Reihe Schilfrohr
auf, unerhört bunt und eitel auf der grauen, von länglichen
schwarzen Schilfschatten durchzogenen Spiegelfläche des
Wassers. Es waren nicht viele Fliegen unterwegs, vielleicht
ging der Wind eine Spur zu kräftig, vielleicht lag es auch
daran, daß er vom See her blies und die leichteren Fliegen
und Mücken zurück an Land wehte. Außer Reichweite, am
Rand einer grasigen, jungen Schilfkolonie, wälzte sich eine
schwere Forelle an die Wasseroberfläche und verschlang
schwappend einen flügelschlagenden, langbeinigen Weber-
knecht, ansonsten blieb das Wasser ruhig und unbewegt bis
auf den Anschlag der Wellen am Rumpf des Bootes, das allmählich schlingernd ans Ufer trieb. Als wir bis auf wenige
Meter an die Schilfkante herangekommen waren, ließ mein
Vater mich die Angel halten, während er mit leisen Schlägen

wieder ein Stück weit auf den See hinausruderte, von wo aus er die Fliege noch einmal auswarf, an etwas anderer Stelle. Wir warteten gespannt, doch nichts tat sich. Hier und da hörten wir in der Dämmerung eine Forelle aufsteigen, das Wasser schlagen und klatschend wieder eintauchen, aber es klang weit entfernt und wie unerreichbar für uns.

Die Zeit bekam beim Fischen ein anderes Maß. Wir schauten nur auf diesen einen einzigen Punkt auf dem Spiegelfilm des Wassers, wir sahen nur die buntgefiederte und breitgefächerte Fliege, die pfauenhaft und aufreizend auf den seichten Wellen tanzte, und die Augenblicke dehnten sich, wurden zu Stunden, und Stunden schnurrten zu Augenblicken zusammen. Es war, als hätte die Unterschiedslosigkeit des Wassers auf die Zeit übergegriffen, als hätte sie Eile und Weile in einer einzigen Gespanntheit zusammengezogen. Nur ein einziges Mal wurde die zeittilgende Gleichförmigkeit, in deren Bann uns das Wasser gezogen hatte, unterbrochen. Der Puls der Schnur fing kurz zu zetern an, als mit einem schwachen, klapsartigen Schnapper eine junge, sälmlingshafte Forelle aus purem Übermut die buntschillernde Fliege nahm, die viel zu groß für sie war. Die Schnur zog straff, aber die Rute bog sich kaum durch, so wenig Gewicht und Kraft hatte die Jungforelle dem Zug der Schnur entgegenzusetzen, während mein Vater sie erbarmungslos schnell herandrillte und sie am Bootsrand halb aus dem Wasser hob. Er tauchte eine Hand in das Wasser, um die schützende Schleimschicht des Fisches nicht durch einen zu trockenen Griff zu beschädigen, packte das kaum mehr als faustgroße Tierchen und entfernte behutsam den Haken aus seinem Maul. Dann ließ er es wieder ins Wasser gleiten, wo es, zunächst noch ganz benommen, nach wenigen wirren Zickzack-Zügen in der Tiefe des Sees verschwand.

Wir gingen leer aus an diesem Abend. Nachdem mein Vater die Fliege ein letztes Mal eingeholt und die Ruder zurück ins Wasser gestoßen hatte, erzählte ich ihm von dem merkwürdigen Mann, der mir begegnet war, seiner seltsamen Kleidung und seiner Art, weniger zu rudern, als sich vom Wasser rudern zu lassen. Mir war beinahe, als sähe ich ihn noch einmal vor mir in der Dunkelheit, wie er müßig stochernd dahinglitt über das nachtspiegelnde Wasser, von einer unsichtbaren Kraft bewegt. Doch mein Vater ächzte nur zwischen zwei Ruderschlägen, schüttelte den Kopf und beugte sich mit gestreckten Armen wieder vor, um zum nächsten Zug auszuholen.

Aber ich hatte ihn wirklich gesehen, ich hatte es nicht nur geträumt, und ich wußte, daß er wieder in der Nähe war, schwärzer als die Finsternis auf dem Wasser, mit seinem glockenförmigen Umriß, vor dem sich keine Armbewegungen abzeichneten, weil er sich von ungekannten Strömungen des Sees treiben ließ. Mehrere trübe, gelblich graue Lampen erhellten den Pub, auf den wir zuruderten. Schwarz und glänzend erhob sich der Steg aus dem Wasser. Über die Schulter schauend, nur noch mit einem Ruder schlagend, brachte mein Vater das Boot in Position und machte es fest. Er zog die Ruder aus ihren Halterungen, schulterte sie und balancierte über den Bug an Land. Wieder wartete ich draußen, während er im Pub verschwand, wo er zahlte und vielleicht ein paar mürrische Worte verlor über die ungünstige Witterung und die beißfaulen Forellen, die allem Anschein nach Vegetarier geworden waren über Nacht.

Kaum war ich allein, hörte ich immer deutlicher, wie sich ein weiteres Boot plätschernd dem Steg näherte und dumpf an den Bohlen andockte. Im fahlen Licht des Pubs konnte ich nicht erkennen, was dort unten vor sich ging. Doch ich hörte die Planken des Steges unter schweren Schritten knarren. Es waren keine Stiefelabsätze, die auf dem Holz aufsetzten, es waren die leisen Sohlen der Sandalen. Noch immer sah ich nichts, spürte aber, daß ich im Lichterschein des Pubs gesehen wurde. Plötzlich tauchte im fahlen Lichtkreis einer Laterne der ganz und gar kahle Kopf meines Großvaters vor mir auf, leicht gebeugt und glänzend wie der Mond. Ich hatte seinen Namen auf den Lippen und wollte ihn rufen, voller Wiedersehensfreude, aber ich stockte bei dem Gedanken, daß er tot war, daß wir hier waren, weil er tot war, daß wir seines Todes wegen die Mißgunst verlassen hatten und nicht mehr am schwarzen Wasser der Orpe fischten, sondern hier am Lake Churchill nahe Derry und der Mündung des River Foyle.

Ich konnte mich nicht von dem Anblick lösen und wich rückwärtsgehend über die Stiegen des Pubs aus, während er langsam und wie aus einer anderen Zeit auf mich zukam, seinen ganz und gar kahlen Schädel vornübergebeugt. Er hatte die Kapuze zurückgeschlagen, so daß sie in Falten zwischen seinen gewaltigen Schultern hing und seinen stämmigen Nacken offenlegte, an dem Muskeln und Sehnenstränge wechselweise zerrten. Erst jetzt bemerkte ich, daß er sehr schwer trug und sich deshalb so langsam bewegte. Knapp über den Boden schleppten seine kräftigen Arme zwei volle, im Widerschein des fahlen Lichtes glänzende Eimer. Sie enthielten Forellen, schwere, unzählbar ineinander verschlungene Forellen mit silbrig glitzernden, gesprenkelten Seiten, mächtigen Schwanzflossen, gezahnten, halbaufgerissenen Mäulern – ein kolossaler Fang, wie ihn von allen Anglern, die ich kannte, nur mein Großvater heimbrachte. Großvater, wollte ich ihn nochmals ansprechen, machte aber einen weiteren Schritt rückwärts und stieß mit dem Rücken gegen die Eingangstür des Pubs. Er kam näher und näher mit unendlich verlangsamten Bewegungen unter dem Gewicht der Fische. Er hatte schon den obersten Treppenabsatz erreicht und war jetzt nicht mehr als zehn Stufen von mir entfernt, als er den stämmigen, muskulösen Nacken bog und zu mir aufschaute. Sein Gesicht war glatt wie ein Mond und erstreckte sich breit über seinen ganz und gar kahlen Schädel, doch es war nicht das Gesicht meines Großvaters, es war ein wildfremdes Gesicht. Ich weiß nicht, was mich mehr erschreckt hätte, meinem Großvater, von dem ich wußte, daß er tot war, in die Augen zu sehen, oder in dieses wildfremde Gesicht zu blicken, das sich vor den ganz und gar kahlen Schädel meines Großvaters geschoben hatte wie eine Maske, ein fremdes, undurchlässiges Gesicht, hinter dem sich mein Großvater versteckte, der das Wasser und die Launen der Forellen kannte wie kein zweiter.

Ich suchte nach meinem Großvater in diesem Gesicht, ich suchte nach einem Augenzwinkern oder dem Lächeln seiner schiefen Lippen, das mir zeigen sollte, er ist es, verkleidet und maskiert, zu einer unmöglichen Zeit an einem unmöglichen Ort, aber er ist es. Doch er schaute mich mit seinen fremden Augen an, die keine Spur von Vertrautheit verrieten, musterte mich streng von Kopf bis Fuß, und ich mußte an den legendären Zorn meines Großvaters denken, an seine Reizbarkeit und die Gewalt seiner Ausbrüche, ich dachte daran, daß meine Angst ihn wütend machen würde, daß er toben würde, wenn ich ihn nicht bald erkannte, meinen eigenen Großvater, aber ich konnte ihn nicht erkennen, und was ich erkannte, machte mir Angst, noch mehr Angst, zornerregende Angst, und gerade in dem Augenblick, als ich glaubte, er würde seinen Stabelstock hervorzaubern, er würde in den Zorn geraten, von dem auf der Mißgunst erzählt wurde, da wandte er sich unendlich langsam ab und nahm die vom obersten Treppenabsatz abzweigende Seitentreppe zum

Fischhaus, wo man, wie mir mein Vater erklärt hatte, seinen Fang ausnehmen und säubern konnte.

Er hatte den Kopf wieder gesenkt, auf seinem blanken Nakken arbeiteten die Muskeln. Langsam und vorsichtig trug er die randvollen Eimer über eine Bahn von ausgelegten Brettern hinüber zum Fischhaus, und das Gewicht seines Fangs zog ihn in eine andere Zeit. So viel Fisch. Ein solcher Fang an einem Abend, an dem die Forellen beißfaul waren und die Witterung ungünstig. Dieser Mann, den das Gewicht seines Fangs langsam gemacht hatte wie einen Schlafwandler, der durch seinen eigenen Traum geht, er mußte das Wissen vom Wasser besitzen, das meinem Großvater nachgerühmt wurde, seine unerfindliche Gunst und den verbindlichen Sinn dafür, wann und inwieweit er sie in Anspruch nehmen durfte. Er besaß ein Gespür für die Integrität des Wassers, verletzte sie nicht, und das Wasser dankte es ihm mit allem, was es uns verwehrte, die wir darüber hinwegruderten, ohne seine Strömungen und Stromstillen zu kennen.

Ich erhielt einen kurzen Schlag ins Kreuz, als die Tür des Pubs hinter mir aufgestoßen wurde, und fiel. Mein Vater stolperte beinahe über mich. Und ich fühlte mich ein weiteres Mal von ihm ertappt, verträumt und unaufmerksam. Ich wagte kaum, ihm ins Gesicht zu sehen, obwohl ich sicher war, nicht geträumt zu haben, und es nur eines kurzen Gangs zum Fischhaus bedurft hätte, um das zu beweisen. Denn dort stand er ganz bestimmt, mein verkleideter und maskierter Großvater, mit einem geschliffenen Fischmesser über seinen reichlichen Fang gebeugt, den er ausweidete, Fisch um Fisch, Forelle um Forelle, vertieft in ihre Eingeweide, in die Geschichte ihrer Herkunft und Gewohnheiten, versunken wie ein Leser in sein Buch. Aber ich rappelte mich hoch und folgte meinem Vater schweigend, um nicht noch einmal wie ein Träumer dazustehen, und tat, als hätte es sie nie gegeben, die zweimalige Begegnung mit meinem Großvater, der mich heimgesucht hatte zu unmöglicher Zeit an unmöglichem Ort, nachdem er längst zum Wasser zurückgekehrt war.

Ausweidungen

Langsam zog die Morgendämmerung herauf, die Nacht hielt die Obstbäumchen und Sträucher noch mit Finsternis umklammert, doch die Küchenaushilfe war bereits auf ihrem Posten. Sie stand an der Spüle links von der Fensterfront in der geräumigen Küche des Herrenhauses und sah hinaus auf die nachtverhangenen Wiesen, auf die Obstbäumchen mit ihren krausen Ästen, die wie schwarze Adern in den blassen Himmel flossen. Sie sah über die Stacheldrahtzäune des Lagers hinweg, hinunter zum schwarzen, glitzernden Band des Flusses, der allmählich zum Leben erwachte und nach seiner morgensummenden und flügelsirrenden Oberfläche zu schlagen begann.

Die Küchenaushilfe ließ kaltes Wasser aus dem Hahn über ihre Handgelenke laufen und fing dann an mit den Vorbereitungen, die getan sein mußten, bevor er kam, der Herr der Mißgunst, mit dem Fang der frühen Stunden, den sie am liebsten ausgeweidet und versorgt hatte, bevor sich das Dienstmädchen nuschelnd in der Küche breitmachte. Er kam jetzt jeden Morgen, und das sollte ihr Geheimnis bleiben. Und jeden Morgen, nachdem sie das Feuer geschürt, die Speisekammer durchschnuppert und das Frühstückstablett gerichtet hatte, stand sie am Fenster und wartete darauf, daß eines der knorrigen Obstbäumchen sich in Bewegung setzte und über die tauglänzende Wiese auf sie zuhinkte, einen dritten, aus dem massigen Rücken herauswachsenden Arm weithin ausgestreckt, der winkte und wippte im ungleichen Rhythmus der Schritte.

Die Nacht zog sich weiter zurück und entließ die Farben der Dinge ins Licht, den braunen Glanz des blühenden Grases, das Papierweiß der Obstblüten und den blaßgoldenen Schimmer der Sonne über den sanft ansteigenden Hügeln hinter dem Fluß. Sie nahm das scharfgeschliffene Küchenmesser aus der Schublade, prüfte die Schneide mit einem leichten Druck des Daumens und legte es griffbereit neben die Spüle. Dann breitete sie einige Lagen alter Zeitungen aus, in denen vom ewigen Krieg, von Gefechten bis zum letzten Mann, vom heldenhaften Tod für Führer, Volk und Vaterland die Rede war, um darin die zottigen Eingeweide der Fische einzuschlagen und sie vor den neugierigen Augen des Dienstmädchens zu verbergen.

Und endlich bewegte sich das Bild. Sie schaute hoch von dem Gewirr der Buchstaben und Schlagzeilen, die ihre Aufmerksamkeit für einen Moment gefangengenommen hatten, und suchte noch einmal die weitläufige Linie aus vereinzelten Obstbäumchen, Uferweiden und Wasserflächen ab, da sie vor lauter Erwartung nicht mehr wußte, ob sie den wippenden, schwarzen Schatten am Saum des Flußufers nur herbeigesehnt oder tatsächlich gesehen hatte. Doch er bewegte sich auf sie zu und würde ihr bald winken mit seinem dritten, aus dem breitschultrigen Rücken herauswachsenden Arm und sie so sehr damit meinen, daß sie nicht anders konnte als zurückzuwinken hinter dem Fenster, von dem sie nun wußte, daß er sie dort sehen konnte und nur sie dort sah.

Sie betastete prüfend ihr hochgestecktes Haar und stopfte eine Strähne, die ihr über die Schläfe fiel, in das Geflecht aus dunklen, dichten Haarschlangen zurück. Und als er näher kam und der dritte, aus seinem Rücken herauswachsende Arm immer heftiger auf und nieder wippte, erwiderte sie scheu seinen Gruß, so als würde sie mit der Hand mehrmals flüchtig über die Fensterscheibe wischen. Und auf dem mondgleichen, großen Gesicht, das zu ihr aufschaute, breitete sich ein schiefes, schelmisches Lächeln aus, das sie kopfschüttelnd, armschlenkernd, lächelnd und ernst, das sie mit einer Vielzahl von kleinen Gesten beantwortete, abwehrenden und annehmenden Gesten, Gesten der Freude und Zurückhaltung, solchen, die sie zeigen wollte, und solchen, die ihr passierten. Sie geriet in ein Wirrwarr von Reaktionen und Zeichen, die sich gegenseitig widersprachen, deren Richtung und Bezug aber ein gemeinsamer war, denn sie alle galten dem schiefen, schelmischen Lächeln vor ihrem Fenster, und sogar die Gesten der Abwehr und Zurückweisung folgten dem unwiderstehlichen Drang zu ihm hin.

Das breite, steinerne Fenstersims schnitt ihren Blick ab, als er um die Sandsteinquader der Außenmauer herum zum Dienstboteneingang hinkte, wo er sich auf die Schwelle setzte und die langen, taunassen, mit lauter Grassamen beklebten Stiefel auszog. Er stellte sie zusammen mit der Fliegenrute auf eine ausgediente Fußmatte an der Innenseite des Kellereingangs, nahm den Anglerkorb unter den Arm und schlich strumpffüßig die specksteinige, graue Kellertreppe hoch, ihre wulstigen, ausgetretenen Stufen, auf denen er glänzende Fußabdrücke hinterließ, hinauf zur Küchentür. Er wartete kurz, bis sein Atem sich beruhigt hatte, und kostete dabei das Gefühl der Heimlichkeit aus, das in ihm aufstieg, dann öffnete er fast zeitgleich mit einem kurzen Klopfer die Küchentür und sah ihr grinsend ins Gesicht.

Immer wieder versuchte sie, ihm böse zu sein, weil er in Strümpfen durchs Haus lief. Und so hatte sie, noch bevor er eintreten konnte, ein altes Paar Pantoffeln bei der Hand, das sie ihm unerbittlich aufnötigte, ob er nun der Herr der Mißgunst war oder nicht. Und er, der Zorngewaltige, ließ es sich gefallen, genoß es gar, daß sie sich so unbeirrbar um ihn kümmerte, auch wenn er ihre Sorgen für vollkommen überflüssig hielt. In Pantoffeln, die ihm wie eine lachhafte Verniedlichung seiner ungeschlachten Füße erschienen, die ihm das Gefühl gaben, einzuschrumpfen vor lauter Behaglichkeit, durchquerte er schlurfend die Küche und packte den Fang der frühen Stunden vor ihr aus: zwei, drei mittlere Forellen, in Huflattichblätter gewickelt, und zu guter Letzt eine große, mit einem breiten schieferfarbenen Rücken und weißen Altersstreifen an beiden Bauchflossen. Ein schwarzgrauer Schimmer überzog ihre schillernde Haut bis hin zum weißen Unterbauch, so als hätte der unaufhörlich dahingleitende Strom der schwarzen Orpe in all den Jahren dunkel und schattenhaft auf sie abgefärbt. Die seitlich sitzenden Augen quollen hervor, und das gewiefte, kiefermächtige Maul ließ knochenweiße, dreieckige Zacken von Zähnen sehen.

Ein wenig stolz und also noch schiefer, noch schelmischer grinste er sie an, der Herr der Mißgunst, als er den schweren, üppigen Fisch aus dem Korb hob und ihn zu den anderen Forellen in die Spüle legte. Sie lächelte unwillkürlich zurück, merkte dann, daß sie ihn wieder einmal anlächelte, und konnte es doch nicht verhindern, daß sich ihr Lächeln über das ganze Gesicht ausbreitete, rundlich und voll. Sie schlug die Augen nieder, nahm das Küchenmesser und machte den ersten Einstich in den weichen, nachgiebigen Unterbauch einer der mittleren Forellen, die damit noch vor kaum einer Viertelstunde beim Drill jenen Wink von Weiß hatte aufblitzen lassen, der das erste zappelnde und zuckende Anzeichen ihrer unweigerlichen Niederlage war. Dann zog sie mit ruhiger Hand die schnurgerade Schnittlinie bis zum Kiemenansatz.

Der Krüppel lehnte neben ihr an der Wand und sah ihren geschickten, fleißigen Fingern zu, wie sie die feine Naht des Schnittes aufklaffen machten und aus dem glatten, von rosigen Fleischrändern gezierten Schlitz im Unterleib des Fisches allerlei Eingeweide hervorzerrten. Es waren schöne Finger, feingliedrige Finger, deren Knöchelknochen sich unter der straffen, hellen Haut zeigten, wenn sie an den Darmzotteln zog und die Speiseröhre knapp unter dem Kiemenansatz abriß. Und er staunte über ihre festen, halbmondlosen Fingernägel, die unter die seidige Haut der Schwimmblase fuhren und das geronnene Blut zwischen den Wirbeln der Bauchgräten hervorkratzten. Von einer solchen Geschicklichkeit und Eleganz waren diese Hände, daß ihnen kein Fisch entglitt, daß sie sogar durch mehrere Lagen von feingeschupptem Schleim hindurch den klaffenden Leib fest im Griff hatten, während das klare Wasser aus dem Hahn auf das lachsrosa Fleisch prasselte. Und diese Sicherheit, diese an Zärtlichkeit grenzende Ruhe behielten sie bei, ihre Hände, vom ersten bis zum letzten Fisch. Selbst die große, schwergewichtige Forelle mit ihrem breiten schieferfarbenen Rücken und den weißen Altersstreifen an beiden Bauchflossen faßten und hielten sie mit der gleichen geschmeidigen Gelassenheit wie die leichteren Fische zuvor. Sie zerrten die Unmengen von Eingeweide hervor, die dieser riesige Leib in sich beschloß. Sie wickelten die verschlungene Geschichte der Gedärme, des Magens und Herzens wie Wolle zwischen den Fingern auf und trennten mit einem knappen Ruck die Speiseröhre kurz unter dem Kiemenansatz ab. Und sie lösten die gallertartigen, üppigen Placken von Blut mit derselben engelsgleichen Geduld von dem robusten Gerippe, als wären sie eins mit dem weichen Strahl des Wassers, der die breiten, leberfarbenen Blutflocken in den Ausguß spülte.

Anfangs, als es für sie beide noch neu war, daß er zu ihr in die Küche kam und blieb, bis sie die Fische ausgeweidet hatte, die er ihr brachte, anfangs hatte er noch geglaubt, ihr erzählen zu müssen, wo und wie er diese oder jene Forelle gefangen hatte, die sie in ihren sanft waltenden Händen hielt. Er hatte erzählt, wie um sie zu überreden, daß sie ihn zuschauen ließ bei der fließenden Arbeit ihrer geübten Finger. Er hatte erzählt von den Stellen, die sich die Forellen gegenseitig streitig machten, den fangträchtigen Nischen der Orpe, dort, wo der Sog des Stromes aussetzte und die Forellen sich über Nacht ausruhten, um dann bei den ersten Anzeichen der Morgendämmerung, die mit summenden, sirrenden Flügelschlägen über das Wasser kam, loszuschlagen und das Schweigen der Orpe aufzupeitschen mit ihren wuchtigen, wendigen Flossen. Er hatte erzählt von der Unterschiedlichkeit der Bisse, der Verschiedenartigkeit der Sprünge, den Eigenheiten des Charakters und des Temperaments der einzelnen Fische beim Drill. Dieser, den sie jetzt in den Händen hielt, war ein leidenschaftlicher Kämpfer, den der Schmerz und Widerstand von Haken und Schnur dazu gebracht hatte, all seine Kraft explosionsartig aufzubieten, jene war eine besonnene, listenreiche Forelle, der es schon mehrfach gelungen sein mußte, sich vom Haken zu winden, eine, die zunächst nicht mehr Gegenwehr leistete als nötig, um dann den Angler mit ihrer noch unverbrauchten Kraft zu überraschen, eine Täuscherin, die den Wink von Weiß aufblitzen ließ, noch bevor sie mit dem eigentlichen Kampf begonnen hatte und das Frage-und-Antwort-Spiel des Drills auf den Kopf stellte, indem sie erst auf den letzten Metern in ihrem wild um sich schlagenden Todeskampf diktierte, was der Instinkt des Tötens am andern Ende der Angel zu parieren hatte. Er hatte ihr erzählt, was er wußte vom Wasser und seinen Geheimnissen, die es unter seiner schwarzen, schweigenden Oberfläche verbarg, von seiner Veränderlichkeit und Integrität, die es gewahrt wissen wollte bei Strafe seiner Ungnade, und von den Launen und dem Übermut seiner Bewohner, die man nur mit viel Geduld und an ganz bestimmten Tagen, zu ganz bestimmten Zeiten überlisten konnte, während man sich sonst vor lauter Fliegenfischen den Wurfarm auskugelte und sie doch nicht fing.

Er hatte lange erzählt, und sie willigte schweigend und lächelnd darin ein, daß er der geläufigen Arbeit ihrer Finger zuschaute, die sich glänzend und rosig vom Schleim und vom Blut durch die Eingeweide der Fische wühlten. Doch je mehr er ihr zusah, desto näher kam er dem Schweigen. Je mehr er sah, desto mehr wollte er sehen, und das Erzählen lenkte ihn ab, seine Worte störten ihn beim Schauen, verschleierten seinen Blick mit anderen Bildern und Bedeutungen, und so kamen sie schließlich schweigend überein, nichts sagen zu müssen. Das schiefe Lächeln blieb stumm in seinem Gesicht, es hatte nichts Schelmisches mehr, es war ein zum Schauen gewordenes Lächeln, das sich selbst vergessen hatte. Und so wartete er schweigend und schauend auf den Moment, den schönsten aller Momente, in dem sie ihr vom rieselnden Wasser benetztes Gesicht hob, in dem sie aufschaute von ihrer Arbeit und ihn anlächelte mit ihren vollen, von feinen Wassertropfen bestäubten Lippen, in dem sich ihr Mund blutrot und voll ausbreitete über das ganze Gesicht zu einem geschwungenen, rundlichen Lächeln und der seidige, silbrige Forellengeruch wie ihr Atem zu ihm ging.

Dafür tat er dies alles. Dafür wälzte er sich in den klammen frühen Stunden aus dem Bett, schüttelte den kurzen Schlaf ab, stieg in die klobigen Anglerstiefel und hinkte hinunter zum schwarzen Wasser der Orpe, das im dampfenden Licht des frühen Morgens zum Leben erwachte. Dafür begab er sich in den Fieberrausch der Jagd, folgte dem Wassertanz des gefiederten und gefächerten Hakens auf dem dahingleitenden Spiegelfilm des Flusses, antwortete dem Biß des jäh aufsteigenden Fisches mit dem zurrenden Anschlag seiner Rute, beantwortete seinen Todeskampf mit dem Instinkt des Tötens und brachte sie ihr, die Forellen im Körbchen, eine größer als die andere, den Fang der frühen Stunden, nur dafür, nur für den Anblick ihrer geschickten, geschmeidigen Finger, für den Moment des Lächelns, des sich rundenden Lächelns auf ihrem von Wasserstaub benetzten Gesicht und für den seidigen, silbrigen Forellenatem, der sie beide umfing.

Damit hatte sich für ihn der Sinn des Fischens erfüllt. Weder aß er die Forellen noch interessierte er sich dafür, was mit ihnen geschah, nachdem ihre begnadeten Hände sie ausgeweidet hatten. Er dachte nicht einmal daran, sie zu essen, oder gar daran, warum er sie nicht aß, warum diese Angst vor den Gräten und dem zitronigen, festen Fleisch der Fische seine Familie wie selbstverständlich von Generation zu Generation begleitete. Er dachte nur daran, sie zu sehen, ihre Hände, ihr Lächeln, und machte ihr seinen Fang zum Geschenk. Und sie fragte nicht, was mit den Fischen, die er für sie fing und die sie in seinem Beisein ausweidete, geschehen sollte, sondern briet sie in Resten von Fett oder Butter oder dünstete sie zu Hauf in der abstrahlenden Hitze des Ofens, um sie dann unter die Essensreste zu mischen, die den französischen Gefangenen, ihren ungekannten Kostgängern, zur Nacht von den Wächtern ins Lager gebracht wurden.

Allerdings empfand sie es als Sünde, die fertig zubereiteten Forellen unter die Kartoffelschalen und Kohlstrünke, die Hundeknochen und Essensreste zu mischen, die in den Schweinetrog gewandert wären, hätte es das Lager nicht gegeben. Und es widerstrebte ihr, ja, erschreckte sie jedesmal, wenn sie die frisch gegarten Forellen wie Abfall behandeln mußte, Edelfische, deren festes, zitroniges Fleisch bei ihr zu

Hause allen Tafelnden Seufzer des Entzückens entlockt haben würde. Aber sie hoffte insgeheim auf ihre unsichtbaren Esser. Sie malte sich aus, daß es unter den Gefangenen einen oder vielleicht sogar mehrere kultivierte Männer geben würde, die ihre heimliche Zugabe unter den Küchenabfällen herausschmeckten, die Forellen vorsichtig von allem anderen Essensunrat säuberten, um sie dann gebührend zu verzehren und ihrer Köchin unbekannterweise Dank zu sagen. Sie glaubte fest daran, weil sie es sonst nicht übers Herz gebracht hätte, den Fisch buchstäblich wegzuschmeißen. Sie war davon überzeugt, daß ihre eingesperrten Esser, die sie nicht einmal für die Dauer eines Dankeschöns zu Gesicht bekam, ihre Forellen zu würdigen wußten, auch wenn sie sich nicht allzu genau vorstellen wollte, wie es aussehen mußte, wenn sie mit bloßen Händen das zarte, zitronige Fleisch von seinen Gräten lösten und zum Munde führten.

Es blieb eine vage, ungefähre Vorstellung von der Bestimmung ihrer Fischgerichte, die sie in den Küchenabfall servierte. Aber diese Vorstellung tröstete sie. Genauso wie sie der Gedanke tröstete, daß er, der Herr der Mißgunst, es so und nicht anders wollte, daß es ihm nicht um eine Mahlzeit, sondern um den Sinn einer Geschichte zu tun war. Es war sein Wille, daß die Geschichte seiner Nähe zum Wasser, des Fischens und Fangens sich verband mit ihrer Geschichte des Ausweidens, die sich von dem Zuhause ihrer Mädchentage fortschrieb. Er wollte, daß ihrer beider Geschichte in den frühen, von Schlaf und Traum umgebenen Morgenstunden weiterging, daß sie zur Fortsetzung zweier wasserverbundener Geschichten wurde, die seit jeher den seidigen, silbrigen Forellengeruch des Flusses atmeten.

Als sie die Fische fertig ausgeweidet hatte und ihre unglaublichen Hände mit dem sauren Saft der zerknautschten Zitrone neben dem Spülbecken säuberte, verabschiedete er sich, wie gewohnt, mit seinem schiefen, schelmenhaften Lächeln. An der Schwelle zur Küchentür streifte er die kuriosen Pantoffeln ab und schlich strumpffüßig die Dielen entlang durch das allmählich erwachende Haus. Er ließ die Küchenaushilfe zurück, verstrickt in ein ganzes Repertoire von Gesten. Sie nickte kopfschüttelnd, schmunzelte besorgt, wandte sich ab und schaute ihm nach, um sicherzugehen, daß er sich nicht nach ihr umschaute. Dann machte sie sich daran, ihr Geheimnis zu hüten, und beseitigte sorgfältig sämtliche Spuren, bevor das schläfrige Dienstmädchen eintraf und mit seinem morgendlichen Genuschel begann.

Seine Tage hatten sich verändert. Nicht, daß er an den Geschäften und Verhandlungen, die er zu führen hatte, größeren Anteil genommen hätte, aber sie waren ihm nicht mehr so fremd. Es gab bei allem Abstand eine Brücke zu etwas, dessen Bedeutung ihm unmittelbar war. Und vielleicht spürte er die Kluft zwischen dem, was er tat, und dem, was er war, nur deshalb nicht mehr, weil er auf einmal anfing, die Dinge für etwas zu tun, für die kurze Zeitspanne zwischen den ersten Anzeichen der Dämmerung und dem beginnenden Tag, für die Zeit, die er am Fluß sein durfte und neben der Spüle bei ihr, für eine dem Tag und der Nacht gestohlene Zeit, die es für die Menschen um ihn herum gar nicht gab.

Seine Tage hatten sich verändert, denn sie hatten nunmehr eine Richtung. Wenn er strumpffüßig über die Dielen schlich und die Küchentür hinter sich schließen hörte, spürte er, bei aller Freude über das, was ihm soeben widerfahren war, eine plötzliche Entfernung. Wenn er nach langwierigen Verhandlungen auf die Uhr schaute und feststellte, wieviel Zeit verstrichen war, wenn er in einem Augenblick der Muße aus dem Fenster schaute und sah, wie der Tag über dem Grün des

Gartens, den Uferweiden und dem schwarzen Fluß langsam verblaßte, wenn er mit dem ersten Dämmerstreifen am Horizont erwachte und sich in seinem Bett aufsetzte, noch wirr vor lauter vergessenen Träumen, dann war dies wie eine unendlich langsame Annäherung. Und es war wie Ankommen, wenn er am Wasser stand und fischte, die Rute auswarf und dem Wassertanz des gefiederten und gefächerten Hakens nachschaute auf dem glatten Spiegelfilm der Orpe. Es war die Gewißheit, dazusein, wenn er an der Wand neben der Spüle lehnte und ihren phantastischen Fingern zusah, wie sie die regenbogenfarbenen, geschmeidigen Leiber der Forellen ausweideten, mit denen er eben noch Instinkt gegen Instinkt gekämpft hatte bis zu jenem verheißungsvollen Wink von Weiß.

Es gab Tage, da war diese Richtung, dieser sich immer wieder schließende Kreis von Zeit wie der Strom des Wassers, ein ruhiges, gewisses Dahingleiten mit einem vorbestimmten Ziel. Und es gab Tage, da war sie ein einziges unerträgliches Gefühl von Entfernung und Entferntsein, ein ständiges Noch-Nicht und Nicht-Mehr. Es waren dies die Tage der Ungeduld, einer sich endlos dehnenden Zeit. An solchen Tagen wußte er sich nur auf eine Art zu helfen: Er mußte die Zeit in ihr erträglichstes Gleichnis zurückzwingen, in sein Bild von der Zeit. Er mußte hinunter zum Fluß, er mußte ans Wasser, dessen schwarzes, schweigendes Dahingleiten ihn von der innestehenden Zeit erlöste, sie auf dem breiten Rücken des Stromes davontrug und schließlich selber Zeit wurde, ein fließendes, lückenloses Vergehen von Zeit, Zeit in ihrer schönsten Gestalt, Zeit in der Gestalt des Gleichmaßes und der Unterschiedslosigkeit.

Weil das Wasser, das schwarze, schweigende Wasser der Orpe, die Zeit zu zähmen vermochte, weil es seine Sehnsucht über die Zeit hinaus besänftigte und weil das Gleichmaß des Stromes so etwas wie ein Trost für ihn war, sah man den zorngewaltigen Herrn der Mißgunst immer häufiger und länger am Ufer der Orpe stehen. Die Anziehung, die das zeitbezwingende Wasser auf ihn ausübte, verband sich mit den Erinnerungen an die frühen Morgenstunden, die er aus der Zeit zwischen Nacht und Tag gestohlen hatte, die nur ihm und ihr allein gehörten. Sie verband sich mit der Anziehung dieser Frau, ihrer unwahrscheinlichen Hände und der geläufigen Arbeit ihrer Finger. Das Schweigen des Wassers war ihres, der schwarze, seidige Glanz ihres Haars floß zwischen den Ufern dahin, und die Kühle des Stromes, der seidige, silbrige Forellengeruch, überall war ihr Atem.

Das Wasser stillte die Zeit, stillte sein Verlangen, schloß die Lücken zwischen ihm und ihr. Es war, wie es sein sollte; schwarz und schweigend glitt es dahin auf seiner Bahn und umschloß Nähe und Ferne im Band seiner Unterschiedslosigkeit. Es war, wie er es erinnerte, es war, wie er es in seinen Träumen sah, und gerade darin, daß der Strom der Orpe dem Strom seiner Träume, Erinnerungen und Gedanken so sehr glich, war das Wasser ein Ebenbild der Frau, deren Wirklichkeit für ihn zugleich Traum und Erinnerung war.

Es war ein hitziger, schwüler Tag, ein kurzatmiger Tag, der sich durch die Zeit mühte. Lastend und voller Beschwerlichkeit braute sich hinter den Wäldern auf den Hügelkuppen ein Gewitter zusammen, das schon unter dem Druck der Mittagshitze brütend anschwoll und graue, schwarzblaue Wolkenmassen um das seichte Tal versammelte. Doch es rückte keinen Deut vor, ballte sich bedrohlich zu immer neuen, wogenartigen Formationen und fiel dann müde in sich zurück. Es herrschte völlige Windstille. Die zum Wasser geneigten Weiden wurden durch kein Lüftchen bewegt, sondern pendelten gleichmäßig vor und zurück im sanften Sog des Stromes, der nach ihren ins Wasser hängenden Zweigen faßte.

Die schwerfällige Ungeduld des Wetters hatte den Herrn der Mißgunst schon am Vormittag mehrfach aus seinem Büro in den weitläufigen Garten vertrieben, wo er am Wasser stand und mit langen Blicken der Bahn des Flusses folgte, der einzigen Bewegung an diesem flautenhaften Tag, an dem die Luft stand und unter ihrem eigenen Gewicht zu schwitzen schien. Anders die Bewegung des Wassers, der kühle Atem der Orpe und das seiner selbst gewisse Dahingleiten des Stromes, vergehend und verweilend, fern und nah. Er nahm Zuflucht zu diesem schwarzen, schweigenden Wasser, Gleichnis einer lückenlos verfließenden Zeit, begabt mit einer Anziehung aus Traum, Erinnerung und Wirklichkeit.

Der Herr der Mißgunst wußte, daß es ein Fehler war, der Anziehung des Wassers nachzugeben, so früh und so oft. Er wußte, daß der Trost, den er am Wasser suchte und fand, sich verbrauchen würde, wenn es ihm nicht bald selbst gelänge, die Zeit zu bezwingen. Er wußte, daß er, indem er dieser Sehnsucht so willfährig folgte, eine tiefere und möglicherweise unstillbare Sehnsucht auf den Plan rief, eine Sehnsucht, für die es keine Linderung oder auch nur Hoffnung gab, eine Sehnsucht, von der das Verlangen, das ihm diesen schwülen, gewittrigen Tag verhexte, nur ein schwacher Abglanz war. Und trotzdem ließ er sich treiben von der lähmenden Laune dieses stockenden Tages und folgte der Anziehung des Wassers, sooft er ihre Unwiderstehlichkeit spürte.

Es war am frühen Abend. Die Wolkenfront hatte sich noch immer nicht bewegt. Der Herr der Mißgunst ließ sich in seinen Schreibtischsessel zurückfallen und stöhnte einen langen Seufzer hinaus in die obstinate Stille seines holzgetäfelten

Büros. Nein, er würde sich um nichts mehr scheren, nicht um die Leute und was sie redeten, nicht um die Mißgunst, um deren Herrschaft er nie ersucht hatte, nicht um sich selbst und darum, was richtig oder falsch für ihn war, er wollte sich um nichts mehr kümmern außer um diese Sehnsucht, die ihn umtrieb, das Verlangen, das ihn quälte, seit er sie in den frühen Morgenstunden verlassen hatte und strumpffüßig durch das erwachende Haus geschlichen war.

Warum diese Heimlichkeit? Warum dieses Versteckspiel in den gestohlenen Stunden? Warum nicht einstehen für diese Sehnsucht, für das, was seinen Tagen Sinn und Richtung gab? Wen oder was fürchtete er? Aber natürlich fürchtete er etwas. Natürlich fürchtete er, das Lächeln auf ihrem von feinem Wasserstaub benetzten Gesicht könnte anfangen, ihn auszulachen, wenn er es wagte, weiterzugehen und ihr mehr anzutragen als die Forellen, die er in den frühen Morgenstunden fing und ihr brachte, um das geschmeidige Werk ihrer Finger zu sehen. Natürlich fürchtete er, er könnte für sie nur wieder der Krüppel sein, sobald er die Grenzen ihres wohlgehüteten Geheimnisses überschritt und es vor das Tribunal der Mißgunst zerrte mit ihrer brennenden Aufmerksamkeit. Er fürchtete, daß sie sich anders als er sehr wohl um all die Dinge scheren könnte, die ihm gleichgültig waren von nun an, und er fürchtete, damit die zarten, zerbrechlichen Bande des Geheimnisses zwischen ihr und ihm zu zerstören. Er fürchtete nichts und niemanden, nur sie.

Und so wagte er es nicht, zu ihr zu gehen, sondern raffte sich noch einmal von seinem Schreibtischsessel auf, durchquerte mehrmals unschlüssig das holzgetäfelte Büro, um dann letztlich doch der Anziehung des Wassers nachzugeben. Er schloß die Tür seines Büros und eilte die Dielen entlang, an der Küche vorbei, die graue, specksteinige Kellertreppe hinunter bis zum Dienstboteneingang, wo seine Fliegenrute samt Anglerstiefeln für den nächsten Morgen bereitstand. Ja, auf einmal fing er an sich zu freuen, ganz über Gebühr, fieberte und feixte wie am Morgen nach jener durchwachten Nacht, als er zum ersten Mal das Selbstbildnis seiner Häßlichkeit gesehen hatte und zum Fischen an den Fluß gehastet war, Jäger und Gejagter in einem, frei und auf der Flucht, an jenem Morgen, an dem er ihr und ihrem lächelnden Gesicht zum ersten Mal begegnete.

Er zog die Stiefel über, nahm die Fliegenrute zur Hand und trat wie selbstverständlich über die Schwelle des Dienstboteneingangs hinaus ins Freie, überquerte zielstrebig die verblühten hellbraunen Wiesen hinter dem Herrenhaus, duckte sich an dem einen oder anderen Obstbäumchen vorbei und faßte das in der Gewitterschwüle schillernde Wasser ins Auge. Er beobachtete die Schwärme von Gewitterfliegen, die in wirren Wolken über die Wiesen und Wasserränder schwirrten, er beobachtete den glatten Spiegelfilm des Wassers an den fangträchtigen Stellen und schätzte, während er den Fächer der Fliege fettete und die Festigkeit der Schnur noch einmal prüfte, daß es nicht mehr lange dauern konnte, bis sich das in der feuchten Luft sirrende Geschmeiß unter der Schwere des nahen Gewitters auf das Wasser senken und seine wimmelnde Tiefe an die Oberfläche locken würde.

Er beobachtete dies mit ungeteilter Aufmerksamkeit, gebannt und so in sich versunken, als wäre er nicht am hellichten Tage unterwegs, sondern ganz allein in der Stille des herandämmernden Morgens, als hätte die Zeit einen plötzlichen Sprung getan und die gestohlenen Stunden zwischen Nacht und Tag unvermittelt eingerückt, ungeachtet dessen, daß die Fabrik stampfend und dampfend vor sich hin arbeitete und die Angestellten hinter den Fenstern des Bürohauses sich mit

Löschblättern Luft zufächelten. Er war der Herr der Mißgunst. Er fühlte sich stark und kühn genug, dem Tag auch
diese Stunde zu stehlen und vor aller Augen zu dieser eingerückten, verrückten, taghellen Zeit seinen Heimlichkeiten
nachzugehen. Er fühlte sich stark und kühn genug zu behaupten, daß es seine Richtigkeit hatte, wenn er vor Feier-
abend am kühlenden Wasser stand und fischte, als Direktor all
jener Arbeiter und Angestellten, die an diesem schwülen,
schweißtreibenden Tag auf das erlösende Sirenensignal zum
Schichtwechsel warteten.

Nur in einem Punkt gab seine Stärke und Kühnheit nach, nur
an einer Stelle war er schwach und verwundbar für die Aufmerksamkeit, die er durch diese angemaßte Zeit erregte. Er
wagte nicht, sich umzudrehen und hinter sich zu schauen, ob
sie am Küchenfenster stand und zusah, wie er eigenmächtig
und voller Ungeduld die Zeit verkehrt hatte und das Geheimnis ihrer gestohlenen Morgenstunden in der Betriebsamkeit
des Vorfeierabends zur Schau stellte. Wenn er daran dachte,
war all sein Mut dahin, er fühlte sich sinnlos schwach und
lächerlich. Er meinte, ihren Blick zu spüren, wie sie ihn hinken sah in der Unbarmherzigkeit des hellichten Tages, sein
unwürdig dahergeschleiftes steifes Bein, seinen schiefen, sich
schleppenden Körper. Er spürte, wie seine Krüppelgestalt
zurückkehrte und ihn mit ihren häßlichen, bizarren Umrissen
zeichnete. Nein, er wagte beileibe nicht, sich umzudrehen
nach der Frau mit den Zauberhänden, die nichts von ihm zu
fürchten hatte und deren ehrlicher, unerschrockener Blick
nicht den Herrn der Mißgunst, Fabrikdirektor, Fischer und
gewesenen Maler sah, sondern einen zur Unzeit sich gebär-
denden Krüppel, der voller Hast und Ungeduld zum Wasser
hinuntertobte, um sich vor aller Augen zum Narren zu
machen.

Ein schnalzender Flossenschlag am gegenüberliegenden Ufer wellte das glatte schwarze Wasser. Beinahe zeitgleich stiegen im fransigen, flatterhaften Schatten einer Weide zwei kleinere Forellen auf. Der Augenblick war gekommen, in dem sich die schwere, von Geschmeiß und Schwüle angefüllte Luft auf das Wasser wälzte. Noch bevor der Krüppel die Schnur in der Luft hatte und in S-förmigen Volten kreisen ließ, um weithin auszuwerfen und die Fliege nah an den Rand des gegenüberliegenden Ufers zu setzen, stiegen beinahe im Staccato vier, fünf weitere Forellen auf, peitschten den trägen Spiegelfilm des Flusses mit den wuchtigen Wechselschlägen ihrer Schwanzflossen und schlugen den fiebernden, zuckenden Rhythmus der Jagd in einer Wildheit, wie sie der Krüppel nie zuvor erlebt hatte.

Die Gewitterwolken schienen sich weiter zusammenzuschieben und stürzten wie eine tosende, schäumende Brandung über die Wälder der Hügelkuppen. Das vielfarbige Grau der Wolkenfront, die schwellende Düsternis ihrer Wellenbäuche und die helle zersplissene Gischt, die zu Schaumkronen aufschoß, verschluckte die letzten verlorenen Flecken von Blau in der Atemlosigkeit des Himmels. Sogar das schwarze, so lichtlose Wasser der Orpe verfinsterte sich, wurde schwärzer als schwarz, verlor seinen seidigen Glanz und schwoll unheilvoll an, wie aufgetrieben und zum Platzen voll mit dem stumpfen, dräuenden Grau der Wolken. Es war, als würde das Wasser der Orpe der herannahenden Flut des Himmels antworten, als stünden der schwarze Strom und das sich himmelwärts türmende Unwetter in elementhafter Entsprechung zueinander, in einer Art katastrophaler Korrespondenz, die sie zueinanderdrängte, den schwellenden Fluß an die Feste des Himmels trieb und die schweren, tiefhängenden Wolken zum Aufriß und Sturz in den Strom versammelte, zu einer Vereinigung von Wasser und Wasser in sintflutartiger Totalität.

Und die Fische schienen dies zu spüren. Sie spürten die Nähe der Katastrophe und ließen sich anstecken vom zusammenrückenden Wahn des Wassers und der Wolken. Nichts hielt sie mehr unter dem Mantel des gräulich gewölbten Stroms. Sie stiegen in zappelnden, zirzensischen Sprüngen über dem gewittrigen Wasser auf, wirbelten zitternd und zuckend durch die Luft wie unter einer unfaßbaren elektrischen Spannung. Ein wahnwitziger Aufruhr erhob sich über dem sonst so schweigsamen Fluß und ließ ihm keine Zeit mehr, an das Augenpaar in seinem Nacken zu denken, von dem er glaubte, es würde in ihm nurmehr den Krüppel sehen, es würde auf all seinen Mut und seine Kühnheit mitleidig herabschauen, um sich dann kopfschüttelnd von ihm abzuwenden.

Er hatte kaum ausgeworfen und den buntgefiederten, breitgefächerten Haken auf dem verdüsterten Wasser ausgemacht, als sich nach zwei, drei blitzschnellen, schmetternden Schlägen die Schnur zum Zerreißen spannte und die Rute sich bog unter der zappelnden Last einer wild ausschlagenden Forelle. Er hatte den Fisch nach einem unnachgiebigen Drill gerade an Land gebracht, als sich bei seinem zweiten Wurf ähnliches wiederholte. Noch bevor die durch die Luft gezirkelte Fliege ihren Wassertanz richtig begonnen hatte, stürzten sich kurz nacheinander zwei große Forellen auf den Köder, so als würden sie sich gegenseitig den Todeskampf an der Angel streitig machen wollen. So selbstmörderisch hatte er die Fische der Orpe nie erlebt wie an diesem gewitterträchtigen Abend, zu dieser eingerückten und verrückten Zeit, als sich der schweigsame schwarze Strom aus schierer Überfülle an den tiefhängenden, wolkenschweren Himmel drängte und nur darauf wartete, vereint zu werden mit den düsteren Wassermassen, die wie eine gewaltige, überschlagende Woge ins Tal stürzten.

Er wußte sehr wohl, daß er sich besser jetzt als gleich vor dem heranrückenden Gewitter in Sicherheit bringen mußte. Aber sooft er auch aufschaute und sah, wie sich der bleischwere Himmel über die Hügel wälzte, sooft er sich auch sagte, daß dieser Wurf, dieser Biß, dieser Fisch der letzte sei, so oft erlag er auch der Versuchung, noch ein weiteres Mal auszuwerfen, noch einen allerletzten von diesen Wahnsinnsfischen zu fangen und am Wasser zu sein, wenn das kolossale Gewitter über den außer Rand und Band geratenen Rhythmus der Jagd hereinbrach. Und wieder schlug eine Forelle an, wieder zeterte der Puls der Schnur und die überdrehte Rolle kreischte, während der Instinkt des Tötens, der die Bewegungen seiner Arme und Hände regierte, ansprang auf den zappelnden und zuckenden Todeskampf des Fischs, während das tödliche Frage-und-Antwort-Spiel von Instinkt gegen Instinkt hin- und herging unter dem zum Greifen nahen Himmel, der eine seltsame, selbstmörderische Einmütigkeit über den Drill brachte.

Der Krüppel spürte die Todesbereitschaft der Fische beim Biß, beim Drill und danach, wenn er den gefiederten Haken aus den Mäulern der gefangenen Forellen riß, ihren glatten, geschmeidigen Leib faßte, den keilförmigen Kopf auf einen Stein schlug und ihnen das Genick brach. Sie wehrten sich nicht wie sonst, sie schienen sich ihm vielmehr entgegenzuwinden, seinem Haken, seinen Händen, seinem krachenden Schlag, im Vorgefühl ihres Todes, in einem Vortodesrausch, der auch ihn überkam, dem er jedesmal nachgab, wenn er für einen weiteren Wurf, einen weiteren Biß, einen weiteren Fisch am schwellenden Wasser der Orpe blieb, auf das eine wüste Brandung aus schwarzen Wolken langsam zurollte.

Längst war der Anglerkorb von erschlagenen Fischen voll, längst mußte er den Kescher zur Hilfe nehmen, den er mit

der Last seines Fanges füllte, längst drillte er die neu angeschlagenen Forellen gegen jede Regel ohne untergeschobe-
nen Kescher ein und zog sie mit durchgebogener Rute an
Land. Doch er besann sich nicht. Er wollte nicht umkehren,
wollte den Weg zurück nicht antreten, nicht ihrem Blick
entgegengehen, der vom Küchenfenster des Herrenhauses auf
ihn niederschaute, diesem Blick, der wie ein Strafgericht über
ihn war. Mit einem kurzen, krachenden Schlag brach er der
eingeholten Forelle das Genick, mußte dann feststellen, daß
auch der Kescher voll von Forellen war, und zog sich die
langen, oberschenkelhohen Anglerstiefel aus. Er fing an,
seine Stiefel mit Fischen zu füllen, und angelte barfuß, mit
hochgekrempelten Hosen weiter, während die Forellen über
dem sich himmelwärts wölbenden Wasser in wildem Aufruhr
durcheinandersprangen.

Das Sirenensignal zum Schichtwechsel klang dumpf und verloren wie ein Nebelhorn unter dem düsteren, ins Land hängenden Himmel. Die Gefangenen sammelten sich auf dem
Hof, wurden durchgezählt und traten dann den Heimmarsch
ins Lager an, den ausgetretenen Feldweg entlang der Orpe bis
hinunter zu dem Karree aus Stacheldrahtzäunen und Bretterbaracken zwischen den Obstbäumchen. Das schwüle, drük-
kende Wetter hatte an den Kräften der Zwangsarbeiter ge-
zehrt, dennoch bemühten sie sich beinahe demütig, die
eingeübte, übliche Marschordnung einzuhalten, weil sie
fürchten mußten, daß die Wächter gerade wegen der Nähe
des Gewitters besonders reizbar waren. Sie hatten kaum mehr
als die Hälfte des Weges zurückgelegt, als die beiden vorange-
henden Wachsoldaten unvermittelt stehenblieben und zum
Fluß herüberschauten. Ein Angler? Hier, so kurz vor dem Lager? Jetzt, so kurz vor dem Gewitter? Die Wachsoldaten sahen sich fragend an und geboten der Gefangenenkolonne
Einhalt. Inzwischen gafften sie alle zum Fluß herüber, auch

die Zwangsarbeiter, die gewohnt waren, den Kopf beim Marsch nicht höher zu heben als nötig war, um die Hacken ihres Vordermanns ausschreiten zu sehen.

Einer der Wachsoldaten entsicherte seinen Karabiner, während ein anderer mit gepreßter Stimme zu dem Angler herüberrief, der barfuß, mit hochgekrempelten Hosen, rückwärts hinkte und mit durchgebogener Rute einen zappelnden Fisch an Land zog. Dreimal blaffte er kurzangebunden »Wer da?«, doch der Angler schien ganz und gar mit dem zappelnden Fisch vor seinen nackten Füßen beschäftigt zu sein, nach dem er sich umständlich bückte, ihn packte und in großem Bogen auf einen kantigen Stein schlug. Das Genick des Fisches brach, begleitet von einem kurios ächzenden Laut, einem beinahe menschenähnlichen Keuchen, das durch die im selben Moment zerplatzende Schwimmblase verursacht wurde, deren gepreßte Luft durch die aufgerissenen Kiemen entwich. Der Mann erhob sich, hinkte zwei, drei Schritte weiter und ließ den erschlagenen Fisch in einem seiner Anglerstiefel verschwinden, der wie ein sinnlos abgetrenntes Bein mehrere Meter vom Ufer entfernt lag.

Die Wachsoldaten wurden unruhig und riefen nun durcheinander. Doch der Angler ließ sich nicht stören, sondern hob, so als wäre die Gefangenenkolonne mitsamt den aufgeregten Wächtern überhaupt nicht vorhanden, seine Fliegenrute auf, prüfte den gefiederten Haken, nestelte den Fächer der Kunstfliege zurecht und warf sie, zurück ans Wasser hinkend, mit weiten Schwüngen wieder aus. Und dann sahen sie es alle, die Wachsoldaten wie die Gefangenen, den Tumult der Forellen auf der gewitterschwarzen Oberfläche des Wassers, ihre wilden, wahnwitzigen Sprünge, mit denen sie immer wieder aufstiegen über dem von gewittriger Spannung wie aufgeladenen Wasser. Und diese Verrücktheit der Natur ließ auch die

Kolonne für einen Moment ihre Disziplin vergessen. Wie eine Meute von Schaulustigen standen sie da, Wachsoldaten neben Gefangenen, jenseits von Reih und Glied, ganz im Bann dieses Naturereignisses, dieses wimmelnden Wunders über dem Wasser, und obwohl sie es alle sahen, es gemeinsam anstaunten, einer wie der andere, machten sie sich gegenseitig darauf aufmerksam, zeigten sie darauf, flüsterten und raunten sie es einander zu, wie um sich des Gesehenen zu vergewissern, wie um es wirklicher oder faßlicher zu machen durch ihre hervorgestammelten Worte. Und so wurden die ersten französischen Vokabeln auf der Mißgunst laut, Wörter, die sich in den Ohren der Wachsoldaten anhörten wie »wahr« oder »Pech«, nur mit einem weichen französischen Akzent gesprochen. »Wahr Pech« tönte es immer wieder in dem stimmenreichen Gemurmel der Gefangenen, die auf den Fluß zeigten, auf dem die Fische immer wildere Kapriolen schlugen, während der Angler schon wieder mit einer über das Wasser schmetternden Forelle kämpfte, hinkend gegen den zappelnden, sich emporwindenden Fisch antanzte, gegen eine schwere, wuchtige Bachforelle, »wahr Pech«, die er schließlich an Land zog, erschlug und in seinen Stiefel stopfte, der sich schon ausbeulte, schon überquoll vor lauter Fisch, »wahr Pech«!

Und dann eine Salve von Schüssen. Einer der Wachsoldaten hatte die Nerven verloren und drauflos gefeuert. Die Gefangenen warfen sich flach auf den Boden, in den Staub des Feldwegs, und wagten nicht, sich zu rühren. Keiner wußte, wer getroffen war, ob es überhaupt jemanden, und wenn ja, wen es erwischt hatte. Alle lagen sie regungslos da, mit dem Gesicht im Staub. Es war vollkommen still. Kein Wimmern des Schmerzes, kein Stöhnen war zu hören, sogar die Natur um sie herum verstummte in einer plötzlichen, unheimlichen Ruhe. Sie atmeten vorsichtig, sie erstickten fast an ihrem

Atem, den sie langsam in den Staub bliesen und langsam aus dem Staub wieder zurücksaugten, Sand zwischen den Zähnen, Sand in der Nase, grauen, faden Sand, der anfing aufzustauben wie in einem Hagel kleiner Geschosse, der zu kleinen Staubfontänen aufschoß, während die ersten Tropfen niederfielen, die nun auch die flach am Boden liegenden Körper der Gefangenen trafen, schwere, klatschnasse Tropfen, die immer zahlreicher aus den üppigen, aufberstenden Wolkenbäuchen prasselten. Und mit den gellenden Rufen der Wachsoldaten, deren Kommandos die Gefangenen nicht verstanden, aber deren Ton sofortigen Gehorsam forderte, kam wieder Bewegung in die wie tot daliegenden Körper, und keiner hätte sagen können, wer damit angefangen hatte, aber langsam und vorsichtig robbten sie durch den von Wasser verklebten Staub, der unter den Stößen ihrer Ellbogen zu Matsch geknetet wurde. Die gesamte Gefangenenkolonne legte die letzten dreihundert Meter bis ins Lager kriechend, im Matsch robbend zurück, während die Wachsoldaten mit ihren Karabinern im Anschlag sich über die geduckten Rücken der Gefangenen hinweg Befehle zuschrien und endlich, zum ersten Mal seit der Errichtung des Lagers, das erhebende Gefühl hatten, nicht nur zum Schrecken der Wasserratten auf der Mißgunst zu sein.

Die ersten Blitze schlugen über dem aufströmenden Wasser ein, begleitet von krachendem Donner, so nah und unmittelbar, daß zwischen Licht und Schall kaum ein zeitlicher Unterschied lag. Flutend ergossen sich die herabfallenden Wolken über Hänge und Wiesen, zogen darüber hinweg wie düstere Rauchsäulen, die von Wasser statt Feuer aufgewirbelt wurden. Schwer wie Hagel klatschten die Tropfen ins schwarze, aufspritzende Wasser der Orpe, trommelten und titschten gegen die Dächer und Scheiben des Herrenhauses, dessen Rinnen und Abflüsse vielstimmig zu rauschen anfingen.

Der Krüppel hatte sich unter den hervorstehenden Dachgiebel der Fensterseite geschleppt. Er war nicht vor den Schüssen der Wachsoldaten geflüchtet, durch die ihm überhaupt erst bewußt geworden war, wie weit ihn die Spur seiner Fänge flußabwärts zum Gefangenenlager geführt hatte, wie weit er sich hatte hinreißen lassen von der Todeslust des in Rage geratenen Wassers. Er hatte auch keinen Ehrgeiz, sich vor dem Gewitter in Sicherheit zu bringen, das nach einer Atempause der Ruhe krachend über Land und Wasser hereinbrach. Er war geflüchtet, weil er sich unwillkürlich nach ihr umgesehen hatte, als der Wachsoldat seine Schüsse abfeuerte. Er hatte gesehen, wie das Licht im Küchenfenster daraufhin erlosch, was alles mögliche heißen konnte, aber für ihn in diesem Moment nur eines bedeutete: Sie hatte ihn aufgegeben, sie hatte ihm all das Unausgesprochene aufgekündigt, was sie beide miteinander verband.

Er raffte die von Fischen prallen Anglerstiefel zusammen und warf sie über seine Schulter, nahm Korb und Kescher unter den Arm, duckte sich an den Sandsteinquadern der Außenmauer entlang zum Dienstboteneingang und schleppte sich unter dem Gewicht seines Fangs schwerfällig die specksteinige Kellertreppe hinauf bis zur Küchentür. Kein Lichtschein drang durch die Türritzen, kein Laut war zu hören. Er trat ein, schleifte seine Last weiter zur Spüle und schüttete die zahllosen, unzählbaren Forellen in das weißgraue Becken, diese Fülle und Überfülle aus Flossen, Mäulern und Fleisch, den ganzen Fang dieser verrückten, eingerückten Zeit.

Er hatte kein Licht gemacht. Die geräumige Küche war in den grauen, unruhigen Widerschein des Gewitters getaucht, ihre Umrisse und Ausmaße waren dem Krüppel längst vertraut aus vielen Morgenstunden, aus unzähligen Tagträumen und wiederkehrenden Erinnerungen. Einige flackernde Blitze erhellten von fernher das glänzende Gewirr der ineinander verschlungenen Fischrücken, ihre silbrigen Seiten und hier und da das geschmeidige Weiß der Bäuche, die kurz aufleuchteten, so als würden diese Forellen ein letztes Mal emporsteigen, alle zusammen, in einer einzigen, wimmelnden Woge aus Fisch. Dann legte sich das Zwielicht wieder still und unbewegt auf ihre Körper, und es blieb ein regungsloser Glanz.

Der Krüppel stand, wo sie immer gestanden hatte, an der Spüle links neben dem Fenster. Er stand, wo er sie immer hatte stehen sehen in den Morgenstunden, in seinen Tagträumen und Erinnerungen. Er stellte sich vor, wie sie ihn gesehen haben mußte, heute, angesteckt von der Todeslust der Fische, hingerissen von der gewittrigen Gier des sich überschlagenden Wassers. Sie hatte ihn von hier aus sehen können, keine dreihundert Meter vom Lager entfernt, hinkend und tötend, wie er die Fische aus dem Wasser riß und auf den kantigen Steinen erschlug. Sie würde ihn nie wieder ansehen, er hatte sie für alle Zeit von diesem Fenster vertrieben.

Zwei kurz aufeinander folgende Donnerschläge krachten herunter ins Tal, eine Spur von verglimmendem Feuerschein, dann wieder Regen, schwarzer herabstürzender Regen. Ihre Hand kam aus der Dunkelheit, fünf bleiche Finger, und strich über seine abfallende Schulter. Er roch ihren zitronigen Duft, spürte die Nähe ihres Atems, als sie ihn beiseite nahm und sich an die Spüle stellte, das blitzende Küchenmesser in der Hand, das sie im Bauch einer schattenhaften Forelle begrub. Er sah ihr ins Gesicht. Ihre Wangen glänzten feucht, doch es war nicht der feinperlige Wasserstaub aus dem Hahn über der Spüle. Es hätte Regen sein können, schwarzer Gewitterregen, es hätten Tränen sein können, natürlich, doch sie lächelte, während sie, blind hantierend, die Gedärme der Forelle hervorzerrte und am Kiemenansatz abriß. Sie lächelte ihr stilles Lächeln, das sich über ihr ganzes Gesicht ausbreitete, über Kinn, Wangen und Stirn, rundlich und voll.

Der Krüppel hatte sich von ihrer Hand führen lassen und lehnte nun schief an der Wand, an der er so viele Morgen gelehnt hatte. Er drückte seinen ganz und gar kahlen Hinterkopf gegen das kühlende Mauerwerk und spürte der flüchtigen Berührung nach, spürte noch immer ihre Hand auf seiner Schulter. Eine größere Zärtlichkeit hatte er nie erlebt. Und er dankte Gott für diese schiefe, verzogene, unförmige Hängeschulter, die er immer gehaßt hatte und die ihm auf einmal unendlich schön erschien, denn sie war es, die ihre Hand berührt hatte, so sanft, so zärtlich, so leicht.

Die Küchenaushilfe wusch den ausgeweideten Leib der Forelle unter dem Wasserstrahl mit der unendlichen Zärtlichkeit ihrer Hände. Sie strich mit dem Daumen über die einzelnen Wirbel, säuberte die Knochenkerbungen vom schwarzen, geronnenen Blut und rieb die fleischigen Seiten blank. Unter der Zärtlichkeit dieser Hände würden sich die Eingeweide unzähliger Forellen aufhäufen, mit ihrer liebevollen Geschicklichkeit würde das blanke Küchenmesser durch all diese schattenhaften Körper fahren, und das aus dem Hahn sprudelnde Wasser würde sich vermischen mit der fließenden Sorgfalt ihrer Finger, würde feinen Wasserstaub über ihr lächelndes Gesicht sprühen, würde es kühlen mit seidig silbrigem Forellenduft und wie perlender Schweiß auf ihrer Stirn und Oberlippe stehen.

Es wurde eine lange Nacht. Unermüdlich wühlten sich ihre geschmeidigen Finger durch das schwarze, schattenhafte Fleisch der erschlagenen Forellen, während das Gewitter immer wieder aufglomm und verlosch und schließlich in schmutziger, schummriger Dunkelheit unterging. Wie sein eigener Schatten lehnte der Krüppel schweigend an der Wand, lauschte dem Rascheln und den gleitenden Bewegungen ihres so nahen Körpers, schaute auf die schwarze Silhouette vor ihm, streifte mit seinen Blicken ihre Nähe, sah, erinnerte und träumte ihr Gesicht in dieser von Traum, Erinnerung und Wirklichkeit verwirrten Nacht.

Es ist spät geworden, beinahe Mitternacht. In der Dunkelheit erscheint der Rhein lauter, reißender als bei Tag, ein Ineinander verschiedenster Fließgeräusche, die auf seiner breiten Bahn verklingen und wieder aufrauschen. Auf halbem Weg zwischen den Rheinbrücken pendelt die Fähre ein letztes Mal und bringt die späten Spaziergänger von der Promenade über den Fluß zum Münster. Ich besteige den flachgebauten, rechteckigen Bug des Fährboots und setze mich auf eine an der Bordwand entlanggezogene Bank. Keine zwanzig Zentimeter von mir entfernt strömt das nachtschwarze Wasser des Rheins, umspült und umsprudelt die Auslegerbojen des Fährstegs. Die übrigen Fährgäste haben Platz genommen. Keiner begibt sich in die holzhüttenartige Kabine. Sie bleiben in der Nähe des Wassers, das die Nacht sternenlos zurückwirft, und sind schweigsamer als noch zuvor an Land.

Der Fährmann stößt die Holzbarke vom Steg ab und legt das breite Ruder quer. Ein Drahtseil ist über den Fluß gespannt, mit einer beweglichen Winde ist das Fährboot daran festgetäut, und während die gewaltige Strömung auf das querstehende Ruder drückt, bewegen sich Boot und Winde seitlich am Seil entlang von einem Ufer zum andern. Allein die Kraft des Wassers, der das Ruder die gewollte Richtung gibt, treibt das Fährboot über den Rhein, der immer schneller zu fließen scheint, je weiter wir uns auf die Mitte des Stromes zubewegen.

Ich kenne nur wenige Flüsse von einer solchen Kraft. Und während mich nur eine dünne Bordwand vom Wasser trennt, stelle ich mir vor, wie es wäre, gegen diesen Strom anzuschwimmen, sich mit aller Kraft gegen die unerbittliche Richtung des Rheins aufzulehnen, bis einen das Wasser auf seinem breiten Rücken davonträgt und wie Treibgut flußabwärts spült.

Mit meinem Vater verbrachte ich ein Jahr am oberen Missouri. Damals trainierte ich bereits sehr hart für verschiedene Schwimmstaffeln und sprang jeden Morgen, anstatt zu duschen, in den noch nachtkühlen Strom, kraulte mit wilden Schlägen gegen das immergrüne Wasser an und ließ mich dann hinuntertreiben bis zu einem umgestürzten Baum, an dessen Ästen entlang ich mich wieder ans Ufer hangelte. Nach einem kurzen Frühstück rannte ich dann eine halbe Meile zur nächstgrößeren Straße, wo mich ein gelbschwarzer Schulbus abholte und zur Highschool in die nahegelegene Stadt brachte. In den ersten beiden Schulstunden hatte ich täglich Schwimmen.

Die Schwimmtrainer unserer Schule waren sehr ehrgeizig. Sie traten uns mit Vorliebe auf die Finger, wenn wir uns während des Trainings am Beckenrand festhielten, um auszuruhen. Und sie gaben sich keineswegs damit zufrieden, daß wir schwammen, wie wir es gewohnt waren, sondern hatten ein strenges Auge auf das Asymmetrische, Zufällige, Ineffektive unserer Schwimmzüge. Nachlässige Beinschläge, halb durchgezogene Arme oder zu schlaff geführte Handflächen, die nicht das Maximum des vor uns liegenden Wassers wegschaufelten, all das veranlaßte sie zu gellenden Pfiffen am Beckenrand und zackigen Demonstrationen der Norm, die sie mit exakten Gesten in die Luft zeichneten.

Von ihnen lernten wir vor allem eins: daß es eine ganz persönliche Art und Weise gab, wie wir uns als Kinder, prustend und planschend, in das Element Wasser fügten, so etwas wie eine individuelle Paßform, die jeder für sich im Wasser gefunden hatte, eine lebendige, aus vielerlei Bewegungsabläufen zusammengesetzte Wasserphysiognomie, die so verschieden war wie unsere Handschriften oder Fingerabdrücke. Und wir lernten, daß diese von Überlebenswille, Angst und Instinkt geprägte Art zu schwimmen, die wir uns zu eigen gemacht hatten, gar nichts wert war, wenn es darum ging, Bestzeiten zu erreichen. Die Hauptarbeit unserer Schwimmtrainer bestand in der Angleichung unserer Bewegungsabläufe an das stromlinienförmige Optimum. Wir trainierten mit Weckringen um die Beine, mit Gewichten um den Bauch, während uns nur erlaubt war, auf bestimmte Pfiffe der Trillerpfeife hin Luft zu holen. Wir wurden darauf gedrillt, nicht den Reflexen, Impulsen oder Ängsten unserer Körper im Wasser nachzugeben oder uns gar in unserer ureigenen Geschichte mit diesem fremd-vertrauten Element zu verlieren, sondern die Zeit hineinzudenken und hineinzuarbeiten in die Unterschiedslosigkeit des Wassers, den Takt der Zeit mit den Schlägen unserer Arme und Beine, die ausholten, ausgriffen, ausschlugen mit dem einzigen Ziel, die vertickende Zeit auf dem Zifferblatt mit dem Anschlag am Beckenrand zum Stillstand zu bringen. Wir schwammen in Zeit. Die Wasserstrecken vor uns, die aus dem Weg zu räumenden Wassermassen waren für uns nur noch Zeit, einzuholende Zeit, Minuten, Sekunden, Sekundenbruchteile, die wir mit unsern Körpern zerpflügten, um sie so schnell wie irgend möglich anzuhalten und am Vergehen zu hindern mit dem letzten, klatschenden Anschlag am Beckenrand.

Unter dem Diktat der Zeit, durch die Zeitwerdung des Wassers fingen wir an, einander zu gleichen, entwickelten wir dieselben Bewegungsabläufe, Atemrhythmen, identische Physiognomien. Im zeitgewordenen Wasser wurde jeder Schwimmzug auf den Augenblick hin synchronisiert. Seine Vergangenheit, sein Ursprung und die Geschichte seiner Entstehung waren belanglos, und alles, was darauf hindeutete, wurde abgestreift. Das zeitgewordene Wasser vor uns war pure Gegenwart, der rasende Taktschlag des Jetzt, das augenblickliche Vergehen von Zeit, gegen das wir anschwammen mit aller Kraft, ohne Davor und Danach.

Es gelang unsern Schwimmlehrern in wenigen Monaten, uns sämtliche Eigenheiten abzutrainieren. Unsere Wasserphysiognomien, die verschiedenen Prägungen unserer Schwimmweisen durch die unterschiedlichsten Gewässer und Wassergeschichten unserer Kindheit, verschwanden hinter der Norm, und unsere Körper bewegten sich durch das zeitgewordene Wasser wie Zwillingsgeschöpfe, glichen einander mehr und mehr, unabhängig davon, ob nun jemand an den sonnigen Stränden Kaliforniens schwimmen gelernt hatte oder in dem pappelduftenden und befriedeten Wasser der Diemel. Und durch die Zwillingsverwandtschaft der Bewegungen wurden sich auch unsere Körper immer ähnlicher. Sie bildeten die gleichen Muskeln aus, nahmen identische Haltungen an. Was blieb, war ein nur in verschiedenen Zeiten kenntlich zu machender Restunterschied von Kraft und Konstitution, eine aus wenigen Sekundenbruchteilen bestehende Individualität, ein stets gefährdeter zeitlicher Vorsprung, der aber schon beim kleinsten Trainingsrückstand dahin sein konnte.

Natürlich war ich mir damals nicht über meine Motive im klaren, über ihre Bedeutung und ihren Zusammenhang mit der Geschichte meiner Rückkehr zum Wasser. Ich mochte die Kurzstrecken einfach nicht. Ich mochte die Plötzlichkeit, die Abruptheit der Sprints nicht. Ich mochte nicht, daß es fast mehr auf Start und Wende ankam als auf die wenigen, wirklich zu schwimmenden Meter mit ihren abgezählten Zügen. Das engmaschige Netz der Zeit widerstrebte mir, die nicht wieder aufzuholenden Sekunden, auf die alles ankam, die panischen Momente zwischen Start und Anschlag, die einem keine Möglichkeit ließen, ein Gefühl für das Wasser zu entwickeln, heimisch zu werden in dem fremd-vertrauten Element. Es war mir einfach nicht geheuer, daß man nicht sagen konnte, ob es hart oder weich gewesen war, unnachgiebig oder gnädig, wenn man mit dem klatschenden Anschlag am Beckenrand die rasende Zeit anhielt, weil der Kampf mit dem Wasser nicht wirklich stattgefunden hatte, sondern nur ein Kampf mit der verrinnenden Zeit, mit ihrer puren, plötzlichen Gegenwärtigkeit, mit einer aus gebrochenen Zeitteilen bestehenden Entfernung.

Ich war mir über meine Motive nicht im klaren, aber ich suchte mir, sooft es ging, die Langstrecken aus. Bald meldete ich mich jeden Morgen für die sogenannte Trainingseinheit Marathon. Und ich zog meine Bahnen wie im Rausch, wenn nach fünfhundert Metern der Blick nicht mehr auf die Bahn nebenan schweifte, wenn der Gedanke an den nächsten Kilometer Wasser, der noch kommen sollte, lang wurde und das Gefühl für den Zeittakt des Wettkampfes aussetzte, wenn nur noch das Wechselspiel von Wasser und Bewegung wichtig war. Ob man nun zweitausend, dreitausend oder fünftausend Meter Freistil schwimmt, es gibt auf jeder dieser Strecken einen toten Punkt, einen bleiernen Moment der Müdigkeit, an dem man verzweifelt genau spürt, daß die eigene Kraft nicht mehr reicht.

Es gibt diesen toten Punkt, diesen Ohnmachtsmoment, und doch schwimmt man jedesmal wieder darauf zu. Es ist der Punkt, an dem man sich der Gnade des Wassers übergibt, an dem man darauf angewiesen ist, daß das Wechselspiel von Wasser und Bewegung sich wie in einem Sog verselbständigt, sich jenseits von Willenskraft und eigener Anstrengung fortsetzt, und den müden Körper mitzieht auf seiner Bahn. Es ist der Punkt, an dem man den Puls des Wassers treffen muß, um ein Teil dieses Elements zu werden, den Atem des Wassers zu atmen und seine Bewegungen nachzuvollziehen. Und erst dieser Punkt markiert den Übergang in das andere Element. Erst nach dem Überschreiten dieser Schwelle fängt man an, so zu schwimmen, als wäre es menschenmöglich, im Wasser zu leben, als wäre es menschenmöglich, nie mehr damit aufzuhören und weiterzuschwimmen bis in alle Ewigkeit. Und eine Spur dieser Ewigkeit stellt sich ein, wenn der Zeittakt und die Meterzahlen ihre Bedeutung verlieren wie Worte, die man zu oft wiederholt hat, wenn das Wasser den keuchenden, kraulenden Körper ins Zeitlose, in die Raumlosigkeit hebt, wenn sich die ausschlagenden Arme eingraben in die tiefe Unterschiedslosigkeit des Wassers.

Zwischen Start und Anschlag liegt bei den Langstrecken eine Welt. Und diese Welt ist vom Wasser bestimmt, von seiner Härte, Weiche, Tragfähigkeit, von dem Sog, in den es den Schwimmer zieht, wenn er den toten Punkt erreicht, an dem seine Kräfte erschöpft sind und es nur noch darum geht, ob er die Schwelle schafft und sich verwandelt in eine dem Wasser zugehörige Lebensform. So kurios es klingen mag, aber wenn man am Ende der fünftausend Meter aus der Zeit- und Raumlosigkeit des Wassers gerissen wird, wenn man aus dem Wasser steigt und die ersten Schritte am Beckenrand macht, dann erscheint einem das Gehen wie eine fremde, unwirkliche Art der Fortbewegung, so als hätte man das Zwitterdasein eines Amphibiums angenommen, das sich nach einem Leben im Wasser erst wieder auf das Leben an Land umstellen muß.

Die Trainer ließen mich gewähren, lobten meine Ausdauer und schienen gar nicht zu merken, daß ich ihnen auf den langen Strecken jedesmal entwischte, daß ich mich auf den unzählbaren Bahnen ganz dem Wasser überließ und der herrlichen, unerreichbaren Einsamkeit dieses zeitlosen, raumlosen Elements. Und wie ein mit dem Wasser Verschworener absolvierte ich abseits der übrigen Staffel tagtäglich mein Pensum, dreitausendfünfhundert Meter Freistil, die Trainingseinheit Marathon, bevor der tägliche Unterricht begann und ich mich auf den Schulstühlen rumdrückte, noch ganz umrauscht von Wasser, getragen vom Rhythmus und Puls eines ganz anderen Elements, noch immer Amphibium und zur Hälfte im Wasser lebend.

Abends, nach Schulschluß, fuhren mein Vater und ich meist noch mit dem Boot hinaus auf den Missouri und angelten. Zum Fischen mit Fliege war der Fluß zu reißend, deswegen benutzten wir meist Blinker oder Spinner, ovale Metallplättchen, die so geformt waren, daß sie sich um eine Achse drehten, wenn man sie durchs Wasser zog, und den Drillingshaken umschwirrten, der am Achsenende befestigt war. Sie sahen im Wasser aus wie kleine Fische, die von allerlei Raubfischen attackiert wurden, und so gab es denn auch eine ganze Reihe von Fischarten, die wir aus dem reißend grünen Strom des Missouri zogen: zahlreiche Skipjacks, eine brassenähnliche silbergeschuppte Fischart, bekannt als das »Unkraut des Missouri«, da sie als ungenießbar galten und sich sehr vermehrt hatten; dazu den einen oder andern Wels, Catfish, wie ihn die Amerikaner aufgrund seines katzenartigen Bartes nennen; und gelegentlich auch den sogenannten Gar, einen prähistorischen Schnabelfisch, der dünn war wie ein Stock und sich nach dem Biß von Schnur und Blinker durch das Wasser ziehen ließ wie ein lebloser Gegenstand. Erst wenn er bis auf Sichtnähe herangekommen war, stieg er plötzlich auf und zerfetzte uns mit brettharten, unerbittlich zähen Schlägen regelmäßig die Schnur. Während über den planen Ebenen des Mittelwestens die Sonne versank, legten wir meist noch an einer der zahlreichen Sandbänke an, die sich wie einsame Inseln im Laufe des breiten, vielarmigen Flußbettes aufwarfen und gelegentlich sogar eine eigene Vegetation ausbildeten.

Es war an unserm letzten Abend am Missouri, als wir auf einer dieser inselgleichen Sandbänke an Land gingen und auf der Suche nach etwas Feuerholz eine vielleicht dreißig Meter lange Lagune entdeckten. Keilförmige Wellenkämme schoben sich durch das sonnenwarme, knietiefe Wasser. Es dauerte eine Weile, bis wir erkannten, daß sich ein ganzer Schwarm von gewaltigen Karpfen in das flache Wasser verirrt hatte, wo sie sich träge von der Sonne hatten bescheinen lassen, während der Rückstrom in den Fluß bis auf wenige Rinnsale verdunstet war. Sie waren eingeschlossen in dieser Lagune und zogen ohne Ausweg kreisend hin und her.

Wir legten die Angeln beiseite und machten mit bloßen Händen Jagd auf die kapitalen Goldkarpfen, deren goldbraune Rückenflossen sich bereits an der Wasseroberfläche abzeichneten. Es war kaum möglich, ihre schweren, großschuppigen Körper festzuhalten, während sie mit ihren wuchtigen Schwanzflossen um sich schlugen. Manchmal gelang es uns, sie mit beiden Händen aus dem Wasser zu heben und mit einem kräftigen Schwung an Land zu werfen, in den weißen, feinkörnigen Sand des Inselrückens, wo sie auf und nieder zappelten und sich so müde wälzten, daß wir sie halten und erschlagen konnten. Aber gerade die größten Karpfen ließen sich so nicht fangen. Also änderten wir unsere Strategie und gingen von den gegenüberliegenden Ufern der Lagune aufeinander zu, um uns die Fische gegenseitig in die Arme zu treiben. Wenn dann die Wellenkämme über den breiten

Fischrücken auf uns zukamen, warfen wir uns auf die gewaltigen Tiere, rangen sie nieder und nahmen sie buchstäblich in den Schwitzkasten. Dabei versetzten uns die Karpfen oft dermaßen heftige Hiebe in die Magengrube oder in die Seite, daß wir sie nach einem kurzen Ringkampf wieder ziehen lassen mußten. Aber am Ende war unsere Treibjagd erfolgreich. Acht riesige Karpfen, goldgeschuppt und mit geschwungenen Stulpenmäulern, lagen am Strand der Sandbank, während wir klatschnaß und sandig im brühwarmen Wasser der Lagune verschnauften. Dann stiegen wir ins Boot und überquerten ein letztes Mal den grünen Missouri, in den sich die zu einer Scheibe herabgeglühte Sonne senkte. Bis in die Nacht saßen wir noch mit unsern Gastgebern am Feuer, verabschiedeten uns dann, weil wir am nächsten Morgen früh zum Flughafen aufbrechen mußten, und machten ihnen unsern Fang, den wir nach alter Familientradition nicht selber aßen, zum Abschiedsgeschenk.

Der Fährmann erhebt sich über die schnell fließende Oberfläche des nachtschwarzen Rheins, stellt sich breitbeinig an der Bugspitze auf, faßt eine vom Anlegesteg abstehende Querstange und drückt die Barke an den Steg heran. Das versprengte Häufchen später Gäste verläßt die Fähre über den flachen, breiten Bug und steigt die steilen Steintreppen zum Münster herauf. Ich folge als letzter nach. Unter uns schimmert in schwarzem Glanz der Rhein und spiegelt uns seine nächtlichen Verlockungen hinterher. Und die Kühle der alten Steine steigt uns bis zum Münsterplatz nach, von dem aus wir uns in der Stadt verlieren.

Mißgunst

Am nächsten Morgen stand die Küchenaushilfe sogar noch eine gute Stunde früher auf, um mit der Unzahl der gefangenen Forellen einen Eintopf zuzubereiten, wie es ihn noch nie gegeben hatte. Sie dünstete die Fische, bis sich ihr Fleisch leicht von den Gräten lösen ließ, setzte eine Brühe aus allerlei Gartenkräutern an und kochte das Ganze zu einer reichhaltigen Fischsuppe auf, deren appetitanregender Geruch noch den Vormittag über in der Küche und den angrenzenden Dielen der Mißgunst stehen sollte.

Während es um sie herum kochte und garte, ertappte sie sich dabei, wie ihr Blick aus dem Fenster schweifte. Die Morgendämmerung zog über den Wiesen herauf, dunstig und fahl. Wie ausgestorben standen die vom Gewitter gekrümmten Obstbäumchen in der Landschaft, schiefer und schräger denn je. Er würde nicht mehr kommen. Er würde heute nicht kommen und morgen vielleicht auch nicht mehr, der Herr der Mißgunst, der so lange neben ihr gestanden hatte in der Nacht und seinen Blick auf ihr ruhen ließ mit einer Endgültigkeit, die wie ein Abschied war, ein Schlußpunkt in der Geschichte ihrer gestohlenen Morgenstunden.

Aber vielleicht würde der köstliche Geruch ihrer Fischsuppe ihn locken. Vielleicht würde dieser silbrig seidige Hauch ihn dazu bringen, seine Angst vor Fischgräten zu überwinden, um einmal, nur ein einziges Mal davon zu probieren. Es störte sie auch nicht, daß alle davon erfahren würden, das Dienstmädchen, aber auch die Knechte im Haus. Schließlich war ihr Geheimnis kein Geheimnis mehr, schließlich war der

Herr der Mißgunst am hellichten Tag zum Angeln an den Fluß gegangen. Sollten sie doch alle wissen, wem er seine Fische brachte.

Doch er kam nicht. Punkt zwölf erschienen die Wachsoldaten und holten den Kessel mit dem Eintopf ab, ohne daß sich der Herr der Mißgunst hätte blicken lassen. Und die grätenlose, kräuterfrische Fischsuppe verschwand nun wohl auf Nimmerwiedersehen in den Blechnäpfen ihrer unsichtbaren Kostgänger aus dem Lager zwischen den Obstbäumchen, die vielleicht heute wenigstens satt werden würden von dem zarten, nahrhaften Forellenfleisch, das so reichlich war, daß die Suppenkelle beinahe im Eintopf stand. Und zum ersten Mal, seit sie für die Zwangsarbeiter der Fabrik mitkochte, hatte die Küchenaushilfe ein reines Gewissen und machte sich keine Sorgen um das leibliche Wohl ihrer ungekannten Esser.

Der Kessel mit dem Eintopf kam wider Erwarten halbvoll zurück. Die Wachsoldaten, die ihn brachten, wurden von einem Offizier begleitet, der alles andere als ein freundliches Gesicht machte. Er baute sich in der Küche auf, rief die verfügbare Dienerschaft zusammen und schaute haßerfüllt in die kleine Runde, in der die Küchenaushilfe mit dem Dienstmädchen und ein paar Knechten zusammenstand. Die Küchenaushilfe traute ihren Ohren nicht. Redete der Offizier im Ernst von der Verschwendung nationaler Vorräte, von unzulässiger Begünstigung der Gefangenen, von einer Untergrabung der Lagerdisziplin, von moralischer Sabotage?

Als der Offizier die Schuldigen aufforderte, vorzutreten und zu gestehen, wer den feindlichen Gefangenen seit Wochen heimlich und an der Lagerleitung vorbei wichtige Vorräte zukommen lasse, während deutsche Soldaten an der Front Hunger litten, dachte sich die Küchenaushilfe noch immer nichts dabei und machte einen Schritt auf den wütenden Offizier zu, der völlig außer sich zu geraten drohte. Er schickte unverzüglich nach dem Herrn der Mißgunst, kniff die Lippen zusammen und wippte so lange auf den Zehenspitzen, bis dieser endlich eintraf.

Und er kam, in Begleitung eines Soldaten, zunächst recht verdrießlich dreinschauend ob der ungebetenen Störung, dann aber erstaunt, fast betreten, als er feststellen mußte, daß sich der Offizier von allen seinen Dienstboten offenbar ausgerechnet sie, die Frau mit den Zauberhänden, vorgenommen hatte. Er nickte einen kurzen Gruß in die Runde, und der Offizier, der sein Publikum nun offensichtlich für vollzählig hielt, fing an, sich über diesen dreisten Fall von Verschwendung zu ereifern, über die Frechheit und Ahnungslosigkeit der Etappe, über die Hinterhältigkeit des Küchenpersonals, die, wie auch der Herr Fabrikdirektor zugeben müsse, nicht ungeahndet bleiben könne ... Doch der Herr Fabrikdirektor hörte nicht zu. Er sah nur, wie die Küchenaushilfe gesenkten Kopfes all die wütenden Anschuldigungen über sich ergehen ließ. Er sah nur, wie der Offizier schäumte vor rechtschaffenem Zorn. Er sah dieses ungleiche Paar, ihre stille Schönheit und den haßerfüllten, häßlichen Zorn des Offiziers, der wie ein Zerrbild seiner eigenen Zornesgewalt war.

Und ein weiteres Mal fühlte er sich zurückfallen in seine Krüppelgestalt, fühlte er sich nicht nur an Leib und Gliedern verkrüppelt und schief, sondern auch als ein Krüppel der Seele, als ein von Zorn, Mißgunst und Einsamkeit entstellter Mensch, der einer solchen Frau nicht würdig war, der ihre Nähe nicht verdiente, ihre sanften Augen, ihr begütigendes Lächeln. Und da war wieder dieser uralte Schmerz, ausgeschlossen zu sein von dem Erfolg und dem Glück, das den anderen, makellosen Menschen vorbehalten schien, seinen beiden fähigen Brüdern, dieser stillen schönen Frau, auf die sicherlich ein Mann wartete, der wie seine beiden Brüder war, während er, der Krüppel, von vornherein nicht in Frage kam und sich zum Narren machte, wenn er dies auch nur für einen Augenblick glaubte. Nein, er war an Leib und Seele schief gebaut, ein hinkender, zornentstellter Mensch, der durch seine Verächtlichkeit auf der Mißgunst herrschte, durch die Gewalt und Grausamkeit seines Zorns, und der keine andere Wahl hatte als die, sich nun auch noch lächerlich zu machen in seiner Verächtlichkeit, sich wie ein Narr aufzuführen, um dann für immer ein Narr zu bleiben.

Und wie ein Riß ging dieser Schmerz durch ihn hindurch, brachte seinen Zorn und seine Sehnsucht gegeneinander auf, vermischte Verlangen und Haß, Begierde und Verächtlichkeit. Wenn er in diesem Augenblick mit ihr allein gewesen wäre, er hätte nicht gewußt, ob er sie lieben oder hassen sollte, weil sie zu den makellosen anderen gehörte, zu einer für ihn inwendig verriegelten Welt, zu seinen fähigen Brüdern und ihrer demütigenden Liebenswürdigkeit. Er hätte nicht gewußt, ob er sie anlächeln und die Hand nach ihr ausstrecken oder sich mit zorngewordener Zärtlichkeit an ihr rächen sollte, ein für alle Mal rächen dafür, daß sie ihn nicht liebte, ihn nicht lieben konnte, daß ihre Schönheit ihn verhöhnte und er sich zum Narren machte angesichts ihrer Gleichgültigkeit.

Er kannte sich nicht mehr aus, wollte sich losreißen von ihrem Anblick, der ihn so unwiderstehlich anzog und schmerzte zugleich, wollte gehen und sich verbergen, als der Offizier, der sich in Rage geredet hatte, sie beim Schopfe packte. Er hielt ihr schwarzes, seidiges Haar in der geballten Faust und zwang sie vor sich auf die Knie, als wäre ihre

Schuld durch seinen Zorn erwiesen. Und wieder ging ein Ruck durch den sehr geehrten Herrn Fabrikdirektor, der von dem Offizier jetzt ganz persönlich angesprochen wurde, ein Ruck, der ihn daran erinnerte, daß er selbst drauf und dran war, sich in seinem Zorn an ihr zu vergehen, die nichts getan hatte, außer zu lächeln, wenn er lächelte, und zu verweilen, wenn er ihr nahe kam. Und ihm war, als müßte er seinen eigenen Zorn daran hindern, sie zu bestrafen für etwas, das sie am allerwenigsten ihm angetan hatte, ihm war, als müßte er sich selbst in den Arm fallen, um sie vor seinem Jähzorn zu bewahren. Er faßte seinen Stabelstock fester, wollte gerade damit ausholen und zuschlagen, ohne wirklich zu wissen, wen er damit treffen wollte, sie oder das Zerrbild seines Zorns, als der vor Wut zischende Offizier ihn anschrie, was er, der Herr Fabrikdirektor, denn jetzt mit dieser Schlampe zu tun gedenke, mit diesem Franzosenliebchen, dieser Vaterlandsverräterin?

Die Reihe war an ihm. Alle sahen ihn an, die Knechte, das Dienstmädchen, der atemlos keuchende Offizier. Alle warteten sie auf sein Verdikt, auf seinen Urteilsspruch über die Frau, die sich an Führer, Volk und Vaterland versündigt und den Feind begünstigt hatte, die nun auf Knien vor dem Offizier herumrutschte und immer noch nicht wußte, wie ihr geschah. Sie sah mit weit aufgerissenen Augen und ihrem nach wie vor unerschrockenen Blick zu ihm auf und schien ihn ebenfalls zu fragen, was denn jetzt mit ihr geschehen solle, welche Strafe nunmehr auf sie warte. Und vielleicht täuschte er sich, aber war da nicht der Glanz eines Lächelns in ihren Augenwinkeln oder vielmehr ein Schimmer von Tränen, die ihr der Schmerz in die Augen trieb? Und selbst wenn, was würde es bedeuten im Hinblick auf die Worte, die er jetzt zu sprechen hatte, die sich in seinem Kopf, in seiner Kehle bereits formten, von denen er aber dennoch nicht glaubte, er

würde sie je über seine schiefen Lippen bringen, von denen er
überzeugt war, daß er sie niemals aussprechen würde, laut
und vernehmlich, bis er sich plötzlich sagen hörte, Wort für
Wort: Willst du meine Frau werden?

Es war das kaffeekundige Dienstmädchen, das in Tränen ausbrach und damit das unbestimmte Schweigen beendete, das
sich nach den Worten des Fabrikdirektors zwischen allen
Anwesenden ausgebreitet hatte. Unverständliches Genuschel
mischte sich zwischen einzelne Schluchzer, es war unmöglich
zu sagen, ob das Dienstmädchen aus Rührung, Empörung
oder Eifersucht weinte. Doch niemand kümmerte sich auch
nur im geringsten darum. Der Offizier sah den Fabrikdirektor in offener Feindseligkeit an. Für einen Augenblick stand
Zorn gegen Zorn. Mit kaum verhohlener Wut taxierte er den
Herrn der Mißgunst. Nur zu gern hätte er es darauf ankommen lassen, nur zu gern hätte er, nach all diesen Tagen der
pflichtgemäßen Müßigkeit, die offene Konfrontation riskiert,
nicht so sehr aus Kränkung darüber, daß der Hausherr eine
Person in Schutz nahm, über die er bereits den Stab gebrochen hatte. Nein, Neugier stachelte ihn an, Neugier auf seinen unverhofften Gegner, Neugier auf die Größe und Gewalt des ihm entgegenstehenden Zorns und eine unbändige
Lust, sich daran zu messen, der Größte im Zorn zu sein und
allen Zivilisten zu zeigen, wer der wirkliche Herr auf der
Mißgunst war. Doch er besann sich eines Besseren und ließ,
nachdem er sicher sein konnte, daß seine stillschweigende
Drohung verstanden worden war, das Büschel schwarzer
Haare los, das er noch in der geballten Faust gehalten hatte.
Schnellen Schritts verließ er die Küche, gefolgt von den
beiden Wachsoldaten, die seinen Abgang sekundierten. Das
Dienstmädchen schaute ihnen nach und unterbrach so lange
ihr Geschluchze. Als die Tür schlug und sie wieder damit an-
fing, schickte sie der Herr der Mißgunst mit einer brüsken

Handbewegung ebenfalls hinaus und seine verdutzt dastehenden Knechte gleich hinterher.

Willst du meine Frau werden? – Der Krüppel, der Herr der Mißgunst, der sehr geehrte Herr Fabrikdirektor hatte eine Frage gestellt, auf die es keine Antwort gegeben hatte. Doch nicht diese Antwort, die Antwort einer Küchenaushilfe, war auf der Mißgunst von Interesse. Die Ungeheuerlichkeit lag in der Frage selbst. Sie allein reichte hin, um die boshaften Stimmen der Mißgunst wieder auf den Plan zu rufen. Sie genügte, um Neid und Häme unter den Leuten zu verbreiten, die still geworden waren eingedenk ihres zorngewaltigen Herrn. Und so war, ohne daß jemand die Antwort der Küchenaushilfe überhaupt kannte, bereits von einer Mesalliance die Rede, einer unstandesgemäßen Heirat ohne Beispiel, einer Schande für das gesamte Haus.

Niemand hielt es für möglich, daß die Küchenaushilfe, obendrein eine Zugereiste, einen maßgeblichen Willen haben könnte. Niemand traute ihr einen eigenen Kopf zu, der zu mehr in der Lage gewesen wäre, als brav zu nicken, wenn eine gute Partie sich bot. Dabei waren es überwiegend ihre weiblichen Verleumderinnen, die der Küchenaushilfe herzenskalte Berechnung, Geldgier und maßlose Eitelkeit unterstellten. Für die Männer auf der Mißgunst spielten angesichts des unbedingten Willens ihres Herrn nicht einmal niedrige Motive eine Rolle. Für sie war außer Frage, daß alles sich dem Ansinnen des Fabrikdirektors fügen würde: in schlichtem Gehorsam und ganz unabhängig von irgendwelcher Vorteilsnahme.

Es überraschte daher niemanden, daß die Hochzeit zwischen dem Herrn der Mißgunst und der zugereisten Küchenmagd keine drei Wochen auf sich warten ließ. Es wurde eine wenig opulente Veranstaltung ohne größeres Aufgebot, mit einer knappen und aufs Offizielle beschränkten Feier. Schon machte das Wort von einer »Nothochzeit« die Runde. Und in der schmucklosen Sachlichkeit des Protokolls argwöhnten einige bereits kleinbürgerliche Sparsamkeit und Geiz. Für die kurze, kärgliche Festivität rächte man sich dann mit um so ausschweifenderen Spekulationen und Gerüchten über die Hochzeitsnacht zwischen dem Franzosenliebchen und dem Krüppel mit dem steifen Bein, wie der Herr der Mißgunst seit langem zum ersten Mal wieder genannt wurde.

Doch die Leute täuschten sich in der Küchenaushilfe, die gleichsam über Nacht zur Herrin der Mißgunst aufgestiegen war. Sie sollten den starken Willen und eigenen Kopf dieser Frau noch kennenlernen, die sie nun – mehr im Sinne eines Spitznamens als einer höflichen Anrede – die »Gnädige« nannten. Zunächst amüsierte es die Leute noch, daß sie neuerdings Stunden bei einem der Buchhalter nahm, um sich mit den Zusammenhängen und Gesetzen des Zahlenwerks vertraut zu machen, das die Mißgunst in Gang hielt. Auch mokierten sie sich über die wiederholten Betriebsbesichtigungen, bei denen sich die Gnädige erklären ließ, was die Aufgaben der einzelnen Arbeiter, was die Funktionen der verschiedenen Maschinen und Walzen waren, die auf der Mißgunst schwarzes Wasser in weißes Papier verwandelten. Und als sich immer deutlicher zeigte, daß die Gnädige die wenigste Zeit in Küche und Schlafzimmer verbrachte, sondern statt dessen im Büro ihres Mannes ein- und ausging, da änderte sich die Stoßrichtung des Spotts. Sie war in der Meinung der Mißgunst nicht mehr die dumme, eitle Geliebte des Herrn Fabrikdirektors, die ihr Lebensziel erreicht hatte, indem sie geheiratet worden war. Die Gnädige wollte – wie es die Lästerzungen boshaft ausdrückten – nicht nur den Mann, sondern die Fabrik gleich mit übernehmen.

Die Gnädige begriff und lernte schnell. Bald war sie in der Lage, nicht nur den Sinn und die Notwendigkeit gewisser Entscheidungen nachzuvollziehen, sondern sie wußte sie auch zu bewerten und Alternativen zu entwerfen. Das Maß an Interesse und Einsicht, das die stille, dunkeläugige Schönheit für die Belange der Fabrik aufbrachte, erstaunte sogar ihren Mann, der es sich zunächst gefallen ließ, daß die Frau, die er liebte, an allem, was ihn beschäftigte, solchen Anteil nahm. Doch ihm war die Vermischung von Geschäftlichem und Privatem vor seinen Verhandlungspartnern peinlich. Als er sie bat, ihn wenigstens bei den Verhandlungen allein zu lassen und sich aus den geschäftlichen Unterredungen rauszuhalten, kam es zu einer ersten kleinen Auseinandersetzung zwischen den Frischvermählten.

Die Gnädige setzte schließlich durch, daß sie als Gastgeberin, gelegentlich auch als Protokollantin und als erste Sekretärin ihres Mannes, bei den wichtigsten Verhandlungen dabeisein durfte. Und der Fabrikdirektor mußte bald feststellen, was für Vorteile es hatte, wenn seine schöne, dunkeläugige Frau bei den ermüdenden Männerrunden zugegen war. Der Ton wurde insgesamt gefälliger, man bemühte sich allseits, Schroffheiten und unerbittliche Gegensätze zu vermeiden. Auf ihre sanfte, energische Art verbreitete sie einen Charme, dem sich kaum einer seiner Geschäftspartner entziehen konnte.

Nur manchmal war es dem Herrn der Mißgunst zuviel. Manchmal sehnte er sich zurück nach den Morgenstunden, in denen sie schweigend zusammen am Küchenfenster gestanden hatten, während er ihren geschmeidigen Fingern beim Ausweiden der Forellen unter dem fließenden, klaren Wasser zusah. Manchmal suchte er in der aufmerksamen, charmanten Frau die stille, lächelnde Schönheit hinter dem Fenster, für die er in der nebelumschleierten Morgendämmerung zum

Fischen ans schwarze Wasser der Orpe gezogen war, das sich schlängelte und glänzte wie ihr dunkles, langes Haar, das glatt und geräuschlos dahinfloß, angefüllt mit dem tiefen Schweigen um ihr gemeinsames Geheimnis.

Als eines Abends, nach langwierigen Verhandlungen und einem ausgiebigen Umtrunk, der Besitzer einer wehrmachtsverbundenen Kartonagenfabrik der dunkeläugigen Gastgeberin Avancen machte, war der Herr der Mißgunst mit seiner Geduld am Ende. Es hatte schon vorher dann und wann Geschäftsleute gegeben, die mit ihren Gedanken mehr bei der Dame des Hauses als bei der Sache zu sein schienen, aber der Kartonagenbesitzer ging entschieden zu weit. Schamlos prahlte er mit seinem Parteiabzeichen und der niedrigen, vierstelligen Mitgliedsnummer. Volltönend behauptete er, mit dem Führer persönlich bekannt zu sein, setzte sich mit allerlei Anekdoten in Szene und flüsterte der Dame des Hauses wiederholt Anzüglichkeiten ins Ohr. Als er sich schließlich den Spaß erlaubte, ihr mit seinem Parteiabzeichen vertraulich in den Hintern zu pieksen, und schallend darüber lachte, drängten die übrigen Gäste, peinlich berührt, zum Aufbruch. Der Herr der Mißgunst hatte größte Mühe, seinen Zorn bis zur Abfahrt der Gesellschaft niederzukämpfen.

Die Gäste hatten sich kaum verabschiedet, da stellte er seine Frau zur Rede. Sie standen noch vor dem Portal und winkten vage in die Nacht, da verlangte er mit gepreßter Stimme eine Erklärung von ihr, warum sie den Kartonagenbesitzer, diesen ordinären Aufschneider, nicht klipp und klar abgewiesen habe, was ihr überhaupt einfiele, sich bei einem solch plumpen Flirt dermaßen entgegenkommend zu zeigen, was sie denn glaube, wie er seinen Geschäftspartnern von nun an unter die Augen treten solle, als Hahnrei, als halbe Portion? Der Herr der Mißgunst zitterte vor Wut und Eifersucht. Doch sie blieb gelassen und ruhig, wartete, bis der erste Ausbruch seines Zorns vorüber war, und führte ihren Mann dann zurück in das Büro.

Der Kartonagenbesitzer ist ein Betrüger, begann sie. Sie holte einige Skizzen und Konstruktionspläne der Kartons hervor, die er mit ihrer Pappe für Wehrmachtszwecke preßte. Es gab nicht viel zu erläutern, es handelte sich um simple Faltvorgänge, die mit wenigen Zusatzmaschinen zu bewerkstelligen waren. Dennoch bekam der Kartonagenbesitzer von der Wehrmacht – auch dies hatte sie herausgefunden – für die Verarbeitung ihrer Rohpappe beinahe ebenso viel bezahlt wie sie für die Herstellung. Die Anschaffung der für die Kartonierung erforderlichen Maschinen würde sich in wenigen Monaten amortisiert haben. Darüber hinaus wären sie auf Mittelsmänner wie den Kartonagenbesitzer nicht mehr angewiesen. Und im übrigen, schloß sie ihre Ausführungen, sollte er sie besser kennen.

Er lernte sie besser kennen. Er fing an, ihre Geschäftstüchtigkeit zu schätzen, ihre Art, so mit Menschen umzugehen, daß sie beinahe wie von selbst das taten, was sie wollte. Er fing sogar an, es zu genießen, daß er sich mehr und mehr aus dem täglichen Geschäft zurückziehen konnte, während sie scheinbar mühelos mit all den Anforderungen fertig wurde, die der Betrieb an sie stellte. Anderthalb Monate nach dem Vorfall mit dem Kartonagenbesitzer nahm die Papier- und Pappenfabrik auf der Mißgunst die Kartonverarbeitung für Munitions- und Geschoßverpackungen auf.

Während sie nach ihrer Trennung von dem Maler mit ihren Fotografien zunehmend erfolgreich war, hatte ich mich dazu durchgerungen, mit den Schwimmwettkämpfen aufzuhören.

Der Grund dafür war nicht einmal so sehr, daß ich mich dem ständigen Leistungs- und Erwartungsdruck nicht mehr gewachsen fühlte, schließlich waren meine Zeiten an der Obergrenze dessen, was ich jemals geschwommen habe, und gerade auf meiner Spezialstrecke, den fünftausend Metern Freistil, war ich schneller als je zuvor. Es war vielmehr jene merkwürdige Angst, das Wasser könne mir seine unerfindliche Gnade entziehen. Es war diese grundlose Angst, die zu überwinden mir immer größere Schwierigkeiten bereitete. Sie quälte mich vor dem Training, vor dem Wettkampfstart, während der Schritte an den Beckenrand, beim Besteigen des Startblocks, bis zum Startschuß und Kopfsprung in das fremd-vertraute Element.

Mittlerweile fanden ihre Fotos so großen Anklang, daß sie sich ein eigenes Atelier aufbaute. Eines Abends – ich hatte mich wieder einmal nach einem Tag der Unruhe ausgeschwommen und war anschließend noch ein paar hundert Meter am braunen abebbenden Wasser des nahegelegenen Flusses entlanggelaufen – empfing sie mich mit Champagner und Kerzenschein. Sie hatte den Auftrag für eine Fotoserie in Südfrankreich bekommen und schwärmte von dem hellen, strengen Licht des Südens, von der Art, wie es die Dinge scharf in Licht und Schatten schnitt, sie erzählte von der Modernität Cézannes und der, wie sie es nannte, zu sich selbst gekommenen Flächigkeit seiner Malerei, in deren Geometrie sich die Gegenstände unter dem leuchtend blauen Himmel der Provence wie von selber fügten. Als sie mich fragte, ob ich sie auf dieser Reise begleiten würde, konnte ich es ihr nicht abschlagen.

Wir flogen nach Marseille und fuhren von dort aus mit einem offenen Jeep weiter ins Landesinnere nach Aix-en-Provence. Vor uns flimmerte die Hitze über dem Asphalt. Jenseits der

Straße lagen Felder von verbranntem Gras. Die Sonne stand noch am Nachmittag steil und senkrecht am Himmel. Spärliche Pinienwäldchen und einige Reihen von Olivenbäumen erhoben sich über die Trockenheit, faßten aber nicht einmal genügend Schatten, um ihn sich vor die Füße zu werfen.

Wir trafen in der von einem kleinen, abgeschirmten Park umgebenen Apartmentanlage ein. Kakteenartige Gewächse umstanden die Einfahrtswege. Hier und da gab es Flecken von Rasen, über den unermüdlich Wassersprenkler zischten. Die Apartments waren kühl und auf anonyme Weise komfortabel. Sie verschwand sogleich im Badezimmer, um sich für das anschließende Treffen frisch zu machen. Ich streckte mich auf dem Bett aus und starrte an die Decke, während ich dem Wasser der Dusche zuhörte, das auf ihre straffen Schultern niederprasselte, seicht über ihre Haut rann, sich in den Armbeugen und Handflächen sammelte, um dann in klatschenden Placken auf dem Fliesenboden zu zerschlagen. Ich liebte dieses Geräusch.

Für einen Augenblick war ich eingenickt. Eine Spur von Wassertropfen, die mir über das Gesicht lief, weckte mich. Ich schlug die Augen auf. Nur mit einem Handtuch um Brust und Rücken stand sie vor mir und wrang ihre nassen, langen Haare über mir aus. Sie beugte sich über mich und gab mir einen langen, nach Creme und Parfüm schmeckenden Kuß. Dann streifte sie sich ein kurzes Sommerkleid über, ordnete ihr nasses Haar mit bloßen Fingern und verschwand in Richtung Lounge, wo man sie bereits erwartete.

Ich hatte zunächst vor, im Apartment zu bleiben und mich ein wenig auszuruhen. Doch die angenehme Schläfrigkeit war verflogen, und so trat ich hinaus in den noch glühend heißen Tag. Ich streifte kurz durch die bewässerte und be-

harkte Parkanlage, die aussah, als wäre sie nur dank unermüd-
licher Bemühungen von einer Handvoll Gärtnern auf dieser
sonnenverbrannten Welt. Dann bahnte ich mir einen Weg
durch allerlei Buschwerk und trockenes Gehölz. Ich stolperte
einen Abhang hinunter und landete in einer von Kieseln und
gerundeten Steinen ausgefüllten Mulde, die einmal ein Flußbett gewesen sein mußte, wie die Auswaschungen des umlie-
genden Gerölls verrieten. Doch seit Monaten war hier kein
Tropfen Wasser mehr geflossen.

Ich folgte dem Weg, den das Wasser genommen haben mußte, und ging das leicht ansteigende Flußbett hinauf. Nach einigen verschlungenen Wendungen lief der ausgetrocknete
Wasserpfad durch verkrustete, bröckelige Erde, auf der nichts
mehr wuchs. Der spärliche Schatten der Uferböschungen
entließ mich in die pralle Sonne, die auf das leblose Land nie-
derbrannte, das sich unter meinen Schritten in Staub auflöste
und in kleinen Wolken durch die helle Hitze wirbelte.

Vor mir erstreckte sich ein zur Sonne erhobenes Plateau aus
Stein und zerriebenem Sand. Von einer Quelle oder einer
größeren Wasserader keine Spur. Es schien, als hätte sich lediglich das Wasser längst vergessener Regenfälle in dem leicht
eingesunkenen, beckenförmigen Plateau gesammelt, um das
Flußbett hinunterzurauschen, vorbei an verdorrten Wurzeln,
die vergeblich nach Feuchtigkeit faßten, vorbei an der rissi-
gen, aufgeplatzten Erde, die wie eine ungeschützte Haut
Schicht um Schicht unter der Sonne aufblätterte und ver-
brannte.

Ich war vielleicht anderthalb oder zwei Stunden gelaufen.
Der Stand der Sonne hatte etwas nachgegeben, nicht aber die
sengende Hitze, die lediglich eine andere Richtung genommen zu haben schien und die Dinge nun nicht mehr senk-

recht in ihre knappen Schatten nagelte, sondern wie eine glühende Harke horizontal über das Land fuhr und nach allem griff, was sich darüber erhob. Ich kehrte um und ging den toten Flußlauf zurück Richtung Apartment.

Sie hatte mir eine Nachricht hinterlassen. Auf dem Bett fand ich einen Zettel, der mit einem Abdruck ihrer Lippen signiert war und neben einer Reihe von Koseworten vorwiegend von dem offenbar fantastischen Licht handelte, das sie begeisterte. Ich roch an dem Papier, dessen holziger, spröder Geruch eine Spur von dem cremigen Duft verriet, den ich bei unserm letzten Kuß geschmeckt hatte.

Ich hatte keine Ahnung, wie spät es war, aber es muß wohl nach Mitternacht gewesen sein, als ich sie mit dem Schlüssel am Schloß hantieren hörte. Sie öffnete die Tür einen Spaltbreit und schlüpfte durch den schmalen Lichtschlitz ins Zimmer. Ich war wach, machte mich aber nicht bemerkbar, sondern lag weiterhin regungslos unter dem leichten Laken, so als wäre ich mit offenen Augen eingeschlafen. Sie zog sich das Kleid über den Kopf und schob den warmen Schatten ihres Körpers unter das Laken. Ihr Arm legte sich auf meine Brust, gewichtslos und kühl wie ein schattiger Zweig. Sie hatte noch immer nicht bemerkt, daß ich wach war und all ihre Bewegungen und Atemzüge mit durch die Dunkelheit geschärften Sinnen wahrnahm. Ein kurzer Schrecken durchzuckte ihren schmiegsamen Leib, als ich mit der flachen Hand über ihre bloßen Schultern strich.

Am nächsten Morgen weckte mich das vertraute Geräusch von prasselndem Wasser, das aus dem Badezimmer herüberdrang. Ich kletterte aus dem Bett und rasierte mich vor dem mit Wasserdampf beschlagenen Badezimmerspiegel, auf dem ich ein Fleckchen blank gewischt hatte. Als sie aus der Dusche stieg, schaute sie mir über die Schulter und hauchte einen Kuß in mein gespiegeltes Gesicht, aber ich sah, daß sie mit ihren Gedanken bereits bei dem bevorstehenden Tag war. Eilig zogen wir uns an und verabschiedeten uns.

Aix-en-Provence war bereits am Vormittag sehr belebt, obwohl es fast ausschließlich Touristen zu sein schienen, die sich auf den Boulevards tummelten. Stämmige Platanen, deren glatte grüngraue Rinde stellenweise abgeplatzt war, standen zu schattenspendenden Alleen zusammen. Die breiten, ausgreifenden Baumkronen schützten die Geschäftsstraßen vor der Wucht der Sonne, die bereits zu dieser frühen Stunde steil und sengend am Himmel stand. Ich setzte mich in eines der Straßencafés, das sich mit ausgerollten Markisen bis weit auf das Trottoir erstreckte. Um den Staub und Schmutz der Straße zu beseitigen, hatte man das Pflaster mit Wasser aus Gartenschläuchen abgespritzt, das jetzt auf den warmen Steinplatten verdunstete, kühlend und voller sommerlicher Gerüche.

Das bunte Treiben vor den großflächigen Schaufenstern des Boulevards nahm mit der Hitze weiter zu, alles Leute, denen die Abwesenheit von Wasser in diesem von Sonne verbrannten Land nichts auszumachen schien. Und ich, ein Wasserflüchtiger in dieser wasserlosen Stadt, ich sehnte mich auf einmal danach, die Macht des Wassers möge wieder von meinem Leben Besitz ergreifen. Ich hatte das Gefühl, am äußersten Punkt angelangt zu sein, der größtmöglichen Entfernung von dem Element meiner Geschichte. Und es war wie der tote Punkt, den ich vom Marathon nur zu gut kannte, der Punkt, an dem ich aus eigener Kraft nicht mehr weiterkonnte, so daß mir nichts anderes übrigblieb, als mich der Gnade oder Ungnade des Wassers zu überlassen.

Die stille, dunkeläugige Schönheit, die in der Morgendämmerung auf den Herrn Fabrikdirektor gewartet und seinen
Fang für die französischen Zwangsarbeiter zubereitet hatte,
die von dem Offizier geächtet und von meinem Großvater
geheiratet worden war, sie wurde die erste Herrin auf der
Mißgunst. Mit einem Ehrgeiz, den niemand ihr zugetraut
hatte, und mit verblüffender Geschäftstüchtigkeit mischte
sich die Gnädige ein in die Geschicke der Papier- und Pappenfabrik zwischen den Strömen von Orpe und Diemel und
schulterte ihren Teil des Auftrags, der von Generation zu Generation vom Vater auf den Sohn übergegangen war. Doch
noch immer tat man sich schwer anzuerkennen, daß eine
Frau, daß diese Frau, eine zugereiste Proletariertochter, solchen Anteil hatte an dem Erfolg der Fabrik. Ihr Bild hing
nicht in der Ahnengalerie an den Wänden des holzgetäfelten
Büros, sie tauchte nicht auf in der Reihe der Firmengründer
und Fabrikdirektoren, aber sie war, wie ich es erlebte, die
eigentliche Herrin der Mißgunst: Mit ihrer sanften und dennoch sehr entschiedenen Art brachte sie die Leute dazu, das
zu tun, was sie wollte, Leute, mit denen mein Großvater
kaum ein Wort gewechselt hatte und die dennoch davon sprachen, ihm zu gehorchen und nicht ihr.

Ihr Bild hing in dem biedermeierlichen Salon, der an das Eßzimmer grenzte und in dem gelegentlich Kaffee getrunken
wurde. Es war für mein Gefühl ein sehr plüschiger und
vielleicht deshalb immer überheizt wirkender Raum. Verschiedene Schränke standen an der Wand, gefüllt mit allerlei
unbenutztem Kristallglas und kleinen gläsernen Nippesfigu-
ren, die erzitterten und klirrten bei jeder Erschütterung wie
heller, feiner Kopfschmerz. Auf der gegenüberliegenden
Seite stand ein geschwungenes Biedermeiersofa mit hellem
Bezug und geschnörkeltem Furnier. Darüber hing das Bild
einer blassen, dunkeläugigen Frau, drapiert mit wallenden

weißgrauen Seidenstoffen. Um ihre Schultern lag ein schlei-
erartiger Schal aus feiner Gaze, die sich in einem milchig
weißen Himmel verlor. Ihr Haar, ihre schwarzen Augen
schienen wie nachträglich mit Kohle auf den hellen Hintergrund ihres blassen Gesichts gemalt.

Zur Geschichte dieses Bildes gehörte nicht nur, daß es meine
Großmutter wenige Wochen nach ihrer Hochzeit porträtierte, als ihre sanfte Schönheit noch in einer Weise verletzlich und verloren schien, wie es sich die spätere Geschäfts-
frau und Herrin der Mißgunst nicht mehr leisten konnte. Zu
seiner Geschichte gehörte auch, daß er es gemalt hatte, ihr
Mann, der sein Malerauge geblendet und aus Ekel vor dem
Selbstbildnis seines Zorns der Malerei abgeschworen hatte.
Doch nun war sie da mit ihrer sanftmütigen Schönheit, und
zum ersten Mal nach seiner Blendung empfand er wieder die
Notwendigkeit, etwas festzuhalten, das nicht verlorengehen
durfte, das ihm so kostbar und prekär erschien wie, damals,
das rechte Licht.

Und in der Tat war es ihm gelungen, einen Zug von ihr zu
malen, der die Zeit nicht überstanden hatte, nicht hatte überstehen können. Ich meinte zunächst, es sei das Ungeprüfte
ihrer Sanftmut, eine Weichheit und Nachsicht, die weder
Stärke noch Schwäche war, weil sie noch außerhalb des Lebens stand und sich nicht tagaus, tagein bewähren mußte, die
nicht mehr und nicht weniger war als ein Versprechen, die
vielleicht trügerische Hoffnung, das Leben möge mild mit ihr
sein, mild wie sie selbst, ihre Güte vor Verbitterung bewahren
und erhalten für alle Zeit.

Doch es war nicht allein die Zeit mit ihren Prüfungen, Ent-
täuschungen und ihrer zehrenden Dauer, die ihrer Sanftmut
Grenzen gesetzt hatte, sie zuweilen aufgebraucht und er-

schöpft erscheinen ließ. Es war nicht nur das Alter und die Härte des Geschäfts, die sich gelegentlich vor ihre sanften Züge schob wie ein zweites Gesicht. Was den Vergleich mit ihrem Bild als jungvermählte Frau so bitter machte, war, daß die Gnädige in all der Sanftmut, die ihr trotz Neid und Mißgunst blieb, mit dem Unverzeihlichen Bekanntschaft gemacht hatte. Und mit diesem Wissen um die Unverzeihlichkeit war alle Hoffnung, war das Versprechen dahin, das Leben könnte eine Ausnahme machen mit ihr und das Weiche, Nachgiebige in einem Menschen schützen und behüten, damit es da ist in den Momenten der Bitterkeit und Verzweiflung, damit es sie überdauert.

Die stille, dunkeläugige Schönheit auf dem Bild im Salon glaubte an die Verzeihlichkeit von allem, und das machte ihre Sanftheit so kostbar. Sie glaubte daran, daß man ihr verzeihen würde, wenn sie dem Feind – der doch gefangen und zur Zwangsarbeit abkommandiert war – statt des üblichen Eintopfes ein veritables Festessen vorsetzte. Sie glaubte, daß der vor Wut aufbrausende Offizier und die umstehenden Knechte und Mägde sehr bald sehen würden, daß es sich um ein Geschenk des vom Gewitter verwandelten Flusses handelte, das sie lediglich weitergeschenkt hatte an jene, die es am meisten entbehrten. Und sie glaubte, man würde ihr schon mit der Zeit verzeihen, daß der Herr der Mißgunst von allen Frauen sie um ihre Hand gebeten hatte, daß sie ihm mit von Traurigkeit verwirrter Freude ihre Einwilligung gab und sich seitdem bemühte, diesem Mann eine ebenbürtige Frau zu sein, die verstand, was ihn beschäftigte, die ihm half, wo er nicht mehr weiterwußte. Doch die Mißgunst verzieh ihr nicht. Und dieses Wissen, daß sie so viel Vergebung geübt hatte, wo ihr nichts vergeben wurde, dieses Wissen um das Unverzeihliche liegt über dem Bild meiner Großmutter, so wie ich sie aus Kindertagen erinnere.

Die kleine Kartonagenfabrik, die auf meine Großmutter zurückging und ihren Namen trug, erwies sich sehr schnell als ein gutes Geschäft, zu Zeiten, als die Wehrmacht ihre Munitionsverpackungen brauchte, und zu der Zeit, die mir in Erinnerung ist, als die Süßwarenindustrie ihre Schaumwaffelkartons auf der Mißgunst herstellen ließ. Beinahe täglich kreuzten wir Kinder dort auf, um von den Frauen, die in die gestanzten Kartons die gitterförmigen Trennwände aus Graupappe einsetzten, den einen oder andern Negerkuß spendiert zu bekommen, der als Muster für den Verpackungsinhalt diente. Aber nicht nur die vielen Frauen, die in der Kartonagenfabrik arbeiteten – in meiner Erinnerung sind es fast ausschließlich Frauen –, sondern auch die Arbeiter der Papier- und Pappenfabrik kamen, wenn es Schwierigkeiten gab; meist zu meiner Großmutter, standen dann mit ihren schweren Schuhen und ihren ausgewaschenen blauen Arbeiterjacken unvermittelt im Zimmer, wo sie die Ränder ihrer Mützen mit den Händen kneteten und um ein Gespräch baten, so daß meine Großmutter die Geschichte nicht zu Ende erzählen konnte, die sie begonnen hatte, oder ihr Spiel mit uns unterbrechen mußte und im Büro verschwand.

Es schien, als hätte sich die Mißgunst damit abgefunden, daß diese einfache, zugereiste Küchenaushilfe eine Rolle in den Geschicken der Fabrik übernommen hatte. Doch obwohl sie für den Alltag unentbehrlich geworden war, obwohl sich sogar der Herr der Mißgunst in immer größerem Maße auf sie verließ und manchmal halbe Tage am Wasser verbrachte und malte, angelte oder schrieb und durch nichts und niemanden gestört werden wollte, obwohl sie mit ihrer weitherzigen Geduld für alle da war, für uns Kinder und für die Arbeiter und Angestellten, die zu ihr kamen – die Mißgunst hatte ihr nicht verziehen. Lediglich die Meinung über die Art und Weise ihrer Schuld hatte sich gewandelt.

Sie hatte ihrem Mann keine Söhne geboren. Das erste Kind, das sie kaum ein Jahr nach ihrer Hochzeit zur Welt brachte, war eine Tochter. Und auch die nächsten beiden, noch zu Kriegszeiten geborenen Kinder waren Mädchen. Als mit der totalen Kapitulation der Frieden kam und die Engländer zwischen Orpe und Diemel einzogen, schöpfte man neue Hoffnung. Die Fabrik war weitgehend unzerstört geblieben und wurde auch nicht mit übergebührlichen Reparationsansprüchen belegt. Die Zukunft für die Papier- und Pappenfabrikation auf der Mißgunst rückte wieder in greifbare Nähe und wartete scheinbar nur darauf, daß das erste Friedenskind geboren wurde, wartete hoffnungsvoll auf den ersten Jungen, auf den Sohn, der die vielversprechende, weithin ausgebreitete Zukunft in Angriff nehmen würde. Doch dieses Kind des Friedens, das erste Kind männlichen Geschlechts, das sie in diese neugeordnete Welt gebar, war eine Totgeburt. Viel hatte nicht gefehlt, und dieser Sohn, der nicht sein sollte, hätte auch die Mutter das Leben gekostet. Und so begann die Zeit des Friedens und des Aufbaus auf der Mißgunst mit dem Tod, mit seiner niederschmetternden Endgültigkeit.

Sie würde ihrem Mann keinen gesunden Sohn gebären, das teilte ihr der Arzt mit, der ihr im Kindbett mit knapper Not das Leben retten konnte für dieses eine Mal, ein weiteres Mal würde sie nicht überstehen. Und die Mißgunst horchte auf, als dieser ärztliche Rat die Runde machte. Denn damit, mit diesem naturgegebenen medizinischen Faktum war der Auftrag, den der Herr der Mißgunst von seinem Vater übertragen bekommen hatte, unerfüllbar geworden – unabhängig von jeder nur erdenklichen Anstrengung. Er würde ihn nicht weiterreichen können, von Generation zu Generation. Er würde, ungeachtet von geschäftlichem Erfolg oder Mißerfolg, ins Leere laufen, ein Baum ohne Äste, ein bestelltes Feld ohne Ernte. Zwar konnte von persönlicher Schuld nicht die

Rede sein, genauso wenig wie es ein persönliches Verdienst ihrer längst vergessenen Vorgängerinnen war, daß sie einen Stammhalter zur Welt gebracht hatten, doch die Mißgunst verzieh es der Gnädigen nicht, daß sie die Linie unterbrochen hatte, daß sie, die erste Herrin der Mißgunst, zugleich das Ende von allem war, die Mutter und das Grab.

Sie hatte ihrem Mann keinen Sohn geboren. Es stand nicht in ihrer Macht, und doch war es ein Makel, der, gerade weil sie nichts dafür konnte, schlimmer war als alles, was sie selbst hätte verschulden können. Sie war schuldlos, so wie ein Buckliger an seinem Buckel schuldlos ist. Sie war zu bedauern, so wie ein Lahmer zu bedauern ist. Sie war, und dies entdeckte die Mißgunst mit großer Genugtuung, die Frau eines Krüppels und selber ein Krüppel, der Mutterkrüppel in einem Krüppelpaar, und sie würde es für alle Zeiten bleiben, was immer sie auch tat.

Die Mißgunst hatte an ihr den Makel gesucht und gefunden, einen unverschuldeten und darum unverzeihlichen Makel. Und jetzt, da sie ihn gefunden hatte, nährte und hätschelte sie ihn mit Geschichten und Gerüchten, die sich nur deshalb so herrlich häßlich erzählen ließen, weil es keine unmittelbare persönliche Schuld gab. Eben die Abwesenheit einer solchen Schuld wurde der Gnädigen zum Verhängnis, denn sie spornte die Mißgunst an zu immer neuen Erklärungen, Verklärungen, Verkehrungen, sie wurde zum Anfang und Ende aller bösen Phantastereien, aller abergläubischen Mythen und Legenden, die um den zorngewaltigen Krüppel und sein Krüppelweib kreisten, Erfindungen und Unterstellungen einer metaphysischen Schuld, einer göttlichen Strafe, eines Himmelsgerichts, dort, wo es auf der ganzen Welt keinen vernünftigen Grund gab.

Die wenigsten dieser von Mißgunst ausgebrüteten Schauermärchen hielten sich über die Zeit. Aus Furcht vor dem schlummernden Zorn ihres Gatten hütete man sich zudem, die Gerüchte um die metaphysischen Verfehlungen der jungen, ehrgeizigen Herrin allzu detailliert auszuschmücken, um nicht durch die Prägungen der eigenen Phantasie in der Erzählung kenntlich zu werden. Man blieb allgemein, sprach das wenigste aus und verständigte sich über das Unausgesprochene. Es war kaum mehr als der Ton, in dem die wenigen Worte gesagt wurden. Und ich erinnere mich, daß es dieser Ton war, der mich erschreckte, als ich zum ersten Mal hörte, wie einer der Knechte hinter dem Rücken meiner Großmutter sagte: Franzosenliebchen.

Franzosenliebchen, erklärte mir meine Mutter, die dritte und jüngste Tochter des Hauses, hatte ein Offizier meine Großmutter genannt, weil sie den französischen Gefangenen zu gut zu essen gegeben hatte. Und sie erzählte mir die Geschichte von dem Gewitterfang meines Großvaters, dem Forelleneintopf, dem Streit mit dem Offizier und dem Heiratsantrag. Doch was immer sie auch sagte, es war nicht das »Franzosenliebchen«, das ich gehört hatte. Es klang nicht nach der gedankenlosen Wut des Wehrmachtoffiziers, es klang nicht nach diesem hilflosen Versuch einer Beleidigung für eine letztlich gute Tat, es klang anders und, dessen war ich sicher, es bedeutete auch etwas anderes.

»Franzosenliebchen«, diese Beleidigung, die der Mißgunst das Stichwort für ihr unverzeihlichstes Gerücht geliefert hatte, wurde auch zum Keim der Phantasien, die wir Kinder uns ausmalten. Wir erzählten uns heimlich die tragische Liebesgeschichte eines französischen Soldaten, einem Gefangenen auf der Mißgunst, der sich unsterblich in die Dame des Hauses verliebt, der von ihr unsichere Zeichen ihrer Gunst erhält und schließlich todesmutig, nur durch das Gitter des Lagers von der Frau seiner Träume getrennt, ihr seine Liebe gesteht, sie zu Tränen rührt und schließlich einen geheimen Brief von ihr erhält voller Liebesschwüre und Beteuerungen. Es kommt zu einer Verabredung in dunkler Nacht: Wachen schleichen um das Lager, während die Frau und der Gefangene einander atemlose Geständnisse durch das Drahtgitter zuflüstern. Ein prasselnder Regen setzt ein. Die beiden Liebenden vergessen, wo sie sind, welche Gefahr sie umgibt. Die Wache wird auf die beiden aufmerksam, die Dame des Hauses kann gerade noch unentdeckt fliehen. Doch in der Nacht darauf, als sie ihn wiedersehen will, wiedersehen muß, erfährt sie von einem Mitgefangenen, daß er, ihr Liebster, in ein anderes Lager abtransportiert worden ist.

»Franzosenliebchen«, so hieß die Geschichte, die wir erfunden zu haben glaubten, die wir uns in verschiedenen Varianten erzählten, bis sie uns so sehr in ihren Bann zog, daß wir »Franzosenliebchen« spielten, zwischen den verkrüppelten Obstbäumchen an der Orpe, dort, wo das Lager gestanden hatte. »Franzosenliebchen« riefen wir immer ausgelassener und lauter, bis die Mütter unser Spiel entdeckten und uns mit versteinerten Mienen zur Rede stellten. Was hatten wir uns dabei gedacht? Wie konnten wir unserer Großmutter das antun? Wie, um alles in der Welt, waren wir nur auf so eine Idee gekommen?

Wir merkten, daß wir mit unserm Spiel eine Grenze überschritten hatten, daß wir an etwas Unverzeihliches gerührt hatten, an eine Geschichte, die mehr war als bloße Erfindung, die hineinreichte in die Geschichte der Mißgunst und die Gerüchte über ihre Herrin, hineinspielte in einen Bereich, in dem Wahrheit und Unwahrheit, Leben und Lüge zu einer einzigen Unverzeihlichkeit verschränkt waren. Und eben deswegen war es von vornherein mehr als ein Spiel gewesen, ein unausgesprochenes Verbot, ein Tabu, das nicht aufhörte, uns zu beschäftigen, das durch und durch vom Geist der Mißgunst erfüllt war, von ihrer Eifersucht und Heimlichkeit, die uns lockte, reizte, anstachelte, bis es heraus war, das offene Geheimnis, der Klumpen aus Wahrem und Unwahrem, aus Gelebtem und Gelogenem.

Es gab keine Entschuldigung, es gab, was beinahe noch schlimmer für uns war, nicht einmal eine Strafe. Hätte man uns Hausarrest erteilt, uns den Nachtisch gestrichen oder früher zu Bett geschickt, hätte man uns irgendeine Strafe auferlegt, die üblicherweise auf Streiche oder Ungezogenheiten folgte, dann wäre es uns möglich gewesen, das Unverzeihliche unter den vielen Übermütigkeiten dieser Tage einzureihen, die mit einer Ohrfeige und ein paar heißen Tränen vergessen waren. Aber es gab keine Strafe für das Unverzeihliche, was letztlich nichts anderes gewesen wäre als eine Form der Wiedergutmachung. Es gab nichts außer dem Wissen, etwas Unverzeihliches gesagt und getan zu haben. Und die Folgenlosigkeit dieses Wissens, dieses zutiefst schlechte Gewissen quälte uns wie eine unabgeschlossene Geschichte, über die sich das Schweigen des Unaussprechlichen breitete, ein Schweigen, das noch schwärzer und tiefer war als das Schweigen der Orpe, die dunkel und lautlos vor unsern Augen dahinfloß. Und in der Hoffnung, niemand würde davon erfahren, stimmten wir ein in den Chor dieses Schweigens, wurden wir zu Komplizen der Unaussprechlichkeit.

Wir sahen unsere Großeltern tagsüber oft gar nicht. Mein Großvater war meist in seinem Büro, wo wir um keinen Preis stören durften, oder er ging die einsamen Pfade seines möglich gewordenen Müßiggangs und malte, schrieb oder angelte, in allem unnahbar und allein, während die Gnädige mit den Leuten redete, sich kümmerte, zuhörte und handelte, unablässig im Gespräch und überall. Wir sahen sie manchmal tagelang nur zu den Mahlzeiten, die in unverbrüchlicher Regelmäßigkeit und im pünktlichen Einklang mit der Mittags- und Schichtsirene der Fabrik stattfanden.

Es waren regelrechte Tafelrituale, Zeremonien, deren Ablauf genau festgelegt war, die von der Sitzordnung bis hin zum Tischgespräch strengen Regeln folgten. Das Unwirkliche, Rituelle dieser Mahlzeiten fing bereits damit an, daß die Großeltern dabei eine Ordnung der Dinge vorgaben, die außerhalb des Eßzimmers keine Gültigkeit hatte, ja, sogar im Widerspruch dazu stand. Während zu allen übrigen Tageszeiten meine Großmutter die Anlaufstelle und Sachwalterin der Mißgunst war und für ihren sich immer weiter zurückziehenden Mann arbeitete und entschied, folgte die Zeremonie der Mahlzeiten einem uralten patriarchalen Prinzip. Der Herr der Mißgunst betrat das Eßzimmer erst, wenn bereits alle anderen, die Kinder, Kindeskinder und Verwandten, sauber gewaschen und gekämmt, auf ihren Plätzen saßen, die Hände vor sich auf dem weißen Tischtuch ausgestreckt. Es handelte sich um einen verabredeten Auftritt, der darauf hindeuten sollte, daß der Kopf der Familie am stärksten beschäftigt und am knappsten mit der Zeit war, auch wenn in Wirklichkeit meine Großmutter noch bis kurz vor Tisch mit anderen Leuten verhandelte, während mein Großvater bereits hinkend und in sich versunken die Dielen auf- und abschritt. Erst wenn er am Kopf der Tafel Platz genommen hatte und nach einem bestätigenden Nicken die gefaltete Stoffserviette aus einem gravierten Silberring zog, taten wir es ihm gleich und legten die zu dreieckigen Zelten gekniffenen Servietten auf unsern Schößen aus. Dann stand meine Großmutter auf, schenkte ihrem Mann Wasser, Kaffee oder Tee ein und füllte ihm auf. Dabei nannte sie die jeweiligen Speisen stets ausdrücklich beim Namen, auch wenn es sich nur um die sattsam bekannte Erbsensuppe handelte, die man schon den ganzen Vormittag im Hause gerochen hatte. Sie zählte die Gerichte auf, so als wären sie von ihr persönlich zubereitet worden und nicht von den beiden tüchtigen Köchinnen, die wir den ganzen Tag über arbeiten sahen und die an dieser Tafel keinen Platz hatten. Dann machten die entsprechenden Schüsseln und Teller im Uhrzeigersinn die Runde, wobei jeder darauf achtete, sich nicht mehr zu nehmen als der Herr der Mißgunst, und so wurden sie weitergereicht bis zu meiner Großmutter, der Als-ob-Köchin dieser segensreichen Mahlzeit, die rechter Hand von ihrem Mann saß und sich wie jede brave Hausfrau als letzte nahm. Erst jetzt probierte der Herr der Mißgunst den ersten Bissen, und der Rest der Tafel folgte seinem Beispiel. Gegessen wurde anfangs zumeist wortlos, nur wenn mein Großvater etwas sagte, eine Frage stellte oder sich zu einem Thema äußerte, war das Gespräch eröffnet, dessen Verlauf und Ende von ihm allein bestimmt wurde.

Und bei jeder dieser Mahlzeiten warteten wir auf unsere Entlarvung, immer in der Angst, mein Großvater könnte uns durch irgendein Wort, einen Blick, eine Geste zu verstehen geben, daß er wußte, was wir seinerzeit zwischen den Obstbäumchen am Orpeufer gespielt hatten, wo wir seine Frau zum »Franzosenliebchen« gemacht hatten und ihn zum gehörnten Ehemann, zum Hintergangenen. Wir schwiegen beklommen und fürchteten zugleich, er könnte es in unserm Schweigen lesen, so daß wir unsere Schuld am liebsten ausposaunt hätten, um seiner Entdeckung zuvorzukommen.

Aber sooft wir dasaßen, gewaschen, gekämmt, die abgeschrubbten Finger und gesäuberten Nägel ausgestreckt auf dem weißen Tischtuch, so sehr wir auch auf ein Wort, eine Geste, einen wissenden Blick lauerten, nichts dergleichen geschah. Hatte er mit unserm Verrat gerechnet? Hatte er in Jahrzehnten auf der Mißgunst die schier übermenschliche Fähigkeit erworben, gegen alle Anfeindungen und Gerüchte dieser Art gleichgültig und gelassen zu sein? Oder wußte er es wirklich und wahrhaftig nicht?

Gut drei Wochen waren seither vergangen, und wir waren teilweise bereits wankend geworden in unserer Überzeugung, daß er es wirklich erfahren hatte. Wenn ich mich richtig erinnere, muß es ein Freitag gewesen sein, denn freitags gegen Nachmittag begann jede Woche das »Ablassen« von Druck aus den Ventilen der großen Kessel, aus denen mit einem ohrenbetäubenden, blechernen Pfeifen der Wasserdampf entwich. Beinahe hätten wir bei all dem Lärm die Werkssirene zum Schichtwechsel nicht gehört, während wir uns im Schatten der Diemelpappeln ausruhten und müßig in den Heftchen und Büchern blätterten, die wir aus den Altpapierballen gezogen hatten.

Wir beeilten uns und kamen gerade noch rechtzeitig, um gekämmt und gewaschen am Tisch zu sitzen, bevor der Herr der Mißgunst ins Eßzimmer kam, ebenfalls ein wenig verspätet, wie mir schien. Vielleicht war er ein wenig mehr in Eile als sonst, wenn er einen ruhigen Nachmittag mit seinem Skizzenblock am Ufer der Orpe verbracht hatte, aber er machte, davon abgesehen, einen eher heiteren Eindruck. Und wir, die wir schuldbewußt nach wie vor mit dem Schlimmsten rechneten, sahen uns schon eine weitere Mahlzeit noch einmal davonkommen. Er lächelte sogar in die Runde und verlangte mit einem seltsam feierlichen Ton in der Stimme nach Wein, was sehr ungewöhnlich war. Eine Flasche wurde prompt gebracht. Meine Großmutter drehte das auf dem Kopf stehende Weinglas um und wollte ihm gerade einschenken, als er mit der flachen Hand durch die Luft fuhr und ihr Einhalt gebot, so als hätte er bereits genug. Er hob das leere Glas zum Licht, wie um die Reinheit des Weines zu prüfen, drehte es mehrmals zwischen den Fingern, dann deutete er auf etwas, das er am Glasrand entdeckt zu haben schien. Nur diejenigen Erwachsenen, die in seiner nächsten Nähe saßen, konnten es erkennen. Lippenstift, wie ich später erfuhr. Ein Abdruck von Lippenstift zeichnete sich allem Abwasch zum Trotz am Glasrand ab, die rissige, rote Schminkspur einer wie zum Kuß geschürzten Unterlippe, ein fast schwülstig voller Mund. Die Hand meines Großvaters fing an zu zittern, doch es war nicht das filigrane Zittern von Fingern, die zu lange in einer Haltung verharrt hatten, es war ein Beben, das aus seinem breitschultrigen, massigen Körper kam. Und nachdem er seinen Arm noch eine weitere Weile ausgestreckt hielt, wie um uns zu Zeugen dieses Bebens zu machen, riß er ihn plötzlich in die Höhe und schmiß das Glas gegen die Wand. Dann ging alles rasend schnell. Wie von seinem Zorn beflügelt, zog er seinen Stabelstock hervor und zerschlug, krachend, klirrend, splitternd, sämtliche Gläser, die in seiner Reichweite auf dem Tisch standen. Wir waren an die Wand des Eßzimmers zurückgewichen und sahen dem Werk seiner Zerstörung zu, sahen, wie er mit der Wucht seiner Schläge auch die Teller in Scherben hieb, wie er das gesamte zertrümmerte Geschirr vom Tisch fegte und schließlich seinen Stabelstock selbst an der massiven Tischkante in kleinste Teile spaltete, ohne das Gesicht zu verziehen, mit einer versteinerten Miene, die höchste Konzentration verriet, die eine fast manische Ruhe bezeugte mitten in dem tobenden Chaos, das er veranstaltete. Sein Stock war bis auf einen Stumpf abgeschlagen, der so kurz war, daß er sich die Hand verletzen mußte, wenn er weiter zuschlug. Doch er hörte nicht auf, hieb auf die massive Tischkante nieder mit seinem Stock, seiner Faust oder beidem, ohne auch nur den geringsten Schmerz zu zeigen. Blut färbte das weiße Tischtuch rot,

Blutspritzer, die von aufgeschlagenen Knöcheln oder kleinen Schnittwunden auf dem Handrücken stammen mußten, bis er den zersplitterten, blutigen Griff des Stabelstocks an die Wand warf, sich das herabhängende Tuch um die Faust wickelte und damit abzog, die Trümmer der gedeckten Tafel mit sich reißend, die Dielen hinunter, aus dem Haus.

War dies das Zeichen, daß er es wußte? Hatte es eines äußeren Anlasses bedurft, eines Lippenstiftabdrucks auf einem schlecht abgewaschenen Weinglas, um seinen Zorn, seinen ewigen Zorn, den er so lange schon beherrschte, daß er beinahe an Gleichgültigkeit grenzte, zum Ausbruch zu bringen? Oder war dieser Mund, diese rissige Spur eines Kusses, dieses Briefsiegel der Liebe mehr als ein Anlaß? Lag in dem Rot des Lippenstifts, in dem Weinatem des Glases, in dem halbierten Lächeln, das sich darauf abzeichnete, ein ganz eigener Betrug, die Geschichte einer Unverzeihlichkeit, die Vergangenheit eines Verrats, den wir nicht kannten? Und als hätte ich meine Lektion aus dem verbotenen Spiel nicht gelernt, kam mir auf einmal in den Sinn, es mußten wohl Franzosenliebchenlippen sein, die, so geschminkt, sich an den Glasrand gedrückt, sich mit dem Wein vermischt, sich ihm hingegeben hatten in ihrer verschwenderischen Fülle, ihrem unersättlichen Rot, ihrer unbesitzbaren Sinnlichkeit, von der er sich ausgeschlossen fühlte, nach seiner Hochzeit mit der stillen, dunkeläugigen Schönheit genauso wie davor.

Schweigen. Das Grabesschweigen der Orpe breitete sich über alles, und niemand war so ungetrübten Gewissens, so frei von Schuld, daß er gewagt hätte, in dieses Schweigen hineinzufragen und ihm auf den Grund zu gehen. Tage des Schweigens schlossen sich an. Und wenn die Mißgunst jemals Einmütigkeit zeigte, dann in diesem Schweigen, das die Unschuld der Phantasie und die Fabulierlust des Einfalls nicht zuließ, sondern alles Gesagte verstrickte in Gerücht und Geschichte, in Lüge und Leben, in den Bann seiner Unaussprechlichkeit.

Das Ausmaß des Unverzeihlichen kenne ich auch heute nur ungefähr. Die Mißgunst hatte der Küchenaushilfe ihren Aufstieg nicht verziehen. Sie hatte sich die Worte des wütenden Offiziers für alle Zeiten gemerkt. Und als die Gnädige ihrem Mann die erste Tochter gebar, schwarzhaarig, dunkeläugig, verletzlich und zart, da machte das Wort vom »Franzosenliebchen« wieder die Runde. Man weigerte sich, jedwede Ähnlichkeit mit dem Herrn der Mißgunst zu sehen, und erkannte lediglich das Fremde an diesem Kind, dieser Tochter, die ohnehin den Auftrag ihrer Väter nicht würde schultern können. Es war ein unechtes Kind in den Augen der Mißgunst, ein welscher Bastard, der die stolze Linie der Väter und Söhne durchbrach. Es war von vornherein ein Fremdling in diesem kleinen Ausschnitt der Welt zwischen den Strömen von Orpe und Diemel, und an ihm, diesem Kind, wurden die Gerüchte der Mißgunst wirksam, so haltlos sie auch sein mochten, für dieses Kind schufen sie eine Wirklichkeit aus Ablehnung, Verachtung und Hohn und machten es zum Wechselbalg ihrer neidischen Phantasie. An dem Kind wurde wahr, was sie wünschten und wollten.

Und im nachhinein staune ich, was für eine Macht die Mißgunst hatte, nicht nur über das Kind, sondern auch über die Eltern, über den vermeintlichen Herrn und die Herrin der Mißgunst, die sich ihr so weit unterwarfen, daß sich die Verachtung der Leute in ihre Gefühle mischte und sie gleichfalls anfingen, mehr das Fremde als das Eigene, mehr das Ungewollte als das Gewollte in diesem Kind zu sehen, das ein Mädchen war und kein Junge, das schwarzhaarig und dunkeläugig war, nicht blond und strahlend hell wie die beiden fähigen Brüder meines Großvaters auf den alten Fotografien. Und mit Schaudern denke ich an die Bilder zurück, die mein Großvater angefangen hatte zu malen, seitdem es wieder Eindrücke und Augenblicke gab, die er festhalten wollte auf seine Art. Ich denke an die Porträts seiner Tochter, auf denen sie die Kleider eines kleinen Jungen trägt, auf denen ihre Haare kurz und streng geschnitten sind, auf denen sie aussieht wie ein Junge und von ihrem Vater so gemalt wurde wie der gewünschte ungeborene erstgeborene Sohn. Vielleicht war es die Illusion eines Sohnes, dieser vergebliche, phantastische Wunsch, dieses von der Mißgunst und der Bürde seines Auftrags geschürte Hirngespinst, was er mit seinen Bildern festhalten wollte, bevor die Zeit der Reife seinen Traum zerstörte und aus dem Kind ein Mädchen machte und aus dem Mädchen eine junge Frau. Und sicher war es das immerwährende Mißverständnis ihrer Kindheit und Erziehung, das sie auf diesen Bildern schauen machte wie ein kleiner Prinz, herausfordernd, stolz und ohne Scheu, mit dem Blick eines Thronfolgers, der kein Gefühl hat für seine Schwächen, der keine Niederlagen kennt und nicht begreift, daß bereits seine Geburt, seine Bastardgeburt, die Niederlage seines Lebens ist. Denn das war sie, ganz unabhängig von allen Gerüchten und Gemeinheiten über das Franzosenliebchen und ihren angeblichen Seitensprung, sie war ein Bastard der Geschlechter, sie war ein im falschen Geschlecht geborener Sohn ihres Vaters.

Und sie heiratete nie. Es schien, als sollte die auf einem Mißverständnis der Geburt gründende Vorliebe ihres Vaters für sie die einzige Liebe ihres Lebens bleiben. Und auch als diese Liebe in Ablehnung umschlug, blieb sie ihm treu, buhlte um seine Aufmerksamkeit, lief ihm hinterher wie eine sitzengelassene Geliebte. Wir kannten unsere älteste und kinderlose Tante nur so, nur als verschmähtes Kuriosum, gekränkt und krank, ungeliebt und wenig liebenswert. Kaum jemand hatte ein gutes Wort für sie. Nur gelegentlich lobte mein Großvater ihre Musikalität, woraufhin sie meist stundenlang, mit größter Fingerfertigkeit und ohne jeden Sinn und Verstand den Bechstein im Musikzimmer traktierte. Dazu sang sie in schauerlichsten Höhen. Sie schien bei aller Geschicklichkeit und Schnelligkeit ihrer Hände keinerlei Gehör zu haben, kein Gespür für die Musik und das, was sich darin ausdrücken wollte, sie war das leibhaftige Gegenteil von »musikalisch«, ein bloßer Apparat aus Sehnen, Knöcheln, Fingerkuppen, der die Noten nur so herunterhämmerte, der die Tasten wie Knöpfe drückte und dazu Melodien schmetterte wie ein überdrehtes Grammophon. Und dennoch saß mein Großvater nicht selten bei ihr und hörte ihren Schauerlichkeiten zu, geduldig, aufopferungsvoll und im Grunde seines Herzens stocktaub.

Wir verkrochen uns in die entlegensten Winkel des Hauses, wenn unsere Tante wieder einmal ihren »Musikalischen« hatte, und beteten inständig nach jeder Unterbrechung, sie möge nicht wieder von neuem anfangen, was natürlich prompt der Fall war. Wir zuckten zusammen bei ihrem dröhnenden Akkordanschlag und den aufschreiartigen Gesängen. Doch mein Großvater saß bei ihr, andächtig und stumm, und lauschte dieser aberwitzigen Katzenmusik versonnen wie einem wunderbaren Konzert. Es war mehr als ein Liebesdienst, daß er ihr zuhörte, es war mehr als nur eine Freude, die er ihr machen wollte. Wir verstanden es nicht. Wir verstanden einfach nicht, wie er es über sich brachte.

Wie wir auch seine wechselhafte Duldsamkeit ihr gegenüber nicht verstanden. So ließ er es gelegentlich zu, daß sie das Tischgespräch, über das er sonst ein strenges Regiment führte, völlig an sich riß. Und das geschah beinahe immer auf ein und dieselbe Weise. Sobald der Name eines großen Künstlers, eines Dichters, Malers oder Komponisten fiel, warf sie, als sei damit alles gesagt, dessen Geburts- und Sterbedatum ein. Dann ging sie, gleichsam erläuternd, dazu über, die Daten aller Berühmtheiten im weiteren Umfeld der genannten Persönlichkeit aufzusagen. Und wenn man sie nicht unterbrach, dann landete sie zu guter Letzt bei den Geburts- und Namenstagen aller Verwandten und Bekannten der Familie. Es war ein unaufhörlicher Zahlenstrom, den sie herunterbrabbelte, lauter beliebige Daten und Zahlenkombinationen, die noch dazu allesamt exakt stimmten. Sie vergaß keine noch so belanglose Zahl, ihr Zahlengedächtnis war absolut untrüglich. Und kurioserweise habe ich all meine literatur- und musikgeschichtlichen Datenkenntnisse von ihr.

Es gab Tage, an denen sich mein Großvater dieses Zahlenkauderwelsch mit derselben Unerbittlichkeit anhörte wie ihren gespenstischen Gesang, während wir betreten auf unsere leergegessenen Teller schauten und hofften, er möge die Tafel möglichst bald aufheben. Aber seine Duldsamkeit in diesem Punkt war, wie gesagt, wechselhaft, und es konnte sein, daß er unserer Tante schon im Ansatz barsch das Wort abschnitt, sie streng ermahnte und dann, wenn sie wie üblich in Tränen ausbrach, unverzüglich aus dem Zimmer schickte. Daraufhin heulte sie meist erst richtig los, wankte schluchzend und schlotternd zur Eßzimmertür hinaus und ließ sich dann unvermeidlicherweise im Musikzimmer nieder, wo sie zu den Hammerschlägen ihrer volltönenden Finger wimmernd und klagend ihren dissonanten Kummer heraussang bis spät in die Nacht.

Wir verstanden nicht, wie er, der strenge, zorngewaltige Herr der Mißgunst, all das dulden konnte. Und unser Unverständnis über das Zahlengebrabbel bei Tisch und die vielen entnervenden Regennachmittage im Herbst, an denen ihre Schauergesänge durch das Haus dröhnten, ließ uns maulen und meutern, als es hieß, wir sollten mit unserer Tante zum ersten Advent einige Weihnachstlieder einstudieren. Wir weigerten uns schlichtweg. Die Drohungen unserer Mütter nutzten nichts. Wir waren in unserm Trotz sogar entschlossen, Weihnachten in diesem Jahr lieber ausfallen zu lassen, als mit unserer Tante zusammen zu musizieren. Als auch das vermeintliche Machtwort der herbeigerufenen, widerstrebenden Väter nichts half, beorderte uns der Herr der Mißgunst, dessen ausdrücklicher Wunsch es gewesen war, in sein Büro.

Es war das erste Mal, daß ich das holzgetäfelte Büro meines Großvaters betrat. Ich sah die Ahnengalerie seiner Väter, die hinter seinem Schreibtisch angeordnet war wie ein Triptychon. Es dauerte eine Weile, bis ich erkannte, daß das dritte Bild in der Reihe ihn selbst porträtierte. Es war ein glattes, gelacktes Gemälde, auf dem er eine seltsam rosige Hautfarbe und überhaupt sehr weiche, weibliche Züge hatte, gipfelnd in einem geschwungenen sinnlichen Mund, der aussah, als sei er geschminkt. Doch weich und weiblich erschienen seine Züge augenblicklich gar nicht, und die Lippen in seinem aschgrauen Gesicht waren zusammengepreßt und schmal. Er wies uns an, auf der ledernen Couch Platz zu nehmen, und rückte mit seinem Sessel ein Stück vom Schreibtisch ab. Sein steifes Bein hatte er auf ein spezialgefertigtes, hüfthohes Fußbänkchen gebettet.

Wir erwarteten eine Gardinenpredigt von ihm und rechneten, was seinen Zorn anging, mit dem Schlimmsten. Doch seine Stimme blieb ruhig und gedämpft, beinahe düster. Zum ersten Mal begegneten wir nicht seinem Zorn, sondern seiner Trauer, einer leisen und gottverlassenen Mutlosigkeit, dumpf und kraftlos, so als hätte er vor den nüchternen Tatsachen, die er uns nannte, für alle Zeiten resigniert. Und es war uns, als schlüge er das Buch der Unverzeihlichkeiten noch einmal auf,

an einer bislang unbekannten Stelle, die er von allem fern-
gehalten hatte wie eine Wunde, die nicht heilen wollte. Er
erzählte von unserer Tante, von ihrer außerordentlichen musikalischen Begabung, die sie schon früh auf das Konservato-
rium geführt hatte, wo sie oftmals ganze Tage am Klavier verbrachte, Preise gewann, die besten Lehrer hatte. Er erzählte
von ihrem mathematischen Genie, das sie in die Lage versetzte, sämtliche Harmonien arithmetisch zu erfassen, die
idealen Proportionen der Klang- und Schwingungsverhält-
nisse zu errechnen und zu hören. Er erzählte von seinem
Stolz, seiner Begeisterung darüber, daß sich der Zahlenverstand der Familie erstmals mit einer musischen Begabung zu
verbinden schien, daß sich der Sinn für die Zahl in allen Dingen bei seiner Tochter mit einem absoluten Gehör vereinte,
daß die Musik durch die Zahl und die Zahl durch die Musik
bei ihr zu höchster Schönheit und Vollkommenheit gelangte.
Und er erzählte von dem Tag, als ihn der Leiter des Konserva-
toriums anrief und sagte, seine Tochter sei schwer erkrankt,
sie könne offenbar zwischen Tönen und Zahlen nicht mehr
unterscheiden. Sie fühlte sich von Zahlen verfolgt, von Tönen angegriffen, befand sich in permanenten Angstzuständen
und verließ ihr Zimmer nicht mehr. Er holte sie heim in der
Hoffnung, sie würde sich zu Hause wieder beruhigen, aber ihr
Zustand verschlechterte sich. Niemand kam mehr an sie
heran. Ihre Ängste nahmen immer drastischere Formen an.
Nächtelang schrie sie zusammenhanglose Zahlenreihen rauf
und runter. Panisch reagierte sie auf jedes Geräusch, jedes
Wort, jeden Klang, den sie wie eine physische Attacke zu
empfinden schien. Auch die Einlieferung in die Psychiatrie
brachte keine Linderung. Nach unzähligen medikamentösen
Behandlungsversuchen blieb schließlich nur noch der chirur-
gische Eingriff, eine Art Lobotomie, eine Sektion der beiden
Hirnhälften. Nervenstränge zwischen der rechten und linken
Hemisphäre wurden durchtrennt. Dann erst trat Ruhe ein.

Zahl und Ton schieden sich wieder voneinander. Aber sie lösten in ihr auch nichts mehr aus. Ihr enormes Zahlengedächtnis saugte jede Zahlenkombination, jedes Datum in sich auf wie ein Schwamm, doch sie vermochte kaum noch Beziehungen zwischen den Zahlen herzustellen. Die Klänge und Töne, die ihr Ohr erreichten, hörte sie zwar, aber sie empfand und verband nichts mehr mit ihnen. Sie war, musikalisch gesprochen, taub. Und mit dieser Verstümmelung von Zahlenverstand und absolutem Gehör war ihr geistiger Frieden erkauft.

Seitdem war sie so. Ihre durchgebildeten, geübten Hände hämmerten empfindungslos auf die Tasten, so als wollten sie ihr verschwundenes Gefühl für die Musik mit aller Macht wiedererwecken. Ihr Gesang glich einer geisterhaften Beschwörung, einer in endlosen Glissandi umherirrenden Suche nach dem absoluten Gehör, das sie für immer verloren hatte. Und wenn sie die Kolonnen der Geburts- und Sterbetage aufsagte, dann waren dies gleichsam Äußerungen eines Phantomschmerzes, die Bemühungen ihres abhandengekommenen Zahlenverstands, mit seinen gekappten Nerven wieder Verbindung aufzunehmen, das fehlende Glied in der Kette zu finden, die Bezüge und den Sinn des Ganzen wiederherzustellen. Vergebens.

Wir saßen mit gesenkten Köpfen da, an Protest kein Gedanke. Wie bei unserm Spiel »Franzosenliebchen« tat sich plötzlich die Vergangenheit auf, und die Menschen um uns herum waren nicht mehr, wie wir sie erlebten Tag für Tag, wie wir sie mochten oder nicht mochten, sie waren das, was sie geworden waren, Träger von Geschichten, von unaussprechlichen Geschichten, die im Schweigen nicht endeten, die zu Geschichten des Schweigens geworden waren, zur stummen Fortsetzung ihrer selbst. Wir hatten das »Franzosenliebchen«

noch nicht verwunden, da stießen wir bereits auf die Geschichte der »Zahlentante«, wie wir sie nannten, wenn sie wieder einmal die Tischgesellschaft mit ihren Geburts- und Sterbetagen unterhalten hatte, oder die »Schreihälsin«, das »Schloßgespenst«, die »Klavierquälerin«, wie wir erfinderisch lästerten, wenn sie spielte und sang. Und jetzt waren all diese Namen auf einmal unsagbar wahr, unaussprechlich aufgrund der Geschichte, die zu ihnen führte. Und wir warteten sprachlos, mit gesenkten Köpfen, auf die Erklärung, warum das so war, welcher Grund, welche Schuld zu dieser Geschichte geführt hatte.

Der Herr der Mißgunst, dieser gewaltige, wuchtige und sogar im Sitzen seltsam schiefe Mann, sah über uns hinweg. Wir fürchteten, seinem Blick zu begegnen, doch er war ganz woanders, in einer anderen Zeit. Keiner von uns wagte zu fragen, wie es dazu gekommen war, wen welche Schuld traf, wer welche Erklärung dafür hatte. War es die Mißgunst mit ihrem Haß und ihren bösen Zungen, war es, weil sie eine Tochter war und kein Sohn, war es, weil sich das Musische nicht vertrug mit dem Zahlenverstand der Familie, war es all dies zusammen? Der Herr der Mißgunst saß nur da, sein steifes Bein weit von sich gestreckt, und sagte nichts. Vielleicht gab es keine Antwort. Vielleicht waren sämtliche Antworten, Erklärungen, Schuldzuweisungen verschmolzen zu einer einzigen Unverzeihlichkeit, über die es kein Wort mehr zu verlieren gab. Vielleicht war er so weit im Buch der Unverzeihlichkeiten, daß er darüber verstummen mußte.

Wir hoben vorsichtig die Köpfe und sahen ihn fragend an. Doch seine Sprachlosigkeit, sein Verstummen umfaßte seinen ganzen Körper. Keine Miene, keine Geste, keine unwillkürliche Regung, nur diese Augen, dieser Blick, blind von Trauer, diese gottverlassene Mutlosigkeit. Jetzt wußten wir, wie er es fertigbrachte, ihr stundenlang zuzuhören, der Schreihälsin, dem Schloßgespenst, der Klavierquälerin. Jetzt sahen wir, in welche Verfassung des Verlusts er sich begab, während er der zerstörten Musikalität, dem entstellten Gesang seiner Tochter lauschte, Nachklang einer längst begrabenen Hoffnung. Und wir begriffen endlich, was so einfach zu begreifen gewesen wäre, daß er hierin ihr Vater war, daß er sich hierin als ihr Vater fühlte, Vater ihrer zertrennten Hirnhälften, Vater ihrer inneren Taubheit, ihres bewußtlosen Schmerzes und verödeten Genies, er, der Krüppelvater einer Krüppeltochter, der Vaterkrüppelmaler einer Tochterkrüppelpianistin.

Wir sahen ihm jetzt direkt in die Augen, wie um ihn zu zwingen, zu uns und unserer Situation zurückzukehren, ihr ein Ende zu machen und uns aus dem Bann dieser Unverzeihlichkeit zu entlassen, doch er sah uns nicht, sondern blickte so stumpf und entseelt wie das Geschöpf, dessen Vater er geworden war. Wir sahen ihn flehentlich an, bis wir die Tränen nicht mehr zurückhalten konnten, die er längst nicht mehr hatte, Tränen, die sein toter, ausgelöschter Blick uns aus den Augen zog. Und weinend wie an seiner Stelle verließen wir das Büro, in dem er bis zum Abend allein zurückblieb.

Es kam zu unserem kleinen Adventskonzert, obwohl es uns nicht gerade leichtfiel, die Vergangenheit der Zahlentante im Sinn zu haben und ihrer tumben Gegenwart halbwegs ungezwungen zu begegnen. Wir gaben uns redlich Mühe, nicht weiter nach Art der Mißgunst mit ihr zu verfahren und lediglich das Fremde, Ungewollte, Mißliebige, lediglich die Abweichung in ihr zu sehen, das, was sie hätte sein sollen und nicht war.

Und sie, die Schreihälsin, das Schloßgespenst, die Klavierquälerin, schien unsern Sinneswandel zu bemerken. Ihre gelenken Hände fingen an, sanfter über die Tasten zu gleiten, ihre Stimme senkte sich und hörte auf, ein einziger grotesker Schrei zu sein. Es war noch immer unerträgliche Katzenmusik, die wir zusammengreinten, eine völlige Entstellung weihnachtlichen Liedguts, das bis zur Unkenntlichkeit zwischen ungeübten Kinderstimmen und einem permanent entgleitenden Sopran oszillierte. Jeder Außenstehende hätte sich die Ohren zugehalten und wäre davongerannt. Doch wir fingen an, den Verlust zu hören, hörten die fernen, verzerrten Anklänge ihrer verlorenen Begabung, hörten ihre imaginäre, unmöglich gewordene Musik.

Rückkehr

Wir starteten frühmorgens nach Sanary-sur-Mer, einem kleinen
Badeort an der Côte d'Azur, den sie für ihre Aufnahmen aus-
gekundschaftet hatte. Die Kühle der verschwimmenden
Nacht und die spärliche Feuchtigkeit des Morgentaus hielten
sich nicht lange. Der Himmel war seit Sonnenaufgang leer,
eine wolkenlose, flache Farbscheibe, deren Helligkeit den
Tag beherrschte. Ich saß mit allerlei Gerätschaften auf der
Rückbank des Jeeps und hielt in den Kurven abwechselnd
mich selber und die Ausrüstung fest. Auf dem Beifahrersitz
vor mir saß sie, einen schlanken Arm über der Lehne, und am
Steuer ein junger Franzose, der als Fahrer engagiert worden
war und sich vor Ort gut auskannte.

Der Fahrtwind wirbelte in dichten Hitzewellen an uns vorbei
und zerzauste uns das Haar. Die Straße vor uns schien aufzu-
weichen, sich in flimmerndem Gelee aufzulösen, zu zerflie-
ßen in den staubigen Gräben und dem verbrannten Gras des
Mittelstreifens. Nur der Franzose am Steuer hielt es auf Dauer
ohne Sonnenbrille aus. Er mußte die Augen nicht einmal
übermäßig zusammenkneifen, er schaute einfach nur ernst,
fast nachdenklich, mit leicht zusammengezogenen Brauen
auf die Straße und in den Rückspiegel, wo sich unsere Blicke
begegneten. »Franzosenliebchen«, dachte ich kurz und sah
die beiden ein wenig zusammenrücken, den Franzosen am
Steuer und sie, deren schlanker Arm sich die Sitzlehne ent-
langräkelte.

Wir fuhren in südlicher Richtung geradewegs aufs Meer zu.
Die Weite des Wassers mußte sich jeden Augenblick auftun

hinter den immer sandiger werdenden Hügeln und zerklüfteten Felsen. Man konnte sie förmlich spüren, die Nähe des Meeres, das Rauschen in der Muschel, den schäumenden Abglanz der blaugrauen Wellen und die salzige Frische des Wassers. Und schließlich – wie eine Spiegelung aus Luft und Licht am Ende der von Hitze flimmernden Straße – ein glitzernder Streifen Blau am Horizont.

Blau. Ein ganz und gar unwirkliches Blau, das sich zusehends veränderte, durchzogen vom Dunkel der Fahrrinnen, hell, beinahe durchsichtig, wo es die gewölbten Rücken der Sandbänke umspülte, ebenmäßig und gespannt wie eine Haut über der Tiefe und dann wieder kräuselnd bewegt, sich brechend, aufschäumend, grau, weißgrau vor Gischt. Immer großzügiger offenbarte das Meer seine Mannigfaltigkeit, seine Fülle, immer deutlicher wurde das Spiel von Wind und Wellen, der Schattenwurf der Tiefe, die verschiedenen Färbungen, Strömungen, Temperamente des Wassers, die ineinanderdrifteten, zusammenflossen in seiner unglaublichen Uferlosigkeit.

Wir waren eine ganze Strecke direkt auf das Meer zugefahren, dann bog die Straße ab und verlief entlang der Küste, parallel zur Wasserlinie. Klippen, Buchten, kleine Strände wechselten sich ab. Einzelne Boote, Fischkutter und, im dunstigen Blau des fernen Horizonts, der eine oder andere mächtige Tanker folgten unserer Bewegung oder zogen in entgegengesetzter Richtung davon. Bojen, Schwimmer, in den Wellen spielende Kinder, das alles zu sehen war eine Wohltat nach dem Stillstand des Lebens und der Dinge unter der steilen Sonne der Provence.

»Wahr Pech!« Der Fahrer trat plötzlich in die Bremsen. Ich dachte, ich hätte mich verhört, doch er wiederholte die einzi-

gen beiden französischen Worte, an die man sich auf der Mißgunst erinnerte. Wir hielten auf einer Brücke. Unter uns, jenseits der Brüstung, reichte eine Lagune ins Land, dort, wo ein
von Sonne ausgetrockneter Fluß ins Meer gemündet hatte.
Das klare, grünblaue Wasser war kaum mehr als einen Meter
tief, und der von seinem Sitz aufgesprungene Fahrer deutete
mit ausgestrecktem Zeigefinger hinunter. Schwarze, keilförmige Schatten zogen in geometrischen Formationen durch
das von Licht durchschienene Wasser, ein ganzer Schwarm
von stattlichen Fischrücken, Ausläufer des unermeßlichen
Lebens im Meer, das sich in das sonnentote Land hinein erstreckte.

Kurz darauf erreichten wir Sanary-sur-Mer, eine Ansamm-
lung von Villen und Vegetation, was luxuriös, ja, beinahe
künstlich wirkte in seiner gewächshausartigen Üppigkeit.
Gepflegte, vornehme Gärten, laubüberschattete Straßen mit
großzügigen, weitläufigen Sommerhäusern, die meist unbe-
wohnt aussahen und wohl nur für gelegentliche Ferien oder
Wochenenden genutzt wurden. Weiter unten an der Strand-
promenade herrschte reges Treiben. Bars, Cafés und Restau-
rants erstreckten sich bis an die massive Kaimauer, von der aus
eine helle, freundliche Sandbucht zum Meer führte, das mit
sanfter Dünung die Knöchel von barfüßigen Spaziergängern
umspülte.

Hier trennten sich unsere Wege. Ich wollte den Tag am Wasser verbringen. Alles, was ich brauchte, hatte ich in ein Bade-
handtuch eingerollt, das ich unter dem Arm trug. Sie drehte
sich nach mir um und gab mir einen flüchtigen Kuß, nur ein
Hauch ihrer cremeduftenden Haut. Ich wollte schon aus dem
Wagen springen, als sie mich noch einmal festhielt und die
Gläser meiner Sonnenbrille küßte. Ihre Lippen hinterließen
kelchförmige Spuren auf dem getönten Glas. Der junge Fran-

zose schaute uns im Rückspiegel zu. Wieder begegneten sich unsere Blicke. Sofort sah er weg und starrte hinaus aufs Meer. Ich kletterte aus dem Wagen, überquerte die Strandstraße und winkte den beiden nach. Fast wollte ich ihnen nachrufen, »wahr Pech!«

Ich schlenderte zum Strand herunter, zog die Schuhe aus, band die Schnürbänder zusammen und ließ sie mir über die Schulter baumeln, während sich meine nackten Zehen in den feinen weißen Sand gruben, dessen oberste Schicht so heiß war, daß man sich bis zum Spann hineinbohren mußte, um sich nicht die Füße zu verbrennen. Kniehohe Wellen spülten an den Strand, warfen den quirligen Sand auf und zerrannen glitzernd in Wirbeln von Licht und gemahlenem Kristall. Seicht versank das Land im Meer, und der helle Sandrücken der Bucht schimmerte noch weithin unter dem Wasser, das durchsichtig schien, farblos und blau zugleich. Ich suchte mir ein weniger belebtes Plätzchen am Rande der Bucht und tauchte in das angenehm kühle Wasser, das frischer war, als es die zahme Dünung vermuten ließ. Auf dem sandweißen Grund konnte ich meinen Schatten sehen, der zwischen bewegten Lichtflecken und Wellenmustern lautlos dahinglitt. Nach ungefähr zweihundert Metern sackte der Meeresgrund in die Dunkelheit ab, vielleicht ein finsterer Gesteinsrücken, vielleicht aber auch die sich selbst überschattende Tiefe des Meeres. Einhundert Meter weiter entließ die bogenförmige, sanfte Klammer der Bucht den Schwimmer ins offene Meer.

Ich hatte fürs erste genug gesehen und kraulte zurück an den Strand, wo ich mich unabgetrocknet in den Halbschatten der streckenweise bepflanzten Kaimauer legte. Wenn ich durch meine Sonnenbrille in den Himmel schaute, schwebten zwei volle Kußmünder im makellosen Blau. Noch war alles nur ein

Spiel. Noch war meine Rückkehr zum Wasser verlaufen wie eine Ferientändelei.

Ich weiß nicht, wie lange ich so vor mich hin gedöst hatte, doch plötzlich sah ich aus den Augenwinkeln den jungen Franzosen. Mit federnden, leichten Schritten lief er hinüber zum anderen Ende der Bucht. Ich hätte schwören können, daß er es war, schließlich hatte ich seinen Hinterkopf während der gesamten Autofahrt vor mir gesehen, und er glich voll und ganz dem auf und ab wippenden Schopf des Läufers, der sich langsam entfernte, hinter dem einen oder anderen Strandspaziergänger verschwand, um wenig später im federnden Rhythmus seiner Schritte wieder aufzutauchen.

Ich nahm seine Fährte auf und bahnte meinen Weg durch den Sand, vorbei an den flanierenden Pärchen und wasserscheuen Zauderern, die bis zu den Knien auf die Wellen zustaksten, um dann wieder das Trockene zu suchen. Der überspülte Sand entlang der Wasserlinie war nicht so nachgiebig und weich, man faßte besser Fuß, und so konnte ich einige Meter Abstand auf den Franzosen wieder gutmachen. Doch dann verschwand er in einer Gruppe von athletischen, muskulösen Männern in Jerseys und Badehosen, die sich am andern Ende der Bucht versammelt hatten. Sie drängelten sich an einem bärtigen älteren Mann mit Kapitänsmütze vorbei, der eine Mappe im Arm hielt, in die er Eintragungen machte. Ich wollte mich bei ihm erkundigen, mußte ihm aber zu verstehen geben, daß ich leider nur Deutsch oder Englisch sprach, woraufhin er ohne Umschweife in gestanztes Seemannsenglisch wechselte. Er erklärte mir, es seien ziemlich genau dreieinhalb Kilometer Luftlinie von dem einen Ende der Bucht zum andern, ich müsse möglichst dicht dem Boot mit der gelben Flagge folgen, es würde den günstigsten Kurs steuern. Dann fragte er mich nach meinem Namen und Wohnort, trug beides auf seiner Liste ein und nannte mir eine Nummer. Ich war so perplex, daß ich erst jetzt die Frage herausbrachte, was für eine Veranstaltung dies überhaupt sei. Biathlon, sagte er ernst und schaute mich dabei so herausfordernd an, daß ich es nicht wagte, das Ganze für ein Mißverständnis zu erklären.

Ich schaute mich unter den Biathleten nach dem jungen Franzosen um. Doch die meisten von ihnen waren bereits in Startposition gerückt und standen Schulter an Schulter dicht gestaffelt beisammen. Ich mußte mich schleunigst einreihen, um nicht in den hintersten Winkel abgedrängt zu werden. Zwischen den Nacken hindurch sah ich die gelbe Flagge des Kursbootes, die sich leicht wellte im flauen Wind. Das Stimmengewirr und Kindergeschrei des Badestrands schien auf einmal weit entfernt. Es setzte jene einsame Konzentration ein, die ich nur zu gut von meinen Startblockritualen her kannte, eine Konzentration auf die bevorstehende Strecke, in die sich Angst, Überwindung und Hoffnung mischten, Hoffnung auf die Gnade des Wassers.

Aber etwas war anders als bei den Wettkämpfen, die ich bisher geschwommen hatte: das Meer. Ich mußte an den schwarzen Rand der Sandbucht denken, an die Bodenlosigkeit, die sich jenseits des hellen Sandrückens auftat, Klüfte aus dunklem Gestein oder einfach nur Tiefe, eine Tiefe, die so weit in sich selbst hineinreichte, daß sie sich verdunkelte und keinerlei Licht mehr einließ. Ein Ruck wanderte durch die Schwimmer um mich herum. Auf dem Kursboot hatte sich ein Mann mit einer Pistole neben der wallenden gelben Flagge postiert. Er hob den Arm in die Höhe, unsere Körper duckten sich fast automatisch, dann feuerte er, und wir sprangen.

Zunächst war ich nur damit beschäftigt, den strampelnden und ausschlagenden Schwimmern um mich herum auszuweichen und an ihnen vorbeizuziehen. Viele der Biathleten waren Läufertypen und fanden keine ideale Balance im Wasser, sie mußten mit Kraft ausgleichen, wo ihre Physiognomie sie in ihrer Wasserlage benachteiligte. Nach den ersten zweihundert Metern lichtete sich bereits das Feld, und es bildete sich eine Spitzengruppe von fünf oder sechs Mann heraus, deren erste Disziplin offensichtlich das Schwimmen war. Geschmeidig glitten sie über die leicht schaukelnde See, der Beinschlag unaufgeregt, regelmäßig, rhythmisch. Ich war froh über diese Mitschwimmer, froh darüber, daß sie in meiner Nähe waren, obwohl ich eigentlich hätte versuchen müssen, mich frühzeitig noch weiter abzusetzen, um dann unbedrängt und in aller Konsequenz meine Strecke zu Ende zu schwimmen, nachdem ich den toten Punkt passiert hatte. Aber dies war das Meer: Unter mir eine unergründliche Tiefe, um mich herum ein seltsam veränderlicher Sog von Strömungen und die Unruhe des leichten Seegangs.

Ich war gewohnt, daß sämtliche Ängste, die mich vor dem Start heimsuchten, nach wenigen hundert Metern verschwanden und sich ein Gefühl der Sicherheit einstellte, das mich unempfindlich machte gegenüber den Gefahren, die das Wasser barg. Aber die Beklemmungen angesichts der unabsehbaren Tiefe unter mir ließen mich nicht los. Ein alter Gedanke aus Kindertagen kam mir wieder in den Sinn, damals, als wir schwimmen lernten in dem seichten, pappelduftenden Wasser der Diemel: Du darfst dem Wasser nicht zeigen, daß du Angst hast, sonst bringst du es gegen dich auf. Wenn dein Atem stockt, wenn deine Bewegungen sich verhaspeln, spürt es deine Schwäche und greift mit kalter Hand nach deinem Herzen. – Ich erinnerte mich, daß uns diese Warnung, Angst zu zeigen, immer noch mehr Angst gemacht hatte, Angst vor der Angst, und dennoch hatten wir schwimmen gelernt und waren nicht ertrunken. Dank der Gnade des Wassers.

Doch ich paßte nicht richtig auf. Einer der zähesten, leichtesten Schwimmer war an mir vorbeigezogen. Er hatte schon gut vier Längen Vorsprung, als ich registrierte, daß er sich endgültig absetzen wollte. Die Mühelosigkeit und Unbeschwertheit seiner Schläge war außergewöhnlich, der Zug seines Schlagarms gelenkig und schnell. Es hatte den Anschein, als sei er ganz und gar eins mit dem Wasser, das ihn davontrug, ohne daß er es dreschen und durchpflügen mußte wie all die Schwimmer, die er hinter sich gelassen hatte. Auch schien er den Seegang, die Täler und Höhen der Wellen genau zu kennen, so daß er kaum den Kopf aus dem Wasser zu heben brauchte, um Luft zu schöpfen. Nur einmal, als er aufschaute, um die Distanz zum Kursboot mit der gelben Flagge abzuschätzen, bekam ich seinen Hinterkopf zu sehen. Möglich, daß ich mich täuschte, aber er sah aus wie der Hinterkopf des jungen Franzosen, dem ich gefolgt war.

Ich versuchte, den Anschluß nicht zu verlieren, und beschleunigte den Rhythmus meiner Schläge, obwohl ich wußte, daß es noch zu früh war, um mit voller Kraft auf den toten Punkt zuzusteuern. Das Kursboot, das uns vorausfuhr, war keine wirkliche Hilfe, weil die Orientierung beim Freistil längsseitig erfolgt durch eine kurze Drehung des Kopfes und einen Seitenblick beim Luftholen. Es war sehr kräfteraubend, den Kopf immer wieder weit aus dem Wasser zu recken, um die gelbe Flagge sehen zu können, die im Fahrtwind aufflatterte und dann wieder in sich zusammenfiel. Das Nach-vorne-Schauen bedeutete nicht nur, daß man mit dem ansonsten eingeduckten Kopf die Stromlinie durchbrach, es störte auch den Rhythmus und die Monotonie der Schläge, die für Langstrecken unbedingt notwendig war, denn nur so stellte sich der Automatismus der Bewegung ein, der es ermöglichte, über die eigenen Kräfte und den ermüdenden Willen hinauszuschwimmen.

Es gab nur eine Chance, diesem lästigen Orientierungszwang zu entgehen. Man mußte weiter nach links ausscheren und sich in eine seitliche Position zum Kursboot bringen, so daß man es beim Luftholen automatisch im Blick hatte. Das hieß aber auch: weiter aufs Meer hinausschwimmen und die schützende Klammer der Bucht verlassen. Ich versuchte es trotzdem, legte ganz gegen meine Gewohnheit einen kurzen Zwischensprint ein und zog hinüber auf die linke Seite in Richtung offenes Meer bis an die äußerste Grenze des vagen Stromschattens, den das Kursboot spendete. Ich hatte jetzt sowohl die gelbe Flagge als auch den jungen Franzosen im Blick, aber ich hatte auch das Meer unter mir, das sich in seiner ganzen Dunkelheit und Tiefe unter meinen Schlägen auftat.

Ich beschloß, auf dieser Position zu bleiben, obwohl ich dann und wann plötzliche Strömungswechsel spürte, die unerwartete Wellenbrechungen und Verschlagungen mit sich brachten. Zielstrebig schwamm ich auf den toten Punkt zu, verausgabte mich ohne Rücksicht auf einzubehaltende Reserven, in der Hoffnung, nach dem Überqueren dieser letzten Schwelle aus Entkräftung, Atemlosigkeit und Schmerz würde auch die Angst verschwinden. Ich hoffte auf die Gnade des Wassers: Möge sie mich aufnehmen und weitertragen, über das Ende meiner Kräfte hinaus.

Aus der Tiefe kam eine Müdigkeit über mich, der Schatten eines Schlafs, der den Schmerz betäubte und das Hinausstöhnen der Luft, das nicht zu unterdrückende Ächzen beim Hochreißen des Schlagarms unendlich fern erscheinen ließ. Ich hörte mich selbst immer leiser, schwächer und hatte das Gefühl, leiernd und sinnlos auf der Stelle zu schwimmen. Doch vor meinen Augen hielt sich hartnäckig ein und dasselbe Bild: die leuchtend gelbe Flagge des Kursbootes, wie sie, vom Fahrtwind leicht gekräuselt, in lauen Sommerböen hin und her schlappte, und der junge Franzose auf gleicher Höhe neben mir, nur fünf bis sieben Meter weiter landeinwärts. Die Proportionen dieses Bildes verschoben sich nicht, das Verhältnis der Entfernungen zueinander blieb konstant. Und so mußte ich annehmen, daß ich trotz allem die Geschwindigkeit hielt. Noch zweieinhalb Kilometer, dachte ich, zweieinhalb Kilometer Erschöpfung und brüllender Atem und die Dunkelheit des Meeres um mich herum.

Ich zwang mich, an etwas anderes zu denken, an den jungen Franzosen, der scheinbar mühelos mit spitzen Ellbogen und eher sehnigen als muskulösen Armen neben mir kraulte. An seinen beinahe schmächtigen Unterarmen schienen riesige schaufelähnliche Hände befestigt zu sein. Diesmal sah ich ihn, ohne daß er mich sehen konnte. Ich sah, wie sein Kopf im Wasser pendelte, sich hin und her warf wie in einem ruhelosen Schlaf, während er mit dem Gesicht auf den nichtvorhandenen Meeresgrund schaute, hinabblickte in einen bodenlosen Traum. Ich sah, wie er den Fluß seiner Bewegungen unterbrechen mußte und den Kopf abrupt aus dem Wasser reckte, gestützt durch einen kurzen paddelnden Zwischenschlag, nur um die gelbe Fahne am Ende des Kursbootes im Auge zu behalten. Ich sah zum ersten Mal ein Zeichen der Mühe und Anstrengung an ihm, sah, wieviel Kraft es ihn kostete, dem Boot und nicht seinem eigenen Instinkt im Wasser zu folgen. Ich hatte eine Schwäche in seiner geschmeidigen Art zu schwimmen entdeckt und faßte wieder Zuversicht. Vielleicht hatte ich mir durch den Positionswechsel, auch wenn es ein Wechsel hinein in die Unwägbarkeit des Meeres war, einen Vorteil verschafft, der sich auf die Dauer der Strecke zu meinen Gunsten auswirken sollte. Vielleicht war es nicht so weit her mit der Unbesiegbarkeit meines Kontrahenten, mit der Macht seines Mehrwissens, vielleicht würde es mir gelingen, nicht nur über ihn zu triumphieren, sondern auch über das unheimliche Dunkel des Meeres selbst.

Ich beschleunigte nochmals den Rhythmus meiner Bewegungen, legte eine nicht mehr für möglich gehaltene Wucht in meine Schläge und zog die Arme mitsamt den zu Flossen geformten Händen durch bis zum letzten Zentimeter, räumte und drückte die Wassermassen beiseite, bevor ich die Arme wieder aus dem Wasser riß. Ich fühlte mich leicht und getragen, und mit wenigen kräftigen Zügen überwand ich die innere Lähmung und Verlangsamung, die mich noch keine hundert Meter zuvor in ihren bleiernen Bann gezogen hatte.

Ich gewann unglaublich schnell einige Längen Vorsprung und näherte mich immer mehr der gelben Flagge am Heck des Kursbootes. Ich mußte bis auf wenige Meter an sie herangekommen sein, jedenfalls erschien sie mir größer, gleißender, heller als zuvor mit ihrem feinen seidigen Stoff, der flimmerte vor lauter Licht. Ich hielt mich an dieses sonnenglänzende Signal, das mir die verlorene Kraft zurückgab, das meinen Schlägen wieder Nachdruck verlieh, dessen leuchtende Wärme den Schmerz aus meinen Schultern nahm und das Gebrüll meines Atems besänftigte, ihn ruhiger, tiefer gehen ließ. Es war wie das sichtbare Zeichen einer Gunst, dieses lichterfüllte Tuch, dessen Leichtigkeit und Geschmeidigkeit auf mich abstrahlte und mich spielend vereinte mit dem Meer, in dem ich schwamm, mit dem ich verschwamm, in dessen Wellenberge und Täler ich mich eingrub, begünstigt und beglückt von seiner Güte.

So nah war jetzt der gelbe Schein der Flagge, so vollkommen sicher war ich meiner unerschöpflichen Kraft, daß ich es mir jetzt leisten konnte, nach dem jungen Franzosen Ausschau zu halten. Ich machte einen delphinartigen Zwischenschlag und brachte meinen Oberkörper steil aus dem Wasser, um mich weithin umschauen zu können, doch ich sah nichts. Um mich herum nur Meer, schwarzes, dunkles Meer, kein Kursboot, kein Franzose, kein Land. Nur Wasser, von Tiefe überschattetes Wasser und eine erbarmungslos sengende Sonne, die sich an den Rändern der Wellen brach, hellgelb und leuchtend wie ein im Wind flatterndes Tuch.

Ich war vom Kurs abgekommen und immer weiter ins offene Meer hinausgeschwommen. Was mich so scheinbar leicht und mühelos getragen hatte, war nicht die begütigende Hand des Wassers, sondern eine starke Strömung, die mich gefährlich schnell von der Küste abtrieb. In Panik schlug ich um mich, versuchte paddelnd, mich um die eigene Achse zu drehen, um vielleicht in meinem Rücken noch die Umrisse der Bucht zu erkennen, die ich hinter mir gelassen hatte. Ich sah nichts. Die Sonne blendete, das Meer verschluckte in dem bewegten Seegang jede Aussicht. Ich war verloren und wußte es. Mein Atem kam in Stößen, ich glaube, ich schrie. Aber das Wasser war wie eine Wand, massiv, undurchdringlich, hoch, alles verbergend, ein flutendes Gefängnis, das mir keinen Ausweg ließ außer dem Abgleiten in die Tiefe.

Etwas in mir wollte aufgeben. Etwas in mir war bereit, den aussichtslosen Kampf gegen das Ertrinken ungekämpft zu lassen. Und dann das seltsam angenehme Erschrecken, als meine linke Seite schlagartig lahm wurde, taub, Arm, Schulter, Hüfte, Bein sich nicht mehr bewegen ließen und ich dem Sog der Tiefe nichts mehr entgegenzusetzen hatte, der schattenhaften Tiefe, die mit kalter Hand nach meinem Herzen faßte, dessen Pochen ich nicht mehr hörte, nur diese Stille in meinem Kopf, während ich weiter ins Wasser sank, den Mund zu einem tonlosen Schrei aufgerissen, der von schwarzem Wasser überströmt wurde, übertönt wurde wie die Stille in meinem Kopf von dem Rauschen des Meeres und der bodenlosen Tiefe seines Vergessens, der Unterschiedslosigkeit seines Schlafs.

In dem französischen Krankenhaus, in dem ich mich wiederfand, wurde kaum Deutsch und auch nur gebrochen Englisch gesprochen. Die Schwestern und auch der diensthabende Arzt konnten mir keine befriedigende Schilderung der Ereignisse geben. Was sich zunächst so anhörte, als würden sie alle sehr aufgeregt über Kunst reden, »art! art!«, entpuppte sich schließlich als, englisch, »heart«, unter besonderer Berücksichtigung des stummen französischen H. Ich verzichtete auf die medizinischen Details.

Ich war in einem hellen Dreibettzimmer untergebracht. Die Besuchszeit war in vollem Gange. Ehefrauen, Anverwandte, Kinder belebten die Station, während ältliche Herren schwach und milde lächelten und sich die entkräfteten Hände drücken ließen. Der Trubel ebbte gerade ein wenig ab, als ich Besuch bekam. Sie begrüßte mich mit einem vorsichtigen Kuß auf die Stirn. Kaum hatte sie sich gesetzt, als sich die Tür zum Krankenzimmer einen Spalt öffnete und ein dunkler Schopf hereinschaute. Sie registrierte meinen verstörten Blick, rief irgend etwas Unverständliches in Richtung Tür und stellte mir dann meinen Retter vor: den jungen Franzosen, unsern Fahrer. Ihm war aufgefallen, daß ich beim Schwimmen die Orientierung verloren hatte, woraufhin er mir gefolgt war und mich gerade noch rechtzeitig zu fassen bekam. Ich fragte ihn nach dem Ausgang des Rennens, sie übersetzte. Aber er zuckte nur lächelnd mit den Achseln. Ziemlich floskelhaft bedankte ich mich bei ihm – wie bedankt man sich bei jemandem, der einem das Leben gerettet hat? – und als sie gar nicht mehr aufhörte zu übersetzen, was ich alles nicht gesagt hatte, dachte ich unwillkürlich: »Franzosenliebchen«.

Man hielt es, zur Beruhigung des ärztlichen Gewissens, für das beste, mich mit dem Schlafwagen zurück nach Deutschland zu schicken. Sie brachte mich mit dem Jeep und ohne Fahrer nach Marseille. Unser Abschied verlief in übertriebener Eile, flüchtig und seltsam unpersönlich. Doch am Ende küßte sie mich, zum ersten Mal nach meinem Unfall, auf den Mund.

Zurückgekehrt, suchte ich mehr der Ordnung halber verschiedene Ärzte auf. Es war offensichtlich unmöglich, eine klare Diagnose zu bekommen. Niemand konnte mir sagen, ob und wann ich wieder trainieren können würde. Statt dessen hörte ich überall nur die üblichen Ratschläge: zu große Anstrengungen vermeiden, keine übermäßig fetten Speisen, Vorsicht mit Cholesterin, wie gesagt, alles in Maßen, insbesondere Sport. Als ich bei einem meiner letzten Versuche, Klarheit zu bekommen, einmal mehr die Litanei von der Gefahr jedweder Überanstrengung hörte, fiel ich dem Mediziner ins Wort: ob sich denn niemand hier vorstellen könne, was für eine Anstrengung es für mich bedeutet, *nicht* zu schwimmen? Ich gab es auf.

Unterdessen reüssierte sie mit ihren Aufnahmen aus der Provence, so daß sie sich weiter auf ihre künstlerische Arbeit konzentrieren konnte. Im Februar reiste sie erstmals mit einer Mappe von Probeabzügen zu einer namhaften Galerie nach Basel. Zwei Tage darauf – ich wartete noch auf ein erstes Lebenszeichen von ihr – erhielt ich einen Anruf von meiner Tante, der zweitältesten Schwester meiner Mutter, die einen regelrechten Rundruf startete, um uns zu benachrichtigen, daß der Abriß des Herrenhauses auf der Mißgunst bevorstand. Der Konzern, an den die Papier- und Pappenfabrik nach dem Tode meines Großvaters verkauft worden war, plante eine Erweiterung der Produktionsbahnen. Eine der zentralen Maschinentrassen konnte nur über das Grundstück des Herrenhauses hinaus verlängert werden. Es stand der Expansion im Weg. Und wir mußten es als eine Geste der Konzernleitung betrachten, daß man uns über diese Pläne in Kenntnis setzte, schließlich gehörte uns das Haus nicht mehr. Alles andere war Nostalgie.

Aber auch für Nostalgie hatte die Konzernleitung offenbar Verständnis und bot uns an, das Herrenhaus auf der Mißgunst noch einmal zu besuchen. Denn der Haushalt war nach dem Tode meines Großvaters und dem Auszug der Gnädigen recht übereilt aufgelöst worden. Viele allgemein nützliche Dinge blieben zurück, da die neue Firmenleitung die Räumlichkeiten samt Inventar zunächst als Unterkunft für ihre höheren Mitarbeiter übernahm, die sich vor allem in den oberen beiden Stockwerken einrichteten, während die unteren Räume – Büro, Eßzimmer, Salon – bis auf weiteres versiegelt blieben. Ich beschloß, mich gleich am nächsten Morgen auf den Weg zur Mißgunst zu machen, von der ich, ohne darüber nachzudenken, immer gehofft hatte, sie möge so bleiben wie sie war, vielleicht weil ich glaubte, sie würde durch ihre bloße Existenz einen Teil meines Lebens vor dem Vergessen schützen, vielleicht um der Illusion willen, in die Vergangenheit zurückkehren zu können. Von dieser Illusion, von der Möglichkeit einer solchen Rückkehr mußte ich mich jetzt für alle Zeit verabschieden.

Ich hinterließ eine Nachricht unter der Nummer der Basler Galerie, nachdem ich der Schweizerdeutsch sprechenden Dame am anderen Ende mühsam erklärt hatte, wer ich war. Bei Tagesanbruch machte ich mich auf die Reise. Allmählich breitete sich die sanfte Hügellandschaft vor mir aus. Und auf einmal hatte ich das Gefühl, nach Hause zu fahren, obwohl ich keineswegs die längste Zeit meines Lebens auf der Mißgunst verbracht hatte.

Ich hielt auf einer der Talbrücken, unter der sich die Orpe schwarz und schimmernd auf die Mißgunst zuschlängelte, stieg aus dem Wagen und schaute hinab. Das waren die Ufer, an denen ich so oft gestanden und geangelt hatte. Ich kannte noch jeden Stein, jede Stelle, jeden Stromschatten, wo je nach Wurfrichtung mit einem Biß zu rechnen war. Ich kannte den Gang des Wassers, seine kleinen Strudel, Schnellen und Untiefen so inwendig, wußte so genau, wie es sich anfühlte, roch, wie es schmeckte, wenn man die Schnur des Vorfachs mit den Zähnen durchbiß, ich kannte es so viel besser und inniger als jeden andern Menschen, daß es mir beinahe unwirklich erschien. Unwirklich, weil das Bild dieser flußgeteilten Landschaft seit Jahren, Jahrzehnten nur noch in meinen Träumen und Erinnerungen existierte, eine innere Landschaft, die ich so oft geträumt und erinnert hatte, daß sie ein Teil von mir geworden war. Und jetzt auf einmal sah ich sie vor mir wie hinausphantasiert aus meinem Kopf: eine in Kindertage zurückreichende Gestimmtheit, die mir vertrauter war als mein ganzes Leben danach.

Ich nahm mir ein Zimmer in einem Gasthaus, das nach dem Biergeruch zu urteilen mehr eine Kneipe war als ein Hotel, und ging dann den Diemeldeich entlang flußaufwärts in Richtung Fabrik. (Grüße dich, Urgroßvater, grüße dich, Mann des Zahlenverstands! Wie gestuft und geordnet das Pappelwasser der Diemel noch fließt, nachdem dein Blick für die Zahl in allen Dingen längst erloschen ist!) Durch die Pappelreihen mit ihrem entlaubten Geäst konnte ich die Bauten der Fabrikanlage sehen. Der alte, ziegelfarbene Schornstein überragte noch immer alles. Doch mehrere betongraue Lagerhallen waren hinzugekommen, auf denen die feuchte Witterung dunkle Wasserflecken hinterlassen hatte. Ein hoher Drahtmaschenzaun umgrenzte jetzt das ausgedehnte Gebirge der Altpapierballen, die »Schnippeln«, aus denen wir früher unzählige Heftchen und Bücher geklaubt hatten. Dahinter die quaderförmigen Umrisse der Neubauten, deren Wucht und kompromißlose Funktionalität das Herrenhaus und den alten Fabrikkern seltsam verloren aussehen ließen. Fremd und unverwandt stand die wie aus einer Betonform gegossene neue Fabrik in der Landschaft.

Ich stieg den Diemeldamm hinab, kreuzte einen asphaltierten Zufahrtsweg, den es früher nicht gegeben hatte, und streifte durch das verblichene Gras des wilden Gartens hinter dem Herrenhaus, dessen knorrige und krüppelwüchsige Obstbäumchen mit der Zeit eher kleiner als größer geworden zu sein schienen. Verwittert war der mannshohe Gartenzaun, der vormals die Laube und den kurzgeschorenen Rasen um die Brunnenanlage von dem Wildwuchs des Hinterlandes getrennt hatte. Der grüne Anstrich war bis zur Unkenntlichkeit abgeplatzt, Latten fehlten oder hingen lose und morsch aus den Streben. Die Laube war in keinem besseren Zustand. Die weißgetünchte Sprossenarchitektur ihrer Holzwände war grau und vermoost, die seitlich rankenden Rosenstöcke eingebrochen und von Efeu überwuchert. Der stillgelegte Springbrunnen schimmerte algengrün. Es hatte nicht lange gedauert, und die herrenlose Natur war wie eine Woge über den Zaun geschlagen, um sich der künstlichen Ordnung zu bemächtigen.

Ich hielt mich parallel zu dem eingefallenen Gartenzaun und stapfte durch das von Wind und Winter niedergedrückte Gras. So kam ich bis auf wenige Meter an das Orpeufer heran, das einen Wust von Lattich, Farnen und Nesseln trieb und so den schwarzen Fluß vor mir verbarg. Doch wie aus der Erinnerung wehte mich der süße Grabesgeruch der Orpe an, ihre feuchte, schwere Kühle (Wassergruft meines Ururgroßvaters, die du seinen Leichnam in deinen rattenwimmelnden Armen wiegst), ein stiller Hauch von Todessüße. Irgendwo hier mußte das Lager gewesen sein, in das man die französischen Zwangsarbeiter gepfercht hatte, damit sie für den Wohlstand schufteten, der nun hinter dem rottenden Gartenzaun zerfiel. Hier war die Stelle, wo mein Großvater an jenem wasser-umwälzenden Gewittertag geangelt hatte, den Blick der Kü-chenaushilfe in seinem schiefen Rücken. Hier womöglich hatte ihn der Trupp der Zwangsarbeiter angeln sehen, »wahr Pech!«, bevor die Karabiner abgefeuert wurden und die Ge-fangenen sich auf die Erde werfen mußten, mit dem Gesicht in den Staub, den der einsetzende Regen in Schlamm ver-wandelte. Dies war der Ort, um den sich die Gerüchte vom Franzosenliebchen rankten, die aus der Erstgeborenen einen Bastard gemacht hatten und den Zorn meines Großvaters in sinnlose, mutlose Eifersucht verwandelten.

Das Wasser glitt lautlos und schwarz an den Strünken des Huflattichs vorbei, unberührt in seiner Zeugenschaft, ohne Erwiderung. Geblieben war nur der schnelle seidige Strom, die stille Gefährlichkeit der Orpe und ihr dunkler, boden-loser Spiegelblick.

Ich durchquerte den alten Garten und versuchte, über die Terrasse aus verwittertem, regengeschwärztem Sandstein, auf der unsere Sommerfrühstücke stattgefunden hatten, ins Haus zu gelangen. Doch ich war kaum an die gläserne Terrassentür getreten, um in das dunkle Innere des Hauses zu spähen, als ein Mann mit einem Schäferhund an der Leine auf mich zu-kam. Er mußte um die fünfzig sein, trug aber eine blaue, bomberjackenähnliche Montur, die zweifelsohne jugendliche Kampfbereitschaft ausstrahlen sollte. Er wies sich als Mitglied der Hausverwaltung aus und verlangte meine Papiere. Ich er-wähnte den Mädchennamen meiner Mutter, unter dem die Fabrik noch immer bekannt war, und wies darauf hin, daß uns die Firmenleitung zu einem letzten Besuch des ehemaligen Familienbesitzes hierher eingeladen hatte. Er drehte sich ab, starrte in meinen Ausweis und nuschelte in sein Walkie-talkie, dann gab er ihn mir zurück und führte mich zum Haupteingang.

Ich hatte sehr gehofft, das Haus meiner Erinnerungen nicht in Begleitung dieses Wachmanns betreten zu müssen (er hätte einen guten Lager-Kommandanten abgegeben, sicher hätte er den halbvollen Forellen-Eintopf zurück in die Küche geschleppt, um die Küchenaushilfe der Sabotage und Kollaboration mit dem Feind zu bezichtigen, während die Zwangsarbeiter ein weiteres Mal hungrig blieben), doch er wich nicht von meiner Seite. Mit einem imposanten Schlüsselbund entriegelte er die leicht verzogene Eingangstür des Portals, das keineswegs mehr so repräsentativ wirkte, seitdem die Außenwände der Lagerhallen unmittelbar vor ihm aufschossen (damals stand hier der alte Pferdestall mit dem Heuboden unterm Dach, jener nach Stroh und Ammoniak riechende Pferdestall, von dem es eingedenk der List meines Urgroßvaters hieß, dort würden die Offiziere ihre Betriebsbesichtigung abhalten). Der Wachmann ließ mir den Vortritt und folgte mir in die alte Diele, die glanzlos und völlig ausgeräumt vor uns lag. Ein matter Schimmer von Licht fiel durch die trüb gewordenen Fenster der angrenzenden Gesindestube, auf denen in ehemals bunten Farben die verschiedenen Arbeitsgänge des Papiermacherhandwerks abgebildet waren.

Achselzuckend nahm mein Begleiter zur Kenntnis, daß ich zuerst die Küche besichtigen wollte. Ich hatte keinen vorgefertigten Plan. Nach meinem Gang zum Orpeufer war ich einfach neugierig, wie weit man wirklich von der Spüle links neben dem Küchenfenster hinaus in den wilden Garten schauen konnte. Auch die Küchentür war verschlossen, und der Wachmann begann erneut mit seinem Schlüsselbundritual. Als er aufsperrte, fiel mein Blick auf den großflächigen braunen Arbeitstisch, der seit Ewigkeiten nicht mehr verrückt worden war. Ein schäbiger Küchenstuhl stand noch immer unmittelbar davor, so als hätte er gerade eben noch dort gesessen, der runzlige alte Mann mit seinem weißen nikotinvergilbten Haar, den wir Kinder Onkel Günther nannten, ohne jemals darüber nachzudenken, inwiefern er wirklich zur Familie gehörte. Er galt als Sonderling und schien seinen Lebensunterhalt überwiegend mit dem Pfand der Flaschen zu verdienen, die er von den Arbeitern und rund um die Getränkeautomaten in der Stapelhalle einsammelte. Ansonsten sahen wir ihn selten und sprachen nie ein Wort mit ihm.

Einmal jedoch während des Mittagessens ging bei Tisch das Salz aus, und ich wurde in die Küche geschickt, um einen vollen Salzstreuer zu holen. Als ich eintrat, saß Onkel Günther allein am Küchentisch, mit dem Rücken zur Tür, über einen Teller Suppe gebeugt, die er unter unglaublichen Schlürfgeräuschen löffelte. Ich schlich mich vorsichtig an ihm vorbei zu dem Gewürzregal, ließ ihn aber nicht aus den Augen. Er hatte die Ellbogen auf dem Tisch und den Teller so mit seinen Armen abgeschirmt, daß ich nicht sehen konnte, was und wie er aß. Ich hörte nur überdeutlich sein unglaubliches Schlürfen. Plötzlich starrte er mich an. Sein Blick war voller Feindseligkeit, abweisend, ja, drohend, so als müßte er mich davon abhalten, ihm sein Essen wegzunehmen, wo doch im Eßzimmer ein ganzes Menü auf mich wartete. Für einen Moment kam mir das so abwegig vor, daß ich dachte, er würde scherzen und ein kurioses Spiel mit mir spielen wollen, in dem es darum ging, daß er seinen Teller Suppe gegen mich verteidigte. Ich machte einen kleinen Schritt auf ihn zu und streckte die Hand aus, wie um ihm einen Bissen zu stibitzen, da schrie er wütend los, brüllte etwas völlig Unverständliches, Wörter, Laute, die nach einer vollkommen fremden Sprache klangen, und schlug mit seinen spitzen, mageren Armen um sich.

Ich rannte zurück ins Eßzimmer und stammelte etwas von Onkel Günther und einem Anfall. Mit einer ärgerlichen Handbewegung schickte der Herr der Mißgunst jemand anderen in die Küche, um das Salz zu holen, dann hatte er noch ein paar tröstende Worte für mich. Doch ich beruhigte mich nicht so schnell, und so sah man sich gezwungen, mir zu erklären, was es mit Onkel Günther auf sich hatte: daß er bei Stalingrad in russische Gefangenschaft geraten war, daß er zunächst als vermißt galt und erst nach vielen Jahren Hunger und Kälte nach Hause zurückkam, verwildert und unter der Zwangsvorstellung leidend, man wolle ihm jeden Bissen vom Munde wegstehlen. Er aß deshalb allein in der Küche, und natürlich auch aus dem Grunde, weil über Tischmanieren mit ihm nicht zu reden war. Wenn man ihm seinen Teller vor der Zeit wegnehmen wollte, und sei es auch nur, um ihn wiederaufzufüllen, schimpfte er wüst auf russisch.

Wie alle auf der Mißgunst hatte ich ihm keine Beachtung geschenkt, diesem alten, gebrochenen Mann, der mit zittrigen Händen Pfandflaschen und Papier vom Boden aufsammelte und dessen Husten manchmal nachts durch die vom gleichmäßigen Rhythmus der Maschinen unterfütterte Stille rasselte. Ein, zwei Tage hatte ich mit mir zu kämpfen, dann faßte ich mir ein Herz und stieg die Treppen zu seinem Zimmer hinauf mit dem festen Vorsatz, mich bei ihm zu entschuldigen. Er wohnte in einem Giebelzimmer mit separatem Aufgang, schräg über dem eigentlichen Schlafzimmertrakt. Je näher ich seiner sogenannten Junggesellenbude kam, desto stärker roch es nach billigem Rasierwasser, hochprozentigem Fusel und Zigarettenqualm. Die Tür zu seinem Zimmer war nur angelehnt. Ich klopfte und wartete eine Weile, er schien nicht dazusein, oder hatte er mich nicht gehört? Ich schaute vorsichtig durch den offenen Spalt. Auf dem Fußboden verstreut lagen lauter zerknitterte Heftchen mit Fotos von nackten Frauen, die ihre Brüste in den Händen hielten. An den Wänden festgepinnt hingen ebensolche Poster, die er wohl in den »Schnippeln« gefunden hatte. Eine Unmenge von leeren Flaschen stand neben dem Bett, dazwischen türmten sich volle Aschenbecher oder als Aschenbecher mißbrauchte Dosen und Büchsen. Die bis auf den Filter abgebrannten Zigarettenstummel steckten in glibberigem, grünem Schleim und Klumpen von Auswurf. Der Gestank nach Urin, verschwitztem Alkohol und kaltem Rauch war kaum noch auszuhalten.

Trotzdem fesselte mich dieser desolate Anblick, dieses völlig verwahrloste und heillos heruntergekommene Zimmer. Behutsam drückte ich die Tür so weit auf, daß ich durch den Spalt hindurch ins Zimmer schlüpfen konnte. Dann stelzte ich auf den Zehenspitzen über die Schnapsflaschen und Büchsen hinweg und schaute mich um.

Mir fielen die Fotografien auf seinem Nachtspind ins Auge, vier oder fünf Bilder, aufgestellt in fleckigen silbernen Rahmen, die zusammenstanden zu einem kleinen privaten Schrein. Zuvorderst das ovale Porträt einer Frau, ein Foto mit Knickstellen, das sich langsam in einen einzigen Schleier von Grautönen auflöste. Die Frau auf dem Bild trug einen altmodischen Badeanzug, sie lächelte scheu und mit einem leichten Blinzeln, so als würde sie gegen die Sonne schauen. Der Hintergrund verblaßte, nur eine dammähnliche Erhöhung und die entfernten Kronen zweier Pappeln ließen ahnen, daß es sich um eine Aufnahme in der Nähe unserer Badestelle an der Diemel handelte. Mit spitzer, gezackter

Handschrift war am Rande des Fotos eine Jahreszahl ver-
merkt: 1937.

Die nächsten beiden Bilder kannte ich bereits. Es waren Aufnahmen, in denen mein Urgroßvater mit seiner gesamten
Verwandtschaft im Garten nahe der Laube posierte. Aber das
vierte Bild, ein breiter, rechteckiger Abzug, beschäftigte
mich. Es zeigte zwei junge Soldaten in Uniform, zwei
blonde, kräftige, lachende Burschen mit Gewehren über der
Schulter und Blumensträußen im Arm. Der eine winkte wie
zum Abschied, der andere hob seine Hand huldvoll wie ein
Triumphator. Sie sahen sich sehr ähnlich. Es war nicht nur
eine durch die Uniform und den identischen Haarschnitt be-
dingte Ähnlichkeit, ihre Gesichter, ihre Augen waren ähnlich
geschnitten. Sicher waren es Brüder. Und auf einmal erinnerte ich mich, wo ich dieses Foto schon einmal gesehen
hatte: in unserem Familienalbum, das unten in einem Glas-
schrank im Salon stand. Und ich erinnerte mich daran, was
meine Mutter, die mit mir darin blätterte, gesagt hatte: Das
sind die beiden älteren Brüder von Großvater, die in den
Krieg gezogen sind.

Ja, sie waren es, die beiden fähigen, gesunden, erfolgverspre-
chenden Brüder des Krüppels, denen die Mißgunst stolz und
begeistert zugejubelt hatte, und, wie ich erst jetzt erkannte,
Onkel Günther war einer von ihnen. Noch immer kann ich
es nicht fassen, daß auf diesem gebrochenen, kranken, ver-
wahrlosten Mann die Hoffnungen der Mißgunst geruht hatten, daß ihm der Platz meines Großvaters zustand, daß er den
Auftrag seines Vaters schultern und mit der Frau im Badeanzug am Diemeldamm eine Familie gründen sollte, um die Fabrik weiterzuführen von Generation zu Generation. Aber er
war in den Krieg gezogen, getrieben von einer unerfüllten
Sehnsucht nach Größe, beflügelt von der Leichtigkeit seiner

begünstigten Existenz, er war in den Krieg gezogen, vielleicht auch nur deshalb, weil er nicht beim Schlittschuhlaufen auf der Diemel unglücklich gestürzt war und ein steifes Bein vorschützen konnte wie sein kleiner Krüppelbruder, der Maler werden wollte und Fabrikdirektor werden mußte. Und er war aus dem Krieg zurückgekommen, nach vielen Jahren russischer Gefangenschaft, ohne seinen lachenden Bruder, ohne Gewehr über der Schulter und Blumen im Arm, ein Krüppel an Leib und Seele, irrsinnig vor Hunger.

Der Jubel der Leute war vergeßlich. Kaum jemand auf der Mißgunst erkannte seine vormalige Hoffnung und Begeisterung in ihm. Und die lächelnde, scheu blinzelnde Frau im Badeanzug am Diemeldamm hatte sich anderweitig getröstet, als ihr Liebster über Jahre hinweg vermißt blieb. Aus der Zeit des Übergangs war eine Ewigkeit geworden. Sein kleiner Krüppelbruder war jetzt der Herr der Mißgunst und würde es bleiben. Und niemand dachte mehr daran, ihm, dem ehemals strahlenden, fähigen, umjubelten Bruder, den Direktorenposten anzutragen, einem Kriegsheimkehrer und Säufer, einem verkommenen lüsternen Sonderling, der nicht einmal essen konnte wie ein Mensch unter Menschen. Nein, er konnte froh sein, daß man ihn duldete, daß man ihn auf dem Hof und in den Hallen die leergetrunkenen Pfandflaschen einsammeln ließ. Er konnte froh sein, daß er seine geregelten Mahlzeiten bekam, allein, in der Küche, ausgeschlossen von der Gemeinschaft der Tafelnden, wo er schlürfen und schmatzen konnte in seinem Hungerwahn.

Wußte er selbst noch, wer er war? Hatte er durch die vielen Jahre seiner Gefangenschaft hindurch eine Erinnerung dessen bewahrt, was er hätte sein können? Schaute er sich vor dem Schlafengehen das Foto seiner vielversprechenden Jugend an, und dachte er, das bin ich, das ist die Gewißheit des Erfolgs in meinen Augen, die Gewißheit des Wegs, der mir vorgezeichnet ist? Sah er sich im Traum als Herrn der Mißgunst, lachend über das ganze Gesicht, einen Cognac-Schwenker in der Hand und eine gute Zigarre zwischen den Lippen, während die Schönheit vom Diemeldamm, Mutter seiner Kinder, lebenslustige Gefährtin seiner festlichen Nächte, sich schminkte und ihre scheue Sinnlichkeit aufputzte, nur um ihm zu gefallen? Und wenn dies seine Erinnerungen und Träume waren, wie stand er am nächsten Morgen auf in seiner verdreckten, verfilzten Bude, wo die Flaschen klirrten bei jedem Schritt und seine kaputten Lungen nach frischer Luft bellten in Schwaden von kaltem, grauem Rauch? Wie schaute er in den Spiegel, in sein vor der Zeit verfallenes Gesicht, die greisenhaft zahnlosen Kiefer, die runzlige, aschfahle Haut über seinen hohlen Wangen, die lila gedunsenen, rötlich zerplatzten Äderchen seiner Nase, wie konnte er es ertragen, dies alles zu sehen, wenn er das Bild dessen, was er einmal war, und den so greifbar nahen Traum, was er hätte sein können, nicht völlig aus seinem Gedächtnis gestrichen hatte? Wie konnte er das aushalten, den Begriff eines solchen Verlusts?

Ich machte einen unbedachten, übereilten Schritt und stieß gegen eine leere Flasche, die polternd über den speckigen Dielenboden kullerte, bis sie gegen eine weitere Flaschenbatterie klirrte. Ich wagte mich keinen Schritt weiter, hielt den Atem an und horchte, wie gelähmt vor Angst, entdeckt zu werden. Da hörte ich es, ein leises Stöhnen, es schien näher zu kommen, entfernte sich dann aber wieder, kam erneut näher und verklang nochmals. Kein Zweifel, es war sein Atem, der sich in kraftloser Qual hob und senkte. Und erst jetzt bemerkte ich, daß er im Halbdunkel der Dachschräge in seinem Bett lag, keine zwei Meter von mir entfernt, unter einem penibel gefalteten Laken, das ihn einhüllte wie ein Leichentuch.

Mein erster Impuls war davonzulaufen, so schnell wie irgend möglich aus dieser Dachkammer zu fliehen. Doch etwas hielt mich zurück. Mit einer Mischung aus Schrecken und Neugier schaute ich auf das Bett, das mir in diesem Chaos hätte auffallen müssen, gerade weil es so gemacht erschien. Onkel Günther lag in strammer Haltung flach auf dem Rücken, den Kopf zur schrägen Zimmerdecke gewandt, die Arme eng angelegt. Seine Schlafstellung hatte etwas Militärisches, er sah aus wie ein Soldat in Habacht, aber reglos und steif wie ein Toter, ordentlich aufgebahrt in seinem Sarg. Seltsam blutleer, fast durchsichtig wirkte seine Haut bis auf einige bläulich schimmernde Adern. Seine Schädelknochen traten noch deutlicher hervor unter den papierenen, knittrigen Falten, ein Totenkopf mit Nikotinflecken in den lippenlosen Mundwinkeln und vergilbtem, fliehendem Haar. Die strenge Ordnung seines Schlafs stand in so krassem Widerspruch zu der gesamten Umgebung, daß ich versucht war, ihn zu berühren, weil seine gesamte Erscheinung mir dermaßen unglaubhaft vorkam. Ich beugte mich über seine flach atmende Brust, die sich so wenig bewegte, daß ich dem kaum hörbaren Stöhnen eine Weile lauschte, um mich zu vergewissern. Ja, er lebte. Er sah aus wie der leibhaftige Tod, doch er lebte. Oder hörte ich nicht richtig? War das nicht seine Stimme, die da sagte – redete er im Schlaf oder hatte er mich die ganze Zeit beobachtet? –: »Mach, daß du wegkommst, sonst bring ich dich um!«

Ich stand in der Küche vor dem massiven hölzernen Arbeitstisch und dem Stuhl, auf dem Onkel Günther immer gesessen hatte, seine Suppe schlürfte und gegen imaginäre Feinde verteidigte in seinem Hungerwahn. Ich war für ihn zu einem dieser Feinde geworden, der ihm nach dem Essen, nach dem Leben trachtete. Und darin berührten sich Wahn und Wahrheit. Wir hatten uns seines Lebens bemächtigt, wir saßen im

Eßzimmer an der gesitteten Tafel, deren Vorsitz von Geburts wegen ihm zustand, und verzehrten die Mahlzeiten, die er, der Erstgeborene, mit gebieterischer Geste hätte verlangen können, während er aus einem gravierten Silberreif seine Stoffserviette zog und feststeckte. In gewisser Weise lebten wir ein Stück des Lebens, das er verloren hatte, einen Bruchteil seines Traums, der in russischer Gefangenschaft aus ihm herausgequält worden war, während auf der Mißgunst die Geschäfte und das eigennützige Vergessen weitergingen, über jede Vorläufigkeit hinaus.

Der Wachmann, der schräg hinter mir stand, den Schäferhund zu seinen Füßen, hantierte mit seinem Walkie-talkie, das dann und wann lautstark aufrauschte. Ich versuchte, die Erinnerung an Onkel Günther beiseite zu schieben, der ich so wenig hatte begegnen wollen wie seiner schmatzenden und schlürfenden Person damals in Kindertagen, und doch schien er von diesem Totenhaus Besitz ergriffen zu haben, nachdem es ihm zu Lebzeiten verwehrt geblieben war. Ich mußte lächeln bei dem Gedanken, daß es jetzt in der Erinnerung seinen rechtmäßigen Besitzer gefunden hatte und das Haus meines Onkels geworden war, doch gleichzeitig schien es mit seiner Flüsterstimme zu sagen: Mach, daß du wegkommst, sonst bring ich dich um.

Die Spüle links neben dem Fenster, richtig, ihretwegen war ich gekommen, und vorsichtig trat ich näher, um die weitläufige Aussicht in Augenschein zu nehmen. Man hatte die Fensterscheiben lange nicht mehr geputzt, sie waren milchig und von Tauben verdreckt. Ich konnte zwar die Weite des Ausblicks ermessen, den man von hier aus über die wilden Obstgärten und den Saum des Orpeufers hatte, wo der schiefe Rücken meines angelnden Großvaters aufgetaucht sein mußte, die Fliegenrute über den Kopf schwingend wie einen weithin winkenden dritten Arm, der sich krümmte und durchbog beim Biß, beim Drill, beim Ausheben der abgekämpften Forellen, zu denen er sich hinabbeugte, um ihnen mit einem Schlag auf den Kopf das Genick zu brechen. Doch all dies verschwamm und verschwand in den Schlieren der Scheiben und dem trüben, gräulichen Licht des Spätwintertags, das keine Klarheit über die Landschaft brachte und sich wie Mehltau über ihre Farben legte.

Ich hatte vorgehabt, noch in die benachbarte Speisekammer zu schauen, nur um die Spur der Gerüche aufzunehmen, ihre würzige, wechselvolle, von Schinken, Speck, Hafer, Kartoffeln, Zwiebeln, Mehl und allerlei Gemüse angereicherte Vielfalt. Doch die Erinnerung gehorchte mir nicht mehr und beharrte auf der Demütigung, die hier in dieser Küche all die Jahre bei jeder Mahlzeit stattgefunden hatte, auf der sich unablässig wiederholenden Lebensniederlage des Mannes, der von Geburts wegen der Herr der Mißgunst war und nun nicht einmal mehr mit der Familie an einem Tisch sitzen durfte. Und vielleicht war dies – neben dem Gerücht vom »Franzosenliebchen« und der Bastardtochter zwischen den Geschlechtern, der Schreihälsin mit ihrem Unverträglichkeitswahn aus Zahlen, Tönen, Mathematik und Musik – die größte Unverzeihlichkeit der Mißgunst: die Ächtung des heimkehrenden Erstgeborenen, der alles verloren hatte, nicht nur seine Würde, sondern, in den Augen der Mißgunst, sogar den Anspruch darauf. Es war vielleicht die größte Unverzeihlichkeit, weil niemand, nicht einmal der Gedemütigte selbst, sie in ihrem ganzen Ausmaß empfand.

Ich machte kehrt und verließ die Küche. Der Wachmann folgte mir prompt. Er hatte sein Interesse mittlerweile ganz dem Schäferhund an seiner Seite gewidmet, den er in willkürlicher Abfolge alle möglichen Befehle ausführen ließ. Unschlüssig ging ich vor den Türen zum Eßzimmer und zum Salon auf und ab. Hatte ich geglaubt, ich könnte zur Mißgunst zurückkehren, ohne dem Tod wiederzubegegnen, der uns damals vertrieben hatte? Hatte ich wirklich geglaubt, nur der Gnade der Erinnerung zu begegnen, die mir noch einmal die schönen Tage zeigte, die mich erinnern ließ, wie und was ich wollte, ohne mich auf die Spuren des Sterbens zu führen, die sich seit dem Tode des Onkels durch das Leben auf der Mißgunst zogen, seit diesem Tod, der den Anfang machte von einer weitläufigen Geschichte des Todes, einer Zeit der Rückschläge und Katastrophen, aus denen all jene Unverzeihlichkeiten sprachen, die von der Mißgunst und ihrem vielstimmigen Schweigen so viele Jahre genährt worden waren?

Dabei schien er so zwingend, dieser Tod, so logisch, setzte er doch einem Leben ein Ende, in dem es nichts mehr zu verlieren gab außer diesem Leben selbst, dem bloßen Überleben. Und so sehr der Onkel auch dafür gekämpft hatte, in den Jahren seiner russischen Gefangenschaft, halb wahnsinnig vor Hunger, und in den Jahren der Erniedrigung nach seiner Heimkehr, halb wahnsinnig vor Einsamkeit, so schien es doch das beste für alle, wenn er starb. Was lag ihm an der Verlängerung seines Elends um weitere drei einsame, geächtete Mahlzeiten pro Tag? Was konnte der Mißgunst daran liegen, die Zumutung des Mitleids und Bedauerns länger zu ertragen, die sich erhob, wo immer er auftauchte, tatterig, krumm, ein Greis von nicht einmal sechzig Jahren, ein Gespenst vergangener Tage, die Erinnerung an einen gemeinsamen Irrtum, an ein im Jubel begangenes Unrecht, die Enttäuschung eines längst vergessenen Versprechens.

Nein, die Mißgunst hieß den Tod willkommen, denn sie liebte es nicht, an ihre Irrtümer erinnert zu werden. Längst war aus dem stummen Ansinnen der Reue, das der Onkel vor sich hertrug, ein allgemeines Ärgernis geworden, und die ständige Zumutung von Mitleid, die er mit sich brachte, erschien nicht mehr nur unangenehm, sondern auf die Dauer lästig, wenn nicht sogar unverschämt. Er wurde, je länger es dauerte, zum Bettler der Mißgunst, der gefallene feine Herr, der zu nichts mehr nutze war und nur noch die Geschichte seines Unglücks fortsetzte. Und so wie ein Bettler, den man täglich sieht und dessen Leid, das unveränderlich ist und zu einem großen Teil aus dieser Unveränderlichkeit besteht, allmählich langweilt, ärgerlich oder gar verächtlich erscheint, so wünschte auch die Mißgunst dem Onkel die einzige Veränderung, deren sein Leid noch fähig zu sein schien: den Tod.

Und als sei dieser stillschweigende Wunsch der Mißgunst erhört worden, erstickte Onkel Günther eines verrauchten und verqualmten Morgens – zur allgemeinen Erleichterung – an seinem Auswurf. Er tat der Mißgunst diesen Gefallen und wurde dafür mit andächtig lobenden Worten allenthalben belohnt. In feierlichen Reden dankte man dem Bettler-Onkel für seinen Tod, der eine alpdruckhafte Last von der Mißgunst nahm, und hatte wahrhaftig über den Toten nichts Böses zu sagen, weil er uns von dem Lebenden befreite, von seiner unliebsamen, unausweichlichen Gegenwart, die nun zu einer willfährigen Erinnerung wurde.

Und weil nichts und niemand die Willkür der Erinnerung einschränken sollte, tilgte man alle seine Spuren. Noch am Tag der Beerdigung wurde der Kammerjäger gerufen und zur Dachkammer des Toten geführt, um das Ungeziefer auszurotten, denn in diesem Ungeziefer, das er mit ins Haus gebracht hatte, schien der Onkel noch allzu lebendig. Tags drauf wurde im Namen von Hygiene und Sauberkeit das Giebelzimmer vollständig ausgeräumt, das gesamte bettelhafte Hab und Gut im Hinterhof zu einem Scheiterhaufen gestapelt, Matratzen, Stühle, Decken, Kissen, der ganze dreckige, verfilzte Plunder, all die sterblichen Überreste einer Erinnerung, die im Feuer aufgehen sollten genauso wie das Foto der beiden strahlenden, fähigen Brüder in Uniform und Siegerpose, das obenauf lag und, von Benzin übergossen, im Griff einer bläulichen Flamme zerknitterte, verkohlte, zu Asche zerstob. Mach, daß du wegkommst.

Ich zögerte noch immer, das Eßzimmer aufzusuchen, wo die Geschichte des Sterbens weiterging, in deren Sog ich geraten war. Doch der Wachmann verstand mein Innehalten als Aufforderung und nahm die Gelegenheit wahr, ein weiteres Mal seine Schlüsselgewalt zu demonstrieren. Ich mochte kaum einen Blick hineinwerfen, geschweige denn, die Schwelle überqueren und eintreten in das saalweite Zimmer, das auch jetzt noch, mit den von Laken verhängten Möbeln und dem von gräulichem Papier umwickelten Lüster, Tod bedeutete, den alles auflösenden Tod, der das schnelle Ende der Mißgunst brachte.

Würde auf der Tapete noch der ausgewaschene Blutfleck zu erkennen sein, den der an die Wand geschleuderte Stumpf des Stabelstocks hinterlassen hatte an jenem Abend, als ein Lippenstiftrest am Glasrand genügte, um den Herrn der Mißgunst in Rage zu bringen? Er war sehr reizbar und mißtrauisch geworden nach dem Tod des Onkels, der ihn eigentlich hätte beruhigen müssen, denn erst jetzt waren seine beiden fähigen Brüder aus der Welt, erst jetzt besaß er die Papier- und Pappenfabrik auf der Mißgunst alleinig und wirklich. Doch während die Mißgunst diesen Tod herbeigewünscht hatte und damit ihre Souveränität über Gegenwart und Vergangenheit wiederhergestellt sah, redete der Herr Direktor mehr denn je von seinen beiden fähigen Brüdern.

Jetzt, da er nicht nur de facto, sondern auch de jure Erbe und Verwalter des väterlichen Auftrags war, fing er auf einmal an, den Gedanken des Übergangs wieder im Munde zu führen.

Er war geradezu besessen von der Idee, nur Übergang zu sein und die Verantwortung für die Fabrik bald abgeben zu können, um sich ausschließlich der Malerei und dem Fliegenfischen zu widmen. Die engsten Vertrauten der Familie, die dies mit wachsender Sorge hörten, wandten sich in ihrer Ratlosigkeit an die Gnädige, sie möge ihren Mann um alles in der Welt von dieser fixen Idee abbringen und ihm doch das eine oder andere von seinen Geschäften abnehmen, dabei arbeitete sie längst für zwei. Unseligerweise verstärkten sie mit ihrem heimlichen Getue nur das Mißtrauen des Herrn der Mißgunst gegenüber seiner Frau, die er immer mehr verdächtigte, sie würde ihn hinter seinem Rücken betrügen. Je mehr die Freunde der Familie sie bestürmten, ihm zu helfen, desto schlimmer wurde seine Eifersucht. Und obwohl sie all seinen Versäumnissen nachkam, sich kümmerte und sich für ihn abarbeitete, während er zeternd mit seiner Staffelei oder Angelausrüstung ans schwarze Wasser der Orpe zog, wurden seine Verdächtigungen, seine Vorwürfe und Unterstellungen immer bösartiger, immer haltloser. Sie gipfelten schließlich in der wütenden Anschuldigung, sie, das Franzosenliebchen, habe sich von Anfang an geweigert, einen Sohn von ihm zu empfangen, weil sie es nicht ertragen hätte, ein Kind großzuziehen, das ihm ähnlich war, das sein fratzenhaftes Ebenbild gewesen wäre. Sie habe nie ihn, sondern immer nur die Fabrik gewollt, für sich und für ihre geheimen Liebhaber, mit denen sie ihn seit jeher hinterging. Er schrie und prügelte seine Worte mit einem Staccato von Schlägen förmlich heraus. Und alle Anwesenden schwiegen zu diesen Bezichtigungen, von denen sie wußten, daß sie nicht stimmten, nicht stimmen konnten. Sie schwiegen und brachten sich in Sicherheit vor seinem ungerechten Zorn, vor dem zertrümmerten Geschirr und den Splittern des Stabelstocks, die berstend durch die Luft flogen, hier in diesem Raum des alten Herrenhauses, im Eßzimmer, vor vielen Jahren.

Es war einer der gewaltigsten und maßlosesten Zornesausbrüche unseres Großvaters. Danach war er zwei Tage lang sehr ruhig und in sich gekehrt, beinahe kleinlaut. In seinem Büro traf man ihn kaum noch. Schon am frühen Morgen verließ er das Haus mit seiner Fliegenrute und den oberschenkelhohen Anglerstiefeln, in denen wir ihn gelegentlich aus sicherer Entfernung das schwarze Wasser der Orpe auf- und abschreiten sahen. Gelegentlich malte er auch, zu wechselnden Zeiten, auf der Suche nach dem rechten Licht, wie er es nannte. Er saß dann stundenlang am Orpeufer vor seiner Staffelei und verspätete sich zu den Mahlzeiten, ohne daß jemand gewagt hätte, einen Bissen anzurühren, bevor nicht der Herr der Mißgunst am Kopf der Tafel Platz genommen hatte.

Am dritten Tag überraschte er das Küchenpersonal mit seinem Wunsch, es möge die von ihm gefangenen Forellen heute zum Abendessen servieren, woraufhin er einen ganzen Schwung von Fischen aus seinem Anglerkorb in die Spüle links neben dem Küchenfenster schüttete. Ausschließlich Forellen, fragte das in die Jahre gekommene Dienstmädchen, das über die Gewohnheiten des Hauses am besten Bescheid wußte und über die angestammte Familienphobie vor Fischgräten langatmige Vorträge zu halten liebte. Natürlich, heute ist Freitag, soll er daraufhin unwirsch entgegnet haben. Dabei wußte er so gut wie alle andern, daß man sich in seinem Hause nie an diesen Brauch gehalten hatte, daß man im Gegenteil den frisch gefangenen Fisch nach alter Tradition nicht selber aß, sondern an Leute aus dem Dorf verschenkte.

Doch damit nicht genug. Er bestand darauf, daß die Gnädige in die Küche zitiert wurde, eine Schürze umlegte und die von ihm gefangenen Forellen eigenhändig ausnahm, obwohl sie aufgrund seiner Ausfälle im Büro allerhand nachzuarbeiten hatte. Und wie um die Launen eines tyrannischen Kindes zu befriedigen, willigte sie ein.

Das Küchenpersonal wurde hinausgeschickt, und der Herr der Mißgunst blieb mit seiner Frau in der Küche allein, während ihre Hände, noch immer geschmeidig und zart, über die biegsamen Forellenleiber glitten, sie aufschlitzten mit einem Stich in den Bauch und ihnen die Eingeweide am Speiseröhrenansatz in Kiemenhöhe abdrehten. Sie standen allein an der Spüle wie damals in den Dämmerstunden vor Tagesbeginn, während der seidig silbrige Forellengeruch sich mit den Spritzern des sprudelnden Wassers mischte, das aus dem Hahn in die ausgeweideten Bäuche prasselte und schwappend das lachsrosa gefärbte Rippenfleisch von dem dunklen geronnenen Blut säuberte, das sich in den Kerbungen der Wirbelsäule festgesetzt hatte.

Und vielleicht war es das, worauf es ihm ankam, vielleicht hatte er es auf eine Wiederholung jener Stunden abgesehen, die für ihn die schönsten gewesen sein müssen, vielleicht hatte er sich so weit in seine Erinnerung hineingelebt, zurück in die Zeit des Übergangs, in die Anfänge des Stellvertretertums für seine beiden fähigen Brüder, daß er diesen Moment noch einmal erleben wollte. In jedem Fall kochte und briet die Gnädige in seinem Beisein eine beachtliche Reihe von Fischgerichten, die anschließend zum Abendessen aufgetragen wurden – vor den Augen der staunenden Familie, die bisher so gut wie noch nie, und schon gar nicht zu Hause, Fisch gegessen hatte.

Für uns Kinder versprach es, ein heiteres Abendessen zu werden, weil niemand so recht wußte, auf welche Weise mit welchem Besteck diese ungewohnten Gerichte zu essen waren. Dabei begann es noch verhältnismäßig unkompliziert mit einer kräuterreichen Fischsuppe, die sich der Herr der Mißgunst von der Gnädigen persönlich servieren ließ (natürlich kann ich nur vermuten, daß es sich um eine Nachahmung jenes legendären Forelleneintopfs handelte, der ihr den Zorn des Lagerkommandanten und den Ruf des Franzosenliebchens eingebracht hatte). Doch dann folgte für jeden eine ganze Bratforelle in knusprig butterbrauner Haut, die uns mit weiß zerquollenen Augen anglotzte, und die große Verlegenheit der ungelernten Fischesser begann. Nach einigen schüchternen und vergeblichen Versuchen, es unserer Großmutter gleichzutun, die ihren Fisch virtuos hin und her wendete und alsbald das gesamte Fischgerippe aus dem zarten Fleisch hob, vergaßen wir nach und nach den Anstand und probierten buchstäblich auf eigene Faust, der seltenen Speise Herr zu werden.

Die anfängliche Verunsicherung war längst einer allgemeinen Heiterkeit gewichen, und niemand nahm es mehr mit den Tischmanieren allzu genau, als sich der Herr der Mißgunst plötzlich an den Hals faßte, keuchte, hustete und würgte. Nun war er nicht der erste an diesem Abend, der eine Gräte verschluckt hatte, und einigermaßen belustigt riefen wir ihm zu, er solle doch einen Schluck Wasser trinken oder etwas nachessen und was der Ratschläge mehr sind, die man in solchen Momenten parat hat. Als er dennoch nicht zum Glas griff, sondern seinen Hals umklammert hielt und mit den Augen rollte, meinten wir Kinder für einen Moment, er würde Spaß machen. Doch die Erwachsenen sprangen von ihren Stühlen auf, rissen den Großvater hoch, dessen Gesicht zusehends blau anlief, klopften ihm auf den Rücken und versuchten, ihm Wasser einzuflößen. Meine Mutter rannte aus dem Zimmer, um nach dem Arzt zu telefonieren. Helle Aufregung brach aus. Nur die Gnädige saß weiterhin merkwürdig ruhig und beinahe unbeteiligt an ihrem Platz, während wir Kinder uns verängstigt zurückzogen, bis wir, kurz vor dem Eintreffen des Arztes, auf unsere Zimmer geschickt wurden. Er konnte nur noch den Tod durch Ersticken feststellen.

In vielen Nächten habe ich diese Szene wieder und wieder geträumt und stets aufs neue gehofft, mein Großvater würde nur dieses eine Mal die Hände von seinem röchelnden Hals nehmen und sich damit auf die Schenkel schlagen vor Lachen, weil er uns zum Narren gehalten hatte mit seinem übertriebenen Todeskampf. Doch er tat es nie. Wie von eiserner Notwendigkeit zusammengehalten, lief diese Aneinanderreihung von Zufällen immer auf ein und dieselbe Weise ab, unausweichlich, unvermeidlich, und nie hatte ich auch nur eine geträumte Chance einzugreifen, obwohl ich mittlerweile schon nach den ersten Bildern dieses Traumes wußte, was geschehen würde, obwohl ich den Gang der Ereignisse in allen Einzelheiten vorhersah und im Anfang des Traumes schon sein Ende erkannte. Doch ich saß da, wie festgebannt in diesem Eßzimmer, auf meinem Platz an der langen Tafel, und aß und sprach und alberte in immer derselben Art und Weise, unfähig, meinen schlimmen Ahnungen, meinem Vorauswissen irgendeinen Ausdruck zu verleihen. Ich saß an meinem Platz, gefangen in meinen eigenen Worten und Handlungen, seltsam unbeteiligt an dem Geschehen, das ich kommen sah und nicht verhindern konnte, beinahe wie die Gnädige selbst, die so merkwürdig ruhig blieb im Angesicht des Todeskampfes und der panischen Aufregung, die er verbreitete. Sie und ich in dieser ewigen, unfreiwilligen und immer wiederkehrenden Zeugenschaft.

Nein, ich wollte sie nicht mehr sehen, diese Tafel, diese Totenordnung, diesen Traumschauplatz des Sterbens, das so zufällig wie zwingend erschien, nachdem der Onkel an den guten Wünschen der Mißgunst erstickt war und wir uns den Tod ins Haus geholt hatten, um die Ernte der Unverzeihlichkeiten einzufahren, einen Tod, der den Sterbenden an den Hals ging, ihnen die Luft abschnürte, der sie würgte wie Wasser und in ihren Gesichtern den bläulichen Schimmer von Ertrunkenen zurückließ. Ich schloß die Tür zum Eßzimmer langsam.

»Fertig?« fragte der Wachmann. Ja, ich war fertig. Die Geschichte der Mißgunst war mit dem Tod meines Großvaters zu Ende. Für den Auftrag seiner Väter gab es keine Fortsetzung mehr. Auch die Gnädige, deren Ehrgeiz und Eigenwilligkeit auf der Mißgunst so viel von sich reden machte, unternahm nach dem Tod ihres Mannes keinerlei Anstalten, die Papier- und Pappenfabrik alleine weiterzuführen, die vor unsern Augen unablässig schwarzes Wasser in weiße Bahnen von Papier verwandelte, als wäre nichts geschehen. Sie, die geheime Herrin der Mißgunst, beriet sich mit einer Reihe von Anwälten und verkaufte die Firma dann an den Konzern, der jetzt so florierte, daß die Ausweitung der Maschinentrassen den Abriß des Herrenhauses erforderte. Sie verkaufte und ging, müde und wie um Jahre gealtert, durch den Tod ihres Mannes in ihrem eigenen Lebenswillen gleichfalls geschwächt. Blieb uns als letztes gemeinsames Unterfangen ihr bescheidener Umzug in ein nahegelegenes Sanatorium, in das sie ihre älteste Tochter mitnahm, diesen Wechselbalg der Geschlechter, vom Wahn ihres musikalischen Zahlenverstandes, ihrer allzu mathematischen Musikalität durch einen Schnitt im Gehirn befreit und damit um all ihre Gaben gebracht.

Der Wachmann ging einige Schritte voran, die Diele hinab zum Portal. Er machte auf einmal einen sehr müden, beinahe nachlässigen und laschen Eindruck. Vielleicht hatte es ihn zuviel Kraft gekostet, seine aufgeplusterte Bomberjacke zu füllen, vielleicht war er es auch nur gewöhnt, um diese Zeit in seiner Wachstube bei einem Becher Kaffee zu sitzen. Mir sollte es recht sein. Ich hatte nicht vor, die Besichtigung fortzusetzen, und folgte ihm beinahe willenlos.

Als wir am Büro meines Großvaters vorbeigingen, fiel mir auf, daß seine Tür nur angelehnt war. Ich machte den Wachmann darauf aufmerksam, doch er winkte nur ab und ging, ohne sich umzudrehen, weiter die Diele hinunter. Ich konnte nicht widerstehen und steckte den Kopf zur Tür herein. Zwei oder drei Mal, nicht öfter, hatte ich dieses Büro früher von innen gesehen, aber es schien mir fast vollständig so erhalten zu sein wie damals. Die Holztäfelung der Wände hatte in all den Jahren keinen Schaden genommen. Neben dem imposanten Schreibtisch stand noch das erhöhte Fußbänkchen, so als würde der Herr der Mißgunst jeden Moment zurückkehren und sein steifes Bein darauf betten. Die Bilder der Ahnengalerie waren mit schwarzen Tüchern verhängt. Nur zu gerne hätte ich noch einen Blick auf die Porträts dieser alten Patriarchen geworfen, die sich mir deutlicher eingeprägt hatten als so manches Gesicht aus Fleisch und Blut.

Doch mir blieb nicht viel Zeit. Ich weiß nicht, welcher Teufel mich ritt, aber ich hatte auf einmal den unbändigen Wunsch, etwas aus diesem Büro mitgehen zu lassen, ohne daß ich auch nur die geringste Vorstellung davon hatte, was. Die Schubladen des Schreibtischs waren verschlossen, die mit gelblichen Butzenscheiben verglasten Bücherschränke ebenfalls. Fieberhaft suchte ich nach dem Schlüssel und tastete die Oberseite der Schränke ab: Staub, Lagen von Staub, nichts als

Staub. Ich wollte mich schon eines Besseren besinnen, als ich mit der Hand eine Erhöhung schrammte und neben einer beträchtlichen Staubwolke einen Stoß Papiere von einem der Schränke herunterfegte. Ohne einen Blick darauf zu werfen, steckte ich die Blätter ein.

Draußen vor dem Portal wartete der Wachmann auf mich, an ein Geländer gelehnt, die Arme vor der Brust verschränkt, der Hund zu seinen Füßen. Er schien sich überhaupt nicht für mich und meine kleine Schmuggelei zu interessieren. Ohne mich eines Blickes zu würdigen, stiefelte er weiter, von seinem Schäferhund an der Leine vorangezogen, über den Fuhrpark zum Firmenparkplatz, wo er von einem Wärterhäuschen aus ein Taxi für mich bestellte. Ich gab ihm ein kleines Trinkgeld, murmelte ein undeutliches Dankeschön zum Abschied und verschwand.

Erst im Hotelzimmer holte ich die Blätter wieder unter meinem Mantel hervor. Es handelte sich um eine Reihe von skizzenhaften Kohlezeichnungen, die mein Großvater angefertigt haben mußte. Sie zeigten allesamt ein und dasselbe Motiv: die Papier- und Pappenfabrik auf der Mißgunst, eingebettet in die Landschaft des Orpetals, die eben noch in winterlicher Tristesse an den Seitenfenstern des Taxis vorbeigeglitten war, diese mir so vertraute, zugehörige Landschaft, durch die der schwarze Strom meiner Kindertage floß in der Unterschiedslosigkeit von Wirklichkeit, Erinnerung und Traum.

Und eben jene Kohleskizzen liegen jetzt wieder vor mir, an diesem durch und durch verregneten Märztag in Basel, an dem ich mich bislang nicht vor die Tür meines Hotelzimmers getraut habe, obwohl es mein fester Vorsatz gewesen war, jeden dieser Tage am Rhein zu verbringen, auf das Wasser schauend und vom Wasser erzählend. Denn nur deswegen war ich hiergeblieben, nachdem sie ihre Foto-Ausstellung erfolgreich eröffnet hatte und neuen Aufgaben entgegeneilte. Ich war geblieben, weil dieser frühjahrsgrüne Fluß, der unmittelbar der neuen Jahreszeit zu entspringen schien, während ringsum noch alles im Zeichen des verblassenden Winters stand, weil dieser breite, lebendige Strom mich seit meinem ersten Tag in Basel anzog, weil ich wie selbstverständlich jede freie Minute am Rhein verbrachte, und weil ich so lange an diesem Wasser sitzen wollte, bis ich herausfand, warum das so war.

Nur am heutigen Tag, an dem die spärliche Aussicht aus meinem Fenster in Rinnsalen von grauem Regen zerfließt und ich wie eingesperrt in meinem Zimmer den Spuren des Sterbens noch einmal nachgegangen bin bis hin zu den Kohlezeichnungen meines Großvaters, der kurz vor seinem Tode völlig besessen zu sein schien von dem einen und einzigen Motiv seines Lebens, der Papier- und Pappenfabrik auf der Mißgunst, die er immer und immer wieder malte, malen mußte, nur heute finde ich nicht den Weg hinunter zum Fluß. Etwas hält mich hier fest, das Gefühl, nicht fertig geworden zu sein. Und ich breite zum wiederholten Male die Zeichnungen über Tisch und Bett aus, gemäß den verschiedenen Datumsangaben, mit denen die Blätter versehen sind. Ich bringe sie in eine chronologische Reihenfolge, Tag um Tag fortschreitend bis zum Tag seines Todes, und gehe die Skizzen noch einmal durch.

Vielleicht waren es Bilder einer Unveränderlichkeit. Vielleicht zeigten sie nur, daß sich nichts geändert hatte an seinem Lebensmotiv, an dieser Fabrik, die ihn um die Krüppelfreiheit brachte, Maler zu sein, wie ein Maler zu sehen, die ihn nicht fortließ an die Sorbonne in Paris, in ein anderes Leben. Vielleicht legten sie Zeugnis davon ab, daß es jeden Tag und jede Nacht ein und dieselbe Sache war, um die seine Gedanken kreisten, ein und dieselbe Sache, die seine Phantasie mit unzähligen Sorgen fesselte, von denen er sich so wenig freimachen konnte, daß die Papier- und Pappenfabrik auf der Mißgunst, die ihn um seine Kunst gebracht hatte, schließlich das einzige war, was er noch malen konnte. Und das, was heute vor mir liegt, sind Bilder einer Blendung, einer Verstrickung in dieses eine, einzige Motiv, das ihn mehr bewegte, als einen Maler sein Motiv bewegen darf, weil es sein ganzes Leben unauflöslich an sich band. Vielleicht.

Ich bin drauf und dran, trotz des heftigen Dauerregens hinunter an den Rhein zu gehen. Womöglich gibt es auf all diese Fragen keine wirkliche Antwort, und schon gar keine Antwort auf meine Frage nach dem Grund für die Anziehung des Wassers. Doch mir fällt auf, daß es der Fluß ist, der sich auf all diesen Bildern verändert. Ja, es ist die glatte, schwarze, sich schlängelnde Bahn der Orpe, die jeder Betrachter zunächst nur für das landschaftliche Beiwerk dieser Bilder halten würde, die von Tag zu Tag zunehmend weiter, breiter, dunkler wird, mehr und mehr Raum einnimmt und sich schließlich wie eine angeschwollene schwarze Ader voll von geronnenem Blut in die Eingeweide der Fabrik ergießt. Und auf einmal denke ich, es ist der Tod, der Tod ist keine Person, kein Harkemann und auch nicht der Schatten meines gedemütigten Onkels, es ist der Fluß mit seinem schwarzen Wasser, die schattenhafte Tiefe selbst mit ihren rattenwimmelnden Armen, mit dem Fleisch und den Gräten der Fische, die denjenigen ertrinken machen und ihm den bläulichen Schimmer der Ertrunkenen ins Gesicht malen, den das Wasser selbst nicht zu fassen bekommt.

Hat er es gewußt? Hat er es gewollt? Wollte der Herr der Mißgunst, daß ihn die Gräten der Orpe-Forellen zu Tode würgen? Hatte er sie darum in solcher Zahl gefangen und ihre Zubereitung unter den zarten Händen der Gnädigen überwacht? Wollte er den Tod des schwarzen Wassers aus ihrer geschmeidigen Hand empfangen, aus der Hand des Franzosenliebchens, das seine Gunst, seine Liebesbezeugungen weitergeschenkt hatte an die Zwangsarbeiter des Lagers am Orpeufer, wofür er sie in Schutz nehmen mußte, diese freigebige Frau, die er nie ganz besitzen sollte und in der es kein Weiterleben für ihn gab? Dann, also, waren diese Zeichnungen sein Abschiedsbrief an uns, das Testament eines Selbstmörders, der seinen letzten Willen malt und zeigt, daß es der Tod aus Wasser ist, der ihn zu sich ruft, aus einem immer schwärzer, immer dunkler und düsterer werdenden Wasser, das sich glatt, geschmeidig, gefährlich auf das Motiv seines Lebens zuschlängelt wie das seidige Haar dieser unbesitzbaren Frau, die ihm den Tod bringen soll, den er vom schwarzen Schweigen des Wassers erbittet – nein. Nein, ich weigere mich, diesen Gedanken weiter zu denken. Ich habe zu lange in diesem Zimmer gesessen, ich bin den Spuren des Sterbens ein Stück zu weit nachgegangen. Höchste Zeit, daß ich mich an die frische Luft begebe, hinuntergehe zum Rhein und wieder einen klaren Kopf bekomme.

Ohne zu zögern, werfe ich mir den Mantel über, laufe die Treppe hinunter, vorbei an der Rezeption, hinaus in den Regen, der unbeweglich und grau über den mittelalterlichen Kulissen der Stadt hängt. Und ich rieche den Rhein bereits, bevor ich ihn sehe, seinen mit Regen vermischten, quellend kühlen Atem. Und endlich zeigt sich seine breite, bewegte Bahn, trüb und aufgeschwemmt vom einströmenden Regen. Bis an die Uferwege reicht der reißende Schwall aus Schlamm, Regen und dem immer wiederkehrenden Wasser des Stroms. Wie verlorene Schwimmer treiben allerlei abgerissene Äste, Windbruch und entwurzeltes Gesträuch in der lehmfarbenen Flut, gelegentlich einen knorrigen Arm aus dem Wasser streckend, der von den Strömungen und Strudeln wieder hinuntergezogen wird.

Und wenn es wirklich der Tod war, den mein Großvater in seine letzten Bilder hineingemalt hatte, der Tod in Gestalt von wachsenden, raumgreifenden Schatten aus schwarzem Wasser?

Dieser Tod war immer schon gegenwärtig. Er war da beim Biß und Anschlag der Fische, im unmittelbaren Kampf von Instinkt gegen Instinkt. Er war in allen unsern Ängsten, in der flehenden Bitte, das Wasser möge nicht mit kalter Hand nach unseren Herzen greifen, und in der von Zeiten und Distanzen überlagerten Todesangst beim Marathon. Er lauerte jenseits der Schwelle aus Erschöpfung und atmete mit in den keuchenden, stöhnenden Lungen der Schwimmer. Und er war die Angst vor dem Start, diese immer größer werdende, mit den Jahren fast unüberwindliche Angst. Er war die Angst und die Anziehung des Wassers.

Mir schlägt der Regen ins Gesicht, da ich dies denke, und das dahinstürzende Wasser des Rheins fliegt wie Gischt in heftigen Windböen auf. Doch ich habe mich so weit im Griff, daß ich sehr wohl durchschaue, wie gefährlich dieser Gedanke ist, vielleicht zu gefährlich, um ihn ganz alleine zu denken, ohne ein anderes Gegenüber als diesen reißenden, sich überstürzenden Strom. Überhaupt sollte ich sie anrufen, jetzt, da ich dem Geheimnis des Wassers ein gutes Stück nähergekommen bin und vielleicht wieder zu ihr fahren könnte, weil sich mein Verbleiben in Basel damit erübrigt hat und ich etwas klarer sehe als noch vor wenigen Tagen.

Ich klettere die Böschung der Uferstraße hinauf zu einer Telefonzelle auf einer von Bänken umstellten Plattform. Regen klatscht gegen die Scheiben der Kabine, die, kaum daß ich eingetreten bin, von meinem Atem beschlägt. Am anderen Ende meldet sich eine männliche Stimme. Wer ist da, frage ich. Der Mann am anderen Ende sagt mehrmals Hallo – hat er nicht einen französischen Akzent? –, dann höre ich ihre Stimme. Sie kichert zunächst etwas verlegen, ich rufe zu einem ungünstigen Zeitpunkt an, doch sie macht keine langen Ausflüchte, sagt, sie müsse mir etwas erklären, und erklärt, was immer wir beide miteinander hatten, für beendet. Ich höre zu, sage zu allem »ja«, nur damit sie weiß, ich höre zu. Ob ich noch dran bin? Ja. Jaja. Sie will mir Lebwohl sagen, ich bejahe. Und wo willst du jetzt hin? Es ist die erste Frage, die sie mir stellt, und ein »Ja« reicht hier nicht mehr aus. Ans Wasser, sage ich. Ans Wasser? Zum letzten Mal höre ich ihre Stimme. Ich nicke stumm, als müßte sie es längst wissen: Wir kehren immer zum Wasser zurück.

Inhalt

Wie lebe ich richtig?

JOHN VON
DÜFFEL

DAS
WENIGE
UND DAS
WESENTLICHE

EIN STUNDENBUCH

208 Seiten / Auch als eBook

Dieses Buch ist eine Einladung, die Suche nach der richtigen Richtung mitzugehen: im Nachdenken über Sinn und Sein, über die Lebensregeln des Wenigen und Wesentlichen sowie die klassischen Imperative der Schönheit, des Maßes und der Selbsterkenntnis.
Der Romanautor und promovierte Philosoph John von Düffel hat mit diesem Brevier keine Geschichte im herkömmlichen Sinn geschrieben, sondern eine kleine Chronik des Klarwerdens darüber, wie sich ein Leben erzählt.

www.dumont-buchverlag.de

—

»Es ist Zeit, zu den großen Fragen
zurückzukehren.«

JOHN VON DÜFFEL

320 Seiten / Auch als eBook

Eine Familie im Lockdown des Frühjahrs 2020, drei Generationen am
Anfang, in der Mitte und am Ende ihres Lebens, vier Menschen an
ihrem Zerreißpunkt zwischen Wut und Schuld.

www.dumont-buchverlag.de